目次

光文社文庫

海馬の尻尾

荻原　浩

光　文　社

1

テーブルについた女がグラスの中に半透明の球形ゼリーを入れる前からわかっていた。ここがどんな店かってことは。

わかっているのに飲んじまうのは、俺のせいじゃない。飲むそばから目の前に酒を置くほうが悪い。これでも我慢しているのだ。ウイスキーは氷が溶けないうちのロックと決めているのだが、いまは小便みたいな水割りをひと息で減らしすぎないように気をつけて口に運んでいた。

「おかわり頼んでいい？」

女のあんず色の盛り髪は顔よりでかい。体をねじってメロンを二つ抱えたような胸の谷間を見せつけてくる。返事をしないでいると、剝き出しの太股を押しつけてきた。

「ねーねー」

「ちょっと待て、ほんとうに五千円ぽっきりなんだろうな」

「ケチくさぁ。お兄さん、せっかく渋メンなのに、がっかり」

別の女がウェイターに片手をあげる。

「ハーイ、あたし、レゲエパンチ」

「アタシも。イイでしょお、シャチョーさん」

女たちは三人とも生地の少ない服に体を押しこんで、頭の上に赤茶や金色の巻き貝を載せている。一人は日本語がうまくなく、別の一人は十九より上の齢には見えない。

返事をする前に、新しい水割りと三杯のカクテルが運ばれてきた。

「飲み放題で五千円って約束だよな」

ウェイターに念を押す。埴輪《はにわ》にちゃらい髪形のカツラを載せたような若い男だ。

「あ、う、んん」意味不明の返事を寄こしただけで目を合わせようとはせずに背中を向けた。

「テンション下がるぅ」

「さげみざわ～」

女たちはウーロン茶と見分けのつかないカクテルに、色とりどりの丸いゼリーをぼこぼこぶちこむ。テキーラボール。テキーラを固めたゼリーだ。このボール一個でテキーラ一杯分の金をふんだくるつもりなんだろう。

「バーボンあるか？」

「バカボン？」

「きゃはは。やばみ～」

「ばかぼん、ナニ？」

「いちばん安いのでいい。ボトルで。ロックで飲むから、氷も持ってこい」

「ボトル?」メロン女が金ブラシみたいな睫毛《まつげ》を上下させた。「氷?」そう言ってもう一度しばたたかせる。音が聞こえるようだった。札束をほうりこむたびに鳴るキャッシャーの音だ。

若すぎる金髪がワイルドターキーを運んできた。スイカほどのミラーボールが回っている安っぽい店の造りには似合わない、豪華なアイスペールと一緒に。ウェイターはもう姿を見せない。

女が伸ばしてきた手を振り払って、自分で酒をつくる。ロックアイスを三つだけ入れたグラスにバーボンを縁まで注ぎ、片手を一度だけ揺らして混ぜてから、いっきに半分を減らした。喉が焼け、胃の底に火が灯《とも》った。やっぱり酒はこうでなくちゃいけない。二口で飲み終えて、氷を入れ替え、新しい酒をつぐ。そいつも三口で片づけた。日本語の下手な女が呆《あき》れ声を出す。

「アナタ、すごいネ」

「もっと飲も飲も」

水割りをちびちび飲んでいたせいでかえって醒めちまっていた酔いがようやく戻ってきた。三杯目は氷を二つにした。酒が体の芯まで沁み渡り、細胞のひとつひとつが泡立つようだった。そろそろいくとするか。

「便所は外だっけ」

立ち上がろうとすると、女たちが視線を交わし合った。メロン女が俺の脱いだジャケットを両手で抱えこむ。俺が鞄を持ってきていたら、そっちを抱きこんだに違いない。ウェイターがすっ飛んできた。

「お客さん、靴、スリッパに履き替えてもらっていいっすか」

「なぜ」

「う、あ、んーと、トイレ汚いんで。靴、汚れるかも、で」

「俺が逃げるとでも?」

「んんー、じゃあ、とりあえずここまでの精算、お願いしまっす」

ウェイターが奥に消えた。俺は腰を椅子に戻し、四杯目のロックをつくる。ボトルの中身はもう半分も残っていない。メロン女が俺のジャケットを抱えたまま部屋の隅へ行き、デコレーションてんこ盛りのスマホでどこかと話をはじめた。

戻ってきたウェイターが紙切れを差し出してくる。

¥338,000。

「ゼロ、ひとつ間違えてるぞ」

埴輪顔が左右に揺れた。

「いえ別に」

「三十三万? どういう計算だ」

答えない。自分で読めってことだ。横線がやたらに多い勘定書には中途半端にくわしい明細が書きこまれていた。

基本料金¥5,000　カクテル¥5,000×6　ウイスキー¥6,000×3　テキーラ¥5,000×18　バーボンボトル¥55,000　ボトルチャージ¥30,000　テーブルチャージ¥50,000　サービス料¥60,000
店の扉が開いた。

入ってきたのは、ドアいっぱいの体。横だけでなく縦にもでかい大デブだ。両サイドを刈り上げ、長く伸ばしたトップを結った髪形もまるで相撲取りだ。新しい客じゃないことは確かだった。俺の前で立ち止まって囁《ささや》きかけてきた。体に似合わない小さな声だった。

「金、足りねぇんだろ。心配ないよ。近くにATMがあっから」

答えないでいると、窮屈そうに体を折って俺の顔を覗きこんできた。七分袖のシャツの胸に鎖のような銀ネックレスが光っている。

「立ちな。一緒についてって場所教えてやるよ」

まだグラスに酒が残っている。そいつを体に流しこんでいたら、目鼻が肉に埋まった顔がさらに近づいてきた。今日はもう店じまいだな。ウェイターが呟いて制服のアロハを脱ぐ。タンクトップの下のタトゥーを見せつけるためだった。

俺をこの店に誘った客引きも戻ってきた。芸人風の話術が自慢らしい愛想のいい男だったが、いまは笑っていない。こんな時でも俺はまだ中身が残っているボトルが気になってしかたなかった。もう一杯飲めるかどうか考えていた。

「腰が抜けたんじゃね」

ウェイターが言い、部屋の隅に引っこんだ女たちが笑った。

「立てや、酔っぱらい。それとも事務所行くか」

俺は未練がましく考え続ける。指で何度かテーブルを叩いてから声を絞り出した。

「事務所って？」

「事務所って言やあわかるだろ」

「どこにあるんだ？　近くか？　三丁目？」

デブが首のない首をゆっくりかしげる。言葉の意味がわからないというふうに。眉のない眉がすぼまった。片手をポケットに突っこんだままの俺の態度も気に入らないようだった。

「余裕こいたふりして、なめた口きいてると、火傷《やけど》するよ」

いちばん年上らしい客引きがデブの言葉を訂正した。「ヤケドってのは、たとえば、の話な」脅迫はしていない、と後で言い張るためだろう。いまのところ手を出してこないのも。

「カード出しな。暗証番号は？」

「カード？　ああ」

俺は尻ポケットから財布を取り出して、右手だけで中を探った。

煙草をくわえたメロン女が小馬鹿にした声を出した。

「なんだ。指、震えてんじゃん」

勘違いするな。震えているのは、酒が足りないせいだ。

「ほい」

俺はカードをテーブルに放り出して、ボトルを手に取る。

大デブが吠えた。

「てめ」

俺が放り出したのは、パチンコ屋のメンバーズカードだ。

胸ぐらを摑《つか》んできた。椅子から引っこ抜くように俺を立たせる。背丈が自分とあまり変わらないことに一瞬驚いた顔をしたが、すぐに体重差を思い出したようで、ノーネクタイのシャツの襟《えり》をしぼりあげて首を絞めてきた。

客引きが女たちに言う。

「酔ったお客さんを介抱してるだけだから」

三人の女がそれぞれにくすくす笑いをする。

デブが両手に体重をかけてきた。俺は我慢しきれなくなって腰をくの字に折る。右手を大きく振ると、後ろ手に握っていたボトルがテーブルの角で叩き割れた。

ウェイターが舌打ちする。「タダで済むと思うなよ。店の清掃代追加だ。五万だな」

デブは俺の腹にジャブを打ちこんできた。「気に入らねぇ。こいつ、ぶっ殺す」

俺はずっとポケットに突っこんでいた左手でボトルの割れ具合を探った。ボトルを割るのにテーブルがじゅうぶんな硬さであることはさっき指で確かめてある。

「ぶっ殺す、こいつ、ぶっ殺す」

腹筋に力をこめて丸い拳《こぶし》が繰り出すジャブに耐えた。ボトルの尖《とが》った割れ目が俺の指を刺す。皮膚が破れ血が出たのがわかった。ワイルドターキーは好都合だった。ジャックダニエルじゃあ、こううまくは割れない。

客引きが呆れ声を出す。「半殺しにしとけよ」

「きゃー、見たい。半殺し」

ボトルを背中で逆手に持ちかえた。

「ひさしぶりっ」

フックを打つ要領で横からデブの顔を狙う。

「はんごろし、ナニ?」

ギザギザに割れた先端が無駄肉の垂れた頬に突き刺さった。

柔らかな頬肉がずぬりとガラスを呑み込む。

手首をひねって食い込んだボトルを回転させた。

「んが」デブの唇が斜めに開く。

ボトルを引くと、贅肉が餅みたいに伸び、気持ちいいほど大量の血が噴き出した。

女たちの嬌声《きょうせい》が一瞬で静まった。

ひと呼吸おいて、大デブの叫びが響きわたった。

「あぷぷひぃ」

デブらしい悲鳴だった。女たちがいっせいに喚きはじめた。

首を絞めていた力が消えた。デブが両手で片頬を押さえる。平手うちを食らわせた時に女がよく見せるポーズだ。指の間から血が零れ、丸ぽちゃの手の甲に赤黒い網目模様ができた。

デブが小さな目を見開く。俺が今度は真正面からボトルを突き出したからだ。

眼球を狙ったのだが、惜しくもはずれた。先端が前歯と鼻骨に突きあたって、ボトルがさらに砕ける。新しい血が放射状に飛び散った。

豚の悲鳴をあげてデブがうずくまる。俺は右手を振り上げ、うなじにボトルの腹を叩きつけた。瓶が割れない程度の力で。

「ぶふひっ」

手加減したわけじゃない。こいつがくたばっちまってもいっこうにかまわなかった。強打しすぎて瓶が割れると、与えるダメージがかえって減ってしまうのだ。

「あひ」

贅肉が輪になったうなじに三回叩きつけると、豚が静かになった。でかい図体を小刻みに蹴り飛ばしてドアの前までころがし、ほかの奴らが逃げられないようにする。

振り返った俺に、女たちが目と口をこれ以上ないってほど丸くした。三重奏の叫びが部屋に満ちる。左手で顔を撫でると、手のひらが真っ赤になった。アルコールが一気に回ってきたようだ。体が熱い。全身に満ちた泡が沸騰して弾けていく。頭がくらりと揺れた。

タトゥーのウェイターがアイスピックを握りしめていた。俺は両手を広げて奴を挑発する。

「来いよ」

構えているだけでむかってこようとはしない。

客引きがスマホを取り出したのが目の端に映った。仲間を呼ぶつもりらしい。こいつが先か。

テーブルの上を跳び、奴の襟首を摑んで床に引き倒す。横顔を靴底で踏みつけた。「あだだ」耳にあてがったスマホを顔に埋め込むように。「か…かんべん……」何度も何度も。「し…………」

鳥の叫びに似た声とともに、ウェイターがつっかかってきた。こういう時に逃げるという選択肢は俺にはない。ピックの先が腹に届く寸前で手首を摑む。生《なま》っ白《ちろ》くてか細い腕だ。

「どうした。手、震えてるぞ」

「ひひっ」

奴の勢いには人を殺す覚悟がない。二の腕から肩にかけてのタトゥーは、髑髏《どくろ》と横文字。

我慢の要らないファッション用の刺青《いれずみ》だ。俺が背負っている和彫りとは違う。

「腰が抜けたか？」

手首を摑んでる俺の左手に小指がないことに気づいたか？　腕を背中に捩《ね》じるとアイスピックが簡単に落ちた。ウェイターの手首を摑んだままそいつを拾い上げる。

「掃除代はいくらだったたっけ」

「ひっ、ひひい」

摑んだ手首をテーブルに叩きつけた。何度もそうすると、拳にしていた右手が開いた。五の形に。そうだよな、五万だ。

「なめてんのはてめえらのほうだ。誰に断ってうちの縄張《シマ》で商売してる」

手の甲にアイスピックを突き立てた。鳥の叫び。骨が邪魔でうまく刺さらねえ。もう一度。血が赤い噴水になって溢れ出る。串刺しにするつもりだったが、今度はテーブルの硬さが災いした。かわりにピックをきりもみしてやった。鳥の叫びが高くなる。

「ただで済むと思うなよ」

メロン女がデブを乗り越えてドアノブにすがりつく。派手に盛り上げた髪を摑んで引きずり戻した。

尻から崩れた女を片膝で押さえつけて、半分近く露出した乳房をアイスピックでつついた。女は大きく見開いた目で俺を見上げてくる。開きすぎて片方のつけ睫毛が取れていた。

「お前らもだ」

大きなワイングラスに盛ったテキーラボールをメロン女の口の中に押し込んだ。一個、二個、三個。見開いた目から涙が零れる。膝が生暖かくなった。小便を漏らしやがった。四個、五個。

「全員売り飛ばしてやる。一生抜けられねえ場所に」

女たちが泣きだした。

背筋がぞくりと震えた。いくら酒を飲んでも手に入らない快感の震えだ。くそったれな日々の中で、自分が生きていると思えるのは、こういう瞬間だけだ。

2

若頭《カシラ》の顔を直視することができずに、俺は社長用デスクの頭上にある神棚ばかり眺めていた。

「で」

パターで肩を叩きながらカシラが首を斜め三十度にかたむけた。この人の言葉はいつも唐突で、短い。

「あ、いえ」

喉を詰まらせながら答える俺は、無意識に否定語を使ってしまう。問いかけに「はい」と答えると、殴られる確率が高いのだ。

「暴れる必要はあったのか」

目を見ることができず、黒光りする短髪を後ろに撫でつけたカシラの頭に視線を置く。

「いえ」

「余計な手は出すなって言わなかったか」

「いえ……いや、押忍《オス》」

「飲んでたのか」

「押忍」

カシラが首を元へ戻す。かわりに片眉がつり上がった。

「押忍はいいから。いくつだお前は。いつまでも三下《さんした》じゃあるめえし」

「仕事の性格上」

パターが唸り、机がぶっ叩かれた。おそらく俺の身代りに。使われるのを見たことがないデスクトップパソコンがびりびりと震える。

「セイ、カク、ジョウだあ？　三下のくせに生意気な言葉使うんじゃねえ」

「押……いえ、すんません」

「言葉で説得して、うちの加盟店にさせて、みかじめを取ればいいだけの話じゃなかったのか」

「そのつもりでしたが、素人《トウシロ》がなめくさった口をきくので、ちょっと……」

「ちょっと？」

「いえ」

「三丁目じゃないことは、ちゃんと確かめたうえでだろうな」

「押忍、いえ、もちろん、それは」

三丁目には、俺たちと抗争《ドンパチ》寸前まできている他の組の進出拠点がある。いまどき事務所なんて堂々と構えられれはしないから、表向きは金融系の会社だ。

「まったくの素人ってわけでもねえ。昔、うちにいた若いのがケツ持ちしてた。口を塞ぐのに苦労させられたよ、俺」

カシラがパターの肩たたきを再開する。俺はいつ殴られてもいいように身構えていた。避《よ》けるなんてとんでもない。右の鎖骨は勘弁して欲しかった。いままでに二回折っていてボルトが入ったままだ。

「すんません」

「これで何度目だ」

「いえ」

パターのヘッドで思いきり腹を突かれた。倒れそうになるのを両足を踏んばって耐える。

「いえ、じゃねぇよ。何度目だって聞いてんだろが」

何度目だろう。カシラの車を運転しなきゃならない時に、酔っぱらって使いものにならなかったのが、二回。酔い潰れて急な呼び出しに気づかなかったのは、三、四回。遅刻だけならもっと多い。組長《オヤジ》の楯になるためにバーへお供した時、ゲロを吐いちまったことが、一回。その場を離れることはできないから、靴の中に吐いた。

「酒、やめられねえか」

答えに詰まると、またカシラの眉が上がった。

「努力します」

「シャブもやってるのか」

「いえ」注射は苦手だ。女とやる時だけエクスタシーを飲《の》む。そっちをほどほどにしておくためにも酒はやめられなかった。俺には他に楽しいことを思いつけないのだ。女には飽きた。十七の齢から少年院と刑務所《ムシヨ》を別にすればマスをかいたことはない。ギャンブルにももう刺激は感じない。仕事になっちまったからだ。

「懲役《ツトメ》行って、抜いてくるか。そろそろマル暴の顔を立ててやらねえといけない時期だからな。ちょうどいいクチがひとつあるぞ。二年半ぐらいだ」

「いえ……それは勘弁してください」

三年前に二度目のツトメを終えたばかりだ。今度のツトメを終えたら、組の中での俺のポジションがあがる。そういう約束だったから、一人で刑をしょった。ムショを出た日、俺は門の向こうに迎えの車が横づけされていて、その場で放免祝いの酒席に案内されるものだと思っていた。でも、誰一人迎えには来なかった。

最寄り駅のとんカツ屋で一人、ビールを飲んだ。その日から一日も体から酒が抜けたことはない。

「頼也《らいや》」

カシラが俺の名を呼んで見上げてくる。ムショを拒否したことを怒っているのだと思って、身を縮めたが、違った。俺が背中に彫った菩薩《ぼさつ》みたいな目をしていた。

「顔が黒いぞ」

「日焼けかと」

「馬鹿言え」小さく笑って、パターで俺の頭をこつこつと叩く。ヤキを入れる強さではなく軽く。

「肝臓だよ。まぁ、職業病だ。労災はねえけどな」表向きは不動産会社の社長であるカシラは自分の冗談にくっくっと笑ってから、急に真顔になった。「佐々木《ささき》の叔父貴も肝臓で死んだの覚えてるだろ」

「ええ」

「アル中を治せ。もう少しは寿命が欲しいだろ」

俺のことを心配してくれる人間が世の中にいるとしたら、この人だけだ。カシラみたいに情がわかる人間だったら、俺ももう少し出世できたんだろう。

カシラがポケットを探り、テーブルの上に二つ折りの紙切れを投げ落とした。開いてみると、住所と電話番号が書かれたメモだった。

「どこすか」

「病院だ。そこへ行ってこい」

「いや、だいじょうぶっす、これからは気をつけますんで」

カシラの目からはもう菩薩が消えていた。パターの切っ先を俺の顔に突きつけてくる。

「命令だ」

3

病院なんて、五年前にゴロを巻いて刃《ヤッパ》で切りつけられて、闇医者に四十針縫われた時以来だ。

組御用達《ごようたし》の闇医者は内科医で、俺の上手《うわて》をいくアル中だったから、俺の背中の観音菩薩《かんのんぼさつ》は顔の左右がずれていて、胸から腹にかけてムカデが這っている。

ましてや大学病院なんぞ生まれて初めてだった。だだっ広い敷地の中にごちゃごちゃと建物が並んでいる。いちばんでかくて古めかしいのが本棟だった。教えられた外来受付という場所を探す。

病院に馴染みがないのはガキの頃からだ。俺の母親は、俺の体より診察代の金額を心配するような女だった。小学三年の時から一緒に暮らしていた義理の糞ったれ親父は、俺の体に傷を増やすような男だったのだが。

受付の女に保険証を渡した。偽造じゃない。いまの「職場」が会社組織になってからは、本物を持っているのだ。使ったのはだいぶ昔に歯医者へ行って以来だが。

「初診なんだけど」

ちょっと気分が良かった。堅気《カタギ》のふりをするのも悪くない。ごく普通の人間として扱われるのは嫌いじゃなかった。

俺は夜の盛り場を巡回するための威嚇《いかく》用ファッションじゃなく、正体を隠してぼったくりバーに行った時と同じ、俺の服としては地味なストライプのダークスーツを着てきた。スキンヘッドにしているわけでも金色のツーブロックにしているわけでもなく、しばらく床屋へ行ってないから少しぼさぼさだが、髪型もカタギに見えるはずだ。小指のない左手はポケットの中に忍ばせている。

だが、受付の女は、俺とは目を合わせようとせず、用もねえのに下を向いたままだ。俺からヤバイ臭いでもしているふうに。すましやがって。犯すぞ。

女はせりふを棒読みする口調で言った。

「紹介状はお持ちですか？」

ん？　あ、ああ。カシラから渡された封筒のことか。中に何が入っているのかは知らない。ヤクザの面倒を見させるための裏金か、医者の弱みを握る証拠写真か何かだと思っていた。内ポケットからそいつを取り出すと、いったん奥へ引っこみ、戻ってくるなり俺に言った。

「精神科のドアの前でお待ちください」


精神科。カシラに行き先を知らされた時には、何かの間違いじゃないかと思った。なんで俺がそんなところへ行かなくちゃならない？　だがカシラは言う。「酒とヤクを抜きたいなら、そこしかねえよ」

一階の隅、よそから存在を隠すようなコの字にへこんだところに待合場所があった。平日だがここは混んでいて、座り心地の悪そうなベンチはあらかたが埋まっている。唯一空いている場所に座ると、隣の男が逃げるように腰をずらした。寝起きの小便みたいにだらだらと雨が降る蒸し暑い日だったが、俺は上着を脱がず、左手をポケットに突っこみ続けた。

順番を待つのは苦手だ。深夜のタクシー乗り場でも列を無視して先頭に割りこむ。文句を言ってくる奴は睨《にら》みつけて黙らせる。診察室のドアをぶっ叩いて「さっさとすませろ」と怒鳴りこみたくて、俺の体はうずうずしていた。

そうしなかったのは、今日ここへ来たのがカシラの命令だからだ。しかもこの大学病院の理事長とうちの組長には、病院の建設用地がらみの繋がりがあるらしい。めったなことはできなかった。

視線の先には、病院の中庭がある。水色の紫陽花《あじさい》が咲いていた。また雨が強くなった。灰色の雨だ。

待合場所にいるのは男と女半々ぐらい。他の科の待合はどこもババアやジジイが苔みたいに張りついているが、ここだけは年齢がばらばらだった。口を開く人間はいない。どいつもこいつも顔をうつむかせて、お互いに視線を合わせないようにしているふうに見えた。

ただ一人、元気なのは、患者が一緒に連れてきたらしいガキだ。待っている人間の顔を下から覗きこんで何やら話しかけている。返事がないとわかると、隣の人間に同じことをする。うるせぇな、ったく。

ガキは嫌いだ。ガラスを引っ掻いたような甲高い声が耳に障る。自分が保護されるべき存在だと思い上がって所かまわず猿のようにはしゃぐのが腹立たしい。俺には手足が生えたメガホンとしか思えなかった。

ぼんやり窓の外を眺めていたら、下から声がした。

「おじちゃん、そと見てる?」

ガキが俺の真下の床にしゃがみこんでいた。髪を頭の上で結わえてピンクのTシャツを着ているから女なんだろう。俺にはガキの年齢はわからないが、サッカーボールがわりに蹴り飛ばしたいほど小さい。眉根を寄せて睨みつけてやったが、効果はなかった。ガキが嫌いな理由をもうひとつ思い出した。俺が周囲に放っているヤクザの臭いを、ガキが嗅ぎ取れないことだ。

「おじちゃん、あめがすき？」

無視して壁に嵌《は》めこまれたテレビに視線を移した。

「リホはあめすき。はれもすき」

うるせえ、と声にする前に母親が飛んできた。

「すみません」

手を引かれたガキが俺を振り返って、また唇をぱかりと開けた。

「オムライスはすき？」

ガキが嫌いなのは、なによりそれを甘やかす親が大嫌いだからだ。オムライスだと。そんなもん食ったこともない。生まれてから一度も。

壁に据えられたテレビに映っているのは、かわりばえのしないニュースだった。

宇宙服じみた防護服を身につけた人間が何人も廃墟の中を彷徨《さまよ》い歩いている。まるで他の惑星からの宇宙中継のようなこの光景も、いまじゃすっかり見慣れている。昔の映像なのかいま現在の様子なのかもわからない。

二度目の原発事故が起きてから、二年が経つ。ひさしぶりに長くニュースになっているのは丸二年の日付が近づいているからだろう。この国の三回忌みたいなもんだ。

福島《ふくしま》の時より被害が大きく、死人も出たのに、当初は一色に染まっていた報道が、ふくらみすぎた風船の空気が抜けたように急速に萎《しぼ》んでいった理由は、俺でもわかる。

みんな現状《いま》を知りたくないのだ。知るのが怖いからだ。忘れたいのだ、すべてを。

景気がどん底に落ちたこと。外国人観光客が激減したこと。国の中に二カ所も人間が立ち入れない場所ができてしまったこと。全部、なかったことにしてガラガラポンで済ませたいに違いない。

ま、俺には関係ねえけど。二年前には俺たちの業界ですら動揺する奴が多くて、『任侠《にんきょう》』の二文字を社長室に掲げるカシラは若いのを引き連れて炊き出しに出かけたが、五十キロ手前で追い返された。世間のあちこちのタガが緩んだおかげで、俺たちの仕事はむしろ息を吹き返している。


帰っちまおうか、そう考えはじめた頃、看護婦が俺の名を呼んだ。やれやれ、やっとか。

違った。バインダーに挟んだ書類を渡されただけだ。

「問診票です。これに記入しておいてください」

「なぁ、まだかよ」

「ごめんなさいね。はい、鉛筆」

差し出された鉛筆を手に取ったのは、中年のその看護婦のさくさくした言動が、小六の時の担任にほんの少し似ていたからだ。

問診票というのは、左側に質問が並び、右側に二択の回答欄が並んでいる、学校のテストみたいなしろものだった。漢字に全部ふりがながふってあるのが忌ま忌ましい。アル中になるような人間《にんげん》は頭《あたま》が悪《わる》いっていう決めつけだろう。

世間は高校中退の俺を学がないと決めつける。カシラにしたって俺をろくに言葉も知らない馬鹿だと思っているようだが、そんなことはねえ。

刑法が四十章二百六十四条まであることを知っているし、琥珀《こはく》という漢字も書ける。最近は俺の業界でも経済に強い組員や外国語が話せる人間がうまいシノギをし、幅をきかせている。だから、二度目のムショでは食堂に置かれた官本《かんぽん》を読んだ。教科書なんて開きもしなかったガキの頃の遅れを取り返すために。文字だけの本を十冊以上も。

一問目はこんな問いかけだ。

『酒《さけ》が原因《げんいん》で大切《たいせつ》な人《ひと》（家族《かぞく》や友人《ゆうじん》）との人間関係《にんげんかんけい》にひびが入《はい》ったことがありますか』

くだらねえ。この質問票をつくった奴のほうが、よっぽど馬鹿だ。これを考えた奴は、俺みたいな人間の人生を想像したこともない、能天気な日々を送ってきたんだろう。

まず、ひとつ。俺には「大切な人」なんかいねえ。

ふたつ。「大切な人」っていうのを抜きにして答えてやったとしても、俺には「人間関係」もない。あるのは上下関係だけだ。従うか、従えるか、ふたつにひとつ。従える人間をふやして頂点に立つのが俺の目標で、上に従って耐えているのは、それを達成するためだ。

みっつ。まぁ、どんな関係にせよ、俺の場合、他人との間にひびを入れるのは、酒だけが原因じゃない。

よっつ。俺は誰との間にひびが入ろうがいっこうに気にならない。

二問目からは設問を読まずに、右と左、交互に丸をつけてやった。


診察室に呼ばれたのは、問診票を出して、さらに二十分待ち、今度こそ帰ろうと腰が半分浮いていた頃だ。

想像していたより広く、きちんと片づいている、中学時代によく世話になった保健室を思わせる部屋だった。

右手の白いデスクの上に三台のパソコンが並んでいる。白衣の男がこちらに背を向けていた。少し手前に小さな椅子。そこに座れ、ということらしい。医者の椅子には肘掛けがついていて、こっちのにはなく背もたれも申しわけ程度なのが、気に食わなかった。

「及川《おいかわ》さんですね」

パソコンから目を離さない医者の背中が言う。

「さきほど記入していただいたスクリーニングテストですが」

そう言ってからようやく振り向いた。色白の細い男だった。顔も細長く、フレームレス眼鏡が全体の上から三分の一の位置にかかっているように見えた。齢は四十ちょいか。低いがよく通る声だ。

「回答欄に左右交互にチェックを入れられたのには、何か意味がおありですか」

「いや、何も」

「ご自分に課した規則性のようなものでもあるのかと」

「何もないって」

「では、特に参考にはなりませんね」

医者は手にしていた問診票をデスクの上にあっさりと放り捨てる。

冷静そのものの態度に俺は苛立《いらだ》った。医者が俺にビビって慌てふためく姿を楽しもうと思っていたのに。読みもしなかった質問の内容が急に気になりはじめた。俺にあれを書かせたのは、何か別の意図があったんじゃないかと思えてきて。

「もう一回書こうか?」

「いえ、もうけっこうです」

ムカつく。

ままだった。

「右手を出してみてください」

拳を固めて顔の前に突き出してやった。医者は首をのけぞらせたが、声は落ち着き払ったままだった。

「そうではなく、開いて見せてもらえませんか」

んなことぐらいわかってるよ。漢字にふりがなを振るような喋り方はやめろ。

「手の震えはありませんね」

たぶん昨日、酒を飲んでねえからだ。震えはしょっちゅうってわけじゃない。抜こうと思えば酒ぐらい自分で抜ける。だから俺の場合、重症ではないはずだ。

「いったん飲みはじめると、途中でやめられなくなりますか」

「いや、あー、そんなことはない」

嘘だ。一杯飲んじまったら、止まらなくなる。

嘘は昔からつき慣れている。あんまり嘘ばかりついてきたから、最近は自分でも自分の言葉がどこまで本当か嘘かも見分けがつかないぐらいだ。

アルコール依存症のことはスマホで多少調べてきた。いちばんの治療法は入院することだそうな。それだけは避けたかった。だから酒を抜いてきた。出世しそびれてる俺にも「下」はいる。頼りないそいつらにシノギを任せるわけにはいかなかった。なにより入院しちまったら、酒が飲めなくなっちまう。

飲酒に関して、いくつか質問され、俺は入院を回避するための嘘をつき続けた。さすがにこれはバレバレだろうという答えにも医者は疑問を挟まなかった。俺が言うのもなんだが、熱意が感じられなかった。適当に相手をして俺を追い返したいだけかもしれない。

おざなりな質問の後、医者は蛍光ペンを取り出してキャップを抜き、俺の顔の前に突き出してきた。

「嗅《か》いでみてください」

ペンじゃなかった。先端のフェルトが筒のように長く飛び出していて、軸には番号がふられている。

「何の匂いがしますか？」

「匂い？」

「オレンジの匂いはしませんか」

「オレンジ？」

また別のペンに似たものを取り出して、鼻の穴に突き刺さりそうなほど近づけてくる。

「これはどうです？」

「ん、あ、ああ、レモンだろ」

嘘でごまかす。医者はペン軸の番号と手もとの書類を交互に眺めてから、ゆっくりと首を横に振る。

「ゴムの匂いです」

「鼻がつまってるだけだよ。酒のせいじゃない」

そう、アル中には関係ない。俺は昔から匂いを嗅ぎ分けるのが苦手なのだ。きっと、ガキの頃に糞みたいなモノしか食っていないせいだ。

俺には初めから父親がいなくて、十九で俺を産んだ母親は料理などしたこともない女だったから、俺にとって食事といえば、スナック菓子かカップ麺、よくてコンビニのパンか弁当だった。たぶん物心がつく前から。消費期限切れにはいつも腹をこわしてから気づいた。

外食なんてしたことがない。給食のカレーが、この世でいちばんのご馳走だった。高校になってカツアゲやマンビキで金を稼げるようになって入ったファミレスが、俺の生まれて初めての外食だ。

医者が初めて俺の顔を真正面から見た。

「相貌を失認することは――人の顔の見分けがつかなくなることはありませんか」

「あ?」何を言っているんだ、こいつは？「ありえないね」

むしろ人の顔を覚えるのは得意だ。祝儀不祝儀《ぎりかけ》で一家が集まった時に、きちんと顔を覚えておくのも仕事のうち。いつ鉄砲玉が紛れこむかしれないし、上の誰と誰が盃《さかずき》を交わしていて、それが五分なのか五厘下がりか四分六か、などなどを頭に入れておかなくちゃ、おちおち案内もできない。

医者がいちばん左のひときわ大きなパソコンを起動させた。

「この画像を見てください」

モニターに静止画が映った。

画面いっぱいの若い女の顔のアップだ。唇を台形に開け、両頬や眉間にくっきり皺《しわ》をつくって、顔を歪《ゆが》ませている。

「この人は、どんな表情をしていますか」

「あ？」

医者はもう一度、同じせりふを繰り返した。

「なぁ、俺はアル中を治しにきたんだぜ。わかってるよな」

「わかっています」そう言ってから、俺の言葉を訂正する。「アルコール依存症ですね」

椅子を蹴倒して出ていってしまいたかったが、頭に浮かんだカシラの顔がそれを押しとどめた。不貞腐《ふてくさ》れていることをはっきりわからせる口調で答えた。

「叫んでる」

「叫んでる？　それだけですか。この女性はなぜ叫んでいるのでしょう」

「そこまでは知らねえよ。何を叫ぼうと個人の自由だ」

二度目の原発事故のどさくさのうちに成立した特定秘密メディア規制法にからめた知的なジョークのつもりだったのだが、医者は唇の端すら動かさずにこう言った。

「何かに怯《おび》えている。恐怖の表情。普通ならそう答えるのですが」

「ああ、わかるよ」そう言われればそう見えなくもない。

「ではこれはどうでしょう」

今度は男の顔だった。口は閉じているが、眉の間に皺を寄せ、やっぱり顔を歪めている。

「これも同じだ。何かに怯えている」

医者が手もとの書きつけを眺めてから、首を横に振る。個人的な見解ではなく、ここに書いてある事実だ、と俺にわからせようとするパフォーマンスに見えた。

「いえ、これは悲しんでいるのです。悲嘆の表情ですね」

「違いなんてあるかよ」

「あります。通常は」

だんだん苛ついてきた。俺が普通じゃないような言い方が。俺はスーツを脱ぎ、シャツの袖をまくりあげた。肘下《ひじした》までの彫り物が見えるように。

「暑いな、今日は」

小指のない左手で前髪を掻きあげる。

医者の目が俺の左腕に走り、そこで止まった。ただし、俺が期待していた反応じゃなかった。壁紙のサンプルを熱心に眺めるような目つきだった。背中も見せてもらえませんか、と言い出しかねないような。

「院内温度は二十六度に設定されていますが」

ほんとうに気に食わない野郎だ。

「さっさと終わらせようぜ」

「では、最後にもうひとつ」

医者が引き出しから何かを取り出した。

「これをつけて立ってみてください」

机に置いたのはヘッドホンと、肉厚のごついゴーグルだ。ゴーグルといってもレンズはない。前面のすべてが黒いカバーで覆われている。

「なんだよ、これは」

「ご心配なく。ただのVR《バーチャル》3Dゴーグルですよ。テストの一環です」

かすかに笑ったように見えた。なめんなよ。机の上からゴーグルをひったくって椅子から立ち上がった。

バーチャルゴーグルぐらい知っている。使ったことがないだけだ。流行りものになってずいぶん経つ。こいつはひと時代前の旧式だろう。最近じゃサングラスと変わらないような超薄型が出まわっているはずだ。

ゴーグルをつけたとたん、目の前に山が浮かんだ。雪を冠《かぶ》った三角形の険しい山だ。首を右に振ってみた。別の山がすぐそこに迫っている。噂どおりの迫力だ。本当に山の中にいるように思えてくる。

「面白《おもしれ》えな、これ」

「下を見てください」

上を見てやった。空が見える。そうだった。バーチャルゴーグルの映像は360度に広がるのだ。医者が地団駄を踏むだろう間《ま》を置いてから下を見る。

崖っぷちだった。俺は崖の真上に立っているのだ。崖の下は深い谷で、遥か下方に糸のような渓流や豆粒ほどの建物が見えた。ヘッドホンからは激しい風の音。

「ご気分は？」

「最高だね」

「歩けますか」

「ん？」

ふいに崖の縁から橋が出現した。橋というより踏み板か。平均台と大差のない幅の板が、手すりらしいものが何もなく向こうの山まで延びている。肝試しってか？

片足を上げてみた。登山靴を履いたバーチャルの足が俺とまったく同じ動きをする。ヘッドホンではなくリアルの世界のほうで、何かを移動する物音が聞こえた。

「そこからまっすぐ歩いてみてください。障害物は片づけましたから」

「おお」

本物の漢《おとこ》の肝っ玉をカタギのこいつに見せてやることにした。細い橋に足を踏み出す。板が大きくたわみ、風の音が強くなった。

だが、何の問題もない。俺に見えているすべてはしょせん偽物だ。ここは病院の診察室で、山の中じゃない。

二歩、三歩、四歩目からは早足で歩いた。バーチャル映像ではますます谷が深くなっている眼下を覗きこみながら。

奥の壁の棚に突き当たって、ガラス器具が揺れる音がしたが、俺はひるまず反転して、そのまま机のあるはずの場所へ戻った。

今日初めてだろう。医者が感情のこもった声をあげる。

「すごいですね。普通はバーチャル映像だとわかっていても足がすくむものだ。一歩も歩けない人もいますすし、どちらにしても現実の前方が見えないわけですから、誰もが探るような足取りになる」

鼻で笑ってやった。

「俺は普通じゃないからな」

「ではもうひとつ。これはどうでしょう」

俺を取り巻く映像が別のものに切り替わった。今度は見渡すかぎりの草原。赤茶けた土の色とまばらに生えた木の形からすると、日本の風景じゃない。どこか外国の大草原だ。

左手の深い藪の向こうがざわざわと揺れはじめた。ヘッドホンからは、猿だか何かの動物の切羽詰《せっぱつ》まった鳴き声が流れてくる。

藪の揺れがますます激しくなり、猿の声が悲鳴に近くなる。

いきなり藪が割れ、何かが飛び出してきた。

薄茶色の巨大な動物。

ライオンだ。

こっちに歩いてくる。咆哮が耳を刺す。

牙を剝《む》いたかと思うと、皮を剝いた葡萄のような両目を光らせていきなり飛びかかってきた。

俺はただぼんやりと突っ立っていた。

なんなんだ、これは？　ガキの遊びか。

バーチャル映像のライオンが俺の体を突き抜け、目の前の風景は元の静かな草原に戻る。

医師の声がした。

「けっこうです」たいへん、けっこう、と言っているふうに聞こえた。「たいていの人は声をあげるものだ。両手を前にかざしたり、無意識のうちに防御の姿勢になったり。あなたは怖くなかったんですか」

「いや、まったく」少し驚きはしたが。どうせ偽物だ。「ところで、これは何のためのテストだ」

「もう外してけっこうですよ」

「説明しろよ」

ゴーグルとヘッドホンを医者に放り投げた。奴は忌ま忌ましくもあらかじめ予想していたというふうに捕球体勢を取っていて、両方ともキャッチした。機材を引き出しにしまいこみながら俺に言う。

「二つのテストでわかったのは、あなたには『恐怖』の概念が薄いということです。ご自分に関しても、他人の恐怖に対しても」

「だから何？」

「いえ、ひとつの事実としてお伝えしたまでです」

医者の横顔で唇が笑ったかたちに動いたように見えた。ガキの遊びのようなテストで得意気になっている場合じゃなかった。自分が何か大きな間違いをしでかした気分になった。

医者が椅子ごと体を回転させて俺に向き直る。

「薬を出しておきます。必ず飲んでください。そして、来週また検査に来てください」

「入院はしなくていいのか」

「いまのところは。次回は薬物依存のことも話していただけますか」

「薬物《ヤク》？　そんなものはやってねえよ」ドラッグだけだ。

医者が少し残念そうな顔になる。

「簡単な検査をしましょう」

「検査?」

「脳画像を撮らせてください。次回はここではなく、こちらのほうに来ていただけますか」

医者が寄こしたのは、街のあちこちに散らばっている大学の施設案内図だった。一カ所が赤ペンで丸く囲ってあった。

『脳科学研究所』

なぜ、アルコール依存症を治すのに脳の画像とやらが必要なんだ?

「なぁ、あんた、俺がどういう人間か知ってるのか」

「聞いてますよ。私、犯罪歴のある被験者を探していましたので。協力していただけるという話もね」

協力? 俺は聞いてない。

「申し遅れました。私、桐嶋《きりしま》と申します」

そう言って顔写真入りの名札をつまみ上げてみせた。

「俺に何をするつもりだ」

「もちろん治療です」

奴が俺を見る目が気に食わなかった。ホルマリン漬けの標本を見るような目だった。

4

あちこちで拳銃《ハジキ》を撃つような音が聞こえている。

若頭《カシラ》が腕を振り抜くと、周囲のヘボどもとは明らかに違う軽やかな音とともに、低い弾道でボールが飛んでいった。

「ナイッショー」

うんこ座りで脇に控えていたカシラ付きの若いのが声をあげる。

「うるせぇ。みなさんにご迷惑だろが」

カシラがドライバーで若いののスキンヘッドを小突いた。ナイターのゴルフ練習場は人が多かったが、カシラの両隣には誰もいない。右側など二列ぶんがまるまる空いていた。俺はカシラの長尺ドライバーが届かない場所に立って、声をかける機会を窺《うかが》っていた。

スキンヘッドがゴルフボールをティーに載せようとすると、カシラがまた怒鳴った。

「自分でやるからいいって言ったろう」

指をティーショットされるのを恐れてスキンヘッドが手を引っこめる。俺はゴルフをやらないし詳しくもないが、今度のショットは芯をはずしたようだ。パンという派手な音とともに飛び出したボールは左に逸《そ》れ、照明の届かない闇の中に消えていった。

「で」

ミスショットの言いわけがわりのように俺に声をかけてきた。

「電話で済む用事じゃなかったのか」

「いえ、行ってきました」

「どこへ」

「病院です。昨日」

ようやく振り返ったカシラの両頬には、縦にくっきりと筋肉のすじが浮いていた。これがカシラの笑顔だ。「おお、そうか。良かったじゃねえか。酒は飲んでねえよな」

俺は震える両手を前に組み、懸命に押さえつける。

「押忍《オス》……いえ……はい」

再び構えに入ってしまったカシラに声ですがりついた。

「あのぉ」

小さな舌打ち。スキンヘッドの背筋が伸びた。俺のもだ。カシラはアドレスを解き、素振りをしながら面倒臭そうな声を出す。

「なんだよ」

「裏があるんっすか」

「裏？」

「俺があの病院に行くのに、なんか裏があんのかと……」

二度素振りを繰り返してから、カシラの背中が言った。

「あたりめえだろ。大学病院にヤク中をよろしくって正面から頼めるわけがねえ。組長《オヤジ》が裏からあれこれ手を回してくれたんだよ。わざわざお前のために」

ヤクはだいぶ前からやってねえ。シャブという意味なら。だが、カシラに同時にふたつの口答えなどできるわけなかった。「ありがたいと思ってます」カシラが見ていないのに頭を下げ、ですが、と俺が口にしようとする前に、カシラが若いのを怒鳴りつけた。

「早くボール置け」

カシラにしては珍しくまた打ち損じたが、今度は声をかけてきてはくれなかった。俺はラルフローレンのゴルフウエアの背中にもう一度一礼して、発砲音じみた音が交錯する夜のゴルフ練習場を出た。


雑居ビルの狭苦しいエレベーターで四階へ上がる。廊下の奥、二台の監視カメラが訪問者を睨《にら》んでいる鉄扉の前に立つと、階段のとば口で気配を消していたダークスーツが近寄ってきた。

「お疲れっす」

張り番をしていた翼《つばさ》だ。名前には不似合いのずんぐりした体を二つに折って挨拶してきた。

「おう」

どこにも看板はないが、ここは裏カジノの入り口だ。表向きの経営者にはカタギの人間を立てているが、実質的に仕切っているのは、俺だ。

翼がコーンロウの頭を寄せてきて、耳打ちをする。

「また来てますよ、アゲハ蝶」

無言で頷《うなず》いて、顔認証システムカメラを見上げる。誰かの舌打ちのような解錠音を聞いて重いドアに手をかけた。

窓のない部屋の中は煙草の烟《けむり》に霞んでいる。中央にルーレット台。両脇にブラックジャックとバカラの楕円の卓が大小二台ずつ。もともとは雀荘《ジャンそう》だった物件だから、そう広くはないが、調度には豪華なものを揃え、けっこうな人数を雇っている。すべての卓の前に蝶ネクタイのディーラーが立ち、シャンデリアの下で、ビキニのバニーガール三人が尻を振って酒を運んでいる。客は十人ぐらいか。

奥にはバーカウンターがあり、ドリンクと料理は飲み放題、食い放題だ。俺はそこに直行した。

バニーガールの一人が急ぎ足で戻ってきて、俺が何も言わないうちにグラスに氷を入れ、山崎のロックを渡してくる。唇をあひるにして、合格通知を待つような視線を向けてきた。

「氷は三つだ」

俺は多すぎるロックアイスひとつをカウンターの向こうに投げつけた。

この女とはここを開業した最初の週にやった。元レースクイーンだとかで、蜂みたいに腰のくびれた女だったが、寝たのはそれ一回きりだ。体臭がきつかったし、二度目のムショで退屈しのぎに真珠のかわりに歯ブラシの柄を削った玉をチンコに入れてしまったおかげで、どんな体の女と寝ても、俺自身の快感は薄くなってしまっている。

いまは女より酒だ。カシラに会うまでは飲まないと決めていたから、もうまる二日、体にアルコールを入れていない。血管の中に羽虫が忍び入ったように全身がむずむずしていた。グラスを握ると、手の震えが酷《ひど》くなり、からからと氷が鳴った。ウイスキーが氷になじむまで十秒ほど待つのが俺の流儀だが、その十秒が待てずにグラスの中身をワンショットのようにいっきに流しこんだ。

喉が灼《や》けた。二日ぶりの酒は、下手な射精より俺の体を震わせた。やっぱり酒がいちばんだ。やめることとなんてできっこない。

二杯目を今度は何口かに分けてゆっくり味わい、ようやくひと息ついて、店内を見まわす。いつものようにいちばん人気はルーレット台で、客の半分が集まっている。

「ノー・モア・ベッツ」

賭けを締め切るコールが聞こえた。喧騒が静まり、回転盤《ウイール》を回る象牙のボールの音がここまで届く。

少しの間ののちに、どよめき。

「またかよ」

「すっげえな。シフトベット、ドはまり」

スティックでかき集められたチップの山のむこうで、三十手前ぐらいの女が唇をVの字にして微笑んでいた。

「どうもでーす」

長い髪を卵形の小さな顔のまわりに波うたせた、きれいな女だった。チューブトップの剝き出しの肩に揚羽蝶《アゲハ》のタトゥー。まだ午前一時を回ったばかり。キャバ嬢が出てくるには早い時間だ。高級ソープか、スーツを制服にしているようなクラブの女だろう。

黒服姿でトレイを運んでいる店長を呼びとめた。

「どうだ?」

四十すぎの酒太りした男だ。前科はあるが組の人間じゃない。

「今日はまだ一本半ぐらい」こいつは年下の俺に敬語を使いたがらない。下顎《あご》がたるんだ顔を見据えて目を細めると、あわてて言葉を足した。「ですね」

百五十万か。俺は店長に聞かせるためのため息を吐く。

「アレがまた来てるな」

アゲハの女に顎をしゃくった。俺が姿を見たのは二度目だが、週に二回はここへ来て、ルーレットだけで遊び、ほぼ毎回勝っていくそうだ。

「うん、今日も馬鹿ヅキ。アレがいなきゃ、二本近くはいってるはずなんだけど。頭が痛いな」

俺も頭が痛かった。譬《たと》えじゃなく、本当にこめかみが疼《うず》いていた。酒の力を借りないと眠れないから、ここ二日はろくに寝ていない。そのせいだろうか。片手で頭蓋骨の継ぎ目を揉みながら俺は言う。

「あの女、磁石とか使ってねえだろうな」

俺よりずっと裏カジノ稼業《かぎょう》が長い店長が、歯にすき間風を吹かして笑う。

「パチンコじゃあるまいし。ルーレットじゃ客にイカサマは無理だ……ですよ」

苛《いら》つく野郎だ。ムショ暮らしをしていた奴は、看守に逆らうことができず、たまにしか出ない甘い食い物の多寡《たか》で喧嘩をするようなヤクザの情けない姿を見てきているせいか、ヤクザを舐《な》めてかかっている。

「今日はまだって、ここんとこ毎日二本超えてねえだろうが。今日は絶対超えろ。次の店《ハコ》でも店長を続けたかったらな」

カジノのハコは、頻繁に場所を変える。おおよそ三カ月。長くて四カ月ってとこか。警察が目をつけ、内偵を始め、そろそろガサ入れをしようかって頃には店はもぬけの殻《から》、そういう寸法だ。

「んな、無茶言わないで」

俺が睨むと、言葉をつけ足した。

「くださいよ」

頭痛はますます酷くなった。頭蓋骨の内側を誰かにハンマーでこつこつと叩かれているような痛みだ。その誰かはもう一方の手で俺の心臓を握りこんでいる。動悸がやけに速い。何も食っていないのに、吐き気までしてきた。

なんだよ、このくそ忌ま忌ましい調子の悪さは。最初はわけがわからなかった。俺には久しく経験のないことだったからだ。

それは、十五の時、初めて酒を飲み、悪酔いした時とよく似た変調だった。

なぜだ？　いま三杯目のロックに口をつけたばかりなのに。俺にとっちゃあウォーミングアップの量のはずだ。思い当たる理由はひとつだけ。

薬だ。

病院で出された薬は何種類もあった。

断酒補助剤、抗酒薬、抗痙攣《けいれん》薬、オメガなんたらとかいう栄養剤。そしてもうひとつ、桐嶋という医者から直接渡されたカプセル。院内処方しかできないものだと言われただけで、桐嶋からはどういう薬かの説明はなかった。眼鏡を長い顔の上から三分の一の定位置に押し上げて、こう言っただけだ。

「これは必ず服用してください。あなたの依存症を根本から改善するための薬です。あなただってこのままでいいとは思っていないでしょ」

偉そうに言いやがって。その時は鼻を鳴らしただけだったが、奴の言葉はあながち間違っちゃいない。このままじゃマズいことは確かだった。二度目のムショを出てすぐに俺は三十になった。俺たちの業界ではもう若くはない。自分の組を出してもおかしくはない齢だ。薬で治るものなら治したかった。だから薬はちゃんと飲んでいる。夜の分もここへ来る前に飲んだ。

あの抗酒薬ってやつか。処方箋はろくに読まずに捨てちまったが、ようするに人の体を勝手に下戸に変えちまう薬ってことか。

糞っ。

三杯目のグラスを持ち上げたが、手は動かなかった。待ち望んでいた美酒が毒薬に見えてきた。

飲むのはもうやめにしよう。もちろんやめるのは、薬のほうだ。

まだカウンターの向こうで頬杖をついていた蜂のくびれバニー——正確に言えばこの女が頭につけているのは猫の耳だ——に片手で催促した。

「水」

る。冗談だと思ったらしい、ホワイトニングした白すぎる歯を見せて、四杯目をつくろうとす
「違う。水だけだ」

ちゃんと氷を三つ入れた水を出してきた。氷はいらねえよ、と口にする気力もなかった。せっかく体に入れたアルコールを薄めるために水を立て続けに喉へ流しこむ。吐き気が酷くなっただけだった。バニーのパールピンクの唇が何か言いたそうに開きかけた。

この稼業は他人に弱みを見せたら負けだ。俺はハンマーで叩かれ続けている頭を抱えてカウンターから立ち上がった。煙草に火をつけ、ディーラーの肩ごしにルーレット台を眺める。煙を吸いこむと頭がよけいに痛くなったが、オクビにも出さずに。

うちの店のルーレットはごく普通のアメリカンタイプだ。回転盤は赤黒に色分けされた1から36、そして0と00、全部で38区分。回転盤がまわってから賭け終了のコールがあるまではチップを置けるが、アゲハは余裕しゃくしゃくで、投入前にチップの山をテーブルに積み上げていた。
7、20、32、17、5、22。
シフトベット。ランダムに数字が並ぶ回転盤の一区画を狙った賭け方だ。回転盤を時計に譬えれば2時から4時あたりにボールが落ちれば勝ち。

ディーラーがボールを投げ入れる。賭け終了のコールの後、ボールは速度を緩め、区分の

ひとつにすぽりと落ちた。

17。

客たちは驚嘆の声をあげ、アゲハが細腕を振り上げてガッツポーズをする。ディーラーの頬がひくついていることが斜め後方からでもわかった。

俺はディーラーに近寄って肩を叩く。

俺が来ていることに気づいていなかったようだ。顔を見るなり両目を剝き、それから視線を落としてうなだれた。

客に聞こえない声で囁きかけた。

「気合いを入れろ」

うちの店では基本、イカサマはしない。お客さまに楽しんでいただくことが店の評判になり、長期的な利益につながるからだ（笑）。だが、売り上げがはかばかしくない時、金持ちの客がとんでもない大勝負をしかけてきた時には、経営方針を多少曲げる。ブラックジャックなら絵札を何枚か抜き取る。バカラはベテランのディーラーにちょっとした手品をさせる。

ルーレットの場合、転がるボールを完全に制御するのは不可能だが、客の勝率を多少下げることはできる。新品同様に見えるが、この店の回転盤には、溝が深い古いタイプのものを使っているからだ。こいつなら投入する時の力加減ひとつで、落ちたボールが溝から溝へ転がることなく、一度ですっぽりと区画にはまる。狙った数字にピンポイントで落とすのは無理にしても、腕の立つディーラーなら、円盤のおおよそどのあたりに落とすかという程度の操作は可能だ。

気合いを入れろ、というのは、細工をしろ、という意味だ。

ディーラーが強《こわ》ばった顔で頷いた。ひとつ前のハコからうちにいる男だ。まだ若いがディーラー歴は長く、手際は悪くない。


次のベットでアゲハははずし、それからは賭ける額が急にケチ臭くなった。俺の吐き気は限界だった。便所に行き、便器に顔を突っこんで嘔吐した。今日も昼過ぎに起きて、朝昼兼用のカップ麺を食っただけだから、吐き出したのは胃液だけだ。

涙が出た。ただの生理現象にしても、涙を流すなんていつ以来だろう。覚えていないぐらい昔だ。十六の齢に、義理の親父を金属バットで殴り返して少年院に行って以来、俺は泣くことをやめた。

洗面所で顔に水をぶっかけてこすった。泣かない俺にハンカチを持つ習慣などなく、ペーパータオルで顔を拭《ぬぐ》っていると、目の前の鏡に冷蔵庫にスーツを着せたような鬱陶《うっとう》しい姿が映った。

「だいじょうぶっすか」

翼だった。正式に盃を交わしているわけじゃないが、俺の舎弟みたいな奴だ。

「顔が赤いっす。初めて見ました」

俺も自分で驚いていた。酒で顔が赤くなるなんてふだんは考えられなかった。

「張り番はどうした」

「いや、及川さんの具合が良くないみたいだって聞いて」

「なんでもねえよ」

帳場に戻ると、ルーレットのテーブルからはもうアゲハが消えていた。

「及川さんが来たとたん、ハズしまくりっすよ。勝ちを半分に減らして帰りました。凄いっすね、及川さんの負のオーラ。神レベルっす」

「馬鹿にしてんのか」

「とんでもない」

動悸は治まったが、頭を叩くハンマーのリズムがゆっくりになったかわりに一打一打の威力が増したように思えた。酒を飲み直すかどうか考えて、結局やめた。翼に聞く。

「なぁ、あいつの上がりは何時だ？」

「あいつ？」

「あいつだよ」

ルーレットのディーラーを顎でしゃくった。この店の営業時間は夕方から朝九時までだから、雇っている人間はシフト制だ。

「三時までです」

「人を集めとけ」

酒がうまく飲めない俺は苛立っていた。誰かを破壊したい衝動で体が疼いている。皮膚の裏側に巣喰っている黒い羽蟲が全身から飛び立ちそうだ。

二時五十五分。俺がビルを出ると同時に、目の前にベンツが停まった。運転席から翼が顔を出す。

「どうぞ乗ってください」

「馬鹿野郎。横付けしてどうする。少し離して停めろ」

三時過ぎに私服姿のディーラーが出てきた。三十近い齢だろうにジーパンを腰パンにした、店の中とは大違いの格好だ。テリヤキバーガーを食っている運転席の翼に声をかけた。

「出せ」

「どこへ行くんで?」

「あいつに聞け」

まぁ、おおかたの目星《めぼし》はついているが。

カジノから左手に行ったところに、ラブホテルが並ぶ通称ラブホ通りがある。

その手前の夜を誘蛾灯《ゆうがとう》のように明るく照らしているのは、二階に店舗があるファミレス。

ディーラーが足を止めた。ベンツも三十メートル後方で停める。ファミレスに入るかと思ったが、スマホを取り出して親指を動かしはじめた。

ほどなく二階から女が降りてきた。ブレスレットみたいな馬鹿でかいイヤリング。チューブトップとスキニージーンズに銀のハイヒール。肩のタトゥーは見えないが、アゲハだった。

「あ、あの野郎」

翼が声をあげる。トロ臭い脳味噌が尾行の理由をようやく理解したらしい。俺は静かにしろ、というかわりにコーンロウの頭を殴りつけた。

イカサマは諸刃《もろは》の剣《つるぎ》だ。店の無駄な損失が防げるかわりに、客とディーラーがつるんでしまった場合、あっさり金を抜かれてしまう。俺が店に顔を出すのは、そうさせないための脅しでもあるのだが。舐められたもんだ。

「降りるぞ」

「ここはまずいっす。レッカーが飛んでくる」

「じゃあ、手早く済まそう」

奴らは九十パー、ラブホテルに入るはずだ。幸いいまの時間のラブホ通りは人けが少ない。アゲハがディーラーに腕をからめ、思った通りの方向へ歩きだした。俺たちは靴音を忍ばせて後を追った。

ベルサイユというたいそうな名前をつけたホテルの入り口で奴らは立ち止まる。俺は足を速めた。つがいの獲物を目の前にした肉食動物の気分だった。その瞬間は悪酔い状態が体から飛び消えていた。

先に気づいたのはアゲハのほうだった。ぽかりと口を開けた。迫ってくる俺を眺める目はとろりと溶けている。クスリをやっているのかもしれない。

遅れてディーラーが振り返った。こいつは目玉をひん剝く。たいした色男だ。女の腕を振りほどいて一人で逃げ出した。

俺はアゲハの腕をねじり上げて、翼に怒鳴った。

「追え。逃がすな」

ヤクザ稼業が短くて体がなまっていない翼は、見かけによらず足が速い。なにせ五年前までは高校球児だ。


俺たちの縄張《シマ》の街から、車で三十分ほど北へ走ったところに産廃処理場がある。うちの組の関連会社のひとつだ。

夏の早い夜明けが始まる前に、鉄屑や古タイヤや建築廃材がそれぞれの山になった敷地にベンツを入れた。後ろからは組の若中《わかちゅう》二人が乗ったフルサイズワゴン。ワゴンの荷台にはディーラーとアゲハを積んでいる。

ガムテープで手足を縛った二人を事務室へ運びこみ、床に転がした。

「ちょっとシメます？」

翼が聞いてくる。ディーラーは車に乗せる時にほかの若いのに殴られていて、すでに片目が腫れ上がり、唇から血を流していた。

俺が頷くと、先の尖った革靴でディーラーの腹に蹴りを入れた。一発、二発。ガムテープで塞いだ口からくぐもった悲鳴が漏れた。三発、四発。

俺は小指がないほうの手をあげた。

「やめろ」

翼が、え、もう、ともの足りなそうな顔を向けてくる。ディーラーの海老のように丸まった体が安堵に緩むのがわかった。

「俺がやる」

「ひっ」ディーラーがガムテープ越しに悲鳴を漏らした。

「もふやめへ」口のガムテープが緩いアゲハが声をあげる。

翼は生ぬるい。こいつは怪我で野球をあきらめ、ヤクザが主役のシミュレーションゲームにはまってこの業界に入ってきたクチだ。人を殺すのが怖いのだろう。俺はまったく気にならなかった。気にかかるとしたら、事が発覚した時に長い懲役を食らうことだけだ。

若いのの一人に命令した。

「どこかにハンマーないか？　探してこい」

ディーラーが言葉にならない声で叫び、アゲハが泣きだした。

「椅子に座らせろ」

俺の頭痛はまだ続いている。俺だけ苦しむのは不公平だ。こいつにもハンマーの打撃を食らわしてやりたかった。

若いのが走り戻ってきた。

「こんなのしかありません」

両手で握る解体用の大型ハンマーを手にして言う。

「上等だ」

座らせた簡易椅子からディーラーが倒れ落ちて、芋虫のように這い逃げようとした。手首をくった両手をかぎ爪にして床を引っ掻いている。妙な手品が二度とできねえように、その指にハンマーを振り下ろす。ボウガンが命中した猫みてえな悲鳴をあげた。

「まずいっすよ」翼がおろおろ声を出す。「またカシラに叱られます」

カシラはいつも言う。無用な暴力は避けろ。俺たちは息をしてるだけで警察に目をつけられるからな。暴力団のナンバー2《ツー》がだ。いまは経済系が幅を利かせているが、うちはもともと武闘派でならした組で、カシラだって暴力でのし上がった人のはずなのに。

娘が生まれてからあの人は変わっちまった。素性を隠して幼稚園の運動会で動画を撮り、長袖シャツに着替えてスポーツジムに行き、入れ墨に寛容なレジャー施設の情報をヤクザ同士のフェイスブックで交換している。

ディーラーを椅子に戻させ、長いハンマーの柄を天秤に担いで前に立つ。

「いままでにいくら抜いた」

ガムテープで口を塞いでいる二人に答えられるわけがないのを承知で聞いた。

「この指でいくら抜いた。答えろよ」

指を捩じりあげた。骨が砕けてるから、ありえねえ方向によく曲がる。

代わりに答えたのは、ディーラーの悲鳴に顔を歪めている翼だ。「五百ぐらいじゃないっすか」

「は。よく聞こえねえな」

翼が生真面目にまったく同じせりふを復唱する。

「五千万か」

「え」翼が絶句した。二人の目玉が丸く見開く。

「どうやって返してもらおう」

ディーラーの赤黒く腫れ上がった顔を覗きこむ。

「答えろ、あ?」

靴下だけの片足の親指めがけて大型ハンマーを振り下ろした。ディーラーが奇声をあげて椅子から体を飛び上がらせる。

ハンマーの頭でアゲハの顎を上げた。

「いい職場を紹介してやろう。どこだか知らねえが、いまんとこよりきっと稼げるぞ。一日に六人以上客取って二十万稼げば、五年で出てこれる」

若いのの一人がどういう計算だよ、という顔をする。アゲハがガムテープ越しに喚きだした。

「ざへんなよ、へんたひやろほ」

こいつのほうがよっぽど度胸がある。だがそれは、自分は暴力を振るわれないとタカをくくっているからに違いなかった。甘い。

馬鹿でかいイヤリングをつかんで、思い切り押し下げてやった。耳のひとつやふたつなくたって体は売れるだろう。

「お前も体、売るか？　そっち方面のツテもあるぞ」

涙を流すディーラーの両目がこぼれ落ちそうになった。

「ま、お前じゃ無理だろな。臓器、売れ。とりあえず腎臓と目玉だ。目玉は二つとも」

ガムテープの隙間からゲロが溢れ出てきた。

翼が幅広の図体を小娘みたいにくねらせる。「まずいっす。まずいっす」

他の若いのは、顔をしかめてそっぽを向いていた。

「いっそ臓器全部抜いて、埋めちまおうか」

二度目の原発事故の立入禁止区域に埋めれば、生ものは扱わないこの処理場や、下手に捨てたら浮かんでくる海よりよっぽど確実だ。誰も近づかないし、なにより福島よりずっと広い。

「何か喋れよ」

ディーラーのガムテープを剝がした。言葉のかわりにゲロを噴き出した。ゲロだけじゃない。小便と糞ももらしてやがる。

「怖いか？」

俺は桐嶋の言葉を思い出していた。「あなたには『恐怖』の概念が薄いということです。ご自分に関しても、他人の恐怖に対しても」

俺に他人の恐怖がわからないだと？

わかるとも。いま俺にはこいつらの恐怖がびしびし伝わっている。その証拠に背骨が震えている。快感で。

5

街並みが消え、ちらほら見えていた民家の屋根もなくなり、道の両側が鬱陶しく葉を繁らせた樹木の行列になっても車は走り続けている。しかもさっきからずっと登り道だ。俺は運転席に声をかけた。

「道、合ってんだろうな」

年寄りの運転手がのんびり答えてくる。

「ええ。脳科学研究所でしょ」

大学病院のある街の背後は山地で、山裾には森が広がっている。脳科学研究所はその森の中にあった。縮尺のない大学の施設案内図ではこんなに遠いようには描かれていなかった。まるでタチの悪い不動産屋の手口だ。料金メーターがまた金額を増やす。

道が山側に迂回すると、木立の間からときおり見えていた市街地も消えた。このまま山を越えちまうんじゃねえかと思った頃、ようやく前方に建物が見えてきた。

左手に四角い箱のような飾り気のない三階建て。右手にはこんな山の中にわざわざ造る理由がどこにあるのかと思える高いコンクリートフェンスが聳《そび》えている。中に何があるのかはわからない。タクシーは速度を緩め、左手に頭を突っこんだ。

駐車場の手前に二本足の看板が立っている。目立つことを恐れているような小さな金属プレートに、そっけない文字が二行入っていた。大学名、その下に『脳科学研究所』。

薄茶色の外観はくすんで見えたが、三階建ての中はまだ真新しかった。壁も廊下もその先に続くドアもしみひとつないライトグレーで、天井灯の丸い光が床に映りこんでいる。病院を俺はよく知らないが、流行っていない総合病院っていうのはたぶんこんな感じだろう。患者の待合場所はなく、受付にいる係員を除けば人影もなかった。

受付で患者服に着替えろと言われた時には、聞いてねえよ、と抵抗した。今日の俺は、前回病院へ行った時より派手な白いスーツを着ている。自分が何者かを周囲に理解させるための仕事着みてえなもんだ。服の中に刃物《ヤッパ》を仕込む習慣は俺にはないが、人前で無防備な姿を晒したくはなかった。野生動物が腹を敵に見せないのと同じだ。

酒臭い息を気取《けど》られないようにしたせいか、俺の声は我ながら迫力に欠けていた。結局、受付の女に薄っぺらいガウンを押しつけられた。

最初は身体測定。身長やら体重やらを測るのは学校時代と同じだが、血圧なんてものを測ったのは生まれて初めてだ。俺の数値はきわめて良好だそうだ。

看護婦が注射器を取り出したのを見て、俺は再び抵抗を試みた。

「簡単な検査だって聞いたぞ。なんで注射が必要だ」

看護婦にしちゃあ化粧の濃いショートカットが、ガキをあやすように言う。

「採血でぇす。ちょっとだけチクッとしますね」

俺は顔をそむけて腕に針が刺さる瞬間を見ないようにした。

「今度は検査薬入れまーす」

注射は一本じゃなかった。しかも今度のは普通の注射じゃない。注射器にチューブがついていて、チューブの先は小さな銀色のタンクとつながっていた。

「検査薬っていうのは、なんなんだ」

「ただのブドウ糖です。安心してください」

くすりと笑われた俺は、舌を鳴らしてまたそっぽを向く。

すぐに検査がはじまるわけじゃなかった。

「検査薬がいきわたるまで一時間ほど休んでいただきます」

そのための専用の部屋があるという。

休憩室はリクライニングシートが置かれた狭い個室だった。シートの脇の小テーブルにはミネラルウォーターのペットボトル。検査前に小便をすますこと。それ以外は安静にしていろと言われたが、昔から俺は規則を押しつけられると、どうやって破ろうかと考えはじめる性分だ。言われたことを素直に守っていては損をするだけだってことを身をもって知っているからだ。

毎日おとなしく留守番していれば、誕生日にケーキを買ってやる。母親にそう言われた六歳の俺は、一カ月も先の誕生日を楽しみに、一人でカップ麺の夕飯をすませ、一人で寝た。明かりはつけっぱなしで。

誕生日の夜、母親は家に帰ってこなかった。酔い潰れて戻ってきたのは、翌日の昼近くで、俺の誕生日のことも、もちろんケーキのことも忘れていた。

義理の糞ったれ親父に押入れに入っていろ、と命令された時には、言われたとおり布団を頭からかぶり、母親の喘《あえ》ぎ声に耳を塞いでいた。でもその次からは「こいつさえいなきゃあな。どっかに捨ててこいよ」糞親父にそう言われた母親は、俺をベランダの柵に縄で括《くく》ってカーテンを閉ざした。雪まじりの雨が降る日にだ。

言われたとおりにおとなしくしていれば、いつかはベランダに出されることがなくなるだろうと小学三年の俺は考えていたのだが、翌週、糞親父は大型犬用の首輪を買ってきた。

あなたはやればできる子よ。才能があると思う。中学の美術教師はそう言って、背景が黒か紫色の動物殺しの絵ばかり描いていた俺に、静物画や風景画を描くことを勧めてきた。画家になれるかも知れない。俺はその気になって何枚も果物やら海やらを写生したが、その教師は翌年の春、俺の描きためた絵を一枚も見ることなくフランスに留学しちまった。

ルールやら法律なんてのは、みんな糞だ。俺を一カ所に縛りつけようとする犬のための鎖だ。

部屋を抜け出し、小便に行くふりをして一階をぶらついているうちに、入り口とは反対側にドアがあることに気づいた。全面ガラス扉のむこうは外光に満ちている。鍵はかかっていない。俺はスリッパのまま外へ出た。

建物の裏手は一面の森だった。

大木が柱になって並び、頭上を緑の天井が覆っている。漏れてくる光がいくつもの筋になって薄暗い地表を照らしていた。外へ出てみたものの、日が暮れてからが活動時間で、夜の街が活動範囲である俺は、とたんに落ち着かない気分になった。

大木が光や土を支配しているためか、下生えは丈が高くてもせいぜい膝下までのシダのたぐいで、あまり深くはない。初めて来た場所なのに、なぜかいつか見た光景に思えた。たまにはこういうのも悪くねえ。俺は物珍しさに誘われて森の中へ足を踏み入れる。

ポケットのない患者服のふところに入れておいた煙草に火をつけ、烟を吐き出した時に気づいた。

どこから流れてくるのか、歌声が聞こえた。

空耳かと思った。なんせどこを見まわしても人の姿なんかあるわけもない森の中だ。

すぐそこのひときわ太い象の足みたいな老木から聞こえているようだった。まるでその木が歌っているように思える。裏側にまわってみた。

下生えのない木の根もとに何かがうずくまっていた。最初は灰色の塊に見えた。体を丸めてしゃがみこんでいる子どもだ。人間ではなく森の動物に見えるほど小さな女のガキだった。

肩までの髪から大きな耳が飛び出している。多すぎる髪の半分を頭のてっぺんで結わえていて、そいつが椰子《やし》の葉のように広がっている。灰色のワンピースを着ていた。手足は細いが斜め後ろから見ても頬のふくらみがわかる。なんでこんなところにガキがいるんだ。

何の歌を歌っているのか、ガラス細工を指で弾いたような高く細い声だった。木漏れ日のひと筋がスポットライトになって子どもの背中を照らしている。椰子みたいな結い髪に光が黄金色の輪郭をつくっていた。俺としたことが、一瞬、この世のものではない何かを見ているふうに思えてしまった。

ふいにガキの頃に読んだ絵本の一ページを思い出した。どんな本だったかはまるで覚えていないが、俺が絵本なんぞを読んだとしたら、場所は一時期預けられていた児童相談所に決まっている。相談所の職員が馬鹿母親の嘘泣きに騙《だま》されて、俺は二カ月で保護施設から連れ戻された。

子どもは幹の洞《ほこら》に張られた蜘蛛《くも》の巣を眺めているらしかった。

女郎蜘蛛《じょろうぐも》だ。黒と黄色のまだらのでかい奴。桐嶋は、俺には恐怖の概念が薄いと言ってたが、そんなことはない。蛇《へび》も鼠《ねずみ》もゴキブリも平気なのに、蜘蛛は苦手だ。短刀《ドス》を振りまわすヤク中を目の前にするほうがまだマシだった。

なのにそのガキは、蜘蛛の巣をアニメが映るテレビのように熱心に眺め、それどころか短い指で蜘蛛をつついていた。やめろよ。薄気味悪い。

嫌がった蜘蛛が洞の奥に逃げると、今度は蜘蛛の糸をハープを弾くみたいに指でなぞりはじめた。そして、指先から伴奏のメロディが流れだしてでもいるふうに、また歌いだす。今度ははっきりと歌詞がわかった。森は静かだったし、その声が空気に糸を張るように澄んでいたからだ。

くものすは　ごはんのおさら

くもさんは　はらぺこ　ごはんまつ
きょうも　まつ
ごはん　きた
むしさんごめん
むしゃむしゃむしゃしゃ

知らない歌だった。煙草を吸い終わるまでの余興として聴いていたら、
くものすは　くもさんのおうち
二番だと思っていた歌が、途中からメロディが変わった。めちゃくちゃだ。

俺は煙草を放り捨てスリッパの底で踏みつぶす。下生えが揺れるかすかな音に気づいてガキが振り向いた。

リスみたいな下ぶくれの顔。顔の半分近くありそうなほど額が広く、黒目の多い丸い目の下には、ガキのくせにクマがある。どこかで見たことがある顔だった。俺を見て驚くどころか、にっと笑って言った。

「リホのうたきいた？」

黙っていると、大きな口を三日月のかたちにしてまた笑う。前歯はギザギザのすきっ歯だ。

「リホがつくったうただよ」

ほんの一瞬にしても聴き惚れてしまったことを俺は後悔した。

「おじちゃん、くもすき？　リホもすき」

鼻を鳴らして踵《きびす》を返すと、ガキが追いかけてきた。俺の前に走り出て、顔を見上げてくる。

「おじちゃん、なにしてる？　くもみにきた？」

んなわけねえだろ。

「あ、カラス」

落ち着きのねえガキだ。俺に話しかけている途中にも、視線が別の場所にさまよう。目の前のものすべてが珍しくてしょうがないって感じで。

くるくる動く目玉を呆れて眺め下ろしているうちに思い出した。このガキをどこで見かけたのかを。

大学病院の待合にいたガキだ。よく見ると、ワンピースに思えたのは、サイズは違うが俺が着ているのと同じ患者服だった。母親の通院についてきているのだと思っていたが、こいつのほうが患者で、ここで何かの検査をするらしい。精神科に用のあるガキなんているものだろうか。

ガキは俺にじゃれつくように前になり後ろになってついてくる。右手と右足が同時に動いているような不器用な小走りで。俺は足を止めて怒鳴った。

「ついてくんじゃねえ」

ガキが首をかしげる。俺の言葉の意味を考えるように。俺はガキを腿《もも》で押しのけて歩きだしたのだが、それでもまとわりついてきた。

「おじちゃんのこえ、おおきいねえ」

なぜ俺を怖がらない？　いくらガキでも、怒っていることぐらいわかるだろうに。俺が微笑み返すとでも思っているのか。馬鹿ガキが。

「うるせえ」踏みつぶすぞ。

「トロンボーンみたいだねえ」

話が噛み合わない。ガキっていうのはみんなこうなのか？　それともこのガキが特別に変なのか。ガキを持ったことのない俺にはわからなかった。

背後の遠いどこかで女の声が聞こえた。

「梨帆《りほ》～」

ガキがそちらに顔を振り向ける。大きな耳がいまにもひくひく動きそうだ。

「ママだ」

聞こえた？　と問いかけるように俺に顔を戻す。両目は黒真珠みたいに輝いていた。

「ほら、きこえる？　ママのこえ」

「なぁ、迷子なら、早く行けよ」

自分から話しかけてきたくせに、俺の言葉を聞かずに、声の方へ走り出す。

「クソガキが」

振り返ると、子どもの姿はもう木立のどこかに消えていた。木漏れ日の中に溶けて消えたようだった——なんて、くだらねえことは俺は考えないけれどな。


ドアが小さいわりに検査室の中は広かった。照明はまぶしいが窓はない。片側の壁に妙なものが置かれていた。

歯医者の診察台のような椅子。背もたれの上部から伸びた二本のアームが、美容院のパーマ機を何まわりも大きくしたようなヘルメット型の半球形を支えている。

いきなり声がした。

「では、検査を始めます」

部屋の隅に機材の一部のように白衣の若い男と女が立っている。その男のほうが喋ったわけじゃない。マイクを通した声だ。桐嶋のものに違いなかった。

「その椅子に座ってください」

「どこにいんだよ、お前」

巨大パーマ機の向かい側の壁の左手に、内側からカーテンを閉ざしたガラス窓があった。カーテンが開き、桐嶋が顔を出す。

窓の向こうにはデスク型の機材が置かれ、パソコンが並んでいる。桐嶋がひょろ長い体を屈《かが》めて、機材から伸びたマイクに口を寄せた。

「そこに座って。楽にしてください」

楽にできるわけねえだろが。椅子に座ると、鈍い機械音とともにヘルメットが降りてきて、目のすぐ上までを覆った。学生といってもいい齢の男が近づいてきて、顎の下にも機械を取りつけた。これは煙草ぐらいの大きさの箱が蛇腹で繋がったもの。ヘルメットの両端から顎紐のように顔の真下に吊るす。女のほうは俺の両手と両足をベルトで椅子に固定しはじめた。マジックテープで止める柔らかいベルトだが、いい気分はしない。

「二十分程度ですみます。座っているだけで結構ですから。ただし、できるだけ体を動かさないようにしてください」

「これはなんだ？」

「多少の恐怖を感じます？」

「んなわけあるか」

「あなたは私をお嫌いなようだ。結果にかかわるといけませんから、視界から消えています」

冗談を口にしたわけではなく、真顔でそう言い、ガラス窓の向こうのカーテンが閉ざされる。姿の見えなくなった桐嶋が言葉をつけ加えた。

「わざと体を動かしたりしないでくださいよ。再検査になりますから」

なぜわかった。気に食わねえ奴。

機械が光を放射するわけでも、俺の体がぐるぐる回るわけでもなかった。自分が何をされているのかまったくわからないまま、本当にただ座っているだけで、二十分間が過ぎた。ヘルメットが上へ戻り、顎の下の機械を男がはずす。桐嶋が声をかけてきた。

「お疲れさまでした。ＰＥＴ検査、終了です」

やれやれ。俺は固まった手足を伸ばそうとしたのだが、白衣の男も女もベルトを解こうとはしない。

「続いて脳誘発電位検査を行います」

冗談じゃねえ。簡単な検査だって言ってたろうが。俺はカーテンの向こうに吠えた。

「聞いてねえよ」

「桑原《くわはら》さんには概要をお伝えしてあります」

桑原――こいつの口から聞くとは思っていなかった。カシラの名だ。桐嶋は俺に対するその効果を確かめるように、もう一度、名前を口にした。

「桑原さんからお聞きになっていませんか」

白衣の二人が近寄ってきて、俺の頭をいじりまわしはじめた。髪を掻き分け、ぬるぬるした薬剤を塗っている。接着剤みたいなものらしい。地肌に何かが貼り付けられていく。

首を後ろに捩《ね》じって男のほうに眼《ガン》を飛ばす。二人が取りつけているのは俺には見えない背後の機械に繋がっているコードだった。ヤクザのガンだ。震え上がるはずだと思ったのだが、男は平然と作業を続ける。

病院での俺はなぜかいつもの威力を発揮できない。俺の恫喝は無視されるか、軽くいなされるかだ。医者や看護婦っていう連中は案外に肝が据わっている。たくさんの死体を見てきているからだろうか。

俺はまだ人を殺したことがない。これまでの行状を考えると、奇跡的に。このあいだのディーラーの一件も、俺は本気だったのだが、途中で胸ポケットの携帯が鳴った。カシラからだった。

「及川、いまどこだ。いや、別に用事はねえよ。なんか胸騒ぎがしてな。またお前が無茶してねえかと思って。これ以上はかばいきれねえからよ」

偶然のはずはなかった。ハンマーを取りにいった若いのがビビってチクったに違いなかった。電話をしながらそいつを睨むと、下を向いてしまったから間違いない。いつかあいつもぶち殺してやる。

もう好きにしろ。俺の頭には何本ものコードが装着されていった。蜘蛛の巣にからめとられる気分だった。

「これから音声と映像を流します。それを聞き、見ていただくだけで結構ですので」桐嶋がそう言ってから俺の頭の中身を見透かすように言葉を足す。「目を閉じるのはやめてください。検査が長引くだけですよ」

部屋の隅に置かれていたキャスター付きのスクリーンが俺の正面、三メートルほど先に据えつけられる。ガラス窓とは違う場所から声が聞こえてきた。留守番電話のような抑揚のない女の声だった。

「椅子」

目の前のスクリーンに椅子が映った。産廃処理場の事務室にも置いてあるような、ごく平凡な事務用椅子だ。

「机」

今度は飾りもなにもない、天板に四つの脚がついただけの、いかにもな机。

「花」

花らしいとくに特徴のない花が映る。

音声と映像が五、六秒ごとに切り替わっていく。

「海」

「鳥」

「帽子」

「愛」

映像にならないものには白地に黒い文字だけが浮かぶ。明朝体って言ったっけ、ごく普通の文字だ。

「憎悪」

「死」

「友情」

いつまで続けるつもりだ。言葉も映像も、もう三十回は替わっているはずだ。

「親子」という無機的な声が聞こえ、文字が浮かんだ時、俺の我慢袋が破裂した。

「いい加減にしろよ。俺は暇じゃねえんだぞ」

桐嶋の声が俺を弄ぶように言う。

「以上です。ご協力ありがとうございました。今日はもう帰っていただいて結構です」

「ふざけるな。いまのは何の検査なんだ。説明しろ」

「お忙しいのでは?」

「うるせえ。ちゃんと結果を教えろ」

パソコンを操作しているに違いない間ののちに、答えが返ってきた。

「わかりました。のちほど三階の研究室に来ていただけますか」

「出てこい。いまここで話せ」

体を起こそうとしたが、椅子の背に引き戻された。頭に塗られた接着剤のせいでコードの一本が髪にからまってやがるのだ。

「痛えよ。早くはずせ」足のベルトもだ。腕が届かないから、足を振り上げてぶっちぎろうとしたのだが、奴らが何をどうしたのか、たかがマジックテープのベルトがはずれないのだ。

白衣の男と女は突っ立ったままだった。

「ぐずぐずすんじゃねえ。殺すぞ」

「もう少しお待ちください。まだ、実験が終わったわけではありませんので」

「あ」

実験。こいつはいま、確かにそう言った。ふざけんじゃねえよ、動物じゃねえぞ。全身の血が頭まで駈け登り、沸騰して泡立った。

「おい、桐嶋、なんだこれは。答えろ」

右手でドアが開く音がした。革靴のものじゃない柔らかな靴音が近づいてくる。

「てめえ」

俺はせいいっぱい首を捩じる。桐嶋じゃなかった。俺に注射をしたショートカットの看護婦だった。

「お薬ですよぉ」

俺の前に立ち、ガムをころがすような舐め腐った口調で言う。片手に何かを持っている。

また注射か？

「なんの薬だ」

俺が怯《おび》えているとでも思ったのか、看護婦が唇を蕾《つぼみ》のかたちにして笑う。

「安心してください。注射じゃありません。経鼻投与《けいびとうよ》でーす」

注射器状の何かは半透明のプラスチック製で、確かに針はついていない。

「はーい、上を向いてください」

いいコにしててね、とつけ足しかねない言葉と同時に反り返るほど伸ばしたひとさし指で俺の顎を捉え、変化球投手のように手首をひねらせて器具の先端を鼻に挿しこんできた。怒る間《ま》も気力も失わせる手慣れた動作だった。

鼻孔に霧状の液体が注ぎこまれた。生温《なまぬる》い液体だった。鼻の奥に、風呂桶に頭から漬かって水を飲んでしまった時のようなかすかな痛みが走る。嗅覚が鈍い俺には匂いは感じられなかった。

体の芯が震えた。怒りの熱い震えじゃなかった。冷たい震えだ。長く忘れていた感覚だった。

ガキの頃、酔った義理の糞親父に水を張った風呂桶に頭を突っこまれたことがある。

「折檻《せっかん》だ」と言われたが、セッカンの意味も知らない齢だった。奴は素面《しらふ》でもろくでもない糞だが、酔っぱらうとさらに糞になった。以前にも二の腕や背中に煙草を押しつけられたり、剥き出しにしたコードで電流を流されたことがある。それと同じ悪ふざけなのか、俺を「要《い》らない」と常々言っていたことをいよいよ実行しようとしているのか、と酸素不足でいまにも割れそうな頭でガキの俺は考えていた。

あの時と同じだ。自分がこれから何をされるのかどうなるのかわからず、体中の感覚を閉ざしてしまいたいのに、かえって研ぎ澄まされてしまう、あの感覚。

それが何なのかを、高校にもろくに通っていない俺にはうまく言葉にできない。


ようやくベルトが解かれた。はずれた瞬間に足もとにうずくまっている男の鼻骨を狙って蹴り上げるつもりだったのだが、爪先を十センチ浮かせたところで足を止めた。桐嶋の言葉を思い出したからだ。「桑原さんには概要をお伝えしてあります」若頭《カシラ》の言葉もだ。「これ以上はかばいきれねえからよ」

男のかわりに椅子を蹴り飛ばしてから部屋を出た。

三階の桐嶋の部屋に押しかけて、胸ぐらを掴んで問い詰めるつもりだった。俺の体で何をしようとしているのか、カシラと何を話しているのか、を。

肩を四角にして廊下を歩く俺の目の前で引き戸が開き、中から出てきたちっこい人影を危うくはね飛ばしそうになった。

頭のてっぺんで結んだ椰子《やし》の木みたいな髪。患者服はぶかぶかのTシャツと半パンに変わっているが、森の中にいたあのガキだった。

目の前でたたらを踏んだ俺に、ガキは驚きもしない。こちらに向けた目は大きく見開かれていたが、それは、喜びだか好奇心だかに輝いているだけに見えた。

「あ、くものすの、おじちゃん」

お前だろ、蜘蛛の巣をつついてたのは。

すぐ後ろから出てきたのは、病院でガキに付き添っていた母親だ。ほっそりしたきれいな女だからよく覚えている。ただし、きちんと化粧をして、胸の開いたカクテルドレスかチャイナ服を着せればの話だ。ストレートヘアを後ろでまとめた母親は、このあいだもいまも、洗濯を繰り返しているような上着とすり切れたジーンズ姿だった。ガキには少しはましなものを着せているようだが、バザーかバーゲンで手に入れた安物だろう。親子そろって貧乏臭いなりをしている。

何が面白いのか、ガキは俺の顔と髪を、瞳に星をまたたかせて交互に眺める。俺に目を合わせてこようとする人間はあまりいない。いたとしたら喧嘩《ゴロマキ》をしかけてこようとする同業者だ。ごく短期間一緒に住んだ女たちでさえ、何日かすると俺の目を見なくなる。

「おじちゃん、あたま、くものす」

子どもは椰子の木頭に短い両手をあてがって、シャンプーをするように指を動かす。それから、唇を仰向けに寝かせた「3」のかたちにして笑った。

「あたま、もじゃもじゃ」

つられて頭に手を伸ばした。コードを抜いたばかりの髪があちこち乱れているようだった。俺は、自分がまだ患者服のままであることに気づいた。衿《えり》がはだけて刺青が覗いているのにも。

「梨帆っ」

母親のほうは俺と視線を合わせようとせず、か細い声で娘を叱り、目を伏せたまま頭を下げてきた。

俺より先に検査が終わり、休憩室から出てきたところらしかった。ガキが斜めがけにしたクマのぬいぐるみの顔だけを紐で吊るしたようなバッグの中を探りはじめた。

「これ、あげる」

毛ばだって薄汚れたバッグから取り出したものを俺の手に押しつけてくる。小指のない左手のほうだ。

勝手に人の体に触んじゃねえよ。いくら俺でも人前で小さなガキを張り飛ばすほど馬鹿じゃない。誰もいなかったら別だが。とはいえ、素直に受け取るほどお人好しでもない。

無視して休憩室のドアノブに手をかけると、ぱたぱたとスリッパを余らせた足音とともにガキが追いかけてきて背伸びをし、手にしていたものを俺の患者服の開いたふところにするりと入れた。

「梨帆……すみません」

母親に手を引かれて玄関の方へ歩きだしてからも、ガキは何度も俺を振り返った。スキップをし、自分でつくっためちゃくちゃな歌を歌いながら。

くものす　おじちゃん
あたま　くものす
もじゃもじゃもじゃ
もじゃもじゃもじゃ

母親に何か言われて口をつぐんだかと思えば、スリッパを靴に履き替える時に、もう一度こちらに全身で振り向いて、胸の前で両手を振った。

「ばいばい」

にっと笑う。おかしなガキだ。ふところの中のものを取り出してみたら、小袋に入ったビスケットだった。この世に恐怖心が欠けている人間がいるとしたら、それは俺じゃなく、あのガキのほうだ。

休憩室のテーブルには、スポーツ飲料とガキが寄こしてきたのと同じ菓子が置かれていた。実験動物用の餌《えさ》ってか？　だったら酒ぐらい用意しとけ。

患者服を脱衣カゴに放り捨て、手ぐしで髪を撫でつけてから、受付に行く。

カウンターから身を乗り出して受付の女に顔を近づけた。男だったら胸ぐらを摑める距離だ。

「桐嶋はどこだ」

女が上体をのけぞらせる。

「桐嶋教授ですか？」

「三階にいるはずだ。三階のどこだ」

「お待ちください」

奥の事務机に置かれた電話で話しはじめた。俺は床に靴底を叩きつける。遅えよ。待たねえで、三階のドアを片っ端から開けてやろうと思いはじめた頃、女が送話口に蓋をして言う。

「研究室にお越しくださいと申しております。場所は――」

「奴に伝えろ。首根っこを洗って待ってろって」


手荒くドアをぶっ叩いてから、ノブを引っこ抜く勢いでがちゃがちゃと鳴らした。俺の怒りが収まっていないことを知った桐嶋は、怯えて鍵をかけているに違いねえ。

部屋の中から声が聞こえた。

「どうぞ。開いてますよ」

本当に引っこ抜いてやろうか、ドアノブ。

三階の奥にある研究室とやらは、このあいだの病院の診察室よりずっと狭かった。左右の壁は天井までの書棚で、横文字の本や雑誌で埋めつくされている。窓の手前に据えられた横長のデスクに俺が詰め寄るのに、三歩しかかからなかった。

　デスクの上には二台のパソコンモニターが衝立のように並んでいる。桐嶋は左右の衝立に顔を沈めてキーボードを叩いていた。俺はデスクに両手を突っ張って、モニターの隙間から桐嶋に顔を寄せた。アッパーカットで顎を狙える近さまで。

「説明してもらおうか。さっきの実験のことを」

　桐嶋は受付の女みたいにのけぞったりはしなかった。三十センチの距離にある俺の顔の鼻のあたりをぼんやり見つめて言う。

「近いですよ」

「うるせえ」

「酒臭いですね」

「るせえ」

「昨日も飲まれたのですか」

　昨日も、じゃなくて、今日も、だ。起き抜けにウイスキーを一杯、ストレートで飲んできた。タンブラーでだ。

「では、抗酒薬は服用されていませんね」

「捨てた」

桐嶋が顔をそむけた。俺のメンチ切りに耐えられなくなったのだと思ったが、すぐに奴の顎が俺の左側をさし示していて、デスクの脇に置かれた椅子に座れ、と言っているのだと気づいた。俺は両腕を突っ張ったまま動かなかった。

桐嶋が顔を左に振ったまま目だけを俺に向けてくる。

「誤解があるようなら、お伝えしておきます。確かにあなたの症例を我々の研究に使わせていただいているのは事実です。しかし、」

ショウレイ？　その言葉に「症例」という漢字を当てはめるのに少し時間がかかった。高校中退だからじゃない。アルコール依存症の人間ならいくらでもいるだろうに、なぜ俺なのかがうまく理解できなかったのだ。

「それは同時にあなたへの治療でもあるのです。我々の考える医学的アプローチなら、あなたや、あなたと同じ状況の人々を救えるかもしれないんです」

眼鏡の奥の切れ長の目が、俺の目をまっすぐ捉えてくる。奴の顔をきちんと眺めたのは初めてかもしれない。真ん中分けの前髪がこんもりした顔は一見若く見えるが、唇の両側に刻まれた皺は深い。

俺はデスクの手前の椅子に座ってやることにした。診察室の時と違ってちゃんと肘掛けがついていたからだ。

「本当はきちんとデータを整理して、次回病院へ来られた時に結果をお話しするつもりだったのですが」

「安心しろ。二度と行かねえから」

桐嶋が肩をすくめる。視線を下に戻して、キーボードを叩きはじめた。俺を見放したとでもいうように。

「そうですか。こればかりは強制できませんからね」

キーボードをひとしきり叩いてから、モニターから目を離さずに言葉を続けた。

「でも、来られたほうがいいですよ。あなたのためには。いまのままで、この先に良いことが待っているとは思えませんから」

俺は煙草を取り出し、パッケージを揺すって飛び出させた一本をくわえる。

「禁煙です」

かまわず火をつけた。煙草が吸いたかったわけじゃない。奴に俺がどういう人間かを思い出させるためだ。烟に細めた目で桐嶋を睨み据えた。

「俺のこの先？」鼻から烟を吐き出してやった。「お前には関係ねえ。俺にさしずするな」

すぐそこのゴミ箱を蹴り倒した。残念ながら中身は空っぽだった。ゴミ箱なのに常に空にしてあるかのように。

桐嶋がもう一度肩をすくめてから、右側のモニターを九十度回して、半分だけこちらに向けた。

「二番目のテストの結果からお見せしましょう」

画面に映し出されていたのは、折れ線グラフだ。

「これは大脳皮質の中の誘発電位を示したものです。人は外部から情報を与えられると、ごく微量ですが一過性の電気反応を起こします」

「意味がわかんねえ。もっとわかりやすく話せ」

桐嶋にむけて烟を吹きつけたが、奴は俺を無視して言葉を続けた。

「さきほど、いろいろな単語をあなたに聞いていただきましたね。音声だけでは判別しにくいものもありますので、大きな影響を及ぼさない程度に視覚情報も交えました」

「聞いちゃいねえよ、あんなもの」

「ご心配なく。ちゃんと反応はありましたので。語彙《ごい》の順番は意図的にランダムにしてありましたが、そのうちの半数は、中立的な単語、つまり感情に訴えないありふれたもの、あるいは意味をなさないものでした。さきほどのテストでいえば、椅子、机、花、道、接続詞、数字や英単語などがそうです」

そういえば、『しかし』とか『じゅうはち』だとか『キャット』なんて電子音声が大まじめに言っているのに、笑いそうになった。

「あとの半分は、情動的な言葉、つまり感情的な体験にかかわる言葉です。愛、死、憎悪、友情、泣く、幸福、戦争、血、などです」

『血』なんて言葉を聞いたっけ。忘れた。

カーソルが動き、俺によく見ろというふうに折れ線をなぞった。

「このグラフの青色の線は中立的な単語へのあなたの反応を示しています。そして、赤色は感情に訴える単語への反応」

一本の線に見えたが、確かにグラフの折れ線はよく見ると二本ある。気づかなかったのは、二本の線がぴったり重なりあっていたからだ。

「何も問題ねえじゃねえか。きれいに揃ってる」

桐嶋の眉根がほんの少しせばまった。

「そこが問題なのです。これを見てください」

画面にもうひとつの折れ線グラフが現れた。俺の脳味噌の反応だというグラフが右側に寄せられ、二つのグラフが横に並べられる。

「こちらはまったく同じテストをした一般的な人間の反応です。違いはわかりますね」

「いや」

よく見ろ、というふうにモニターの角度をさらに俺のほうに傾ける。本当はそんなことをされなくてもわかっていた。

俺のものとは明らかに違って、赤と青の線の折れ具合がばらばらだった。

「赤線と青線は均一ではありません。大きく違っているところも少なくない」

「ああ、まあな。でも、重なってるところもあるぞ」

「重なっているのは、おそらく『帽子』あるいは『花』などの中立的な単語に個人的な感情体験があった場合でしょう」

　こいつの言っていることの意味が俺にはさっぱりわからなかった。中立的だか感情的だか知らないが、ただの言葉だ。何がどう違うっていうんだ。

「通常は、中立的な単語と情動的な単語を聞けば、あきらかに違った反応があります。あなたのように『椅子』と『愛』が同じ反応であることはありません」

「暇じゃねえんだ。手短に話せ」

「つまり、あなたの脳は、『椅子』と『愛』との区別がつかない。『血』と『花』の違いがわからない。そういうことです」

　吸うのを忘れていた煙草の灰が長く伸びすぎて、床に落ちた。俺は床を見つめながら、床に話しかけた。

「俺の脳味噌は、普通じゃない。そう言いたいわけか」

「ええ、そういうことになります」

「……血と花に関して言えばさ、きっと俺が流血沙汰に慣れてるからだよ」

　流血沙汰というところだけゆっくり発音してから、桐嶋の目を捉えた。こいつのすべてを決めつけてかかる物言いは、いちいち癇《かん》に障《さわ》る。眼《ガン》を飛ばせば、態度を改め、違う言葉を口にするのではないかと思って。

「関係ありません」

俺は煙草を放り捨てた。床ではなく奴の机の上に。書類が煙をあげる。俺を舐め腐った罰だ。だが、あまり効果はなかった。桐嶋は冷静な手つきで煙草をつまみあげ、金属製のペン皿でもみ消した吸殻を、ペンと一緒に皿の上に並べた。後でこれも検査をする、とでもいうふうに。

「なぁ」少し迷ったが、言ってみることにした。「俺には恐怖を感じ取れねえってあんた、言ってたけどさ」

「正確には、恐怖の概念が薄い、と申し上げました」

「俺だって多少は、ま、ほんの少しだけどな、恐怖を感じることはあるぞ」

「それは爬虫類脳《はちゅうるい》のせいですよ」

「ハチュールイ？　トカゲやカエルの爬虫類？……の脳味噌？」

「ええ。ちなみにカエルは両生類《りょうせいるい》ですが」

「てめ、人を馬鹿だって言いたいのか、あ？」

俺は椅子から立ち上がってパソコンの間に頭を捩じこませる。斜めにかたむけた顔に威嚇《いかく》の表情をつくって、やつの鼻先まで近づけた。医者であり、カシラを知っている自分には、手を出せないはずだとタカをくってるらしい奴に、それが大間違いであることをわからせるために。

桐嶋は五センチほどのけぞり、ずり落ちた眼鏡を押し上げたが、反応はそれだけだった。

「別にあなた個人の知能に対しての揶揄《やゆ》ではありません。爬虫類脳というのは、人間の誰もが持っている脳のいちばん原始的な領域のことです。呼吸や心臓の鼓動、食欲、性欲、睡眠欲といった基本的な欲求を司《つかさど》っている部分で、生存本能としての恐怖もこの爬虫類脳が発している。しかしそれは、感情や思考に基づく恐怖とは別の物です」

「なんでお前にそんなことがわかる？」

奴は五センチ遠ざけた距離を自分から戻してきた。

「たとえば、この顔の距離です。あなたは何のためらいもなく他人に間近まで接近する。そうじゃありませんか」

翼にも言われたことがある。「及川さん、顔近いっす。恋人距離っす。俺のこと愛してくれてるんすか。ＬＯＶＥ的に」

差し歯が抜けるほど殴ってやった。女はとっかえひっかえし、たいていの行為《こと》は試してきたが、俺にそういう趣味はない。ムショでイチモツに入れた歯ブラシの柄の具合を確かめたくて、色白の若い奴のケツを無理やり掘ったことは二、三度あるが。

「男性、女性、民族的文化によって多少変わりますが、通常人間は、よく知らない他人とは一定の距離を――パーソナルスペースと呼ばれるものを保とうとします。脳の情動や社会的認知を司る部分が不快信号を発するためです。あなたの場合、おそらくそれが正しく機能していない」

表情を変えずに、さっきの電子音声より機械的に喋り続ける。薄気味悪い奴だ。俺は椅子に座り直す。近づきすぎると、頭の中身をすっかり見透かされそうな気がしたのだ。

桐嶋がモニターを九十度の角度に戻して言った。

「本題に入ります。よろしいでしょうか」

「よろしいよ。ただし、俺は忙しい。手短にな」

モニターに新しい画像が浮かんだ。

歪《いびつ》な円形だった。

やや楕円。焼き肉屋のタン塩の一切れを拡大して画面に貼りつけたような形だ。色は五色セットの蛍光ペンをでたらめに使ったように、青、緑、黄色、オレンジ、赤がまだら模様になって、それぞれの色が淡く発光している。

「なんだこれは」

「これは、さきほど撮ったあなたの脳の水平断面です。上から脳を透かし見た鳥瞰図《ちょうかんず》だと思ってください」

俺の脳？　確かに真上から見たら、頭ってのはこんな形だろう。脳味噌は現物を見たことがある。十六の時に金属バットで殴った義理の親父の割れた頭蓋骨の隙間から見えたのだ。

腐りかけのタン塩が血にまみれたような色だった。

「色は糖代謝の量を示しています。赤、オレンジなどの暖色系は糖代謝量が多く、脳機能が活発に動いている領域。緑色あるいは青の寒色は不活発な領域です」

断面図の中の色がつくる模様は、バラ肉のチャーシューの脂肪みたいに縁にへばりついたり、中心部分に切れこんでいたり、ぽつんと島になっていたりしている。周囲を縁どっている色には黄色やオレンジが多く、真ん中に近づくと緑や青が増える。だからどうしたっていうんだ。

「で、これが何?」

「これも一般的な人間のものと比べてみましょう」

「誰のだよ」不公平じゃねえか。俺ばっかり実名を晒《さら》されるのは。

「我々のスタッフのうちの一人のものです」

俺の脳味噌の断面図が右手に寄せられ、もうひとつの断面図が浮かんだ。どうせ桐嶋本人のものだろう。俺とは少し形が違っている。脳まで細長い。だが、それ以外は、特に違っているふうには見えなかった。

「変わらねえじゃねえか」

「いえ、まったく違います」

切り捨てるように言う。俺は聞こえよがしに舌打ちをしたが、桐嶋の耳には届いていないようだった。

「ここを見てください」

カーソルが左側の楕円の上部でくるくると輪を描く。

「ここは前頭前野と呼ばれている部分です。このあたりですね」そう言って自分の額を叩いて見せる。電子音声みたいだった桐嶋の声が、何が嬉しいのだか、心なし弾んでいるように聞こえた。「一般的な脳の場合、ここも暖色に輝いています。活動が活発であることの証です。それに比べると」

俺の脳の上部にカーソルを持っていき、舐めるようになぞった。

「こちらはどうでしょう」

確かに、左の脳は全体が暖色のリングに包まれているように見えるが、右側の俺の脳味噌はそれが上方だけ馬蹄みたいに欠けている。カーソルが指している部分は青や緑だから、そこだけぽっかりと暗い穴が開いているようだった。

「前頭前野は、思考や創造性を担《にな》う脳の中枢です。及川さんの場合、この領域が正しく活動していないことがわかります」

「ちょっと待て、俺は病気なのか。アル中のせいか？」

俺の母方の——父方なんていないが——祖母ちゃんは、俺が中学一年の時にクモ膜下出血で死んだ。

「病気……」桐嶋は珍しく言葉を濁した。「まあ、定義によりますが、一般的には『障害』と呼ばれているもののひとつですね。アルコール依存症は、この障害に特有の副次的な症状です。主症状が別にあり、そちらが先で、その影響で依存症になる。原因ではありません」

障害？　どう違う。怪我《けが》ならいくらでもしたが、俺はガキの頃から病気と名のつくものにはなったことがない。医者に行けなかったからだ。

「どっちでもいいから、教えろ。俺の頭はどこかマズいのか。治るのか」

「障害と言っても、日常生活に支障はありません。あなたの日常にはね」

思わせぶりなせりふの後で、桐嶋の長ったらしい説明が始まった。俺は二本目の煙草を取り出すことにした。

「これまでの検査で及川さんについてわかったのは、まず、恐怖の概念が薄いこと。お見受けしたところ、ご自身の恐怖以上に、他人の恐怖に無関心のようです。そして嗅覚の異常。嗅覚機能の低下自体は原因がさまざまですから、この障害とは直接的な関係はありませんが、あなたの場合、前頭前野の一部である眼窩前頭皮質の機能不全が要因と考えられます。さらに誘発電位で見る情動的ニュアンスへの無反応。なにより前頭前野の脳画像」

「長えよ。結果だけ教えろ」

「これらのデータから見て、及川さん、あなたは、反社会性パーソナリティ障害であると思われます」

「は？」煙草のパッケージを振る手が止まった。「いまなんて言った」

桐嶋が抑揚のない声で繰り返す。タン塩がつまった俺の頭に呪文《じゅもん》を吹きこむように。

「反社会性パーソナリティ障害」

「なんだそりゃ」

「パーソナリティ障害のひとつです。他者に対する共感力の欠如。感情的情報の処理不全。自身の過《あやま》ちから学ぶ能力の欠如。爬虫類脳的な快楽を抑えられない性質。こうした傾向はすべてあなたの脳の欠陥に由来しています」

「手短に言え」

「手短に言えば、あなたには良心がないということです」

俺はまばたきを繰り返した。何度も。五度目か六度目で反論のせりふを思いついた。

「リョウシン？　そうとも、俺には親なんていない」片一方はどこかでまだ生きてはいるのだろうが、見つけたらぶち殺す。

「わかっているのに言っているのでしょう。良き心という意味のほう。良、心、です。より正確に言い直せば、あなたの脳には良心と呼ばれる感情が存在しない、あっても希薄である、ということです。暴力的で衝動的、社会規範に適応できない、そうしたことに関して良心の呵責《かしゃく》を感じない。いかがです。思い当たるのでは？」

「良心、はっ」

鼻で笑ってやった。

「あたり前じゃねえか。反社会性なんたら、上等だ。俺はヤクザだぞ。お前らが反社会的勢力とかほざいてる。俺たちはみんなそうだ」

桐嶋はゆっくりと首を横に振る。

「いままで我々は研究対象を求めて、殺人、傷害、詐欺、薬物などの犯罪歴がある人間と接触を繰り返してきました。脳画像撮影までこぎつけることができた被験者はそう多くはありませんが、その中には反社会的勢力の構成員も含まれていました。結果は異常なしか、疑いあり程度。これだけ見事なケースは、稀《まれ》です」

宝くじに当たったような言いぐさだった。宝くじに当たったのは俺じゃなくて、桐嶋のほうだ。

「あっ、そ」

自分がまともじゃないと言われていることはわかっていたが、怒りを覚えるより先に、俺は混乱していた。桐嶋の言葉の意味が、うまく理解できなかったからだ。暴力的、衝動的なのは、俺の取りえだ。そのおかげでここまでやってきた。社会規範に適応できないのではなく、「しない」のだ。それが俺の稼業だからだ。何の問題がある？

良心の呵責という言葉は聞いたことがある。だが、坊主の説教に出てくるような、誰も信じちゃいないお題目だとしか思っていなかった。そんなことに本気で悩む奴なんて、ほんとうにいるのか？

他者に対する共感ってのはなんだ？　過ちから学ぶ能力？　何を？

人間は誰もが皆、俺と同じように生きていると思っていた。苦労を避けて快楽を選ぶ。懸命になるとしたら、どうすれば自分が得をするか、痛い目を見ずにすむかについてだけ。人を言いなりにし、自分が上に立つことばかり考えて、邪魔するヤツは蹴落とす——

誰もがそう考えていると思っていた。俺の母親も糞親父もそうだった。俺と同じことができないのは、腕力と度胸がないからだ。ヤクザにならないのは、世の中から弾かれ、罰を受けるのが怖いからだ、と。

自分の頭の中に何が詰まっているかなんて考えたこともなかった。体の一部なのに、自分の脳味噌が別の生き物に思えてきた。

「それは、生まれつきなのか」

「基本的にはそう言えます。必ずしもではありませんが遺伝的要素も無視できません。ただし、環境がもともとの形質を助長する、あるいは環境から生み出される場合もある。あなたと同じ形質の持ち主でも、社会的には問題なく暮らしているケースもあります。まぁ、周りが気づいていないだけということも多いようですが。アメリカの統計ですが——」

また桐嶋の長々とした解説が始まった。アルコール依存症の治療とやらは、俺みたいな人間をおびき寄せるゴキブリ捕りの餌みたいなもんで、反社会性パーソナリティ障害ってのが奴の得意分野なんだろう。

「――男性のうちの三パーセント、女性の一パーセントがこの反社会性パーソナリティ障害を負っていると言われています。文化的な差異があるため日本人の場合、もっと少ないという説もありますが、顕在化しないケースが多いだけで、それほど比率は変わらない、というのが私たちの推測です」

「んなこたぁどうでもいいよ。俺の場合は？　生まれつき？　環境？」

知りたかった。ガキの頃に糞親どもに俺が何をされたか、忘れようとしているうちに、ほんとうにあれこれを思い出せなくなっちまっている。

「それはまだわかりません。及川さんの生い立ちや家庭環境を聞かせていただければ、それも治療の一助になると思いますが」

「やなこった」話したくないことしかない。「治療って……治せるのか。その反社会なんたらっていうのは」

「反社会性パーソナリティ障害。本当は一度聞いただけで覚えられたのでは？　この障害は知能自体には何の問題もなく、情報を感情に左右されずに処理できるためか、むしろ言語能力に長《た》けた人が多いんです」

「よけいなことは言わなくていい。治るのか」

あいかわらずの無表情だが、桐嶋の饒舌《じょうぜつ》はどこか嬉々《きき》としている。やっぱり俺は、奴の宝くじらしい。

「これまでは治療は不可能という考え方が主流でしたが、私たちは可能だと考えています。我々のプログラムに従っていただければ。もうすでに治療は始まっていますし」

さっきの鼻から入れた薬のことか。それともアルコール依存症の薬だと思って俺が飲んでいたやつのどれかか？

カシラはどこまで知っていて、こいつの所に俺を行かせたのだろう。胸の奥がむず痒《がゆ》くなった。小学六年の時の担任が、俺の体の痣《あざ》や火傷に気づいて、職員会議を開いてくれたと聞いた時のように。結局、校長がもみ消してしまったが。そのむず痒さがなんなのかは、「愛」と「椅子」の区別がつかないらしい俺の脳味噌では理解できなかった。

「また来てください。次はｆＭＲＩ画像を撮りましょう。もう少しいろいろなことがわかると思います」桐嶋の唇の端がつり上がった。俺の頭の中へ忍び入るように言う。「アルコール依存症も根本から治療できますよ。抗酒薬を服用しなくてもね」

「いま話せよ」

桐嶋がしかつめ顔で時計に目を走らせる。

「お時間がないのでは」

時間がないのはてめえのほうだろうが、と毒づくつもりだったのだが、

「考えておく」

俺としたことが、そう答えてしまった。

俺の住んでいる家《ヤサ》は、翼にだって教えちゃいない。

俺の周りは敵ばかりで、いつ誰に寝込みを襲われるかわかったもんじゃないし、俺は自分以外の誰も信用していないからだ。

私鉄駅を降りた俺は、しけた商店街を歩いている。時刻はまだ午前一時。今夜は縄張り《シマ》の店を何軒か巡回しただけで、カジノには顔を出さずにヤサへ戻ることにしたのだ。

仕事半分で飲んだ中途半端な酒が体をざわつかせている。昼間の出来事にいま頃になって腹が立ってきた。

「通常は」「一般的な人間は」桐嶋の物言いは、俺を完全に珍種の実験動物扱いしてやがった。なぜあの時、机を蹴りつけ、パソコンのモニターにパンチを食らわして、奴の首根っこを締め上げなかったんだろう。十代の頃から瞬間着火剤と言われてきた俺なのに。火のついた煙草を机の上ではなく、奴の頭に載っけてやったら、さぞ愉快な光景が見られただろうに。怒りを忘れて桐嶋の言葉に耳を傾けてしまった自分にも腹が立った。

誰かを目茶苦茶に殴りつけたくて体がうずうずしていた。

腸《はらわた》が煮えくり返っている時、俺はよく路上で喧嘩を吹っかける。

わざと眼《ガン》を飛ばし、あるいはこっちのほうから肩をぶつけて、殴るのだ。無抵抗の奴より、多少腕に覚えがありそうな、つっかかってくる奴のほうが面白い。自信満々だった顔が悲鳴をあげて歪《ゆが》む瞬間が見ものだ。

俺のほんの気まぐれで、そいつが病院送りになる。一生後遺症が残る怪我を負わせられるかもしれない。そう考えることは快感だった。生きている爪痕が残せたってことだから。

他の奴は違うのか？　力が弱いからびくびくしているだけで、俺みたいな腕っぷしと度胸があれば、同じことをするんじゃないのか？　だからボクシングやプロレスや相撲を観て興奮するんじゃないのか？

わかんねえ。

俺は脳味噌の上に生えた髪を掻きむしり、油じみが浮いたアスファルトに唾を吐いた。

残念ながら、深夜の路上には、獲物はいなかった。

いまのヤサには二度目の懲役を終えた三年前から住んでいる。エレベーターもないケチ臭いマンションの2DKだ。金がないわけじゃねえし、安全上、ヤサはちょくちょく替えたほうがいいのだが、ヤクザをやっていると、そうそう新しい部屋は借りられない。カシラがトップの傘下組織《エダ》は、表向き不動産会社だが、そこの物件には住まない。たぶん俺はカシラのことも心からは信用していないのだと思う。

いつものようにマンションに入る前に、路上の左右を見回して人影がないことを確かめる。桐嶋の言うことを信じるとすれば、爬虫類脳が発している生存本能としての危険信号に突き動かされて。

かさり、と音がした。右手のゴミ置き場からだ。身構えてから、舌打ちをした。

猫だ。

食い物の匂いでもしているのか、ゴミ袋に懸命に鼻面を押し当てている。闇の端っこを切り取ったような小さな黒猫だった。野良猫に違いないが、少し前まではどこかで飼われていたのか、俺に気づいても逃げようとはしない。

俺はスーツのポケットを探り、ビニールの小袋を取り出す。捨てるのを忘れていた、あのガキが寄こしてきたビスケットだ。

袋を開けて、猫の近くに放り投げる。クリームをサンドしたビスケットだ。腹が減った野良猫なら食うだろうと思って。

俺には動物を可愛いがる趣味はないが、ほんのガキだった頃、飼ってみようと思ったことが一度だけある。

小学二年の時だった。捨てられた子猫を拾って、家に持ち帰ったのだ。その時の俺の家に玩具《おもちゃ》なんてものはなく、テレビも壊れたままで映らなかったから、遊び相手になると思ったんだろう。期限切れの牛乳を飲ませ、ツナ缶を開けて食わせた。

その頃はまだ夜の勤めに出ていた母親は、帰るなり、俺がツナ缶を勝手に開けたことに激怒した。「なにやってんだよ、おめえはよぉ」しこたま酒を飲んでいたのに軽自動車に俺と猫を乗せて、近くの橋まで行き、猫の首ねっこをつかんで川へ投げ落とした。

「おまえ一人を食べさすだけでたいへんなのに、あんなのに餌をやるなんて、馬鹿かおまえは」

俺は泣いたと思うが、それが猫に対して流した涙なのか、母親に頬を張られたせいで泣いたのかは覚えていない。

黒猫がおずおずとビスケットに近づき、俺の顔と見比べてから、クリームを舐めはじめた。俺は猫が逃げないようにゆっくりと歩み寄る。そして、久しぶりの食い物に夢中で食らいついている猫の痩せこけた腹を思いきり蹴り上げた。

折檻した女の悲鳴みたいな声をあげて猫が宙を飛び、マンションの壁にぶち当たって地面に落ちた。ボロ布のように動かず、声も立てない。

俺はそれを見下ろして、良心の呵責ってやつが自分の中に舞い降りてくるのを待った。

だが、いくら待っても、動悸が速くなるでもなく、頭や胸に締めつけられるような痛みが走るわけでもなかった。

確かに、俺には、ないな。

きっとガキの頃に猫や鳩を殺しすぎたせいだ。

部屋に入ってすぐ、ジャックダニエルのボトルを手にとった。氷を切らしている冷蔵庫の扉を蹴り飛ばしてから、グラスにそのまま注ぎ、立ったままストレートで呷る。

座卓《テーブル》の上に転がった水がわりのビールの空き缶を蹴散らしてグラスを置き、灰皿を探す。灰皿は棚の上で薬袋の重しになっていた。

抗酒薬は捨てたが、ほかの薬は毎日飲んでいる。酒と併用しても問題はなかったし、今日、桐嶋に会うまではアルコール依存症の薬だと思っていたからだ。この中には、反社会性パーソナリティ障害とやらの治療薬もまじっているはずだ。そのひとつはたぶん、診察室で直接渡されたカプセルだろう。

一日何回、いつ飲めばいいのかは処方箋を捨てちまったからわからないが、まぁ、薬だ。もう一度飲んだって悪いことはないだろう。白とピンクのカプセルをつまみがわりに口へ放りこむ。

二杯目の酒を半分に減らしてから、俺の心に異変があるかどうか、猫を殺した自分の心に動きがあるかどうか、胸に手をあててみた。鼓動はいつもどおり静かなもんだった。目を閉じてみた。

頭の中に浮かんだのは、猫じゃなく、今日二軒目に行ったセクキャバの新人の女を、ＳＭ

ホテルに連れこんで裸にひん剝いている光景だった。

ぜんぜん効かねえじゃねえか。

薬袋をまとめてゴミ箱に捨てた。

俺には良心がない。だからどうしたっていうんだ。上等だ。

カシラに報告するために携帯へ手を伸ばしかけたが、やめた。最近のカシラは夜が早い。娘の寝顔を見るためだ。

三杯目のグラスが空になっても今日の俺には酔いが訪れなかった。

もう一度だけ、目を閉じてみた。

何も見えなかった。

閉じた瞼《まぶた》のむこうにあるのは、俺の体を吸い取り、埋めこもうとするような闇だった。

義理の親父に閉じ込められた押入れの中や、放り出されたベランダから眺めた星のない空や、少年院の独房の夜のような、暗闇だ。青色というより黒かった俺の脳味噌の空白を思い出した。

立ち上がると、待ち伏せしていた酔いが唐突に襲いかかってきて、俺をよろけさせた。

ふらつく足で部屋の隅まで行き、ゴミ箱から薬袋を拾いあげた。

カプセルを今度は歯で嚙み砕いてみた。

砂つぶみたいな顆粒《かりゅう》を舌に載せ、脳味噌に届くように上顎にこすりつけた。

良心なんぞいらない。だが、光は欲しかった。

6

その日、大学病院に行く気になったのは、たまたま昼前に目が覚め、桐嶋に言い返すせりふを思いついたからだ。

「良心なんて何の役にも立たねえ」

この国を動かしている政治家や上に立つ役人や企業の経営陣とやらに、良心なんてものがあるのか？　人を押しのけててっぺんに登りつめる奴らは、俺と同類としか思えなかった。良心じゃベンツには乗れない。良心はロマネコンティを飲ませてくれねえ。

俺は昔の服を着て行った。蛇柄《へびがら》のスーツと黒い衿出しシャツに、数珠ネックレス。組の部屋住みが終わったばかりの頃、他人を威嚇するためだけに買った、さすがにもう何年も着ていない服だ。鼻の上にはフォックスタイプのサングラス。

病院へ乗りつけたタクシーの運転手が釣りを寄こしてくる手は震えていた。若造に自分が怯えていないことを誇示したいらしくて天気の話なんぞをしかけてくるから、運転席のシートを蹴りつけてやったのだ。

病院に入ると俺の姿を見るなり誰もが目を伏せた。いい気分だ。やっぱり俺の生き方は間違っちゃいない。

精神科の待合は相変わらず混んでいた。ベンチシートの数少ない空きスペースに腰を据える。初めて来た時に見かけた顔がいくつもあった。桐嶋の診察日は週一で、今日は奴の診察を受けようとする人間が集まる日なんだろう。俺の目は知らず知らず椰子の木頭のガキの姿を探していたが、子どもは一人もいなかった。

隣に座った若い男が尻をもぞもぞさせている。股を広げた俺の太腿《ふともも》に、自分の脚が触れないように懸命に身をよじっているらしい。さらに股を開くと、笑っちまうことに、女子アナみたいに両脚を斜めに揃えた。俺が反対側に顔を向けたとたん、すいっと腰をあげた。その背中に声をかけてやった。

「どこ行くんだよ。便所はそっちじゃねえぞ」

棒みたいな細っこい体が本当に一本の棒になった。

「小便じゃなかったら、おとなしく座ってろよ」

俺の言葉の操《あやつ》り人形になった体がぎくしゃくと戻ってきて、また身を縮めて座る。

「桐嶋ってのは有名な医者なのか」

話しかけると、体がさらに縮まった。

「……あ、えーと……どうなんでしょう」

「知らねえでかかってるのか」

語気を強くしたら、小便をチビるように額から汗を噴き出した。面白《おもしれ》えな、こいつ。退屈しのぎに、少し遊んでやろう。

「い、いえ、あのあの……記憶除去療法では有名だと……きき聞いて」

「キオクジョキョ？　なんだそれ」

唇を開きはしたが、額の汗を増やしただけで、言葉が出てこない。俺は奴に顔を寄せ、息がかかる近さで囁《ささや》く。耳から頭の中に呪いの言葉を吹きこんで、脳味噌まで震えさせるために。

「俺、頭が悪《わり》いからさ、難しい言葉で言われても困るんだよ。わかりやすく説明してよ」

「あの、その……つまり……」

消え入りそうな声はよく聞き取れなかったが、「恐怖体験」「トラウマ」「消す」という単語だけは耳に届いた。

桐嶋は反社会性パーソナリティ障害の専門家じゃないのか？　こいつも俺と同じ、良心を持ち合わせていない人間なのかと思っていた。よくよく横顔を見れば、暴力的やら衝動的やらという言葉がまるで似合わない若造だ。睫毛《まつげ》の長い女みたいな顔だち。齢は二十歳をちょっと過ぎたってとこだろう。

「医者が人間の記憶を消すってことか？　んなことできるのかよ」

自信なさそうに頷く。初めてここに来たのかもしれない。

「何の記憶を消したいんだ」

女子アナ座りをした若造が、腿《もも》の上で握りしめた両手を見つめながら答える。

「飛行機、です」

「は？　飛行機が怖いのか」

のん気なこった。

俺は飛行機にはめったに乗らない。乗るような用事はないし、執行猶予中は気安く海外に行けないからだ。

飛行機恐怖症の人間がたまにいるのは知ってる。昔、組の命令でグアムに実弾撃ちの練習に行った時、一緒だった俺の兄貴分の男は、離陸する前に眠ってしまえるように出発ロビーでさんざん酒を飲んでいたのだが、結局眠れず、色黒の顔を白くして、ずっと成田山のお守りを握りしめていた。

俺の舌打ちに恐れをなしたのか、若造が俺の質問への答えじゃない言葉を初めて口にした。

「僕は……あの時の飛行機に乗っていたんです」

俺ではなく、自分の両手に話しかけるように。

「あの時の飛行機って……あの時ってどの時よ」

汗が頬を伝って顎から滴《したた》り落ちている。握った両手が震えていた。俺は尖らせた爪で鼠をころがす猫の気分だった。次はなんて言ってこいつをからかってやろうか。

「２７９便です」

唇から言葉が消えた。俺だって驚くことはある。

２７９便。

この国の誰もが知っていて、こいつじゃなくたって記憶から消したい便名だろう。

２７９便は、二度目の原発事故の原因になった国内線だ。

あの日まで俺たち日本人は、テレビの中で訳知り顔で喋っているコメンテーターから、日の当たる場所の出来事には無関心なヤクザまでの誰もが、飛行機が突っ込んだぐらいで原子力発電所がぶっ壊れるなんて知らなかった。でかい航空機なら危ないと知っていたインテリ連中だって、そもそも飛行機が原発に墜落する確率なんて、自分の頭の真上に隕石《いんせき》が落ちてくるのと同じ程度だとタカをくくっていただろう。

だが、２７９便は、原発にぶち当たって、厚さ三十センチの壁を粉々にし、そしてメルトダウンってやつを起こした。

墜落ではなく、故意に突っ込んでいったからだ。

自爆テロだった。

今回の二度目の原発事故を「原発事件」と呼ぶ奴が多いのはそのせいだろう。

あの時、乗客の中に二人だけ生存者がいた。一人は父親の腕の中から発見された三、四歳のガキ、そういえば、もう一人は若い男だったっけ。

世間やマスコミは、最悪のニュースから顔をそむけるように、二人の生還を『奇跡』と呼び、連日すがりつくように報じていたから、俺でも覚えている。

隣で体を縮めている若い男をあらためて眺めまわした。よく助かったな、こんなひ弱そうな奴が。どんなパニックが起きても、まっさきに命を落としそうなタイプに見えた。

「お前があの時の……」

名前と年齢は報道されたが、顔はいっさい出なかった。本人の希望だという話だったが、助かった男はじつは犯行グループの一員だという噂が週刊誌の記事になったものだ。

「名前は……えーと、なんだっけ」

あんなに連呼されていた名前なのにすっかり忘れちまった。たった二年前なのに。男は唇を動かしかけたが、結局引き結んで、握った自分の両手とのにらめっこに戻ってしまった。

「教えろよ、減るもんじゃねえし」

肘で奴の肩を小突く。どうしても知りたかったわけじゃない。いまにも泣きだしそうなこいつの顔が面白かったからだ。こんな有名人をおちょくれるチャンスなんてそうはない。

二年前のあの頃の俺は、ムショから出てカジノの経営を任されたばかりで、世間が空が落っこちてきたような騒ぎになっていた時も、何かを嘆くとしたら、しばらくはシノギがやりにくくなりそうだ、ということだけだった。裏カジノ好きのろくでなしどもだって、こんな時にはギャンブル熱が失せるだろうし、節電だのなんだのを理由に終夜営業へ締めつけが厳しくなる心配もあった。まぁ、実際にそのとおりになった。ほんの半年ほどの間だけだが。

円の暴落から始まった不況はまだ続いているし、テロへの警戒も、外国人への風当たりの強さも相変わらずだが、あの２７９便事件とフクシマよりずっと広い避難区域のことは、世間から忘れられようとしている。誰もが頭から消し去りたいのだ。あれはなかったことにしよう、と。その証拠に、またぞろ原発再稼働の話が持ち上がっている。懲りねえ奴らだ。特定秘密メディア規制法ってのにビビって、反対する奴の声も小さくなっている。

「おい、名前はって聞いてんだろ」

脅し文句は歯を嚙みしめたまま耳もとで囁くのがコツだ。奴の額からまた汗が噴き出す。俺から顔をそむけた拍子に、汗が俺に飛んできた。

てめ。

反射的に拳を固め、奴の鼻に裏拳を繰り出しかけて、放射性物質という言葉を思い出した。奴の汗が落ちた手の甲をシートで拭い、密着していた膝を今度は俺のほうから引いて、桐嶋の言うパーソナルスペースってのを取ることにした。気をつけねえとな、持つべきものは、恐怖心だ。

若い男が鼻から息を吐く。笑いやがったのだ。

「あんだよ。何が可笑しい」

俺ががんばって恐怖心を見せちまったせいか、奴はうなだれてばかりだった首をこちらに向けて、初めて目を合わせてきた。黒目の多い鹿みたいな目だった。ただし光が乏しい剝製の鹿の目だ。

「だいじょうぶです。放射性物質は病原菌じゃないので。人にはうつりませんから」

いままでまともに口がきけなかったくせに、声まで落ち着き払ってやがる。

「そもそも僕自身の被曝量は安全な数値です。メルトダウンは墜落した直後に始まったわけではないので」

とはいえ棒読みのせりふみたいな口調だった。繰り返し口にしている言い慣れた言葉なんだろう。

「知ってるよ、んなこと」

原発事故の情報はそれなりに知っている。誰も行きたがらない汚染除去の作業員を斡旋《あっせん》するのが、うちの組のシノギのひとつだからだ。娘がまだ赤ん坊だった若頭《カシラ》からも講釈をさんざん聞かされた。

279便は到着地のだいぶ手前で針路を変え、機内にたっぷりの燃料を残したまま突っ込んだ。メルトダウンってのが起きたのは、建屋最上部の使用済み燃料プールを直撃したからだ。実行犯の連中はそこがその原発の弱みだと知っていた。プールの中にあるのが定期検査を終えて取り出したばかりの危険な燃料であることも。

日本の原子力発電所は軽水炉で、チェルノブイリのような惨事にはならない、悪くても福島と同程度、なんてことを国や電力会社はほざいていたが、直後にやってきた台風が放射性物質を内陸に向けて吹き飛ばし、大量の雨が大地に染みこませた。避難民の数は福島の比じゃなくなった。対応の遅れやら情報の錯綜《さくそう》やら、昔の原発事故の時に聞いた言葉が、録音再生みてえに繰り返された。

声を聞いているうちに思い出した。こいつの名前を。顔は出さないという条件つきで何度かインタビューに答えていたのだ。「声がイケメン」とベッドで一緒にテレビを観ていた女が言っていた。耳当たりはいいが、頼りなげで抑揚に乏しい声だ。

「思い出したよ、お前の名前。辻村《つじむら》だ」

「辻野《つじの》です」

「どっちだっていいよ。よく生きてたなお前」

巨大な円柱形の建屋に279便が斜めに突き刺さった映像は、嫌というほど見た。ボーイングの中型機のあらかたが呑み込まれ、後部と尾翼《びよく》だけが飛び出した光景は、解釈を拒むオブジェのようだった。

「え？」

辻野が何か言った。元のか細い声に戻っちまっている。

「……なんで……生き残っちゃったんだろう……って」

「運が良かったんだろ」

確か、こいつは、機体から放り出されて、建屋の近くの貯水槽に落ちたのだ。ルーレットで言えば、00をイカサマなしで三回続けて出すぐらいの僥倖《ぎょうこう》だ。

「……運が悪かったのかもしれない」

辛気臭い野郎だ。まぁ、心じゃなく口が動いただけで、本当はこいつの生き死になんてどうでもよかったのだが。俺が聞きたかったのは違うことだ。

「犯人ってのは、やっぱりハジキを持ってたのか」

「……ハジキ？」

辻野が首をかしげる。

「わかりやすくいやあ、チャカのことだ」

また首をかしげる。カタギは面倒臭くていけない。

「拳銃だよ」

政府はハイジャック犯の細かい手口を公表していないが、マスコミの話じゃ、二丁の拳銃をバラバラに分解して、六人の実行犯がそれぞれに隠し持ち、手荷物検査をパスしたらしい。六人のうち二人は日本人で、女も交じっていた。国内線だからろくに警戒もされなかっただろう。なによりこの国でテロが起きるなどと誰も予想もしていなかった。

テロ組織の犯行声明も呆れた内容だった。

「これは予告だ」

世界中の国々にその気になれば自分たちは原発だって攻撃できるというデモンストレーションだった。日本が選ばれたのは、テロに対しても原発に対しても警戒が手薄だった、それだけの理由だ。

機内にどうやって拳銃の部品を持ちこんだのかは、俺たちヤクザの間でちょっとした話題になった。なんせ拳銃の密輸入は他人事《ひとごと》じゃない。「銃身はヘアアイロンに見せかけたんじゃないか」「銃把は折り畳み傘の柄として仕こんだんだろう」「弾丸は口紅の中で間違いねえ」銃身と銃把と弾丸さえ持ちこめれば、あとの部品は簡易工具箱に放りこむか、チェーンをつけてアクセサリーのように首からぶら下げておけば、怪しまれないものばかりだ。

「なぁ、どんな拳銃、持ってたんだ?」

銃把はスマホケースじゃないかと俺は睨んでいて、傘の柄派の連中と賭けもした。両手で耳を塞ぐように頭を抱えこんでしまった辻野を問い詰める。

「見たんだろ」

辻野が声を絞り出す。

「……僕たちは後ろのほうの席だったので……何が起きたかよくわからなかったんです」

「僕たち?」

「……彼女と一緒に乗ってたんです」

んなこと聞いてねえよ。苛つくな、まったく。

「彼女の故郷に行く途中でした。実家に挨拶をしようと思っていました」

辻野が顔の汗をぬぐう。いや、汗じゃなさそうだ。あらら、こいつ、泣いてやがる。

「銃声ぐらい聞いたろ」

向かい側に座っていた中年女が俺に顔をしかめていた。

「見てんじゃねえよ、ババア。世間話してるだけじゃねえか、なぁ」

人からはうつらないと百パー信用はしていない放射性物質より興味のほうが先に立った。俺は辻野の肩に腕をまわす。

「教えろよ」

「それを忘れるために来たので」

「忘れる前に話しちゃえば」

「耳からずっと離れないんです。彼女の最後の言葉」

辻野の顔は歪んでいた。涙まじりのわりにはやけにすらすら言葉が出てくる。桐嶋の診察を受けるために予行演習をしてきたんだろう。

女の場合だが、泣かれた時には、いったん引いてドラマで覚えた甘い言葉を囁きかけてやる。昔、ヒモで食っていた頃に覚えたテクニックだ。殴るのはそれからでも遅くない。

「悪かったな、よけいなこと聞いちまって。でも、つらいことは時間が解決してくれる。だいじょうぶだよ、兄ちゃんなら。男前だから、新しい彼女がすぐにできるさ」

辻野が涙で濡れた目で俺を睨んできた。剝製の鹿の目にほんの少し光を宿して。

「んだよ、てめえ。やるのか、こら」

俺の言葉が終わらないうちに、診察室のドアが開いた。やっぱりこいつは運に恵まれている。クリンチを解くレフェリーのような看護婦の声がした。

「辻野さーん」

奴が戻ってきたら、話の続きを聞くつもりだったのだが、次の人間が呼ばれても、その次の人間が中に入っても、奴は診察室から出てこなかった。そのうちに俺の名が呼ばれた。

俺が来たことを少しは喜ぶかと思っていたのだが、桐嶋は相変わらずの愛想のない面《つら》を軽く下げてきただけだった。

俺は部屋を見まわした。右手に桐嶋がへばりついているデスク。左手には診察用の小さな寝台、奥には医療品には見えない器材が収まった棚とリクライニングチェア。桐嶋と看護婦以外には誰もいない。

「さっきの若いのはどうした？」

「若いの？」

「辻野って患者だ」

「辻野さんなら、ここの裏手の通用口から帰られました。何か待合所には戻りづらい事情がおありのようでしたので」

桐嶋はすっとぼけていたが、俺が辻野にちょっかいを出していたのはお見通しのようだった。最初にここへ来た時と同じ、昔の担任教師に似た中年の看護婦が、俺になじるような視線を向けてくる。

「お前、反社会性パーソナリティってのが専門じゃないのか」

桐嶋は手相を見せるように片方の手のひらを広げた。

「お話しする前に、経鼻投与をしていただけませんか」

こないだの鼻薬のことか。「やなこった」

「それが済んだら、ご質問にお答えします」

桐嶋の言葉が終わるのを待っていたように看護婦が俺の背後に回った。

「顎を上げてください」

小六の時の担任に声まで似ている。俺は不貞腐れた顔を仰向《あおむ》けにした。じつはそれほど嫌でもなかった。研究所でこいつを食らった後に気づいたのだが、その後の数時間、俺の頭はシャブを試した時のようにすっと研ぎ澄まされた。俺の頭の中にあるという暗い穴ぼこが一時的にメントールシャンプーされたのかもしれない。

薬剤を注がれた鼻をすすっている俺に、別の何かを注入するような声で桐嶋が話しはじめた。

「私の専門についてひと言でご説明するのは難しいかもしれません。なにしろ専門的なもので。単独の疾病の治療でないことは確かです。簡単に言えば認知感情神経科学の臨床的なアプローチと言いますか――」

「ちっとも簡単じゃねえよ」

「さらに簡単に言えば、恐怖のメカニズムを解き明かすこと、でしょうか。及川さんに関して言えば、なぜあなたの脳が恐怖に無関心でいられるのか、そのことにとても興味があります」

「性格の違いってやつだよ」

桐嶋が唇の両端を引き上げた。

「性格――それはどこから生まれてくるのでしょう」

「知らねえよ、そんなこと。親の育て方じゃねえのか」

「確かにそれも無視はできません。でも同じ環境で育った人間同士、兄弟や姉妹でも性格はそれぞれに異なりますよね」

「きょうだいがいるって時点で、環境が違うってことじゃねえのかな。ほら、長男と末っ子じゃ性格が違うってよく言うだろ」

理屈で他人と渡り合うのは苦手だ。２７９便に持ちこまれた銃把がスマホケースか傘の柄かで言い争いになった時も、俺はすっかり言い負かされて、相手が兄貴格であるにもかかわらず、最後は胸ぐらを摑んでしまった。なのになぜか俺は桐嶋の前で理屈らしきものをこねてみた。担任教師に似た看護婦に誉めてもらえるとでも思ったのだろうか。

「さすがです。及川さんはおそらくＩＱが高い。ＩＱというのは知能指数のことです。学力ではなく知能がおありなんですね」

小鼻がむずがゆくなってひとさし指で掻いた。横目で看護婦の顔を窺う。桐嶋の言葉に頷いているように見えた。俺のひとさし指を眺めながら桐嶋が言葉を続ける。

「しかし、私は双子の情動に関する調査もしたことがあるのですが、たとえ一卵性双生児であっても別々の情動的特徴を持つものです」

「双子にだってきょうだい関係はあるだろうさ」

「そのとおりです」

俺の小鼻はぱっかり開いているだろう。学校でもこんなふうにしていたら、俺の人生も少しは違ったものになっていたかもしれない。たとえば経済系のシノギを得意として組でもう少し出世するとか。

「調査結果でも、双子にもやはり兄・姉的、弟・妹的な情動の違いがあることがわかりました。ただし、それは戸籍上の兄、姉、弟、妹という立場とは無関係に発露されるんです。もうひとつ、私の専門でいえば、重い精神疾患にかかっている患者が一卵性双生児のうちの一人であるケースは珍しくありません。でも、もう一人は何も疾患を抱えていないのが普通です。なぜでしょう」

「さぁ」学校ごっこには、もう飽きた。

俺の目を覗きこんで桐嶋が言う。

「心はどこですか」

反射的に自分の胸を叩いた。俺にも心があるとしたら、だ。奴がまた唇の端をつり上げる。

「そこは心臓です。循環器系臓器で、感情や思考を宿すわけではなく、体内に送っているのは喜びや悲しみではなく血液です」

長い顔のかなり上のほうにかかっている眼鏡を開いた手で押し上げてから言葉を続けた。

「心と呼ばれているものは、すべてここにあるんです」

中指で自分の頭を叩いてみせた。

「脳の中?」

「そのとおり」

催眠術でもかけようとしているふうに俺の目を捉え続ける。俺としたことが、先に目を逸らしちまった。桐嶋の視線が俺の眼球から忍び入って、その奥の脳味噌の中まで覗きこんでいる気がして。

「これを見てください」

桐嶋がマウスを握ると、デスクに並んだパソコンのいちばん手前の画面が明るくなった。

「及川さんの脳の問題箇所をご説明しましょう」

俺と桐嶋はデスクの斜め右と左、同じ向きから画面を眺める格好だ。桐嶋がモニターに顔を向けると、どんな面《つら》で俺に話しかけているのかわからなくなった。

画面に浮かび上がったのは、薄茶色の楕円の塊だった。どんぶり一杯の白子、もしくはホルモンの豚大腸を丸めて固めた、そんな感じの薄気味悪いしろものだ。

「これが脳です」

うげ。こんなもんが頭蓋骨の中に入っているのか。人間がろくなことを考えないのも無理はねえ。

「俺のか」

「いえ、これは3Ｄ画像です」桐嶋が白子の塊の左側にカーソルを動かして、くるりと回す。「側頭部から見た内部の様子です。研究所でご説明した前頭前野は、このあたり。額や眼球に近い部分で、思考や創造性に関与する領域です」

正しく動いていないと桐嶋がぬかした、俺の脳味噌の画像の中で暗い穴みたいに寒々とした色合いだった場所だ。

「人間の脳は三層構造になっています。いちばん根源的な本能を司っているのは爬虫類脳。これは以前お話ししましたよね。肉体脳という呼び方もします。場所としてはこのあたり。爬虫類にもある器官ですから、ごく小さな領域です」

白子の底でカーソルが動く。

「脳の外側を大きくくるむ広い領域は、大脳新皮質。わかりやすく人間脳、論理脳と呼ばれることもあります」

カーソルが白子の周囲をぐるりとなぞっていく。

「知覚、予想、計算、言語理解などの知性全般を司る器官です。人間を人間たらしめているのは、ここが、特に前頭前野が正しく機能しているからだと言えます」

なるほどね、さすが大学教授だ。しゃれたことを言う。人間を人間たらしめときたか——ちょっと待てや、おい。

「てゆーと、なにか？　俺が人間じゃねえって言いたいのか」

「まぁ、最後まで聞いてください」

俺に手相を見させてからマウスを握り直す。

「もうひとつが、大脳辺縁系。爬虫類脳と人間脳の間に挟まれた領域です。哺乳類脳、あるいは感情脳とも呼ばれます。恐怖や怒り、嫌悪、喜び、悲しみといった情動を司っています」

カーソルが脳の中央付近で動く。眠くなってきた。俺の脳味噌は明るいうちはしっかり働かない。たぶん夜行性動物脳なんだろう。

「反社会性パーソナリティ障害の根源は、この大脳辺縁系にあると考えられています。大脳新皮質が『考える脳』なら、大脳辺縁系は『感じる脳』です。大脳新皮質がどんなに高い知性を有していたとしても、その土台である大脳辺縁系に問題があれば、すべてが崩れてしまう。欠陥建築のように」

桐嶋がまた白子の中ほどの辺縁系とやらにカーソルを動かした。俺は大あくびをした。

「及川さんの前頭前野の機能不全も、そもそもはここから端を発していると思われます。具体的に言うと、大脳辺縁系の中の、海馬と扁桃体《へんとうたい》です」

俺が飽きているのを見透かしたように、画面が切り替わった。脳味噌の画像が同じ形のまま、輪郭としわしわの溝が青い線だけで表されている図だ。今度のは白子じゃなく、線画のキャベツに見えた。

「海馬はここにあります」

桐嶋がクリックをすると、線描きの脳の真ん中あたりに黄色の筋が現れた。

「この細長い器官が、海馬。『海の馬』と書きます。記憶を司る器官です。記憶を蓄積するのではなく情報を取捨選択し記憶すべきかどうかを決める、まぁ、新たな記憶を生み出す場所と言えるでしょうか。大きさはこのくらい」

桐嶋が小指を立ててみせた。

馬というより、ナメクジのようだった。キャベツ玉の奥深くにまんまと潜りこんだナメクジ。俺は自分の頭の中を這いまわるナメクジを想像した。

「そして、ここにあるのが扁桃体」

もう一度、クリック。小さすぎて最初はどこだかわからなかった。

「尻尾のとこか？」

「尻尾？」

「海馬ってやつの尻尾のとこ」

斜めに這った黄色いナメクジの下の端に、茶色い豆粒ほどの点が見えた。海馬がナメクジではなくカタツムリだとしたら、小さすぎる殻のような感じでへばりついている。

「ああ、海馬のテールと呼ぶ部分はここではありませんけど」

「なんでもいいよ。俺にはそう見えるんだから。それにしても、ちいせえな」

「扁桃体はアーモンドに似た形をしています。確かに大きさは親指の爪ほどですが、これが人間にとってはとても重要な器官なんです」

表情はまるで変わらないが、桐嶋は生き生きしていた。こういう講釈を垂れるのが奴の仕事で、奴もその仕事を気に入っているのだろう。

「扁桃体は、視覚、聴覚、嗅覚その他の外的な刺激に反応して、快、不快、恐怖、緊張、不安、痛みなどの情動を生み出す場所です。扁桃体と海馬は、位置的にも隣同士であることからわかるように、密接な関係にあります。たとえば――」

「なあ」

「はい？」

「さっぱりわかんねえ。つーか、わかる必要がどこにある？」

「説明が難解だったとしたら申しわけない。でも、知っておくべきだと思いますよ、あなた自身のために。続けてよろしいでしょうか」

ヤクザの若頭がフェイスブックをやっている時代だ。俺だってスマホでネットぐらいは見る。『反社会性パーソナリティ障害』について検索してみた。すぐにやめた。ろくでもないことしか書かれていなかった。世間じゃ反社会なんたらなんて長ったらしい名前は使わず、『サイコパス』と呼ぶんだそうな。『自分たちとは違う怪物』扱い。なんか腹立つ。どいつもこいつもおめえも、同類じゃないって保証はどこにもねえんだぞ。

こんな自己診断テストがあった。

①社会的な規範に従うことができない。
②自分の利益や快楽のために平気で嘘をつく、人をだます。
③衝動性が強く、将来の計画が立てられない。
④攻撃的で頻繁に喧嘩をする。繰り返し暴力をふるう。
⑤自分や他人の安全を考えない向こう見ずさがある。
⑥ひとつの仕事を続けられない。一貫した無責任さがある。
⑦人を傷つけたり、モノを盗んでも、良心の呵責を感じない。

七つの項目のうち三つが当てはまれば、疑いあり。全部やる必要はなかった。最初の三つすべてが当てはまっちまったからだ。

桐嶋の講釈は続く。

「たとえば危険や不安、嫌悪、繰り返してはならない過ちを感じ取ったら、扁桃体はそれを記憶するように海馬に働きかけます。海馬はその情報を整理する。ところがこのどちらか、あるいは両方がうまく機能していないと、それができない。扁桃体を切除したサルの実験の話があります。お教えしましょう」

「いや、聞きたくない」

「サルにとってヘビは危険な生き物で、通常は避けるのですが、扁桃体を持たないサルは自分から近づいていって攻撃し、食べようとすらするそうです。サルはヘビを御する術を持ちませんから、当然嚙まれる。でも同じことを繰り返すんです。嚙まれても嚙まれても何度も」

「いいって言ったろが、おちょくってんのか、てめ。俺がそのサルだって言いたいんだろ」

俺だって馬鹿じゃない。自己診断テストにひとつでもノーが欲しくて、いまも我慢して、桐嶋の偉そうな、人を小馬鹿にした話をおとなしく聞いている。だがもう限界だった。自己診断テストの③と④だ。

「うるせえ、うるせえ、うるせえっ。俺にどうしろって言うんだ、ああ?」

桐嶋が俺の目を捉えて、催眠術師のようなもったいぶった口調で語りかけてくる。

「こう考えてみてください。あなたが暴力的で他人と共感できないのは、あなたという人間そのものではなく、あなたの脳の欠陥によるものである、と。そしてそれは治療可能であると」

「治療？　なんのために？　じゃあ俺も言おう。俺には良心がないってあんた言ったな。だけどさ、良心なんてものが何の役に立つんだ？」

俺はまたしても大学教授に論戦を挑んだ。秒殺必至の拳でのファイトではなく。④と⑥を否定するために。

「良心なんて何の役にも立たねえ。この国を見てみろ。良心にあふれる奴がいい目を見てるか？　自分が得するためなら、平気で嘘をつく、人をだます、傷つける。うまいことやってるのは、そんな奴らばっかりだ」

桐嶋が珍しく黙りこんだ。俺の言葉に反論できないのだろう。いい気分だ。知識はなくても、俺にはガキの頃から一人で生き抜いてきた知恵と、世間の臭いを嗅ぎわける本能的な勘がある。

モニターから画像が消えた。桐嶋は何も映っていない画面に話しかけるように言葉をつむぐ。

「反社会性パーソナリティ障害を持つ人間イコール犯罪者ではないのです。自分を制御し、ごく普通に社会生活を営んでいる人間のほうが圧倒的に多い。まぁ、他人への共感力のなさは、出世するには都合がいい資質になるのかもしれません」誰かに心当たりがあるような口ぶりだった。「社会的に地位のある人間のほうがむしろこの障害を持つ確率が高いのではないか、と言う人もいますし、そうした人間が権力を持つと、まわりもそれに染まらざるを得なくなるという話も聞いたことがあります」

「ほれ見ろ」

「でも、それで心の平穏は得られますか」

奴の顔はやけに真剣だった。

「俺はヤクザだぞ。平穏なんていらねえ」

「本当に？」

今度は俺が黙りこむ番だった。桐嶋のひと言は、見えない刃となって俺の心臓だか脳だかを突き刺した。何か言い返さないと認めたことになっちまう。それがわかっているのに言葉が見つからない。先に声をあげたのは桐嶋のほうだった。

「及川さんは、退屈でしょうね」

これにはするりと言葉が出た。まさに俺は退屈していたからだ。

「ああ、そのとおりだとも」

「いまここでのことだけでなく、あなたの毎日のことです」

「あ？」

「反社会性パーソナリティ障害の症状のひとつは常に刺激を求め続けることです。愛情や精神的な喜びを感じることができないために、スリルや直接的な快楽でその欠落を埋めようとする。ギャンブルやセックス、お好きでしょう？　アルコールや薬物も。その果てに何が得られるとお思いですか」

「よけいなお世話だ」

桐嶋が椅子を回転させて体全体で俺に向き直った。

「我々の治療プログラムを受けてみる気はありませんか」

「プログラム？」

「はい。投薬だけでなく、カウンセリング、認知刺激訓練、メディテーション、栄養プログラムに基づいた食事。総合的な治療を受けていただきます。ある程度の期間が必要ですから、いますぐにとは言いません」

「期間？」

「ええ、八週間を一単位と考えています」

「毎週通えってか」

「いえ、基本的には入院治療になります」

はっ。呆れ声が鼻から飛び出した。

「八、週、間？　馬鹿言ってんじゃねえよ。俺にそんな暇があると思うか？」

桐嶋がため息をつく。とってつけたようなため息だった。

「お忙しい仕事なのですねえ」

「ああ」

本当に忙しくなりそうだった。抗争寸前《ドンパチ》の組とは近々手打ちを行うはずだったのだが、結局、直前で破談になった。手打ちに不服な向こうのはねっ返りが、うちの組の関連会社のビルにダンプを突っ込ませて逃げたからだ。このあいだも本家の若中《わかちゅう》が鉄パイプで殴られた。背骨をやられたから再起不能。向こうを抜けてうちの組に鞍替えした奴だった。

俺は言ってやった。

「そういうお前も忙しいんじゃねえのか。記憶除去とかいう患者も診てるんだろ。記憶の除去ってのはどうやるんだ。本当にそんなことできるのかよ」

桐嶋は驚いた様子は見せなかった。デスクに置かれた小さな紙袋に目を走らせただけだった。

二度目の原発事故の後、精神科ってとこが繁盛してるってのはよく聞く話だ。被災地の人間だけじゃなく、悪いニュースばかり繰り返し見聞きしているうちに、ウツになる人間が多いんだそうな。俺に対して興味があるだの、あなた自身のためだの、親身になっているふうなことをぬかすが、しょせん俺は大勢の患者の中の一人じゃねえか。特別な肩入れをするとしたら、世間に注目されている辻野にだろう。

「あなたにも消したい記憶があるのですか」

「はっ。特にないね」いや、ある。俺の頭の中には消したいものばかりが詰まっている。溜まり続けて川底の汚泥みたいに悪臭を放っている。脳味噌を取り出してじゃぶじゃぶ洗濯できたらどんなにすっきりするだろう。

「辻野さんのケースと、及川さんのケースは、まったく違うように思えますが、恐怖に対するメカニズムに不具合が生じているという点では一緒なんです」

「お前、恐怖マニアなのか？」

桐嶋は笑いはしなかった。

「ぜひ、考えてみてください。入院治療。あなたのお仕事にもマイナスにはならないと思いますが」

そう言って、俺に思わせぶりな視線を走らせてくる。

「どういう意味だよ」

「日々のお仕事にも支障をきたしているようですね。アルコール依存症だけでなく、行き過ぎた暴力行為も多いとか」

「誰に聞いた。カシ……社長が言ったのか」

桐嶋が無言で頷く。

「嘘じゃねえだろうな。フカシだったら、お前、命はねえぞ」

なぜカシラが、カタギの医者に、俺のことを？

「組織の運営にも支障をきたすのではないかと心配されていました」

組に支障をきたす？　嘘に決まってる。カシラは俺を心配してここを紹介してくれたんだ。組長《オヤジ》に無理を言ってまで。頭の中で火花が散った。

「てめえ、いい加減にしろよ。社長の名前を騙《かた》って、適当なことほざいてたってわかったら、ただじゃおかねえ。川に浮かぶぞ」

デスクの天板を蹴りつけた。三台のパソコンがぐらぐらと揺れる。片端に飾るように置いてあった紙袋が床に落ちた。

背後で「ひっ」という小さな悲鳴が聞こえた。看護婦だ。まだいたのか。もう一発蹴りを入れるつもりだったのに、俺の足は動かなかった。

「なんで看護婦がいんだよ。俺のプライベートに関わることだ。席をはずさせろ」

あの看護婦は、やりにくい。小六の頃を思い出す。「プライベート」だの「席をはずせ」だの、俺らしくもない言葉をつい使っちまうのもそのせいだ。

「看護師、ですね」

桐嶋が言葉を訂正するように言い、俺の背後に目配せをする。ドアが閉まる音がした。紙袋を拾い上げながら桐嶋が言う。

「言葉には気をつけられたほうがいいですよ」

「おめえに言われる筋合いはねえ」

「治安維持法復活なんて声もある時代ですから、あなたの業界への締めつけも厳しいのでは？　脅迫行為と取られかねない言葉は慎まれたほうがいいのではないでしょうか」

「は。誰も聞いちゃいねえよ」

桐嶋が中指で眼鏡のブリッジを押し上げた。

「あなたとの会話はすべて録音させてもらっています。あくまでも研究のためで、他の目的に使うつもりはありませんが。いまのところは」

「てめ」

レコーダーをしこんでやがるのか。どこだ？

すぐにわかった。

沈着なふりをしているが、しょせん素人《トウシロ》。桐嶋の視線が一瞬だけ小さな紙袋に動いたのを俺は見逃さなかった。ガキが好きそうなキャラクターの絵柄で、リボンがかかった袋だ。患者からのプレゼントのように見せかけているんだろう。拾い上げてデスクに戻す桐嶋の動作も、やけに大切そうだった。

腕を伸ばして紙袋をひったくった。足もとに落とし、桐嶋の顔に視線を据えたまま、片足で踏み潰す。そして笑いかけてやった。

「甘いな、カタギは」

桐嶋の顔に俺でもわかる恐怖の表情が浮かんでいないかどうか探した。奴も笑みを浮かべていた。

足もとを眺める。踏みにじった袋が破れ、中身が飛び出していた。入っていたのは、クリームをサンドしたビスケットだった。

「どこだ」

俺は診察室を見まわした。白状しなかったら、そこらじゅう引っかき回してぶっ壊してやる。

「もうここにはありません」

桐嶋の言葉を理解するのに、まばたき三回分かかった。

「さっきの看護婦か」

桐嶋は答えなかった。それが答えのようだった。

「はめやがったな」

「甘いですね。プログラムの件、よい返事を期待しています」

こいつがまともに笑った顔を見たのは初めてだろう。

7

フロントガラスの向こうに鬱陶しく青空が広がっている。車は北へ向かう高速を入道雲に突っ込むように走っていた。左ハンドルの助手席はいつものことながら風景の真ん中に放り出された気分になる。

「いい天気っすね。いやあゴルフ日和だ」

運転席の翼がＥＸＩＬＥを鼻唄で歌いながら、開いたてのひらでハンドルを左右に揺らす。夏の空は嫌いだ。ガキの頃を思い出す。

「黙って運転しろ。てめえがゴルフするわけじゃねえだろが」

組長《オヤジ》とカシラのゴルフのお供だ。俺たちはダークスーツ姿だった。オヤジたちと一緒に回るのは、建設会社の三代目社長とその取り巻き。俺たちのベンツはオヤジが乗っているセンチュリーの後方をしんがり隊として走っている。先頭はカシラのワゴン車、ヴェルファイアだ。

「及川さんはやんないんすか、ゴルフ。やったらドライバー飛びそう――」

翼が話の途中で黙りこんで、首を縮める。余計な口を叩いてしまったことに気づいたんだろう。こっちのゴルフの面子《メンツ》はもう一人、俺より後に組に入った大卒の経済系。奴は大切な商談に加わり、俺はただの護衛だ。だから俺は今日も機嫌が悪い。

「あれ?」

「なんだよ」

「殴んないんっすか」

「殴られてえのか」

「いえいえ」

我慢してる。俺が暴力だけの人間じゃないことを組の連中に知らしめるために。八週間の入院なんてとんでもねえ。もしもカシラがそれを望んでいるのだとしたら、必要ないことを知ってもらわねば。桐嶋の言うとおり、俺は人を騙すことをなんとも思っちゃいない。だからきっと自分を騙すことも簡単だ。

しばらくぶりに顔を合わせたカシラに訊いてみた。病院へきちんと通っているという報告がてらそれとなく。

「桐嶋っていう医者をご存じなんで?」

「桐嶋? 誰だっけ?……おお、そうかそうか、お前の担当医か。名前は覚えてねえけど、一度ぐらいは話しただろうな」

「俺のことをいろいろ口添えしてもらったそうで」

「俺が? いや、別に。オヤジがやってくれたんだろ」

組長が下っぱの俺のことを気にかけているとも、行状を知っているとも思えなかったが、黙っていた。

「そいつがどうした？　なんか気になることがあるなら、オヤジに訊け」

「うす」訊けるわけがない。

それが昨日の晩だ。

「ああ、ぶっ飛ばしてえな」

野球をやめた後、しばらく族《ゾク》に入っていたという翼がぼやく。オヤジに万一がないように俺たちはおとなしく走行車線を走っている。道は空《す》いていて、ときおり追い越し車線を色とりどりの車がかっ飛んでいった。

「ちくしょう。あんなとろ臭そうなのにも抜かれちまう」

翼が横に並ばれた黒いコンパクトカーに毒づいた。わナンバーのレンタカーだ。

「ああいうのが案外、速えんだよ」トヨタのブレイドマスターだ。免許を取り立ての頃は、安くて飛ばせる車ばかり探していたから、俺はそういう車にだけはくわしい。

「ちょっと待て」

「なんすか」

おかしい。レンタカーなのに、ウィンドウにスモークを張っている。フロントガラスにまで。

ブレイドマスターが俺たちをあっさり抜き去っていく。俺はふところからスマホを抜き取ってオヤジの車に同乗しているボディガードの番号を呼び出す。そして翼に命じた。

「あの車に並べ。オヤジとの間に入るんだ」

「え？　え？　ええっ」

使えねえ奴だ。スマホを右肩に挟んだまま左手をハンドルに伸ばして手前に回し、車をセンターラインに飛び出させた。

「アクセル踏め」

「ちょちょ待」

「早く」

スマホからはコール音だけが続いている。オヤジの車に並走しているブレイドマスターのリアウィンドウが三分の一ほど開いた。短く飛び出した金属が夏の陽差しに不吉に輝く。

間に合わねえ。

「突っ込め」

「ぶつかりますっ」

「ぶつけるんだよ」

下手なゴルファーのアイアンショットみたいな音がした。

一発。

二発。

翼が叫ぶ。「ハ、ハ、拳銃《ハジキ》」

踏みこむのを迷っている翼の膝を左手で思い切り押し下げた。

衝撃に車が揺れる。ブレイドマスターのリアと接触したのだ。軽量の向こうのほうが衝撃は大きかっただろう。車体が左右に揺れている。尻が元に戻ったとたん、慌ててスピードを上げて逃げ出した。

センチュリーに素早く目を走らせる。防弾ガラスを仕込んだリアウィンドウに蜘蛛の巣のような二つの罅《ひび》が入っただけだった。翼に叫んだ。

「追え」

「押忍《オス》」

翼が首輪を解かれたピットブルのように体を揺すってアクセルを踏みこんだ。時速百五十でカーブを抜けて、ブレイドマスターの尻を追いかける。

「速いな」

ちっとも詰まらない距離に翼は目を剝いている。

「ありゃあ、ちっこいけどV6で3・5リッターだ」

わざと目立たない車を選んだに違いない。わナンバーは偽造で、チューンナップもしていそうだ。追い越し車線に先行車がいると走行車線に、そしてまた追い越し車線へ。こしゃくな車線変更をして、するすると逃げていく。

「もっとスピード出せ」

速度計を確かめた翼がさらに目玉をひん剝いた。

「これ以上は無理っす」

「じゃ、運転替われ」

「もっと無理っす」

二車線の高速はしだいに車の影が濃くなってきた。それにつれてブレイドマスターの逃げ足も緩慢になる。あと五十メートル。間に挟んだ二台をかわせば、追いつける。カーブを曲がり、視界が開けたとたん、翼が声をあげた。

「ロック・オン！　事故渋滞っす」

前方には車が詰まっていた。二車線とも塞がっている。だが、速度を出せないのはこっちも同じだ。しかも追い越しを繰り返しているうちに、両方とも走行車線のほうに囚われてしまった。事故現場に近づくにつれ、速度は三十にまで落ちたが、相手は依然二台先にいる。

カシラから連絡が入った。「オヤジは無事だ。ゴルフは中止して戻る。いまどこだ。深追いはしなくていい。いいか、無茶はするなよ」激怒しているのか、冷静なのか、電波状況の悪いスマホ越しの声では判断がつかなかった。

「了解です」とだけ返事をした。

ほどなく徐行運転のスピードになった。もうすぐ車は動けなくなるだろう。どちらも。

「よし、停めろ」

「ここで？」翼が絶句してから、忘れていた敬語をつけ足す「っすか」

「いいから停めろ」

「どうするんで」

「車から引きずり下ろす」

「いやいやいや。ハジキ持ってるんすよ」

「心配するな、俺だって持ってる」

「さすがっす」

「無鉄砲ってのをな」

「え――っ」

翼が、親爺ギャグかよ、とこっそり呟いたのをとがめ立てしている暇はなかった。俺は緊急脱出用のハンマーを握ってドアから飛び出した。奴らは本気でオヤジの命《タマ》を取ろうとしたわけじゃない。ヤクザの組長の車が防弾仕様になっていることぐらい承知の上で撃ってきたはずだ。威嚇。誇示。組の中で目立ちたいだけだ。こんな衆人環視の中で、これ以上拳銃をぶっ放す気はないだろう。保証はねえが。

黒いコンパクトカーはもぞもぞと身悶えをしていた。すぐ後方の車がクラクションの悲鳴をあげている。マズい。

「戻れ」

俺に続いてしぶしぶ車から降りてきた翼に叫んだ。

「え」

「そっちじゃない。助手席に行け」

「え。え？」

説明している時間はなかった。奴らは逆走するつもりだ。ベンツを路肩に乗り入れて行く手を阻むしかない。

「ほら、どけっ」

ドアに手をかけたままぼんやり突っ立っている翼を押し退けて、運転席に滑りこむ。翼が回りこむのを待たずにハンドルを切った。

「な、なにするつもり」翼が目玉をふくらませたまま助手席に飛びこんできた。「つすか」

「ちゃんとシートベルト締めろ」

「それ怖いっす。及川さんに言われると」

ブレイドマスターは小さな車体を生かしてまんまと方向転換する。それに比べるとベンツに残された空間は狭すぎた。半回転する前にノーズが前方のワゴンにぶち当たった。ワゴンの運転席から飛び出した顔が叫ぶ。

「ちょっとぉ、なにやってんのぉ」

なにをやっているのか自分も理解していないだろう翼がウィンドウを下げて吠えた。

「うっせえ。文句あんのか、てめえ」

眉のない虎縞頭の翼を見たとたん、顔が車の中へ引っこんだ。

間に合わなかった。ブレイドマスターがベンツの鼻先をかすめていく。合法に見せかけた少しだけスモークが薄いフロントガラス越しに車内が見えた。運転している奴がこっちの様子を窺った一瞬に目が合う。まだ若いが、いまどきアイパーをかけたカタギには見えねえ野郎だった。助手席は空。ということは人数は多くて三人だろう。

ようやく事を理解した翼が、今度は後方の軽トラにすごむ。

「おらぁ、下がれ、邪魔だ」

奴らから十秒遅れで車を切り返して後を追う。路肩の幅はベンツにはぎりぎりだった。トレーラーの横をすり抜けた時にはガードレールにボディがこすれてブリキ旋盤のような音がした。バイクが来たらはね飛ばすつもりだった。

カシラのヴェルファイアが見えた。こっちに何か叫んでいる。もちろん聞こえない。聞こえないが、きっとこう言ったのだ。「頼也、行け」

「だいじょうぶっすか。カシラはやめろって言ってたような。ねぇ、及川さん」

今度は殴りつけた。右手の肘で奴の耳を。

「聞いてねえ。お前も聞こえなかっただろ」

「……押忍」

ブレイドマスターがどんどん遠ざかっていく。路肩の幅が狭くなってきた。もう限界だった。道はだいぶ空《す》いてきている。俺は車線をまたいで一気に追い越し車線までベンツを躍り出させた。

ワゴンが目の前に迫っていた。家族連れが目を丸くしているのまで見えた。ハンドルを右に切る。今度は大型トラックに前方を塞がれる。左に切って危うくかわす。

「このまま走る気……っすか」

「黙ってろ」

「あとどんくらい？」

「あいつらに聞け」

「ねえ、及川さん」

「うるせえ」

「ゲロしていいっすか」

「殺す」

センターラインを走って前から来る車を蹴散らし、道が空くのにまかせて逆走を続ける。

ガキの頃溜まり場にしてたゲーセンのドライビングシミュレーションゲームをしている気分

だった。トラック二台が横に並んでやってきたら、ゲームオーバー。

「やべえ、やべえっす。うわ、やべやべやべ。及川さん、だいじょうぶっすか」

そんなことわかるわけがない。わからないから愉しいんだ。

俺の背筋はとびきりいいケツをした女をバックから犯している時のようにぞくぞくと震えていた。一台、また一台。数センチ差で車をやり過ごすたびに、ふだんは冷え固まっている血が熱く沸き立った。

全身の毛が逆立ってちりちりする。何も考えずにすむ真っ白な頭が気持ちいい。

俺は生きている。この時ばかりは。確実に。

自分への祝福のファンファーレのようにクラクションを鳴らし続けた。

桐嶋、わかったような口をきくんじゃねえ。お前らとは違う。

これが俺の日常だ。

「やべやべやべやべ」

翼が両手を顔にかざして絶叫する。前方の軽《けい》が道の真ん中からどかないのだ。運転席の女の腕が恐怖でロックしたんだろう。追い越し車線にはでかいトラック。舌打ちをしている暇もなかった。俺はブレーキを踏む。

「うわうわわわ」

軽もブレーキを踏みトラックがわずかに先に出た。リアが尻を振ったのを利用して二台の隙間に車体をつっこみ、握り拳ひとつ分ほどの差で軽をかわした。

　翼が肩で息をしながら言う。

「すげえ。フェルナンド・アロンソだ」

「誰だ、それ」

「すげえ人っす」

　もう道の先に対向車は少ないが、差は百メートルに開いちまった。少し先にインターチェンジがある。奴らは進入口から出て行くつもりだろう。

　だが、進入口の直前まで来てもブレイドマスターは合流車線に向かう様子はなかった。それどころか追い越し車線に入ってスピードをあげやがった。まだゲームを続けるつもりかよ。さすがに俺も飽きてきた。スーツの内ポケットでスマホが振動し続けている。手は空《あ》いてねえし、誰からかもわかっている。俺も追い越し車線に入った。

　ブレイドマスターがまた一台対向車をかわす。その直後に突然車体を揺らして横っ腹を見せた。

「ざまみろ、ミスった。チャンスっす」

「チャンスじゃねえ」

　フェイントだ。車をドリフトさせて進入口から出て行くつもりなのだ。俺も対向車をやりすごす。走行車線にもう一台。そいつもかわしたが左にしか行き場がなかった。まずい。

このままじゃこっちは進入口を通過しちまう。

俺はブレーキを踏みハンドルを右に切ってから、サイドブレーキを上げる。

「わわ、うわわわ」

ベンツが180度回転する。サイドブレーキを戻してブレイドマスターが消えた進入口に
今度は120度尻を振って突入した。

「ふわ、うわうわ、ふわわぁ」

うるせえ野郎だ。翼が絶叫マシーンに乗ってる女みたいにため息と悲鳴を繰り返す。

進入路にベンツを滑りこませたとたんだった。

前方から鈍い音が聞こえた。

料金所の手前、こっちからは下り勾配の車線の向こうに二台の車が停まっていた。一台は
ブレイドマスター。奴らの悪運もここまでのようだ。入ってくる車と衝突したらしい。

「よっしゃ、ロック・オンっす」

ブレイドマスターがバックを始める。衝突されたライトバンから作業着姿の男が何か叫ん
で降りてきた。

「いや、まだだ」

俺は減速せずに近づいた。やっぱりだ。急発進してライトバンの横をすり抜けやがった。

作業着が路上に飛び出して抗議の声をあげる。

窓から頭を突き出して翼が叫ぶ。

「どけどけ、轢《ひ》くぞ、おらぁ」

ブレイドマスターが遮断機をひん曲げて料金所を突破した。ほとんどハコ乗りの翼が今度はブースから顔を出した係員を恫喝《どうかつ》する。

「どけどけどけ、首飛ぶぞ」

俺たちも全速力で料金所を駆け抜けた。

すぐ先には国道が横たわっている。

「ここどこだ」

「わかんないっす」

標識によれば左折方向が市街地。街中に潜り込まれたら面倒だ。その前に捕まえたかった。信号は赤だが、やつらに停まる気などあるわけがない。こっちも同じだ。俺はアクセルをさらに踏みこんだ。

「及川さん、右」

右へ曲がりやがった。派手にタイヤを軋《きし》ませ、黒い車体を横滑りさせて右手にかっ飛んでいく。ノーズが巨大な手でパンチを食らったようにひしゃげていた。ダンスを踊るように尻を振って体勢を立て直したブレイドマスターに翼が毒づく。

「ウインカーぐらい出せや」

踏みこんでいたアクセルから足を離してハンドルを右に切る。金切り声をあげてリアタイヤがスライドし、クルマが大きく回転した。

「うわうわわふわぁ」

「るせえよ」

もう一度アクセルを踏みこんで後を追った。距離は五十メートル。道の両側は柱を並べたような杉林。

「すげえテクっす」

テクニックじゃない。度胸だ。バイクを買う金がなかったからゾクに入ったことはないが、一度、バイクでチキンゲームをやったことがある。二台で桟橋を全速力で走り、どっちが突端ぎりぎりで停められるかの勝負だ。相手はカワサキのゼファー400。俺はかっぱらった150cc。

俺のバイクを笑っていたむこうは十メートル手前で停車し、しかも小便をちびっていた。俺は十メートル手前でブレーキを踏んだが間に合わず、バイクもろとも海に飛びこんだ。ゲームのルール上、勝ったのは奴のほうだが、称賛されたのは俺の方だった。おかげで盗んだその晩にバイクを失ったが。

藪医者の桐嶋は、俺に恐怖心がないとぬかすが、俺に言わせりゃ、失うものがないってだけだ。命を含めて。

道が登りになった。左右にカーブが続く峠道だ。ブレイドマスターは衝突のダメージを受けているようには見えなかった。よけいなドリフトはしない堅実なコーナリングで、山道のコーナーを抜けていく。腕の立つドライバーを雇っているに違いない。

「どこ行くつもりっすかね」

「さあな。人けの多いほうに逃げなかったのは、好都合だ」

「どっちかってゆうと、むこうが好都合なんじゃないっすか、だって拳銃《ハジキ》持ってるんすよ」

「関係ねえ」

「きっと、人目のないとこに誘い出されてるんすよ、俺ら」

「口閉じてろ」

粗《あら》い舗装路はしだいに細くなり、登ったかと思えばまた下りになる。道の片側は崖といっていい急勾配だが、ガードレールの姿も消えた。

いくらドライバーの腕が良くても、しょせんFF車だ。コーナーがきつくなるにつれて車体が左右にぶれるようになった。少しずつ距離を縮めていく。車のスペックの差だけじゃない。おそらくビビりはじめたむこうのドライバーと、車が道からころげ落ちる光景が頭に浮かんでも、それが映画を眺めているような他人事としか思えない俺との差だ。桐嶋に言わせれば扁桃体《へんとうたい》ってとこがちゃんと働いていないからだ。ありがたいこった。扁桃体さまさまだ。

「及川さん、かっけえっす。ぜんぜんビビってねえですね」

「おめえなんかと下に落ちたくはねえからな」

「同感っす」

「あん？」

「むしろ楽しそうっす。鼻唄歌っちゃうんだもの」

鼻唄？　気づかなかった。

「楽しかねえよ」

楽しかった。ふだんは石ころに等しい俺の心臓がどくどくと早鐘を打っている。桐嶋は、俺の毎日が退屈だろう、と言いやがった。児童相談所の職員みたいな違う場所からこっちを眺め下ろすような目を向けて。よけいなお世話だ。てめえの頭に隕石《いんせき》が落ちてこねえかを心配してろ。この稼業をやってれば、退屈とは無縁のこんな面白《おもしれ》え日もある。

ヘアピンカーブを抜けた先、次のカーブに差しかかっていたブレイドマスターがブレーキランプを灯した。速度が落ちていく。コーナーのミラーに対向車が映るのが見えた。チャンスだ。

アクセルを踏みこんだ。コーナーの向こうから、ぬっとマイクロバスが現れた。クラクションの悲鳴をあげてマイクロバスが大きく外側にまわりこむ。その隙間に車をこじ入れた。

コーナーを曲がりきると、すぐそこにブレイドマスターの肉厚のケツがあった。

スモークが張られた窓の中の様子はわからないが、俺には奴らが慌《あわ》てふためいているように思えた。何かしかけてくるはずだ。

思ったそばから、後部座席の左のウィンドウが開き、頭が飛び出てきた。

ごま塩の短髪。顎《あご》に贅肉が垂れた想像していたより年を食った野郎だった。俺たちに向かって何か喚いている。

ひとしきり喚き終えると、さらに身を乗り出してこちらに腕を突き出した。

「やばいやばいやばい」

翼がでかい図体を丸めてフロントガラスの下に頭を沈めようとする。ごま塩頭の太くて短い腕にはハジキが握られていた。

「やばい、やばいっすよ」

翼の声は震えていた。体まで震わせている。俺にはそれがなぜなのかがわからない。心配ねえよ。向こうが狙うのはタイヤか運転手の俺だ。しかも揺れ動く車の中からの、いかにも慣れてねえ構えの片手撃ちじゃあ、まず当たりはしない。怯える必要がどこにある?

耳に銃声は届かなかったが、腕が上下に揺れたから弾丸が発射されたことはわかった。

俺どころか車にもかすりもしなかった。ほらな。何の心配もねえ。

次のコーナーを抜けると、下り坂になった。

すぐ先にまた急カーブがある。相変わらずガードレールはないが俺は速度を緩《ゆる》めない。狭い道幅の山肌ぎりぎりにベンツを寄せて走り、坂を駆け下りた。

車体の重いベンツのほうが下り坂では速い。いっきに詰め寄って、コーナーを曲がりかけたブレイドマスターの左のリアに車をぶち当てた。こっちより軽量で後ろに重量のない尻軽なFF車は、一発で大きく揺れた。

ごま塩頭が喚いている。今度は車内に向けて。

むこうが体勢を立て直す前にベンツの鼻面をブレイドマスターの左の脇腹へ突っ込む。

至近距離にいるごま塩が今度ははっきり俺を狙っているのが見えた。

自分の図体をダッシュボードの下に潜りこませるのが無駄な努力だと悟った翼が頭を抱えた。女みたいな金切り声をあげる。

「やめてもう停めてっ」

やめるわけがない。ここからが面白えとこだ。速度の落ちたブレイドマスターと並走する。

ごま塩の顔は、翼の丸めた背中のすぐ向こうだ。拳銃を構えた腕がふらついている。撃てるもんなら撃ってみな。おめえみたいなヘボには当たらねえよ。ハンドルを右に切って横ざまに体当たりした。

ブレイドマスターがダウン寸前のボクサーのように体をふらつかせる。

もう一発、ボディにカウンター。

黒い寸詰まりの車体が斜めに傾いだ。

ごま塩のぎょろ目がこれ以上はないってほど見開かれた。

一台半ぶんの幅しかない道をベンツはやすやすと駆け抜けた。ブレイドマスターが、崖に飛び出したからだ。

俺はブレーキを踏む。バックミラー越しに黒い車体が落ちていくのが見えた。


車が停まったことに気づいた翼が、懸命に潜りこませていたコーンロウをそろりと上げる。

「な、な、なに？」濡れたガラスのような丸い目で周囲を見まわす。汗が伝った頬が痙攣し、唇が小刻みに震えていた。「……死ぬかと思った」

そうか、恐怖っていうのはこういうものなのか。下っぱとはいえヤクザの翼でもこうなるのか。いろんな相手をさんざんビビらせてきたが、いままでは他人の表情なんてろくに気にしたことがなかった。

ブレイドマスターの姿がどこにもないことに気づいた翼が、汗をぬぐうふりをして涙目をこすった。せいいっぱい余裕をかます口調で言う。

「正解っす。ハジキを持ち出されたら、諦めるしかないっすよね」

俺は裏拳で翼の鼻面を叩いてやった。

「逃がしちゃいねえよ」

両手で鼻を押さえた翼がくぐもった声を出す。

「え、え、あいつらは？」

俺は親指を真下に、地獄の方向に突き出した。

谷底まで突き落としたつもりだったが、ブレイドマスターが転落したあたりは、崖というより斜面で、灌木が斜めに繋った先、十メートルほど下の窪地の繁みに頭から突き刺さっていた。中の人間がどうなったのか、生きてるのか死んでるのかもわからない。

「降りられない勾配じゃねえな」

「きゅ、救助するんすか」

「馬鹿野郎」

「もういいじゃない」俺が右手を裏拳の構えにすると、翼が顔をのけぞらせた。「……っすか」

「覚えとけ。敵を潰す時は徹底的に潰さねえとだめだ。死んだふりして背中を切りつけてくる奴もいるからな」俺の背中の観音菩薩に縫い傷が走っているのもそのせいだ。「お前はベンツをどっかに隠してこい。ハンマーを忘れるなよ」

俺を制止させるかのように、またスマホが鳴った。電源を切ることにした。

斜面を覆う灌木を伝って下へ降りた。滑り落ちた車体に枝という枝がなぎ倒されて、途中からは手がかりがなくなった。遠回りするのが面倒で、いっきに滑り降りようとしたのがいけなかった。木の根に足を取られて俺は窪地に尻から落ちた。痛っ。

丈の高い雑草が生い茂った場所だった。

背後でかすかに草が鳴った。

その瞬間、藪に隠れていた誰かに銃口を突きつけられた、と俺は思った。弾丸が発射され、俺の後頭部から額までを貫く光景が頭に浮かんだ。背骨の芯が経鼻投与剤を打ちこまれたように冷たく震えた。うなじの毛を誰かにつままれたような気がして、慌てて跳ね起きる。

振り向いたが、誰もいるわけがなかった。ただの風だ。

なんだいまのザマは。俺らしくもねえ。翼に見られたら示しがつかなくなるところだった。まぁ、確かに、奴らがくたばったと決まったわけじゃない。丸腰でいないほうがいい気がして、俺は落ちていた枝を拾い上げる。

灌木とススキに埋もれたブレイドマスターからは物音ひとつしない。だが俺の足どりはいつになく慎重だった。よく見れば手にした木の枝は、ガキを打ち据えても折れてしまうような細さだった。そいつを両手で握って、腰まである草を蹴散らしながら車体に近づく。

何かにけっつまずいた。

また根っこか。

違った。人間の足だった。

デッキシューズを履いたコットンパンツの足。太腿から先は雑草の中に隠れている。

枝で突《つっ》いてみた。ぴくりともしなかった。

上半身があるはずの草藪を枝で掻き分けた。

ごま塩頭がうつ伏せにころがっていた。

爪先で体を起こそうとしたが、よく太った男で根っこが生えたように動かない。顔だけ横を向かせた。

息をしていないことはあきらかだった。頭のてっぺんがざくろのように割れ、ざくろの色の血が顔に網目模様をつくっていた。灰色の粘土みてえなものが顔にも周囲にも飛び散っている。大学病院で本物そっくりの見本を見せられた俺には、それが何かわかった。

大脳新皮質がどうの、大脳辺縁なんたらがこうの、とごたくを並べても、しょせん人間なんてこんなもんだ。悪人も善人も、悪意も恐怖も良心も愛だのも、頭がかち割れたら、それで終わり。脳味噌なんてちぎり豆腐と変わりゃしねえ。車と違って修理もきかない。

直接手を下したわけじゃないが、自分が死なせた死体を見るのは初めてだった。だが、俺の脳味噌に特別な感情がわくことはなかった。興奮もなければ、もちろん後悔もない。ついさっきまでこっちに向かって喚いていた男が、動かなくなって横たわっている。それが不思議に思える。それだけだ。

ごま塩はハイキングに出かけるかのような軽装だったが、着ている服は上等に見えた。腕時計の文字盤はダイヤ入り。ネックレスも18金だろう。ヤクザは金がなくても見栄を張る種族だが、齢から見ても、むこうの組じゃそこそこのポジションにいた奴かもしれない。

ブレイドマスターに腰をかがめて近づき、ガラスが粉々になったサイドウィンドウに枝を投げこんでみた。

五秒待ったが、物音も、何かの動く気配もなかった。

尻《ケツ》を宙に浮かせた車体のリアサイドから中を覗く。

運転席にアイパー頭が見えた。ハンドルにもたれかかったまま動かない。他には誰の姿もなかった。

多くても三人とは思っていたが、奴らは二人だけだったようだ。

いや、そうともかぎらない。

背後で灌木を踏む、かすかな物音が聞こえた。

背骨がすいっと冷え、頬がひきつった。頭の中でまた、自分に風穴が開く光景がちらつく。そういえば、ハジキはどこだ?

振り向いたが、誰もいない。拳の関節を鳴らすような足音は頭上からだと気づいたとたんに、雄叫びとも悲鳴ともつかない声をあげて、斜面から翼が落ちてきた。

「遅くなりました。停めるとこなくて。ずっと先の……」息をはずませた声が途中で裏返った。「おおおお及川さん」

「なんだ」

「し、し、死んでる」

「素人臭《くせ》えこと言ってんじゃねえよ」

「で、でも……」

死体を大きく迂回してこっちにやってきた。顔をそむけ、吐き気をこらえるような声がすがりついてくる。

「俺らのせいじゃねえですよね」

「いや、俺らがやったんだ」

「おえ」

「しっかり見とけ。一人前のヤクザになりたかったら」

自分がつくった死体を見たのは俺も初めてであることはオクビにも出さずに言った。

「お……押忍《オス》」

「蹴ってみろ」

「え」

「そいつの頭を蹴り飛ばせ。俺たちをハジキで撃とうとした奴だぞ。怒れ。憎め。やらなかったらやられてたかもしれねえんだ」

「……確かに」

翼は死体の側頭部を爪先で恐る恐るつついた。

「ちゃんと腰入れろ」

俺が声を荒らげると、翼はやけくそ気味に右足を振り上げて、爪先をごま塩頭の横顔にめりこませた。

「もっとだ」

「くそっくそっくそっ」

目玉をふくらませて死体の頭を蹴り続けた。杉の幹みたいな翼の足に蹴られた首が、パンチングボールのように何度も跳ねる。

「もういい」思ったほど面白くねえ。

翼が汗をぬぐい、褒美を欲しがる犬の表情を向けてくる。かつて奴が高校球児だった頃には、こんなふうに笑っていただろう笑顔だ。ごま塩の死体を眺め直して、動揺を隠しているのが見え見えの声で言う。

「凄え時計してるな、こいつ」

ごま塩の腕に手を伸ばそうとしたから、止めた。

「やめろ」

「だめっすか。そうっすよね。任俠《にんきょう》に生きる人間はプライド勝負っすものね」

本当は止めて欲しかったんだろう。虚勢を張ってるだけだ。

「いや、そういうのはシリアルナンバー付きだ。下手に金に換えたら足がつく」

伸ばしかけた手がすみやかに引っこんだ。

「それより、ハジキを探せ」

しばらく翼と二人で藪の中を漁《あさ》った。ダークスーツには似合わない仕事だがしかたない。オヤジの護衛につく時は、たとえ場所がゴルフ場でもスーツ着用がルールだ。この格好でロストボールも探す。

ごま塩頭が放り出されたさらに先の茂みで見つかった。鈍《にぶ》い黒色で銃身が短い。思っていたより小さな銃だ。手に取った重さは他人を殴り倒せるサイズのスパナ程度だった。

「これはなんてやつだ」

翼が質屋のオヤジのように目を細めて左右から眺める。

「マカロフっすね、たぶん。トカレフより多少はましって噂っす」

二度目の原発事故このかた、拳銃の密輸入はいままで以上に難しくなった。ロシアか中国から流れてきた安物のようだが、もらっておいて損はない。

ごま塩頭の服のポケット、車の中とその周辺を探したが、予備の弾丸は見当たらなかった。

チャカを構えてみた。腕をまっすぐ伸ばして人の形をした低木に照準を合わせる。

「何発撃てる」

「トカレフと同じなら、八発かな」

「じゃあ、あと五発はあるな」

「俺にも触らせてください」

「十年早え」

翼の手を払って尻ポケットにねじこんだ。

「ねぇねぇ、及川さん、ちょっとだけ」

翼がしつこく伸ばしていた手を止め、胸ポケットを押さえた。スマホを抜き出して背中を向ける。誰からだ。話しながら水飲み鳥みたいにおじぎを繰り返している。

「は、はい。ただいま」

振り向くなり俺にスマホを突き出してきた。

「お、及川さん」自分のスマホなのに危険物をバトンタッチしたがっているような手つきだった。「若頭《カシラ》からっす」

「なんでカシラがお前の番号を知ってる？」

「俺に聞かれても……」

俺が出ないから、下の人間を使って翼へかけさせたんだろう。しかたなく、板チョコケースをつけたスマホを耳に押し当てた。

「どうした。なぜ出なかった」

カシラの声は冷たく尖っていた。

「あ、いえ、すんません。電波状況の悪いとこを走ってたようで」

もっとうまい嘘をつけ、と言っているように、カシラが鼻を鳴らした。

「まあいい。どこにいる」

「例の車を追っかけてるうちに山の中に入っちまいました。で――」

カシラに誉めてもらいたかった。組長《オヤジ》にハジキをぶっ放した野郎にきっちり報復したことを。認めて欲しかった。組には頭脳だけでなく腕っぷしも、武闘派の人間も必要であることを。直接手を下したわけじゃない。形としては事故だから、死なせたことに今回ばかりはカシラも文句は言わない気がした。

「そっちはもういい。話はついた」

「え」

「むこうの人間から連絡が入った。今回の件はあっちも本意じゃねえ、とな。手打ちに不服の下部組織《エダ》の人間が勝手にやったことだそうだ。そいつを破門にして、うちに見舞金を払う。それでカタをつけることにした」

カシラは今回の手打ちの交渉役だ。対抗組織の人間とも通じている。

「だからもう追うな。そいつを引き渡せってしばらくむこうを揺さぶって、見舞金の額を吊り上げる。枝《エダ》のそのまた枝だってむこうは言うが、いちおうはそこの組長をやってた人間だそうだから、破門済みだからって、はいそうですかとは引き下がれねえ」

見舞金の額は何億になるんだろう。死なせたなんてとても言えなくなった。ごま塩頭は零細の傘下組の組長だった。組員の手前、引くに引けなくなったに違いない。

「それでいいんで？」

「オヤジもその線でかまわないと言っている。どうせ威嚇だ。本気でオヤジの命《タマ》を取ろうと思ったわけでもねえだろうさ。いいか、もう手を引け」

「わかりました、あの……」

「なんだ」

「これから俺はどうすればいいんで。そっちへ行ったほうがいいですか」

何にしろ組が大変な時だ。行くのは恐ろしかったが、すぐに来い、お前がいないと話にならねえ、というカシラの言葉を俺はどこかで期待していた。

「おう、今回のことは上で話し合う。心配するな。自分のシノギに戻っていいぞ」

「了解しました」

了解した。俺は「上」じゃないってことだ。腹が決まった。


「なんておっしゃってました？」

翼がおろおろ声で訊いてくる。ふだんはまともに口がきけない相手だ。ふた言三言、話をしただけですっかり舞い上がっているようだった。

「ご苦労さん、だとよ」

「ああ、よかった」

「ただ、仕事が増えた」

「なんすか」

「死体をここから運んで始末する。車は下に突き落とす」

「あれもっすか？」

翼が眉のない眉間に皺を寄せて、運転席のアイパー頭に横目を向ける。

歪んで開かなかったドアは、さっき銃弾を探した時にぶち壊してある。だいぶ死体慣れしてきたようだ。翼はため息をつきながらも、手前の助手席側から体をこじ入れた。樽《たる》みたいな尻をしばらくもぞもぞさせてから「あ」と叫んだ。

「ん？」

「及川さん、こいつ、生きてますよ」


俺たちのベンツは縄張《シマ》には戻らず、西へ向かった。

翼は俺のプランに乗り気じゃないようだった。ベンツのハンドルを気だるげに回しながら何度も尋ねてくる。

「本気っすか」「やめたほうがいいんじゃねえですかね」「ねえ、カシラはなんて言ってました」

「黙って運転しろ」

死体を斜面の上に引き上げるのには、苦労させられた。ごま塩頭は中背だが、首が肩に埋もれるほど太った男で、さすがの翼でも背負って斜面を登るのは無理だった。「死んじまった人間は魂のぶんだけ軽くなるって言うけど、嘘っすね。人間は死ぬと重くなるんだ」

結局、牽引《けんいん》ロープで吊り上げることにした。翼に路上の見張りをさせ、俺がベンツを前進させて道に引きずり上げる。俺はロープを奴の首に巻けと指示したのだが、翼は「それはだめっす。及川さんでも聞けません。ボードクってやつっす」そう言って足首に巻いた。腰抜け野郎が。冒読じゃなくて冒瀆《ぼうとく》だろが。

アイパーは俺と翼のネクタイで両手両足を縛りあげておき、ごま塩を引き上げてから、帰り道に俺が飲むつもりだったポケット瓶のウイスキーをぶっかけて、目を覚まさせた。

エアバッグに守られていたこいつのほうは、何本か骨を折《や》っているようだが、五体は満足で、俺たちの姿とチャカの銃口を見たとたん、黒目が目玉焼きの黄身に見えるほど目を剝《む》き、額に波形の皺《しわ》を寄せた。俺がすでに学習した、恐怖の表情だ。口を台形に開けて唇の両脇に皺を刻んで喚く。「俺はカタギだ」「ドライバーに雇われただけだ」俺は言ってやった。「関係ねえよ」

いったん拘束を解き、チャカで脅して斜面を登らせた。

ベンツを隠した杉林まで歩かせ、ネクタイの一本で猿ぐつわをかませて、もう一本で足をふん縛った。手を縛るものがないから、肘を背中にねじり上げて片腕を折って、トランクに放りこむ。先に入っていたごま塩頭と対面したアイパーが猿ぐつわ越しに悲鳴をあげた。

ブレイドマスターは窪地の木の幹にかろうじてひっかかっていただけだから、俺と馬鹿力の翼が何度か押しただけで、人間より世話を焼かせずに素直に転落した。

思ったとおり、プレートに溶接痕が見え見えの偽造ナンバーだった。しばらくの間は不法投棄車だと思わせることができるだろう。

信号待ちのあいだ、ハンドルに載せた腕に顎を預けた翼が、聞き飽きたせりふをまた呟く。

「遠いっすね」

俺たちが向かっているのは、二度目の原発事故の避難区域だ。ブレイドマスターを追っているうちに足を踏み入れた場所から、日本海側に出て西へ向かえば、そう遠くはないことに気づいたのだ。

だが、必要な道具を買ったり、ガソリンを大食いするベンツに給油したり、同じく胃袋の燃費が悪い翼に飯を食わしたり、検問やネズミ捕りがいる道を避けているうちに——このベンツにはもちろん警察の取締り装置を受信する探知レーダーを搭載している——よけいな時間を食った。明るいうちに着く予定だったのだが、西に向かう道の先は、赤く染まりはじめている。

「ねえ、なんでそこまで行くんすか」

「うるせえ。黙って運転しろ」

シマに戻って、海に捨てる手間を考えたら、こっちのほうが早い。翼に偉そうに言ってしまった手前、後には引けないからだ。それともうひとつ。二度目の原発事故の立入禁止になっている場所を見てみたい、ふいにそう思ったのだ。

知的好奇心ってやつだ。俺が直接的な快楽にしか喜びを見出せないっていうせりふに、唾を吐いてやりたかった。

信号が青になり、ハンドルから顎をはずした翼が、前方に力のない視線を走らせたまま訊いてくる。

「俺ら、どうなるんすかね」

「さあな」先のことは考えないのが俺の取り柄だ。

「交通刑務所行きっすかね」

他人事のような口ぶりだ。高速を逆走したことも、ブレイドマスターを追い落としたことも、責任は俺にある、なんて思っているのだとしたら、そうじゃないことをわからせる必要がありそうだった。

「そうか、お前が行ってくれるのか」

翼が顔を振り向けてきた。小さな目がうずらの目玉焼きになっていた。

「え」

目を合わせないで俺は言う。カシラの情《じょう》に満ちた口調をまねて。

「ふがいない兄貴分で申し訳ねえ。このとおりだ。だが、その気持ちは無駄にはしねえから」

「え、え？」

「お前が行ってくれ」

コーンロウのうなじの短いしっぽがふるふると左右に揺れた。

「いやあ、そりゃあ無理っす。オービスにも俺らの顔、映っちゃってますよきっと」

「ベンツが右ハンドルだったって言い張りゃあいい」

「んなむちゃな」

「上の懲役《ツトメ》を下がかぶってツトメあげる。んで、箔《ハク》をつける。そうやって持ちつ持たれつともに前へ進んでいくのが俺らの世界のシステムじゃねえか」

ふだんの俺は無駄口を叩かない。だが、自分の身を守り、他人を陥《おとしい》れるための弁舌ってやつは人並み以上に持ち合わせている。

「交通刑務所でもキャリアアップするんすか、うちの組」

それには答えなかった。するわけがねえ。傷害と銃刀法違反、上の人間や組の罪を一人で背負って二度のツトメを経験した俺ですら、いまのこのザマだ。

翼も黙りこんでしまった。次に信号にひっかかった時、ようやく口を開いた。

「あいつはどうするんっすか。生きてるほう。やっぱ、事務所に連れてってシメるんすか」

「始末する」

「始末って、始末？」

「おう」喉の前で手刀を切り、かっ、と舌を鳴らしてやった。

「マジっすか」

今度はことさら奴の目を捉えて答える。

「本気だ。生きていられると面倒だ」

「カシラもそのことを？」

「おおよ」知るわけがねえ。知らせないために始末するんだから。

翼が太い首を小刻みに振った。

「いやいやいや、俺もう無理っす。満腹っす。一日に二人は俺のキャパ超えます」

「キャパってなんの」

「……なんだろ、気分的な？　良心？」

俺は手の甲で翼の顎を打ち据えた。

「ヤクザに、んなもんはいらねえんだよ」

冷静かつ狡猾《こうかつ》に説得するつもりが、自分でも驚くほど激しい口調になってしまった。片手ハンドルで顎をさする翼に、怒りを腹に押し戻してから言葉を続けた。

「なぁ、翼。心ってのはどこにあると思う」

すぐに胸を叩いた。「ここっす」

「違う」俺はひとさし指でこめかみを叩く。「ここだ。脳味噌の中だ。気分じゃねえ。頭に浮かんだ事実だけで考えろ。それがすべてだ」

普段の俺とは思えないせりふに気圧《けお》されたのか、ただのため息なのか、「はぁ」という気の抜けた返事だけが戻ってきた。

「考えてもみろ、交通刑務所じゃハクなんかつくわけがねえ。お前、ムショには行ったことないんだよな。年少すら」

「押忍」

「それじゃあ、この世界じゃ一生うだつが上がらねえよ。一回、殺しでツトメて来い。戻って来たときゃあ、たぶん俺とタメロオーケーだ」

「はぁ」

「上の連中を見てみろ。みんな懲役に行ってる。それが俺らの世界の出世コースだ」

「でも、志村《しむら》さんだって一回も行ってない。及川さんは二回っすよね」

志村っていうのは、今日のゴルフコンペに参加する予定だった年下の経済系だ。

「何が言いたい」

「いえ」

俺の拳を恐れて首をのけぞらせる。もう殴らねえ。殴りたいが。いまは言葉で説得するのが得策だ。

「これはお前のためでもある。いつまでも下にいたくねえだろ？」

桐嶋の言うとおり、俺は人を騙し、利用することをなんとも思っちゃいない。頭の中まで筋肉と脂肪しかない翼に、自分の罪をかぶせることばかり考えていた。どこかから桐嶋の声が聞こえる気がする。「可愛い弟分によくそんなことができますね」

関係ねえよ。俺が危機を回避し、トクするためには、弟分もへったくれもない。可愛くねえし。翼だってだんだんその気になっている。

「どういうとこっすか、ムショって」

「そう悪かねえよ。住めば都だ。まあ、つれえのは酒と煙草に不自由なことだけだな」

俺は煙草をくわえる。翼が片手でライターを差し出してきた。

「おめえは吸わねえから、その点はだいじょうぶだな。酒だってそんなに飲まねえだろ」

「まぁ、及川さんほどには」

スコップと一緒に酒も買っておけばよかった。アルコールを欲しがってひりつく喉をなだめすかしながら俺は言葉を続けた。

「だから、懲役を終えると、みんな体がきれいになる。長生きしてるヤクザはたいていムショ暮らしが長いんだ。お前、痩せたいって言ってただろ」

翼が大きく頷く。こいつはフィリピンパブの女に入れあげているが、「デブハイヤ」と拒否され続けているそうだ。

「ダイエットには最適だ」

「人ひとり殺《や》って何年ぐらいっすかね」

「まぁ、五年か六年か、だな。中でおとなしくしてりゃあ、仮釈放が認められて、もう少し早まる」

ヤクザの抗争での殺人が五年や六年で済むわけがないが、翼は遠くを眺める目になった。

「……俺の場合、二十六、七で出れるってことっすかね」

「おう。その後は、金も女《スケ》も手に入れ放題だ。人生における投資期間だな」

翼が何かを夢想してまた遠い目を走らせる。

俺は心の中で笑っていた。

二度目の原発事故現場の三十キロ圏内に辿り着いた時には、すっかり日が暮れていた。

薄墨を流したような道の先に、赤白ストライプのカラーコーンが等間隔で並び、黄色と黒のバーが横に渡してある。人影はないが、その先には蛇腹の柵《さく》。鉄柵のようだが造りはしょぼい。

「あれなら突破できるな。行け」

「いや、やめたほうがいいっす。この先にゃほぼ確実に警官《マッポ》が張ってますよ」

いつになく生意気な口調で翼が言う。まぁ、確かに、ここを越えたら、十キロもしないうちに今度は警戒区域に入るのだ。そこから先の警備態勢は、フクシマの時よりはるかに厳重だと聞いていた。

「裏道はねえのか」

翼がナビをいじりまわし、首をひねってから答える。

「この道を少し戻ったとこに、農道みたいのがあるっす。でも、たいして中には行けそうもないな」

「まぁ、いい。そこに行こう」


農道に入ってすぐ、あたりは真っ暗になった。道の両側にときおり民家のシルエットが浮かびあがるが、計画的避難区域だから、もちろん灯などない。ベンツの走行音を除けば、人間の消えた町は、死体のように静かだった。いや、静かなんて生やさしいもんじゃない。無だ。

どこまで行っても闇が続いた。ベンツのヘッドライトだけが、唯一の生き物のように道を這う。この国はまたもや広大な闇を抱えたわけだ。もしもう一回どこかで原発が事故ったら、今度こそ確実に滅びるだろう。

「窓、閉めてくれませんか。デシベルきついっすから」

「デシベルじゃねえよ。シーベルトだろ。関係ねえよ。病原菌とは違う」

「よくわかんねえけど、閉めてください」

この辺り一帯に関しては、さまざまな噂が飛び交っている。

人間に捨てられた牧場やファミリーパークの動物の何頭かが、飢えに耐えきれず柵《さく》や檻《おり》をやぶって逃げ出した。その動物たちが野生化して奇怪な子どもを産み続けている。たとえば、そんな話だ。

四本腕のテナガザル。

双頭の牛。

全身が剛毛に覆われた豚。

もともと野生の獣は、駆除を逃れ、恐ろしく巨大化しているって話もある。

三十センチの牙と二百キロを超える巨体を持つイノシシが闊歩《かっぽ》している。

肉食を覚えたヒグマサイズのツキノワグマが人を襲う。

全長四メートルのアオダイショウ、赤ん坊なら呑み込まれる危険がある。

「知ってます？　体長一メートル五十のサンショーウオの話。この近くの川で見つかったんす。俺、ネットで写真見ました」

「馬ぁ鹿。オオサンショウウオのでかいのはもともとそのぐらいあるんだよ」

翼が黙りこむと、闇はますます静まり返った。もう人家の影はない。道は登り勾配で、両側は雑木林だ。

「この辺でいいんじゃないっすか」

こいつの口からは初めて聞くような強い口調だ。俺が罪をかぶるのだから俺が決める、とでもいうふうな。

「まぁ、いいや」

車の外に出た俺に、圧倒的な闇がのしかかってきた。一瞬、ガキの頃、義理の親父に閉じ込められた押入れの中が頭をよぎる。夜気がひんやりしてきたせいか、俺は小さく身震いした。

つけっぱなしにしたヘッドライトの明かりを頼りに雑木林の中を歩き、草地がわずかに広がった場所を見つけた。ここにごま塩頭を埋めることにする。

穴は、死体と一緒にトランクから引っ張り出したアイパーに掘らせた。

「これが終わったら、お前に用はねえ」

俺の言葉に、あるわけがない希望をふくらませたアイパーは、素直に穴を掘りはじめた。

俺が折った片手がろくに使えず、肋骨を何本か折ったらしい奴の仕事ぶりは壊れた操り人形のようにぎくしゃくとのろくさかったが、俺たちが手伝ういわれはない。俺は煙草を立て続けに吸い、鼻の穴をすぼめっぱなしの翼は途中の自販機で買ったコーラの1リットルボトルをあおりながら、根気よく見守った。

かなりの時間をかけて、ようやく人ふたりが横たえられるほどの穴になった。浅いが、誰も来ないここで、上に木の葉を散らせば、長く隠し通せるだろう。

ごま塩を穴に放りこむ。この半日で手足を硬直させた丸い体は、冷凍まぐろのように扱いやすくなっていた。翼に目配せをしてからアイパーに言った。

「ご苦労」

アイパーが手にしていたスコップを翼が奪い取る。

「もういい。用済みだ」

アイパーの肩が安堵に上下するのを眺め、やれやれというふうに奴が穴から出てくるのを待ってから俺は言う。そうしたほうが面白えからだ。

「何してる?」

「はい?」

アイパーが卑屈な上目づかいで俺の顔色を窺ってくる。老けた髪型だが、まだ三十前だろう。穴を掘っているあいだ、退屈しのぎの俺の質問に敬語で答えてきたところによると、昔、公道レースをやっていたそうだ。ほんの一時期、オガタという名前のごま塩頭の組に世話になっていたが、食えなくて辞め、いまはトラックの運転手をしているという。「オガタさんのとこ、ダメなんです。荒っぽい人ばっかりで。頭キレる人、いないですから」

俺へのおべっかのつもりだったのだろうが、奴は俺の機嫌をますます損ねたことに気づいていない。

「お前も中に入るんだよ」

アイパーが二度まばたきをしてから、湯沸かしポットみたいな叫びをあげる。

逃げようとする背中を翼が蹴り飛ばした。

「どこ行くつもりだよ、ボケが」

翼の目は虚《うつ》ろだった。明かりがヘッドライトだけの半闇の中では、黒い穴に見えた。いままでとは違う世界を見ているんだろう。それはたぶん俺と同じ世界に違いなかった。

じたばたする等身大の湯沸かしポットを翼はやすやすとねじ伏せ、再びネクタイで縛りあげて、廃棄物のように穴へ放りこむ。

「生き埋めっすね。生き埋めでいいんですよね。懲役の年数、同じっすよね」

「ああ」どうだかな。無期かもしれねえ。

尺取り虫みたいな必死の動きで穴から這い出ようとしたアイパーの頭に翼がスコップを振るう。仰向けに倒れ、絶叫するアイパーの口に、ひと塊の土をくわえさせた。

三下《さんした》とはいえ、さすがヤクザだ。いざとなったら、どうすれば効率よく他人を破壊できるかのツボは、ちゃんと心得ている。

「うっううぐぇえ」

アイパーが口の中の土を必死に吐き出そうとする。翼がその顔にまた新しい土をかぶせた。

「うっううえぇっぐえぇ」

薄気味悪い声だ。こっちまで吐き気がしてくる。なんだか息苦しかった。土の臭いが鼻について離れないからだ。嗅覚が鈍感な俺ですら辟易《へきえき》するほどの臭いだった。舌打ちをして、鼻を押さえた。

え？

鼻を押さえても臭いは変わらなかった。鼻からじゃない。頭の中から臭っているのだ。

脳裏に俺が穴の中に仰向けにころがっている光景が浮かんだ。

雷の光が照らすほどの短い間だったが、やけにリアルな映像だった。

五メートル先のスコップの音が、すぐ耳もとで聞こえた。

背中を向けている翼の顔がなぜか俺には見えた気がした。

感情を顔から消し去った、弟分でなければ俺ですら鬼に見える顔だ。

まるで穴の中のアイパーと体を交換してしまったかのようだった。

臭いがますます強くなる。息苦しい。喉に何かがつまっている。土に思えた。俺は片手で喉を掻きむしる。吐き気をこらえきれなくなって頬を空気でふくらませ、くぐもった声を出した。

「やめろ」

翼が振り向く。感情の糸が切れた表情をしていた。ヘッドライトの平板な光が仮面のように見せている。

「どうしたんすか」

声からも感情が消えている。奴なりに自分を追いこんで、そうなったんだろう。

「もういい、そこまでだ。中止だ」

信じられない言葉を聞いたというふうに首をかしげる。

俺もそれが自分が発した言葉だとは信じられなかった。

だが、それは確かに、俺の唇から出ていた。腹からせりあがる空えずきを少しずつ吐き出しながら声をあげる。

「日が悪い。今日は先代の月命日だった」

「何言ってんすか、いまさら。冗談でしょ」

翼が不貞腐れているのを隠そうともしない荒々しさでスコップを土に突き刺す。そして俺に歩み寄ってきた。詰め寄ってきたのかもしれない。

せいいっぱい平静を装って、俺は煙草を取り出した。暑くもないのに額から汗がにじみ出てきた。

俺のためのライターはポケットに入っているはずだが、翼は火をつけてはくれなかった。

自分でつけようとしたが、うまくいかない。ライターを持つ手が震えていたからだ。

俺が震える？
ありえねえ。

8

とんでもなく遠くへ来ちまったことに気づいたのは、避難区域からの帰り道だった。行きとは違うルートの高速は空《す》いていて、前方のテールランプの赤は頭上の星よりまばらだ。次々に追い越しをかけてぶっ飛ばしているが、俺たちの街はまだ遠い。そろそろ日付が変わろうとしている。

ベンツを運転している翼がさっきからひとっ言も口をきかない。いつもは深夜ラジオのDJみたいにうるせえ奴なのに。それが道をよけいに長く感じさせていた。アイパーを見逃したことが気に入らないらしい。

死体遺棄の罪はアイパーにかぶせることにした。どこかへ流せばすぐに足がつくだろう、ごま塩頭のシリアルナンバー付きの時計を奴に握らせ、たっぷり指紋をつけてから、ハンカチでくるんで俺のポケットにしまいこんだ。

死体の首につけたまま埋めるネックレスにも指紋をつけさせてから、賢そうにはみえないアイパー頭へ自分が置かれた立場を叩きこんでおいた。

「こいつはお前が殺《や》ったんだよな」

「はい？」

「お前がやったんだよ。事故って死なせちまったのか、ハナから殺すつもりだったのかは、俺たち、知らねえけど。で、こいつの時計をかっぱらってとんずらするんだ。そうだろ？」

「え」

「そうなんだよ」

供述調書を勝手に作文してサインさせる警察《サツ》の手口を真似てみた。

「心配すんな。俺たちだってサツと仲良しってわけじゃない。お前が妙な気さえ起こさなきゃ、こいつを表に出したりはしねえから」

そう言って、ポケットの中の時計を叩いた。細い目を丸くしている奴の頬を、スコップの柄で撫ぜた。

「もしくは、もっぺん穴の中に入るかだ」

奴は「ひっ」と叫んで、スコップを両手に抱えこんだ。

拳銃《ハジキ》で脅《おど》して、穴を埋めさせた。銃口を向けただけで、ひーひー叫んで命乞いをする。面《おも》白《しれ》え。俺の手の震えはすっかり止まり、吐き気も鼻にまといついていた土の臭いも、いつのまにか治まっていた。翼はその間ずっと、不貞腐れ顔のままだった。

埋め戻した穴の上に落葉を散らし、アイパーにネクタイで目隠しをしてから、再びトランクに放りこんで車を出した。だから奴には自分が埋めた死体がどこにあるのか見当もつかず、掘り起こして指紋付きのネックレスを取り戻すこともできない。

原発事故現場の三十キロ圏を出た先、高速に入る手前の林の中へベンツを突っこみ、トランクを開けた。やっぱり殺されるのだと思ったらしいアイパーがスペアタイヤにしがみつく。スパナで指の骨を折ってひっぺがした。

「あばばば」

「免許証出せ。預かっておく」

アイパーは白目を剝いてうわ言を口走るだけだ。

「あばばば、ばばば」

尻を蹴り飛ばして四つんばいにさせる。たぶん尻ポケットの財布の中だろう。ズボンが小便で濡れていたから、もう一度蹴りあげて、自分で取り出させた。折れていない指が少ないから、なかなか出てこない。

「早くしろよ。俺の気が変わらねえうちに」

「あばば……たすけて……おたすけ……ばばば」

奴が命がけで引っぱり出した免許証の住所と名前を確かめる。穴を掘っていた時に白状したとおりだった。もし違っていたら、フテたまま俺を手伝おうとしない翼に見せつけるために、やっぱりぶっ殺すつもりだったのだが。残念だ。

「こいつは預かっておく。街には二度と戻ってくるな。もし面《つら》を見かけたら今度こそ生きたまま土の中だ」

アイパーは四つんばいのまま林の奥へ逃げて行った。

「俺らが始末するまでもねえ。あの様子じゃあ、四本腕のテナガザルにとって食われちまうな」

噂では、二度目の原発事故現場近くに棲む四本腕のテナガザルは、片腕の長さだけで二メートルあるらしい。俺のジョークに翼は詰まった声で、押忍《オス》、と言っただけだ。押忍じゃねえよ。ここは笑うとこだろが。

それが二時間前だ。

ベンツは空と地平の境もわからない闇の中を東へ向けて走り続けている。サービスエリアの標識を顎でしゃくって俺のほうから言葉を口にした。

「飯はいいのか」

「押忍」

「珍しいな」

「押忍」

押忍じゃねえだろ。「及川さんは腹減ってませんか」って気をまわせ。俺は珍しく腹が減っていた。それ以上に酒が飲みたかった。

SAに入れ、と命令すべきかどうか迷っているうちに通りすぎちまった。俺は翼の横顔に目を走らせる。こいつは何でこんなに不貞腐れてるんだ？

俺の脳味噌は「他者に対する共感力が欠如」している。桐嶋はそうぬかした。言われてみりゃあ、翼が何を考えているのか、俺は考えたこともない。こいつはいつもはお喋りだから、喋ってる言葉さえ聞いていりゃあ、たいていのことがわかり、そのつど、「やっぱ馬鹿だ」「使えねえ」「うるせえ」「こう言っておきゃあ、素直に言うことを聞く」なんてことを判断している。飼い犬の尻尾を眺めているのと同じだ。

フロントガラスの先に向けた小さな目が、コクピットの光を照り返している。眉のない眉根に皺を寄せ、下顎を突き出していた。耳のないブルドッグのような獰猛な面だ。こいつの間抜け面を知らねえカタギなら、メンチを切られただけで震え上がるだろう。

俺は咳払いをしてから、運転席に声をかけた。

「うまいことやっただろ。これで万万《まんまん》が一《いち》、死体が出てきても、奴に罪をかぶせられる。たまには頭も使わなくちゃな。頭突きに使うだけじゃなくてな」

返事はない。俺は舌打ちをこらえ、アイパーの免許証を片手でひらつかせて言葉を続けた。奴の財布から金を抜き取らなかったことが不服なのだと思って。

「財布を持たせたまま逃がしたのは、情けをかけたわけじゃねえ。あいつがケチな盗みなんぞでパクられて、万一ゲロされたら困るからだ」

「押忍」

やっと返事をしたが、目を合わせようとはしない。

「おう」

「なんすか」

「なんでさっきから黙ってる」

黙っていられちゃあ、心が読めない。

「疲れただけっす」

トンネルに入った。天井灯が夜空の下を走っている時よりも明るく車内を照らす。翼のこめかみがぴくりと動いたのがわかった。ガムを噛んでいるわけでもないのに。

「さっきのは、まあ、あれだ」自分のうなじをぴしゃりと叩いて言葉を続けた。「やっぱ、お前に懲役《ツトメ》はまだ早《はえ》えと思い直してよ。もう少しキャリアを積んでからだ。いま行かすのは忍びねえ」

俺が手を震わせていたことは、翼にも気づかれただろう。突然の心変わりが人殺しにビビったわけじゃないことをわからせるために、俺は俺らしくもない早口で説明した。翼にだけでなく自分にも嘘をついている気がした。

「押忍」

「なんか不満か」

「とんでもねえ。ありがたいっす」

ガムを吐き出すような口ぶりだった。手の甲で顎を殴りつけてやりたかったが、我慢した。気の迷いだとは思うが、なんとなく奴が殴り返してくる気がしたからだ。得意の頭突きかなにかで。こいつと本気でタイマンを張ったとしても負ける気はしないが、闘犬に服を着せたような図体だ。百パー勝つ保証もない。

縄張《シマ》に帰りついたのは、午前三時近くだ。翼は家《ヤサ》に帰し、俺は一人でカジノに顔を出した。バーカウンターで猫耳のバニーガールにロックをつくらせる。何度言ってもこの馬鹿女は氷は三つだけという俺のルールを覚えようとしない。氷の多すぎるグラスを突き返してつくり直させた。

二杯目を空けると、ざわついていた体と気分が少し鎮《しず》まった。そうか、あん時、手が震えちまったのは、アルコールが切れていたせいだな。妙な吐き気もそのためか。途中で酒を体に入れときゃあ、何の問題もなくアイパーも始末していただろう。

客の入りはいまひとつだった。ひとさし指で呼びつけた店長は聞き飽きた言いわけを繰り返す。しかも息が酒臭い。俺がこんな時間までしらふで働いてたっていうのに、役立たずのこいつは勤務中に酒をかっ食らってたってわけだ。俺の機嫌は再び悪くなった。

「どーんと勝負する奴が少なくてねぇ。　円がまた下がったから。　やっぱり景気のせいだねぇ」

俺にへつらう姿をバニーたちに見られたくないらしい。ひとり言めかしてタメ口をききはじめたから、周りに丸聞こえの声で罵倒してやった。

「役立たずが偉そうな口きくんじゃねえ。無駄に舌を使うより、もっと賭けてくださいって、お客さんの靴舐めてこい。国の景気よりてめえの首を心配しろ」

店長が頬をひくひくと痙攣させた。さっきの翼とよく似た表情だった。俺に頭も下げずに立ち去ろうとするのを、肩をわし摑みにして呼びとめた。

「冗談で言ってるわけじゃねえぞ。ほら、バカラやってる社長さん、退屈されてるじゃねえか。いつもありがとうございますって言って舌で靴磨きしてこい」

指先を奴のぶよぶよの肉に食いこませる。ここが素人の店とは訳が違うことをわからせるために。今度は耳もとで囁《ささや》いた。

「店で酒を飲むのはやめたほうがいいぞ。肝臓を悪くする。俺が言うんだから間違いねえ。いいことを思いついたんだ。店の赤字をおめえの臓器で補塡《ほてん》するってのはどうよ」

馬鹿女のバニーがカウンターに三杯目のグラスを置いた。氷は三つだが、馬鹿でかいロックアイスばかりを詰めている。

「なんだこれは」

「体が心配だから」

はっ。一度寝ただけで、俺の女気取りだ。おめえに二度目はねえよ。ブラジャーをはずした胸が垂れすぎだ。股を開いた時、ケツの穴からエノキがはみ出ていやがった。

馬鹿女は、寒くもないのに胸をかき抱いて、ビキニのブラジャーから飛び出させた肌色のふたつのソフトボールで俺の気を引こうとする。店のバニーたちに着せているビキニは水着ではなく下着だ。客たちは喜ぶが、この女のその下の中身を知ってしまっている俺には、薄ら寒いコントにしか見えなかった。

「つくり直せ」

「少し痩せたみたい」俺が睨みつけると、片頬をふくらませて言葉をつけ足した。「ですよ」

ったく、どいつもこいつも。

「俺が痩せようが太ろうがおめえには関係ねえ」

ウサギの耳のバニーが空のグラスを下げてきた。先週入ったばかりの新入りだ。俺は白い尻尾がついた布というより紐のTバックの丸い尻を目で追う。新入りに不機嫌そうな横目を向けている馬鹿のほうのバニーに俺は言った。

「こんなとこにへばりついてねえで、お前もちゃんとフロアを回ってこい」

店内では、バカラの客の足もとへうずくまる店長に、どよめきと嘲笑が沸き起こっている。

新入りバニーはカウンターの中でぐずぐずと水割りをつくっていた。俺の視線を意識しているのは見え見えだ。こいつが俺に気があることはわかっていた。

俺は女で苦労したことがない。狙った女はたいてい落とす。こっちから狙わなくてもむこうからすり寄ってくることもしょっちゅうだ。俺が危ない男だと知っていても。

女は危ない男が好きなのだ。おとなしい飼い犬みてえな素人をたぶらかし慣れた夜の女はとくに。俺に近づけば、どうなるか理屈で考えりゃわかるだろうに寄ってくる。誘蛾灯みたいなもん。男のフェロモンってのはたぶん、危険な香りのことだ。ま、どの女とも長続きはしねえけれど。

俺はTバックの尻に話しかけた。

「そろそろ上がっていいぞ。俺につきあってくれ」

新入りバニーはカラコンの濁ったブルーの目を見開き、上下につけた長い睫毛をぱちぱちさせた。驚いた、ふりだ。あるいは目を大きく見せるためのテクニック。首をかしげて迷ったふりをしているのを、俺は鷹揚《おうよう》に待ってやってから、客には触らせないTバックの尻を、飼ったこともないペットにそうするように優しく叩いた。

「三十分後に。下で待ってる」

新入りがバックヤードに消え、俺は飲みすぎないように四杯目をゆっくり空にした。外へ出ようとすると、猫耳の馬鹿バニーがひなたの猫みたいな目で俺を睨んできた。

手近なラブホテルにしけこんだ。新入りのバニーの私服は、肩を剝き出しにしたひらひらの上着に、股下がまるでないデニムのショーパン。三十ちょいの俺がオヤジに見えるほどガキっぽいなりだった。

二十歳になっているかどうか怪《あや》しい齢だが、入るなり慣れた様子で部屋置きの自販機から瓶ビールを取り出した。

「飲も」

「いらねえ」

「えー、あたしは飲みたぁい。社長さんのこと、まだ何も知らないしぃ」

テーブルにグラスを並べて、二の腕に落ちたひらひらをずり上げながらビールを注ぎはじめた。ああ、面倒臭え。俺は早くも後悔しはじめていた。なんでこんなのを誘っちまったんだ。

「なんか、今夜、社長さんが誘ってくれる気がしたんだ。あたしの心が通じたのかな」

おめえの心なんかに用はねえ。俺は背後から膝立ちの女の腰に手をまわした。

「ちょっと、もう、せっかち」

ままごとにつきあう気はなかった。俺はセックスがしたいだけだ。誰かを支配して安心したいだけだ。俺がいつもの俺じゃなくなっている、それがただの気のせいであることを証明するために。

女を立たせて縁の糸がだらしなくほつれたショーパンを脱がす。ショーパンの下は店で穿いてるのより派手な赤いTバックだった。

「パン線出ないように、いつもこれ。どう、似合う？」

女がグラビアアイドル気取りで尻を振ってみせる。俺も服を脱ぐことにした。俺がどういう人間かを、この女にわからせたほうが話が早《はえ》えだろう。

背中の観音菩薩を開帳すると、女のシェルピンクの唇がOのかたちに開いた。まさか俺のことを、副業でカジノをやってる若社長か何かだと本気で思っていたわけじゃねえだろうな。

Oの字唇から、ため声が漏れた。

「素敵《ヤバイ》、タトゥー！　かっけえ」

だんだん腹が立ってきた。やっぱりこいつも馬鹿女か。俺がいままで寝てきた女たちと同じだ。さっさと済ましちまおう。ベッドに連れて行くのも面倒臭かった。床に押し倒し、先にTバックに手をかけると、女のほうから腰を浮かせてきた。だが、ひらひらの上着をはぎ取ろうとすると、抵抗しはじめた。

「あー、破れちゃう。買ったばっかのセシルマクビーだよ」

ブラジャーをひっぺがすと、フックが弾けとんだ。

「ちょ、ちょっと、やだよ、こういうの」

うるせえ。ここまで来ちまえば、こっちのもんだ。長かった一日のことを早く忘れたかった。翼の俺を見る目つきを頭から消し去りたかった。土の臭いや吐き気が戻ってこないように。

「優しくして」

馬ぁ鹿。おめえはお姫様か。女の両方の手首を摑んで床に押しつけた。

「痛い」

女は両目を見開いている。目を大きく見せるためのテクニックではなく、ガラス玉みたいにただ目を剝いていた。

「やめて」

ふざけんな。今日の俺は機嫌が悪いんだ。これ以上、怒らせるんじゃねえ。ズボンを脱ぐついでに俺はベルトを抜き取った。女の両手をふん縛るためだ。

「最っ低」

女が下から膝で蹴りつけてくる。血が昇って頭が白くなった。俺はベルトを二つ折りにして、女の頰を張った。

「痛い、なにこれ？　なになに？」

ガラスの目玉に涙をためて俺を見上げてくる。

ふいに俺の頰がびりっと引きつり、じんと熱くなった。湿布《しっぷ》を剝がしたような感じだ。

不快な臭いが鼻を刺す。経鼻投与されたように唐突に。

錆《さび》だか血だかの臭いだ。それだけじゃない、機械油みたいな安焼酎《じょうちゅう》と生ぐさいサバ缶の臭いも混じっている。またしてもわけのわからない臭い。

なんだこりゃ。

悪臭を振り払うために、鼻をすぼめて息を吐くと、膿《うみ》まじりの洟水《はなみず》のように、頭の奥底に溜まっていた古い記憶がずるりと噴き出てきた。

俺は糞親父にぶっ叩かれている。奴は競輪ですって金がなくなると、家で安焼酎を飲む。つまみはたいていい魚の缶詰だ。酔うと、たいした理由もなく俺をぶっ叩いた。ベルトのバックルで鼻を狙ってくるのだ。

惚《ほう》けた目をしているらしい俺に、これ以上殴るつもりはないと悟ると、女は唇を歪めて悪態をついてきた。よく見りゃあ汚い顔の女だった。化粧を落としたら別人だろう。俺の股間が萎んでいるのを見て、小馬鹿にしたように鼻を鳴らす。

怒る気力もなかった。錆だか血だかサバ缶か焼酎か、それを全部ブレンドしたかの臭いはまだ鼻から去らない。頭の中から臭っているからだ。脳味噌のどこかが膿んでしまったように。

どうしちまったんだ、俺は。自分の体が誰かに乗っ取られた気分だった。

女が俺の下から逃れて、服を掻き集めている。俺はぼんやりと毛羽立ったカーペットを見つめていた。痺れが続いている頬を何度もこすりながら。

原因はひとつしか思い当たらなかった。間違いねえ。これは、あいつのせいだ。

9

午前九時。俺にとっちゃ早朝に等しい時刻にヤサを出て大学病院に向かった。一刻も早く桐嶋の顔が見たかった。奴が恐怖に怯える顔だ。

俺の頭が妙な具合になっているのは、どう考えたって桐嶋のせいだ。アル中を治すためにかかった病院が、治療と称して体を勝手にいじくりまわして、患者を変調に追いこむ。許されることじゃねえ。そいつをタテに奴を脅す方法を思いついたのだ。別に金が欲しいわけじゃない。あの鉄仮面が驚き慌てる姿を拝んでみたかった。俺にはきちんと認識できねえという恐怖の表情ってのを桐嶋の顔に浮かべさせてやりたかった。

病院に着いたのは、桐嶋が勝手に決めている俺の診察の予約時間よりだいぶ前だったが、順番をすっ飛ばしてドアをぶっ叩いてやろうと俺は考えていた。

待合所には今日もしけた面が並んでいた。俺のロングノーズシューズが立てる荒い靴音に何人かが顔をあげ、慌てて目を逸らす。俺はサングラスを額に押しあげて、あらかたが埋まったベンチシートを見まわした。深い意味があったわけじゃない。なんとなくだ。

女の姿が目にとまった。研究所で会った、あの妙なガキの母親だ。いまどき珍しく本を読んでいた。本屋のカバーがかかった小さいほうの本だ。

女が顔をあげる。俺と目が合うと、小鳥が羽ばたくようにまばたきをして、それから小さく会釈《えしゃく》してきた。

覚えているのか、俺を。つられて俺も顎を落として挨拶のまねごとをした。

たまたま目の前の席が空いていたから、診察室に押し入るのはやめにして腰を下ろすことにした。女の向かい側の少し離れた場所だ。

待合所の壁に埋めこまれたテレビでは、自衛隊が米軍と一緒にテロ組織の支配地域を攻撃したただか反撃されただかっていうニュースを流している。それが終わると、ペットが滑ったころんだ屁をこいたってたぐいのくだらねえ番組が始まった。

おとなしく順番を待つことが嫌いな俺は、貧乏ゆすりを繰り返した。暇だから、女の姿を眺めていた。

何を読んでるんだ。俺の周りには長いネイルの指を曲芸的に使ってスマホをはじく女しかいないから、想像もつかなかった。俺だって本ぐらい読む。車や服の雑誌。時計やアクセサリーのカタログ。儲《もう》け話のノウハウ本。俺らの業界の噂話の記事。ムショに入ってる時には文字だけの本も読んでいた。が、それは、自分に得になる情報が載っていそうな本だけだ。

誰かが書いた嘘話を好きこのんで読む奴の気が知れない。

女は今日もジーンズにサマーセーターという貧乏くさいなりだ。化粧っけがないのも同じ。ちゃんと身なりにかまえば、もう少しマシに見えるだろうに。正面からの顔は化粧でいくらでも誤魔化せるが、横顔がきれいな女は、そうはいない。

むこうは俺の視線には気づいていないようだった。それをいいことに俺は、女の丸い額やほどよい高さの鼻や薄い口紅はつけているらしい唇を眺めていた。

いきなり頰を突っつかれた。女のほうに向けていたのと反対側の頰だ。

俺はゆるんでいた顔に威嚇の表情を張り戻して、背後に首をねじ曲げた。

振り向いた先にあったのは椰子の葉みたいな結い髪と、小さな人差し指だけだ。相手の顔は座っている俺の目線の下だった。

「おじちゃん、なに見てる」

あのガキだ。唇を「ん」の字のかたちにして俺に笑いかけてくる。

俺は歯の隙間から脅し声を出した。

「何も見てねえよ」

何が楽しいのか目も笑っている。二つの半月の中の黒目を輝かせて俺を見上げ、発声練習のように大口を開けて言った。

「ママを見てたの？」

「馬鹿言うんじゃねえ」

声がでかい。周りの人間がこっちを見てるじゃねえか。

「ママ見てたのか」

俺は片手でガキの口を塞ぐ。子どもの扱い方なんて知らないから、他の方法は思いつかなかった。向かいの席の中年女が誘拐犯でも見たように両手を口にあてがっていたが、ガキは驚きもせず、俺の手の中で「もひゃあ」と嬉しそうな悲鳴をあげた。

母親が気づいて顔をあげた。俺は素早く手を離す。だがガキのほうが俺にくっついたまま離れない。両手で俺の右腕にしがみついてきた。母親は娘に何か言い、ガキが首をぶるぶる横に振った。

「いや〜、ここにいる。おじちゃんとあそぶ。おじちゃんはねえ、ママを——」

俺はあやすふりをして右手の指でガキの頰を挟みこむ。ガキの唇が8の字になった。

女が本を置いて立ち上がった。俺は、問題ないというふうに左手を振った。欠けた小指を隠すために少し指を折り曲げて。俺だって良識あるカタギのふりぐらいはできる。あの女が本を読んでいる横顔をもう少し見ていたかったのだ。

ガキが薄汚れたクマの顔のかたちのポシェットから何か取り出した。

「これあげる」

折り紙の鶴だった。

「いらねえ」

ガキが両目を黒豆にした。うつむいて折り鶴をポシェットの中にしまいこむ。泣きだすかと思ったら、あげた顔はやっぱり笑っていた。

「なにしてあそぶ」

俺の太腿をテーブルと勘違いしているようだった。両手を乗せ、その上に顎も乗せて俺を見上げてくる。どんな女にすがられても、ゴロマキ相手に組みつかれても、眉ひとつ動かさないこの俺が、身を硬くした。なんなんだこのガキは、なつくにもほどがある。俺が本当に誘拐犯なら、苦もなくかっ攫《さら》えるだろう。

女は細い体をシートに戻したが、眉根を寄せこちらを見ている。やはり子どもを俺と引き離すべきだが言い出せずにいる、そんな感じだった。俺はあの女に刺青を見られていたことを思い出した。

何か遊びを思いついたほうがいいのかと考えてみたが、当然ながら何も浮かばなかった。ガキと遊ぶなんて、俺には高速を逆走するより難しい。

ガキのほうが先に声をかけてきた。

「ねえ、おじちゃん」

「ん？」

マックスの優しい声を出してみた。他人に舐められるようなまねはごめんだが、じゃんけんぐらいならつきあってやってもいい。

ガキが瞳に光をまたたかせて俺の顔を見つめてから、人形みたいにこきりと首を折る。

「どこかで会った？」

覚えてないのか？　覚えてないのに、なぜ俺になついてくる？　だいじょうぶか、このガキは。

思い出させてやるために、俺はガキに顔を近づけた。

遊びだと思ったのかガキのほうも顔を近づけてくる。目玉がひとつ目に見える距離まで。

俺はヒントを与えてやることにした。

「くものす」

「あ」

ガキは、ぱかりと口を開けてすきっ歯を丸出しにした。甘い菓子の匂いがした。ようやく思い出したか。

「くものすっていうおなまえ？」

違えよ。

やっぱ馬鹿だ。

「リホのなまえ聞く？」

「リホっていうの。字はむずかしくてまだ書けない」

馬鹿につきあって頷いてやった。

「くものすさんは、くものすがすきなの」

ああ、くそっ。もうひとつヒントだ。あの時のように頭をぼさぼさにするために髪を掻《か》きむしった。そのとたん、ガキも小さな指を伸ばしてきて、俺の髪をいじりまわしはじめた。

「くものすさん、あたま、くものす、もじゃもじゃもじゃもじゃ」

向かいの中年女がくすくす笑っている。

「梨帆っ」

母親が声をあげて、今度こそこちらに歩いてきた。診察室のドアが開き、看護婦が顔を出す。

「藍沢《あいざわ》さーん、お入りください」

母親がドアに振り向き、リホが片手をまっすぐ伸ばして声をあげる。

「はぁーい」

苗字はアイザワか。母親はリホの手を取って、俺に何度も詫びの言葉を口にした。俺は素っカタギのように鷹揚に右手を振る。

二人はなかなか診察室から出てこなかった。あんなちっこいガキがいったいどこが悪くて精神科にかかっているのだろう。いや、いまはそんなことどうでもいい。俺は頭から飛んでしまった桐嶋への脅し文句を復習《さら》うことにした。

リホが先に出てきた。ドアから飛び出すなり、俺の座る場所へむかってくる。活発なガキにみえたが、いまにもこけそうなぎこちない足どりだった。俺の前で「ぱあ」と叫んで両手を広げたかと思うと、

「くものすさーん」

いきなり抱きついてきた。久しぶりの知り合いに会ったみたいに。

なんだ、これ。

俺の人生において、ガキに抱きつかれたことなどあっただろうか。

覚えているのは一度だけ。組に入ったばかりの頃、年上の女のヤサにしけこんだ時だ。年上といっても二十歳そこそこだったのだが、女には二つだか三つだかの男のガキがいた。そのガキが俺にじゃれついてきたのだ。気持ちが悪かった。ガキがべたべた触ってくる腕に鳥肌が立った。ガキっていうのは、大人の顔色を窺ってこそこそと逃げまわるものだろう。突き飛ばしたら、テレビ台の角にしこたま頭をぶつけてぴいぴい泣いた。年上女が悲鳴をあげ、俺を詰《なじ》った。

どこが悪い。俺の義理の親父と同じことをしただけだ。糞親父が俺を殴ると、俺の母親は詰るどころか、俺を叱った。「ダディの言うことをきかねーからだよ」

ここは病院だ。突き飛ばすわけにはいかなかった。俺はホールドアップの体勢になる。リ

ホは下ぶくれの頬を俺の胸に押し当てて、でたらめな歌をうたっていた。

「くものすさん　あったか　ほかほか」

俺の鼻を椰子の葉みたいな毛がくすぐる。髪からは、いつも鼻詰まりしているような嗅覚の俺でもわかる、干し藁《わら》みたいな汗の匂いがした。

「すみません」母親がまた俺に詫び、リホを叱る。「梨帆、やめなさい。失礼でしょ」

普通の母親っていうのはこんなものなのか、この女の叱り方はいつも気弱げで甘い。子どもをガラス細工みたいに扱っているふうに俺には見える。ちゃんときびしく躾《しつ》けねえから、こんなあっさり誰かに誘拐されそうなガキになるんだ。

母親に何度か言葉だけでたしなめられて、ようやく俺から離れたが、幼児みたいに手を引かれて歩くあいだも、首だけこっちに向けてずっと俺に笑いかけてくる。なぜよりによって俺になつく？　俺の体からクリームサンドビスケットの匂いがするのか？　俺の胸にはまだガキのぬくもりが残っていた。空いているほうの手を振ってくるから、一度だけ手を振り返した。

待合所の何人かがこっちを見ていた。俺はいつもの表情に戻って、そいつらに視線の弾丸を乱射した。

「見てんじゃねえよ」

名前を呼ばれた俺は、診察室の引き戸を思いきりなぎ払い、禍々《まがまが》しい音を立ててやった。言葉を使わず、相手には指一本触れない恫喝だ。

他人を脅すには暴力が手っとり早く、俺が最も得意とするところだが、俺も馬鹿じゃない。カタギを脅迫する場合、暴力を使わず、脅迫罪と取られないぎりぎりの範囲で事を運ぶ必要がある。ここが人の目と耳が多い病院で、桐嶋はどこかにレコーダーをしこんでいやがるから、なおさらだ。

ドアのすぐむこうに立っていた看護婦が身をすくませ、目をふくらませて俺を見つめていた。

が、桐嶋はデスクにかがみこんだままだった。俺は書きつけをしているその背中に吠えかかる。口調をわざとらしく慇懃《いんぎん》にした、狡猾《こうかつ》な狐の吠え方だ。

「先生、俺に何をしてくれたんですかねえ」

桐嶋がペンを置く。俺を苛つかせるためにそうしているのかと思うほどゆっくりと椅子を回転させた。

「どうされました」

「どうしたもこうしたも、体調がめちゃくちゃ悪くてね。アル中の治療に来ただけなのに、妙な検査をされたり、怪しげな治療をされたりしたからじゃないのかな」

桐嶋が何か言いたそうな顔をしていたが、奴が口を開く前にいっきに畳みかけた。相手に冷静に考える暇を与えないのが、恐喝《きょうかつ》のイロハだ。

「俺にアル中に関係ねえ薬を盛ってるだろ。鼻から入れたり。そのせいだよ。ヤクザにだって人権はある。人権侵害だな、こいつは」

パーソナルスペースとやらを無視した距離まで顔を近づけて目を細める。この表情まではレコーダーに記録できまい。

「俺のダチに政治団体の人間がいてさ。俺の話を聞いて許せねえって怒ってるんだよ。街宣車を病院の入り口に横づけして、あんたの名前を連呼するって息巻いてる」

もちろん嘘っぱちだ。俺にダチなんているわけがない。

「俺は止めてるんだけど、言い出したらきかなくてね。明日にでもここに来る勢いだったな。悪徳医師、桐嶋、出てこーいっ、てか」

俺に顔を向けてはいるが、桐嶋は目を合わせようとしない。視線は俺のひたいの上をさまよっている。脅しがきいている証拠だ。気分がいい。

「俺らの業界を専門に取材する雑誌記者がいるのを知ってるだろ？　そいつらに情報を流しちまうってのはどうだ？　あんた、病院に居られなくなるよ」

うちの組にまで取材に来る奴はいないけどな。

桐嶋が珍しく口ごもった。

「……あのぉ」

「なにさ」

「どうされました」

また同じ言葉をくり返して、油気のない自分の髪を撫で上げる。

「だからぁ、頭の中が変なんだよ。妙な臭いがする。変なものが見える。お前らがいじりまわしたせいだ」

「いえ、髪」

「あ?」

部屋の隅に逃れていた看護婦が、壁かけ鏡をはずして俺の前にかざした。

俺の髪はでたらめに逆立って、できそこないの鳥の巣になっていた。もじゃもじゃ。

鏡に向かって手早く髪を梳《す》いた。桐嶋と看護婦はそれが礼儀とでもいうふうに、そっぽを向いて俺が髪を整え終えるのを待っている。くそっ。こんな頭で調子に乗った脅し文句を並べてたのか。爆笑コントじゃねえか。

「もうよろしいですか」

何事もなかった口調で桐嶋は言うが、俺には笑いを堪《こら》えて口もとがひくついているように見えた。今度は俺が目を逸らす番だった。椅子に腰を落とし、そっぽを向いて壁に言葉を放り出す。

「なにがだよ」

「あなたの気が済んだかと思いまして」

「本気だぞ、俺は」

「最初は心配しました。及川さんが私のことを『先生』だなんて呼ぶものですから。本当に、どうかされたのかと思って」

「マスコミに話を流してもいいんだな？」

俺が投げつけた言葉の爆弾は、あっさり自爆した。

「しかも髪の毛がああでしたし」

看護婦が口もとを押さえている。くっくっという忍び声が聞こえた。

「街宣車が来るぞ。明日にでも」

「それは困ります。でも、及川さんは本気じゃないでしょう。お金のためにそんなことをするようなケチなヤクザさんには見えませんし」

「おめえのその澄まし顔が気に入らねえんだよ。何がお望みです？」

「『恐怖』を研究してるなら、もっと怖がれ」

「怖かったです。じゅうぶんに」

「そうは見えねえ」

俺の言葉が終わるやいなや、桐嶋は、かっと目を見開き、唇を台形に開き、眉間に皺をつくってみせた。いつか俺が見せられた、恐怖の表情のサンプルをそっくり物真似したような、とってつけた芝居にしか思えなかった。嫌な奴。

「妙な臭い、変なものが見える、というのはどういうことですか」

「お前の医療ミスだ。それしか考えられねえ」

「具体的に説明していただかないと、なんとも」

「妙は妙、変は変だ。反社会性パーソナリティだの、治療プログラムだのは、たくさんだ。もうやめだ」

「治療プログラムの件、いちおうは考えていただいたのですね」

「いや、別に」じつは考えていた。三秒で頭の中から消去したが。三秒間だけ考えてしまったのだ。俺の脳味噌の垢や泥や膿をきれいさっぱり洗い流して、新品にすることができたら、どんな気分だろうと。

「では、治療はもうやめましょうか。会社の中での及川さんの立場もあるでしょうから、アルコール依存症のお薬だけは出すということで、いいですね」

桐嶋が真顔で見返してきた。その言葉を望んでいたはずだったのに、俺の返事はなぜか歯切れの悪いものになってしまった。

「お、おう」

桐嶋は俺の目を捉えて離さない。別れを惜しむように。

「でも、もったいないですね」

「なにが」

「あなたのその変調が、治療の成果かもしれないということです。どんな薬や治療にも副作用はありますからね」

「吐き気もか？　痛くも痒くもないはずのところが、痛んだりするんだぞ」

「最後に話していただけませんか、あなたの変調というのがどんなものか」

「最後だぞ」

桐嶋がゆっくりと頷いて身を乗り出してくる。

「ええ」

「いいのか」

桐嶋に向けて発したその言葉は、奴の鉄仮面に跳ね返って、俺自身に戻ってきた。

いいのか？　本当に。

「吐き気がして、妙な臭いがしたのは——」そこで俺は口をつぐんだ。危ねえ危ねえ。言えるわけがない。生きていられると面倒な野郎を生き埋めにしようとした時だなんて。

俺の頭の中を読んだように桐嶋が言う。

「だいじょうぶですよ。医者には守秘義務がありますから」

俺が看護婦に視線を走らせると、桐嶋が目配せをして、部屋を出るように促した。

「レコーダーもなしだぞ」

「安心してください。じつはそんなものは最初からありません」

本当にいけすかない奴だ。

「まあ、暴力行為は俺の仕事のひとつだ。それはわかってるだろ」

「ええ」

「そういう時に、邪魔が入るんだよ」

「邪魔？」

「気分が悪くなったり、息苦しくなったり」

桐嶋は大きく頷く。自分こそが俺の最大の理解者だとでもいうふうに。

「もしかして、その暴力行為というのは、相手の首を絞めたり、呼吸を妨《さまた》げたり、というような行動を伴ったものではありませんか」

さすが医者だ。俺の暴力に何らかの学術的意義があるかのように聞こえる。しかも図星だった。レコーダーがないという言葉を百パーセント信用していない俺は、言葉を発せずに頷く。

「どうぞ、続けてください」

「嫌な臭いもしてくる。鼻から入ってくるんじゃねえ。頭の中から鼻に逆流してくる感じだ」

「どんな匂いですか」

「いろいろだ。これは譬《たと》え話だぞ、いいな」

「わかってます」

「相手に土を食わせたとしたら、俺も土の臭いを感じる。女を殴ると、自分が昔殴られた部屋の臭いがしてくる。そういうことだ」

桐嶋が俺に半身を向けたままメモを取りはじめた。

「書くんじゃねえよ。聞くだけにしろ」

ペンを放り出して両手を肩の高さで広げる。

「それから、頭の中で妙な光景が見える」

「幻覚ですか」

「違えよ。見えるっていうより、イメージが浮かぶって感じか」

「イメージが浮かぶ。なるほど。どのような」

今日の桐嶋はやけに調子がいい。奴は患者とのこういう会話に慣れていて、それに乗せられているだけに思えてきた。それでも俺は話し続けた。俺には心の裡《うち》を話せる人間が他に誰もいないからだ。

「俺がその相手とすり替わっちまったようなイメージだ。俺が殴っていると、自分が殴られている気分になる。生き埋……いや、どこかへ閉じこめようとすると、自分が閉じ込められちまったんじゃないかって思えたりするんだ。おかしいだろ」

自分以外の誰にもつねに武装を解かずに生きている俺にとって、無防備に自分を語るのは恐ろしく、同時に重い鎧《よろい》を脱ぎ捨てたように爽快だった。

ホールドアップの姿勢のまま俺の話を聞いていた桐嶋が、突然両手を叩き合わせた。

「素晴らしい」

「あ？」

「それは、他者への共感力の発露ですよ」

「ああ？」

「そして、脳に恐怖の概念が芽生えはじめている。短期間のうちにそうした効果が現れるとは。素晴らしい」

奴が誉めているのは、俺のことではなく、俺に与えている薬であるように聞こえた。

「俺はどうなる。俺は俺じゃなくなるのか」

「それが怖い？」

「馬鹿言うんじゃねえよ。それが何の役に立つんだって話だ」

「役に立つとか立たないではなく、及川さん、あなたは、本来のあなたのあるべき姿になるんです」

「意味がわかんねえ。もっとわかりやすく話せ」

「あなたにも尊敬されている方はいらっしゃるんじゃないですか」

「そんな人間はいねえ」

「尊敬とまではいかなくても、こうなりたいと思える人は？　桑原さんとか？」

「ああ、まぁ」そう……かもしれない。

「そういう人物にあなたもなれるってことです。いまのままでいいとは思っておられないでしょ、及川さんだって」

確かに思っちゃいないが、素直に認めたくはなかった。答えず、部屋に視線をさまよわせているうちに、桐嶋のデスクの隅に、小さな折り鶴が置かれていることに気づいた。

「あんた、子どもも診《み》るのか」

「子ども？」

「さっきも来てただろ。俺の少し前に」

俺の視線に気づいて桐嶋が折り鶴を手に取る。

「ああ、藍沢さんですね」

「あのガキは何でここに来てる」

「あの子は精神科の患者じゃありません」

「母親が患者ってわけでもねえんだろ」

「ええ、なぜ？」

中指で眼鏡を押し上げる。なぜお前が他人のことを知りたがるのだ、と言いたいようだった。

「深い意味はない。このあいだの279便に乗ってたっていう若いのとか、小さなガキとか、あんたの仕事は手広いな、と思ってさ。何をやってるのか、俺にも知る権利があるんじゃねえか」

「それは、あなたが治療を続けるという意味ですか」

「考え中だ」

桐嶋が説明を始めた。催眠術で俺に前向きな考えを吹きこもうとするように。

「藍沢梨帆さんは、別の病気でこの病院に来ているんですが、私のほうでも研究対象として協力してもらっています」

やっぱり病気なのか。どこかが悪そうには見えないが、確かに健康そのものという感じでもなかった。

「何の病気だ」

「ウィリアムズ症候群です」

「ウィリアム……なんだって?」

「ウィリアムズ症候群。パーソナリティ障害ではなく、遺伝子疾患です。おもに循環器系に問題を抱えている」

よくわかんねえけど、外人の名前がついている時点で、ろくでもない病気である気がした。

「人間には通常46の染色体があります。このうちの7番染色体の一部が欠失《けっしつ》している。それが病因です」

「ケッシツ？」

「欠けて失われているという意味ですね。欠けているといっても、通常の方法では顕微鏡でも見えないぐらいの微細な欠失です。遺伝子の数でいえば二万から二万五千あるうちの0・1パーセント、二十五個。ただ、それだけの違いで、心臓や血管の先天的障害をいろいろと抱えることになる」

あいかわらずの小難しい説明だ。自分の知識を世間の常識だと思いこんでいるんだろう。

「遺伝子ってのはなんだ」

「染色体が人間ひとりひとりに与えられた一冊の『本』だとすれば、遺伝子はその本に書かれている文章のことです。ちなみにDNAはひとつひとつの文字、ゲノムはその内容のすべて、46巻ある染色体という本を収めた書庫、などと譬えられたりします」

DNAやらゲノムやらは意味がわからないから、聞いたそばから頭の外へ放り出した。俺が思い浮かべたのは、二万五千の注意事項が書かれた46冊の取扱説明書だ。人間が生まれる時に一緒に抱えてくる取説《トリセツ》。ちょっとした手違いで、そのうちの二十五箇所にだけ書き間違いがあったり、抜けたりしていた。ようするにそういうことなんだろう。

俺は、俺の腿に預けてきたリホの体のダウンジャケットみたいな生暖かさと軽さを思い出していた。そういえば、目の下にはいつもガキとも思えないクマが浮いている。

「ちょっと待てよ。そのウィリアムズが、あんたの研究と何の関係がある？」

桐嶋が翼をつまんだ折り鶴に目を落として、くるくると回した。

「ウィリアムズ症候群の子どもに特徴的なのは、あなたとは逆の意味で『恐怖の概念が薄い』ことです。他人への共感力が高いがために、偏見や警戒心が希薄。つまり他者への恐怖心をほとんど持たないんです」

言われてみりゃあ、普通のガキとは違うことが俺にもわかる。それも体の取説の表記ミスのひとつなんだろうか。

「いくつなんだリ……」名前を口にしかけてから言い直した。「あのガキは」

「七歳。小学二年生です」

「ずいぶんちっこいな」

ガキの年齢はよくわからないが、昔、四カ月だけ暮らした年上女の三歳のガキよりせいぜいひとまわりでかいぐらいにしか見えなかった。

「ウィリアムズ症候群は発達障害をともないます。個人差はありますが、身体的にも知的にも多かれ少なかれ遅延が見られるんです」

「そうは見えねえけど」まぁ、小二にしちゃあ言動が幼いのかもしれない。カシラの娘なんかまだ三歳なのにスマホをいじりまわしているって聞いた。

桐嶋が俺の顔を覗きこんでくる。自分の薬の効果を探すような目つきだった。

「ずいぶんお親しいのですね、彼女と」

「別に。そんなんじゃねえよ。挨拶を寄こしてくるから返してるだけだ。あの女のガキが俺にじゃれついてくるし」

「彼女っていうのは、梨帆さんのことですが」

嫌な奴。目を逸らしてしまったことを後悔して、すぐに桐嶋を睨みつけたが、奴の視線はもう手の中の折り鶴に戻っていた。

「俺は他人には興味ねえ。子どもも動物も嫌いだ。あんただってそれはわかってるだろ。ただ、俺以外の研究対象ってのがどんな連中で、あんたたちが何をやっているのか知りたいだけだ。あんたをまだ信用してるわけじゃないんでね」

「わかっていますとも」

桐嶋が頷く。薄笑いを隠しているような目つきが気に食わない。

「ウィリアムズ症候群の子どもたちの精神発達遅延は全般に及ぶものではありませんから、言語能力には問題がないんです。幼少期のコミュニケーション能力は並の子ども以上かもしれません。饒舌で人なつっこいのが彼らの特徴なんです。梨帆さんに対する我々の最初のテストはこんなものでした――」

折り鶴を紙飛行機のように飛ばしてから、懐かしい思い出でも語る調子で続けた。

「被験者は彼女と、彼女と同じ年齢の子どもたち九人です。子どもを一人ずつ実験室に呼んで隠しカメラで観察しました。もう小学二年生ですし、部屋には子どもの喜びそうな玩具や絵本を用意しておきましたから、独りきりになっても子どもたちはパニックになることはありませんでした。部屋に入って五分経つまでは」

貧乏ゆすりをしている俺に気づいて、桐嶋が空咳をする。

「ああ、すみません。あなたにはご興味がないことですよね。梨帆さんの話はここまでにしましょうか」

「いや、聞いてるよ」いいから早く続きを話せ。

「そうですか。では続けます。私たちは五分後にこんな仕掛けを用意していました。ニットキャップをかぶりサングラスをした外国人の男性スタッフを部屋に入らせるのです。ドアを荒々しく開けるでもなく、声をあげるでもない、ただ子どもに近寄るだけ。とはいえ当然ながら、子どもたちは動揺します。驚いて動けなくなるか、叫び声をあげるか、そんな反応を示します。泣き出す子もいました。でも、梨帆さんだけは違いました。彼女はどうしたと思います？」

桐嶋が言葉を切る。俺は壁のカレンダーを眺めるふりをしていたが、耳は話の続きを待っていた。

「わかんねえよ」

桐嶋はなかなか口を開かない。奴が俺の貧乏ゆすりに目を走らせていることに気づいて、膝を揺らすのをやめた。俺とのこの会話も奴のテストの一部かもしれない。他人の身に起こったことに俺がどれだけ共感できるかを試すというような。俺が先に言葉を足した。

「どうでもいい」

「そうですか」

「ああ、どうでもいいから、早く結論を言え」

「梨帆さんは突然部屋に入ってきた怪しい風体の男に自分から近づいていきました。そして、こう言ったんです――『なにして遊ぶ？』」

なんだ。ベタベタなつくのは俺にだけじゃないのか。

「ウィリアムズ症候群の子どもの人なつっこさは普通の子どもたちと次元が違います。まったくと言っていいほど怪しい人物や醜《みにく》い生き物を怖がらないんです。一般的には幼児にすら見られる人種的な偏見もない」

人種的偏見。このところ、よく聞く言葉だ。原発へのテロ以来、外国人の排斥《はいせき》を叫ぶ人間が多くなった。俺なんかは商売相手もセックスの相手もどこの国の人間だろうとおかまいなしだが、外国人をろくに知らない連中ほどきゃんきゃん騒ぎ立てる。

「テスト終了後の控室での梨帆さんにも驚かされました。梨帆さんはまだ泣いている子どもを見つけると、すぐに近寄って慰《なぐさ》めはじめたんです。誰に教えられたわけでも何かの影響で演技的にふるまっているわけでもない、自発的な行動に見えました。なにしろ自分も泣きそうな顔になるんです。その子が泣きやんで笑顔を取り戻すと、一緒に笑いました。他者への恐怖心が希薄であると同時に、共感能力も並外れて高い。世界中で報告されているウィリアムズ症候群の人々の性格的特徴そのものでした」

子どもは天使なんて言葉には、児童相談所の保護施設で年上のガキどもからさんざんな目に遭った俺は、ヘドが出そうになる。天使なんて、この薄汚い世界のどこにもいないフィクションの中だけの存在だ。いまのいままでそう思っていた。

「ウィリアムズ症候群の子どもが、なぜ他者への恐怖心が希薄で、共感力が高いのか、染色体の欠失とどんな関連性があるのか、確かなことはまだ解明されていません。ただ、ウィリアムズ症候群の人々の扁桃体のサイズが、通常の人間より大きいことは統計的にわかっています。梨帆さんの脳画像を見てもそれは明らかでした」

「あんな子どもの頭の中も覗いてるのか」

「ウィリアムズ症候群の治療を提供するかわりに、研究に協力してもらっているんです。指定難病ですので医療費助成はありますが、藍沢さんのところは母子《ぼし》お二人だけで、経済的にはけっして楽ではないようですから」

そうか、旦那はいないのか。なんとなくそんな気はしていた。隣にいる男が想像しにくい女だった。幸せそうにも見えなかった。たまにいるのだ、幸せが似合わない女っていうのが。

俺の沈黙に桐嶋が眼鏡のフレームを押し上げる。脳の画像を撮影するような目つきだ。何か言わないと、本当に透かし見られる気がして、実際にはどうでもいいことを口にする。

「きれい事みてえに言うが、ようするに実験材料を買っているってことじゃねえか。他人の脳味噌を金で手に入れてるわけだ」金のない奴に臓器を売らせるのと変わらねえ。

「そう言われてもしかたないですね」

否定しないのかよ。

「だったら俺の脳味噌にも金を払えや」

桐嶋が俺の顔を見つめたまま、眉をひそめるでもなく笑うでもなく言葉を返してくる。

「心にもないことを」

こいつには本当に人の心を――いや、脳の中を覗き見る術があるのかもしれない。俺はあわてて話題を変えた。

「扁桃体がでかいってことは、俺とは逆ってことか?」

「一概にそうとも言い切れません。共感力に関しては確かにまったく逆ですが、他人に対する扁桃体の活性が低いという点では、及川さんと同じです。だから対人的な恐怖心が希薄なんです。ちなみに及川さんの場合、扁桃体の大きさはごく普通でした」

人間の体ってのはややこしくて、面倒くせえもんだ。とんでもない数の部品や配線のようなものがたっぷり詰まっているらしいが、そのほんの一部が足りなかったり、どこか一本が切れちまったり、パイプ詰まりをしただけで、うまく動かなくなる。車や電気製品と変わりゃあしねえ。

あのガキの場合、顕微鏡でも見えない部品を持たずに生まれてきたおかげであれこれ病気を背負いこむ。脳味噌の中の豆粒みたいな器官のちょっとした違いだけで、生まれながらの悪党になったり、人を疑うことを知らない子どもになったりする。悪魔と天使には、それほどの差がないってことか？

「藍沢梨帆さんにも治療プログラムに参加してもらう予定です。ちょうど学校が夏休みに入りますから」

「お前なら治せるってことか。ウィリアムってのを」

「遺伝子疾患ですから根本的な治療はできませんが、精神科でも療育的なサポートはできると思います。彼女の独特の性格は長所と言えば長所ですが、他人への警戒心がないことは学童期には危険でもありますし、成長するにつれて社会の中で生きづらくもなっていく。それを支援するということになるでしょうか」

何を言っているのかさっぱりわからなかった。結局、できることは何もない、と言い訳しているふうに聞こえる。今度こそ俺は桐嶋の言葉を右の耳から左の耳へ素通りさせた。

看護婦が部屋へ戻ってきた。片手に例の器具を持ち、おそるおそるという感じで俺に近づいてくる。何か口にしかけたが俺と目が合うと顔を伏せてしまった。言うべきセリフを口にしたのは桐嶋だった。

「経鼻投与をしましょう」

やなこった、と言うつもりが、気が変わった。車にエンジンコンディショナーをぶちこむようなもんだろう。スペックの一部が書き換えられちまっているという俺の脳味噌もメンテナンス次第で少しは動きが良くなるかもしれない。オプションのひとつも付くかもしれない。

「ちゃちゃっと済ませろ」

投与が終わり、指で鼻をこすっている俺に桐嶋が言う。

「アルコール依存症のほうも少し改善してきているのではありませんか」

「いや、変わらねえ。おかげさまで毎日、酒がうまいぜ。昨日もシャワーがわりに酒を浴びてたな」

朝早くにここへ押しかけるつもりで昨日は早々に寝ちまった。飲んだのはロック三杯だけ。俺にしちゃあ、健康家族の朝の養命酒みたいな量だ。

「それにしては、今日は酒の臭いがしません。まだ朝なのに」

思わず鼻をすすった。経鼻投与薬の匂いに俺は初めて気づく。ジントニックとドクターペッパーをカクテルしたような匂いだった。

「治療を続けていただけますね」

「どうすんだよ、まっとうな人間になっちまったら」

「ご心配なく。私たちにできるのは改善だけです。そもそも私に言わせれば——」笑いのかけらも見せずに桐嶋はこう言った。「まっとうな人間なんてどこにもいませんから。及川さんだけじゃない。誰もがどこかが過剰で、何かが欠失している」

「あんたもか」

桐嶋が自分自身の脳味噌をスキャンするように一瞬まぶたを閉じてから、すぐに開いた。

「もちろん」

こいつのことがほんの少しだけ気に入った。

「ただし治療プログラムってのは、なしだ」

八週間の入院なんてありえねえ。もしドンパチが始まったら、うちの組には俺が必要になる。なるはずだ。

桐嶋は小さく頷いただけだった。さっきのは取り消しだ。やっぱりこいつは気に入らねえ。神妙ぶったその顔は、唇の端で笑っているように見えた。

10

縄張内《シマうち》の飲み屋を回るのも仕事のうちだ。だから俺のアル中はいつまで経っても治らない。

うちの加盟店には、組の息がかかった業者をとおして、おしぼりや生花《せいか》のリース料ってい う名目で守り代《みかじめりょう》を払わせている。そのかわり客やほかの組とトラブルがあった時には、俺らが出ばって店を守る。ギブ・アンド・テイクってやつだ。世間や警察にとやかく言われる筋合いはない。

その夜、俺が見回りのために立ち寄ったのは、ぼったくりでなくミネラルウォーターで二千円をとる、ここいらじゃ高級な部類の店だ。もちろん俺は顔パスで、ソファーに座ればなじみのホステスが寄ってくる。酒はどれもロハ《タダ》で飲み放題。

だが、今日の俺は、店が混んでいる時にそうするように、ボックス席ではなくバーカウンターに腰を据えた。隣に来ようとした女を片手の先で追い払う。先客は一人だけで店は空《す》いていたが、一人になりたかった。一人で本を読むつもりだった。

ややこしい専門用語ばかりだから、目は文章を追っていても頭にはさっぱり意味が入ってこなかった。先客のいる円形のボックス席から聞こえるホステスたちの声がうるさすぎるし、照明も暗い。最初は文字が蟻《あり》んこの行列にしか見えなかった。

本は遅くまで開いてる本屋でいましがた買ったばかりだ。何かを読むのには向かないこんな場所をわざわざ選んで開いたのは、家に戻ったら、たちまち放り出すに決まっているからだった。ホステスたちの前でインテリヤクザを気取って格好をつけていりゃあ、少しは読み進められるだろうと思ったわけだ。そうとも、一刻も早く読みたかったなんて殊勝なことを考えたわけじゃあない。

何ページかを我慢しているうちに、本を読むコツが摑めてきた。小難しい言葉はすっ飛ばして、意味のわかる単語を拾っていけばいい。それだけでじゅうぶん理解できる。小難しい言葉は、本を書いた奴が自分を偉そうに見せるための飾りなんだろう。

何度も出てくる『妖精様顔貌』っていう言葉は、ようするに西洋の童話に出てくる「エルフ」という妖精みたいな顔だちってことだった。

ウィリアムズ症候群の患者には、独特の顔だちがあるそうだ。みな額が広く、口が大きく、鼻は上向きで小さい。目は丸く泣きはらしたように腫れぼったい。

早く見せりゃあ話が早いだろうに、説明文のだいぶ後に、妖精様顔貌の参考写真が載っていた。写っているのは白人のガキだったが、リホと驚くほど似ていた。研究所の森でリホを見た時、俺が柄にもなく絵本の一ページを思い出したのは、あながち間違っちゃいなかったってことだ。

病気の原因については長々と書かれていたが、外国語を読まされているように理解不能だった。最後の最後にこう書かれていた。

『病因のシステムは特定されていても、欠失が起こる確たる要因や、欠失部分にどのような遺伝子が存在するか等は、完全に解明されてはいない』

ようするに病気のしくみはわかっているが、なぜそうなるのかはわからないってことだ。素直に最初からそう書けや。

引き起こされる症状は桐嶋が言っていたとおり、いろいろだ。いろいろありすぎる。説明の前に、症状名だけが羅列されていた。それだけでページの半分が割かれている。数えてみたら二十八もあった。

これを全部、あの小さな体に背負いこんでるってことか。傷だらけの妖精だ。なのになぜあのガキはあんなにも楽しそうなんだろう。

ウィリアムズ症候群の人間は、数々のハンディと引き換えに、特別な能力を授かって生まれてくる——この本を書いた学者はそう言っている。

『陽気で社交的、独特の言語感性を持ち、音楽的才能にあふれ（絶対音感を持つ者も多い）、他者の感情に無垢《むく》に寄り添える優しい遺伝子を持っている。悲しみにくれる人間と一緒に悲しみ、喜びに満ちた人間とは共に喜びを分かち合う。低身長傾向と顔貌的特徴も合わせて〝妖精病〟と呼びたい疾患である』

しょせん著者にとっても他人の子どもの事だ。リホの母親のやつれた様子をみるかぎり、当の本人、というより当事者の親にとっては、そんな甘い事ばかり言われても困るだろう。俺の母親と違って、ちゃんと子どもを育てる気のあるまともな親にとっては。

背後で女たちの嬌声《きょうせい》が高くなった。いつも以上に空々しく馬鹿馬鹿しく聞こえる。俺は二十八の病気を抱える人生について考えてみた。

俺の病気は、アル中だけ。たったひとつだ。反社会性パーソナリティってのを入れてやったとしても、二つ。肝臓やらなんやらも医者にかかれば、なにかしらの病名はつけられちまうだろうが、まあ、とりあえず体は、きちんと動いている。

二十八の症状。二十八のトラブル……わかんねえ。わかるわけないか。しょせん俺は、悲しい顔をしている奴を見ると、嬉しくなってしまう人間だから。

酒をやめ、薬を飲み続け、経鼻投与を繰り返せば、他人への共感力ってのが手に入るのだろうか。いまのままで不都合があるわけじゃないが、自分に欠けていると言われると、足りないものが欲しくなる。未完成のジグソーパズルなら、はずれたピースを嵌《は》めてみたいとも思う。

目の前の無口なバーテンダーが何を考えているのか想像してみた。オーダー以外に言葉を交わしたことがない、白髪頭のジジイだ。この年でカクテルの味なんぞ誰も期待していない店の雇われバーテンダーをやっているのだから、肚《はら》ん中にはぐつぐつといろんなものが煮えているに違いない。このジイさんは何が悲しくて、何が嬉しいんだろう——

何も想像できなかった。

どうでもいい。考えてみりゃあ俺は、一日の大半は酔っているから、自分の頭が何を考えているのかさえきちんとわからない。バーテンに言葉をかけてみようかと思ったが、結局、空のグラスを差し出して「同じやつ」と注文だけを口にした。

ピスタチオを消毒液の匂いのスコッチで流しこんで、本に戻った。再び始まった専門的な記述をすっ飛ばして、『ウィリアムズ症候群の子どもへの接し方』という章を読みはじめた時、隣のスツールが軋みをあげた。重量のある何かを載せた音だ。四斗樽《しとだる》か、あるいは華奢《きゃしゃ》な造りのスツールには大きすぎる尻。俺の横顔に酒焼けした声が飛んできた。

「及川ちゃん、おひさ」

大ぶりの朱欒《ザボン》に白い塗装を施したような顔が俺を覗きこんでいた。ラブホテルのカーテン生地かと思う紫色のロングドレスを着ている。高い金を取るだけあってこの店は若くてきれいな女を集めているが、ただ一人の例外、この店のママだ。

酒樽みたいな尻でもう一度スツールに悲鳴をあげさせて本格的に腰を据え、煙草の烟を赤い唇の端で横へ流す。

「びっくり。何してるのかと思ったら」

「悪いか」

「似合わなすぎ。競馬の必勝ガイドかなんか？」

俺はカバーのかかった本を伏せた。ママがすかさず手を伸ばして、札束を数えるようにページを早めくりする。

「見んじゃねえよ」

なにせ若頭《カシラ》がチンピラだった頃にはもうここで店を開いていたっていう、この街の生きた化石みたいな女だ。大昔には組長《オヤジ》の情婦だったという噂もある。俺の恫喝は何の役にも立たなかった。俺は片手を伸ばして本に蓋をした。

「及川ちゃん、結婚してないよね。子どもはいるの？」

長く水商売をしているだけあって目端が利く。ひとめくりしただけで難病の子どもに関する本だということを理解したらしい。

「いねえよ」

「ああ、そうか。惚れた女に病気の子どもがいるんだね」

説明するのが面倒だから、あえて否定はしなかった。

「及川ちゃんが他人の心配をするなんて、世も末だ。悪いことがこれ以上起きなきゃいいけれど」

ママの出身地は二度目の原発事故現場近くだ。弟夫婦はいまも避難所で暮らしている。避難民の数はフクシマの時の三倍以上だから、珍しい話じゃないが。

俺は鼻笑いで応えてスコッチを飲み干す。早く続きが読みたかったが、もう本には興味のないふりをして、フロアを振り返った。

唯一埋まっているボックス席ではあいかわらず嬌声が途切れない。たった一人にホステスが三人ついていた。

「ずいぶん羽振りがいいな」

古なじみの客以外はホステスチャージを人数分きっちり取る店だってことを知っているんだろうか。テーブルの上には一本十万は取っているはずのクリュッグのロゼが二本。一本はすでに空だ。

「見かけねえ顔だ」

三十代後半ぐらいの、長めの髪をオールバックにした男だ。グレーのスーツにスクエアな黒縁眼鏡。一見すると地味に見えるが、ひとつひとつに金がかかっていそうな態《なり》をしている。

「この何日か毎日来てくれてる。長期出張中なんだって」

「誰の紹介だ？」

ママは軽トラのバンパーみたいな肩をすくめて、短い首を胴の中に埋めた。

「原発不況のご時世よ。いまどき一見《いちげん》さんを断ってたらお店やってけないもの」

「だいじょうぶなのか」

三人のホステスが乾杯をくり返している。女たちはやかましいが、本人はさほど酔っているようには見えない。この先に用事があるような飲み方に見えた。

「うん、支払いはいつもきっちり。久しぶりの上客《アタリ》。カードじゃなくて現金だから助かるのよねぇ」

普通のサラリーマンに見せたがっているようだが、まっとうな会社の人間とも思えなかった。まぁ、警察の内偵ってことはないだろう。奴らが内偵に来るのはシケた店ばかりで、シヨボイ金しか使わねえし、刑事の給料じゃ、あんな高価なスーツを買えるわけがない。

「ちょっと挨拶してくっか」

「やめてよ、せっかくの上客さんなんだから」

「冗談だよ。便所だ」

グラスを置いて立ち上がると、ママの目がカウンターの上の本に走った。

「勝手に見るなよ」

「見ないってば」

見るに決まってる。俺は新書と呼ぶらしい細長の本をスーツの脇ポケットにしまいこむ。

広い店じゃないのに、便所は無駄に豪華だ。壁と同じ模造大理石の衝立の向こう側、フロアからは見えない場所に金ピカの洗面台があり、その奥の金庫みたいな分厚く黒いドアの先が個室だ。

小便をして戻ると、ホステスがおしぼりを持って待っているのがこの店の流儀だが、洗面台の先に立っていたのは、唯一の客である、仕立てのいいスーツの男だった。人が出てくるまで待てねえのかよ。眼《ガン》を飛ばしたいところだが、加盟店では目立たないように酒を飲むのが俺たちのルールだ。俺は目を合わせずに洗面台の前に立ち、すれ違えるだけのスペースを開けてやった。

男は軽く頭を下げ、体を横にして俺の背後にまわる。

ふいに俺の背中で縫い傷が疼《うず》いた。後ろから刃《ヤッパ》で切りつけられた時の古傷だ。

うなじの毛の一本一本がアンテナになって逆立つ。

俺はパーソナルスペースとかいう他人との距離感に鈍感だそうだが、他の人間が俺の防衛圏内に侵入してきた時は話は別だ。鏡ごしに男の姿を野生の獣の視線で追い、値踏みをした。肩幅があってスーツの下にみっちり肉が詰まった体格だが、背は俺より頭半分は低い。ボクサーのように鼻が潰れているわけでもなく、格闘技経験を示すカリフラワーの耳でもない。殴り合ってもまず負けることはない相手だ。

まぁ、問題はねえか。手洗いに関して俺は潔癖なタイプだ。警戒モードを解いて両手に液体石鹸を塗りたくっていると、男が声をかけてきた。

「どこかでお会いしませんでしたか」

便所のドアの前に突っ立ったままだ。なんだこいつ？　俺は首だけ男に向けて眉をひそめてみせた。

「いや」

「そうでしたか、私、こういう者で――」

男がスーツの内ポケットを探りはじめた。

名刺なんか要らねえよ。便所で人に話しかけてくるんじゃねえ。加盟店の中でも上得意の店内じゃなかったら、とっくに胸ぐらを摑んでる。

男の動作はとろ臭く、片手がスーツから出てこない。

「緒方《おがた》がずいぶんお世話になったと聞いているのですが」

誰だよ、そいつ。石鹸を塗りたくった両手の拳を握りしめた。俺は自分の潔癖症を人に見られるのが嫌いだ。やっぱ、こいつ、殴ろう。

「及川さんですよね」

血が昇りかけていた頭がすいっと冷える。俺を見つめ返してくるのは、堅苦しい黒縁眼鏡に似合わない、嫌な光り方をしている目だった。レンズに度が入っていないことに俺は気づく。こいつ、カタギじゃねえ。

「誰だ、てめえ」

声をあげた瞬間、鼻の中に土の臭いが蘇った。同時にオガタが誰だったかを思い出した。原発事故の避難区域に埋めてきたヤクザの組長の名前だ。

男がふところから腕を抜き出した。フロアより明るい照明の下で腕の先が細く白く光った。刃物だ。内ポケットに収まる長さじゃない。巧妙に隠し持っていた短刀《ドス》だ。

逃げるという選択肢は俺の中には常にない。といって拳でつっかかるほど馬鹿でもない。とっさに足を使った。奴よりずっと長いリーチを生かして爪先でドスを握った右手を狙う。数センチの差でかわされた。問題ない。最初の蹴りはフェイントだ。もう一方の足で前蹴りを繰り出した。

靴先がぶち当たったのは便所のドアだった。

狭い空間では俺の手足のリーチが逆にハンディになることを忘れていた。体勢を立て直した時には奴は俺の真横にいた。ドスを両手で握り、腰の位置に据えた、傷害ではなく殺しを狙う構え。脳味噌が一瞬にして冷えた。

男が突進してきた。ヤクザの教科書どおり頭を低くして顔を伏せて。もうカウンターパンチでは止められない。俺はダメージを減らすべく半身になって身構えた。あとは脇腹に刃が呑みこまれていくのを眺めるしかなかった。

ほんの一瞬のことなのにすべてがスローモーション映像のようだった。男は何か叫んでいたが、その映像には音声が付いていなかった。

奴の襟首《えりくび》を摑んだのは、俺の脇腹に短刀が生えた後だった。下から見上げてくる顔は、並びの悪い歯を剝き出しにして笑っていた。

横殴りのパンチで反撃したが、俺の背後は洗面台で、尻が縁に乗りそうな不安定な体勢になっているうえに、距離が近すぎて効かない。

奴は体を屈《かが》め、俺の胸に頭を押しつけてくる。短刀を握った手首をひねっていた。俺の傷口を致命傷に広げようとしているのだ。

耳を狙って拳を繰り出す。だが奴はクリンチに逃げるボクサーのように俺に食らいついて離れない。

衝立の方向で悲鳴があがった。体を棒にしたホステスの手からおしぼりが零れ落ちる。

男の体が弾《はじ》けて、俺から離れる。俺は逃がさないように奴のネクタイを摑んだ。だが、強く握ったつもりが力なくすっぽ抜けてしまった。

「ざまぁみろ。くたばりやがれ」

男はすっかり俺の命《タマ》を取った気でそう叫ぶと、フロアのほうへ駆け逃げていった。女たちの悲鳴の合唱が聞こえた。

あいにく俺はまだくたばっちゃあいない。奴はもう俺にネクタイを握る力も残っていないと見なしたようだが、石鹸まみれの指が滑っただけだ。すみやかに後を追った。

衝立から飛び出した時には、奴はまだ短刀を振りかざして店の入り口に向かう途中だった。差はほんの七、八歩だ。

追いつける。追いつくまで追いかけてやる。

だが、俺の前に幅広の体が立ちはだかった。

「やめて」

ママだった。両手を広げて真正面から俺を抱きとめた。

「どけ。馬鹿野郎、どけよ」

四斗樽みたいな体にしがみつかれたうえに、誰かが後ろから俺のベルトを摑んできた。ホステスと一緒に部屋の隅まで逃げているウェイターじゃない。バーテンダーだった。痩せこけたジジイのくせにやけに力が強い。俺はまったく動けなくなった。

開け放たれたドアの向こうから階段を駆け下りる足音が聞こえた。ああ、くそっ、逃げられちまう。

「放せ。あいつは上客なんかじゃねえ」

「違う違う」

ママは俺に抱きついたまま離れない。シャツの胸がキスマークだらけになった。

「及川ちゃん、見て、ほら、血、血、血っ」

ママの叫びにすみやかに反応してバーテンダーが俺のスーツの裾をめくってみせる。長年連れ添った夫婦みたいに息の合った連携だった。

スーツの裾に隠れていて見えなかった。シャツが赤く染まっている。

「病院に行かなきゃ死んじゃうよ」

ママの声は半分泣いていた。ヤクザ同士の刃傷沙汰《にんじょうざた》を嫌っていうほど見てきているんだろう。おそらくは目の前で人が死ぬ場面も。

「かすり傷だよ」

「そう言っていた人のお葬式に出たことがあるんだよ、わたしはっ」

くそっ。男を追うのを諦めて、手近なソファーに腰を落とした。ママが今度はホステスたちに声を張り上げた。

「誰か電話。違う違う、救急車じゃない」

俺は胸ポケットから携帯を取り出して翼の番号を呼び出した。翼に人を集めさせてあの野郎をとっ捕まえるつもりだった。ママはチーママの本名を連呼している。

「ノリコちゃん、ノリコちゃん、松葉《まつば》医院。早く」

松葉医院っていうのは、うちの組指定の闇医者だ。松葉は俺より酷いアル中で、ましてこの時間だ。傷口どころか、俺の腹と背中の見分けもつかなくなっているだろう。

「松葉はやめてくれ。縫い目が雑巾みてえになっちまう。それより絆創膏《ばんそうこう》をくれ」

「絆創膏？　馬鹿言ってんじゃないよ、この子は」

翼は出ない。コール音が留守電の電子音声に変わった。くそっ。

「ほら、見てみろよ」

俺はスーツをはだけてママに見せてやる。血のしみは握り拳ほどの大きさのまま広がっちゃあいない。ママにつけられたキスマークの赤のほうが目立つぐらいだ。

ポケットから本を抜き出して、テーブルの上に放り出した。

「あら？」

本のカバーのやや上に、レンズの形の穴が開いているのを見て、ママが上下のつけ睫毛をハエトリグサみたいに開閉した。

「あらら」

本もたまには役に立つ。

奴が短刀で刺したのは、この分厚い新書の上からだ。

「本が及川ちゃんを守ってくれたんだねぇ。これをあんたに買わせたヒトの愛の力だよ」

ママが乙女のようなため息を漏らす。そんなロマンチックな話でもない。奴の突進を止められないとわかった瞬間に、半身になり、スーツの衿を引っ張って、刃の来る先に本の入ったポケットを持っていった。たまたま本があったからそれを使った。それだけだ。モップがあればそれで応戦しただろうし、掃除用の洗浄剤があったら、そいつを奴の目をめがけて浴びせかけただろう。闘《ゴロマキ》いってのはそういうもんだ。

刃の痕がついた本を、ラブロマンスの小道具と勘違いしたママが、ぽってりした両手で撫でまわし、ついでに中を盗み見てから、裏返した。

カバーの裏側は真っ赤だった。シャツのしみが少ないのは、本が血を吸っていたからだった。ママが声を裏返す。

「ほらぁ、やっぱり。ノリコちゃん、松葉医院に電話」

11

誰かにつけ狙われるのは珍しいことじゃない。あちこちでトラブルを起こし続けてきた俺にとっては日常茶飯事ってやつだ。チンピラだった頃には、狭い街なのに出くわせば一戦交えることになる相手が何人もいた。あの頃の俺には、それが生きている実感ですらあった。

いまは、ヤクザ同士の大人の事情やら、俺と事を構えるとろくなことにはならないという噂が業界内で広まっちまったやらで、プロとしての喧嘩は減ったが、敵の数は増える一方だ。俺を叩きのめしたい奴の数は両手の指を折っても足りないだろう。

そう、いつものことだ。どうってことはない。

つまり何が言いてえかというと、命《タマ》を取られかけたからといって、逃げ隠れするのは俺の性分じゃないってことだ。オガタのとこの組員に刺された翌日の夕方も、俺はいつものように「出勤」の準備を始めた。

洗面所でタンクトップとスウェットパンツを脱ぎ、脇腹の肌色のテープを剝がす。縫い立ての傷が赤いムカデとなって腹を這っていた。相変わらず人の体を雑巾扱いしたいい加減な縫い方だった。

これでまた俺の体には醜い傷痕がひとつ増えたわけだ。刺青と数々の傷で、俺の体にはもう余白が少ない。義理の糞親父につけられたあちこちの火傷の痕もすっかり目立たなくなっている。

シャワーを浴びると、傷口がまたぐずぐずと痛みはじめた。

結局、七針縫った。松葉はあんのじょう病院の近くのスナックで酔い潰れていて、まずはこっちが医者の介抱をしなくちゃならなかった。肩を貸して診療所まで運び、水を張った洗面台に頭から突っこんで酔いを醒まさせた。針に糸をかけるのにとんでもなく手間取ったくせに、麻酔が効いていないうちに針を刺してきやがった。朝まで待って、いまじゃ通い慣れた大学病院へ行ったほうがよかったんじゃないかと、半ば本気で俺は思う。

深夜過ぎにヤサへ戻って、ただちに酒を飲みはじめたが、痛みが酷くなってすぐにやめた。眠れないから、血に汚れた本を窓の外が明るくなるまで読んだ。

この本の著者も、桐嶋も、ウィリアムズ症候群の子どもをやけに賛美し、擁護するが、大人になってからのことは言葉少なだ。子ども時代を過ぎてからの患者はどうなるんだろう。最終章にはそれが書いてあったのだろうか。乾いた血で貼りついちまったページを無理に剝がそうとしたら、ぼろぼろに破れてしまい、結局俺は本を最後まで読んでいない。

洗面台に立って髭《ひげ》を剃っていると、昨日の光景が頭に蘇《よみがえ》ってきた。いま思えば、鏡に映った時に確かめるべきだったのは、あいつの体格ではなく、鼻や耳の潰れ具合でもなく、どんな表情をしているかだったのかもしれない。してみると、相手の感情を察知できる能力は、ヤクザにとってもけっしてマイナスではない気がした。

顎の鬚を剃るために三面鏡を開くと、俺の背後の風景が三倍になった。いままで気にしたこともなかったが、真後ろの壁だけじゃなく、洗面所に入る半開きのドアも風呂場のドアも両方映る。

それに気づいたとたん、鏡面の向こうのその二つのドアの陰に誰かが立っているような錯覚に囚《とら》われた。三面の鏡の隅にまで目を走らせてから、自分の馬鹿さ加減を自分で笑う。

戸棚から洗濯用粉末洗剤のパッケージを取り出して蓋《ふた》を開け、粉の中へ手を突っこんで、中からビニール袋を取り出した。袋の中には油紙。油紙の中には、オガタからかすめ取った拳銃《ハジキ》が入っている。迷ったが、昨日の今日だ。念のためにこいつを持って出ることにした。寝室のティッシュ箱の底から弾丸も取り出す。

翼を用心棒として連れ歩けば、より完璧なのだが、昨日の晩も、日が暮れかかったいまになっても、コールバックしてこない。原発事故現場に行ったあの日以来、むこうからの連絡はないし、俺がかけてもいつもこんなだ。つながっても、「今日は無理っす」「はずせない用事があるんす」

別に正式に盃を交わした仲でもねえ。つれない相手にしつこく連絡する女みたいなことはしたくねえから、ほうっておいている。

ヤサのドアを閉める時には、下のほうにセロテープを貼っておいた。最初の刑務所《ムショ》暮らしの時、ヤクの売人に聞いた、誰も部屋に侵入していないことを確かめる方法だ。その話を聞いた時は笑い飛ばして、しつこく話を続けるそいつが鬱陶しくてぶん殴ったのに、ハジキを手にした翌日から俺もコンビニでわざわざセロテープを買って同じことをしている。自分のハジキを持つのは初めてだからの慎重さだろうが、なんだか情けなかった。しかも今日は持って出るっていうのに。ヤキがまわったか、俺。

鍵をかけた瞬間、背後に誰かの気配を感じて振り返った。

もちろん気のせいだった。ブロック塀の上で野良猫がこっちを睨んでいるだけだ。いつかの晩、俺が蹴り殺したはずの猫によく似た黒猫だった。死んでいなかったのか、あるいは化けて出てきたのか。

今日はカジノに顔を出すつもりだった。あそこに店を移してそろそろ三カ月になる。裏カジノはひとつ所に長居は無用だ。名義上のオーナーを呼んで新しい場所に移す相談をしなくちゃならない。役立たずで生意気な店長を首にするかどうかも。

タクシーで行くか電車で行くか迷った。組に納める金の計算をしなくちゃならない時期だから、無駄な金は使いたくなかったが、やっぱりタクシーを拾うことにした。ヤクザに電車は似合わない。いまの俺にはホームに立つ場所に気をつける必要もある。


タクシーが走る大通りは妙にざわついていた。夜だけ繁盛するこの街では珍しいことじゃないが、サイレンの音がやかましい。

カジノが入っている雑居ビルは、大通りから一本外れた脇道をしばらく行った先にあるのだが、曲がった先は珍しく車が混み合い、道が塞がっていて、いっこうに動きそうもない。

俺は車を降り、脇道を歩きはじめる。

何十歩も歩かないうちに、道の先が赤く染まっていることに気づいた。赤色灯が夜の化粧を始めたネオンより毒々しく街並みを照らしている。

最初は火事かと思った。そうじゃないことがさらに2《ツー》ブロック歩いてわかった。禍々《まがまが》しい赤色を灯しているのは何台ものパトカーだ。そいつらが樹液に群がる夜の甲虫のように、カジノのある雑居ビルへ鼻面を向けている。護送車まで横付けされていた。

俺は足を止め、通りの反対側へまわって近づいた。

野次馬の頭越しに雑居ビルを覗く。このくそ暑いのにこれ見よがしにPOLICEの文字が入ったジャンパーを着た男たちが狭いエントランスを出入りしている。そのうちにチーフディーラーが連れ出されるのが見えた。

やられた。

ガサ入れだ。

内偵が入った気配はなかったはずだ。奴らは長い期間をかけるから毎日店に行っていない俺でもそれはわかる。第一、摘発の情報はたいてい事前に、所轄署にいる、うちの組の「お友だち」から漏れてくるものだ。

誰かが密告《チク》ったに違いなかった。

誰だ？　俺のことを恨んでいる奴か？　だとしたら、心当たりが多すぎて、見当もつきはしなかった。

チーフディーラーも店長も、組や俺の名前を出したりはしないはずだった。そんなことをしたら、お役所が身の安全を保証してくれる懲役より、ずっと恐ろしいことが自分の身に降りかかることをよく知っているからだ。

上納金が滞《とどこお》ることを除けば、俺には何の問題もない、はずだ。

おとなしく身分を明かせば、たいていは客もヒラのディーラーもバニーも、写真を撮られるだけで帰される。カジノの実質的なオーナーらしく毅然《きぜん》とここに残って、そうした誰かを見つけて状況を確かめるつもりだったのに、俺の足は落ち着かなかった。心ではなく両足が、踵を返してこの場を一刻も早く立ち去ろうとしている。

顔なじみの所轄の刑事の姿が目に入ったら、もうだめだった。俺の爪先は180度回転した。

野次馬をかき分けて大通りの方へ足を急がせる。頭の中にいくつもの言い訳を思い浮かべて。

いまは組の大事の時だ。俺がこんなつまらねえことで引っ張られるわけにはいかねえ。俺のふところにはハジキが入っている。もし職質を受けたら、一発でアウトだ。三度目の懲役はごめんだ。いままでと違って俺はせっかく——

せっかく？　何がせっかくなんだ？

ごちゃごちゃの頭の中に、昨日の晩のあの男の姿が浮かんだ。今度会ったら、こっちが先にぶっ殺す、などと考えていたのだが、よく考えてみれば、俺はあいつの名前も素性もヤサも知らない。眼鏡を取ったらどんな顔なのかも思い浮かべることができなかった。

街を行き交う目の前の群衆のどこかに奴が紛《まぎ》れていてもわかりはしない。そう思っただけで俺の足はさらに速くなる。

喧騒から抜け出たとたん、後ろから誰かに呼び止められ、肩を摑まれる錯覚に陥った。

そいつは錯覚というには、あまりにリアルな映像をともなっていた。

その誰かは、振り向いた俺に笑い顔を見せる。そしてこう言うのだ。

「おい、及川」「頼也、ひさしぶりだな」「覚えてるか、俺を」「いつかぶっ殺そうと思ってた」「兄貴の仇《かたき》」「今度こそ死んでもらう」「娘を返してくれ」「こいつ、どっかに捨ててこいよ」「緒方がお世話になりました」

突然どこかから、俺の頭の中に冷却水が注ぎこまれた。昨日、刺された時と同じ感覚だ。

脳味噌から漏れたそいつが背中にも流れ落ちてくる。背骨が氷柱《つらら》になった。心臓が早鐘《はやがね》のリズムを刻む。

なんなんだ、この冷たさは。心臓の速さは。

遅ればせながら、久しく忘れていたこの感覚が何なのかを、俺は理解した。

これが恐怖ってやつだ。

12

「ドア閉めろ」

社長室に入るなりカシラに命じられた。その瞬間、俺は覚悟した。静かな声だったが、この人の場合、そういう時のほうがむしろヤバい。

「そこに座れ」

応接セットを顎の先で示す。格下の人間を座らせることはめったにない場所だ。ヤバイなんてもんじゃないほどヤバい状況だった。

カシラが向かい側に座る。浅く腰掛け、上体は前のめりになっている。どう見ても気楽な世間話をする座り方とは思えなかった。カシラが使っている盛大な整髪料の匂いが漂ってくる距離だ。

「自分が何をやったかわかってるな」

カジノが摘発《アゲ》られちまったことは一昨日報告した。その時ですら「まぁ、しかたねえ。後始末はちゃんとやっとけ」と駐車違反したクルマをレッカー移動されたぐらいの鷹揚さを見せた人だ。一時間前に突然呼び出された理由がひとつしかないことは、もうすっかりわかっていたが、とりあえずとぼけるしかなかった。「いいえ」

「いえ、じゃねえ」

カシラの前傾姿勢は俺に拳を届かせるためだった。手加減のないストレートに俺の体は背もたれまで吹っ飛ぶ。舌で探ると、歯が折れたのがわかった。

「なぜ殺《や》った」

どうしてバレちまったんだろう。俺の心の声を見透かしたようにカシラが言葉を続ける。

「緒方の車を運転してた半グレ野郎が、昨日街をうろちょろしてたのを、あっちの人間がとっ捕まえて全部吐かせたそうだ」

あの野郎。やっぱり埋めちまえばよかった。

「なぜやった。これ以上俺を怒らせるな」

「むこうの車が勝手に崖から落ちたんで」

カシラが身を乗り出して、俺に顔を寄せてくる。パーソナルスペースを超えた距離まで。

「そんなガキの言い訳が通用すると思うか？」俺の鼻先で首を左右に捻《ねじ》る。攻撃場所を探すボクサーのように。「あ？　ああ？」

また左の頬に拳が飛んできた。歯が舌の上に転がった。

カシラがテーブルの脚を蹴って立ち上がる。本当に蹴り飛ばしたかったのは、俺の顔面に違いなかった。

「これであっちとの手打ちの話は完全に消えた。どっかの糞馬鹿のせいでな」

歯を吐き出したりしたら、追加の拳か蹴りがくるだろう。俺は折れた歯をガムのように口の端に押しこめる。

「指《エンコ》、詰めます」

うちの組の慣例に従えば次は薬指だ。一本詰めるのは漢《おとこ》だが、二本詰めるのはただの馬鹿、と言う奴もいるが。

「いらねえよ、そんな汚ねえ指。いまどき指もらって喜ぶ相手がいると思うか？　差し出すなら、体ごと全部だ。ドンパチを回避するために、お前をあっちに渡せって声もある」

声ってのは誰の声のことだ。経済系の志村か？　俺を叩きのめしたい奴は、組の中にも何人もいる。

「車はどうした」

「処分しました」オービスに派手にナンバーが映っているはずのベンツは産廃処理場でスクラップにした。盗難車を乗り回していた人間から借金のカタに巻き上げたものだから、俺には辿りつけない、はずだ。「足がつくことはないかと」

俺の自信をこめた答えは、カシラの模範解答からはほど遠いようだった。

「馬鹿野郎。つかねえわけがないだろ。警察が動いてねえのは、お前みてえな小物にはいまんところ用がねえからだ。奴らはうちとむこうのドンパチが始まったら、いっきに一斉検挙の手札を出そうって腹なんだよ」

小物という言葉に傷つく暇も俺に与えず、カシラが言葉を続ける。

「お前を追ってるのが警察だけならまだいい。わかってるだろ。緒方んとこの若いのが、お前を狙ってる。あっちの本家の緒方に近かった人間にだって同じことを考えてる奴がいるだろうさ。このままじゃ、お前は今回の抗争の火種だ」

言葉を失った俺にカシラが言葉を畳みかけてきた。火種を吹き消そうとするように。

「消えろ」

この世から消えろっていう意味だと思った。おそらく俺は生まれた時からずっと他人にそう思われて生きてきた。だが、違った。

「しばらく消えろ」

「は？」

「は、じゃねえよ。みんながお前を追ってるんだ。誰にも知られねえとこに身を隠せ。いますぐだ」

海外？　いや、昔と違って二年前の原発テロ以来、前科者の出国チェックは格段に厳しくなっている。いろんな女を殴って別れてきた俺には匿《かくま》ってくれるような女もいない。

「まぁ、組長《オヤジ》に鉄砲玉が飛んできたのに、こっちから何もしねえってのも情けねえ。俺自身はやり返したことを誉めてやりてえよ」カシラの口調はいつもの落ち着きを取り戻していた。

「お前のことは俺がうまく納める。飛ぶ先のあてはあるか」

思わずカシラの顔を見返した。両頰で筋肉のすじがひくついている。俺の存在を肯定して笑いかけてくれているのか、本気で消してしまいたい怒りを押し殺しているだけなのか。カシラが何を考えているのかが、他人の感情をうまく読めない俺にはわからなかった。

「なんとかします」

あてがあるとすれば、あそこしかない。ヤクザ者の俺がいるとは思われない場所がひとつだけあった。

俺の鈍いはずの鼻からはカシラの整髪料のきつい臭いが離れない。ここしばらくのことのすべてが、桐嶋にしかけられた大きな罠であるような気がしてきた。

俺は考えていた。いつからだったろう。治療プログラムが始まるのは。

13

めったに使わない旅行用のバッグをさげて俺は高い塀を見上げた。

治療プログラムのための場所ってのは、脳科学研究所の隣に建つ、なぜこんな山の中につくる必要があるのか意味不明のだだっ広い施設だった。

コンクリート塀の高さは三メートル以上あるだろう。気に入らねえ。まるっきり刑務所《ムシヨ》だ。中の様子がわからないところもよく似ている。俺が立っている場所から見えるのは、見張り台に見える六角形の塔だけだった。

タクシーを停めさせたのは研究所の前だったが、真向かいにあるもんだと思っていた門が見当たらない。登り勾配の道の片側に、万里《ばんり》の長城《ちょうじょう》みてえに延々と塀が続いていた。

午後一時。雲がない空は忌《い》ま忌《い》ましいほど青く、てっぺんから降り注ぐ夏の陽射しは強烈だ。金色の矢になって昼の光に慣れていない俺のうなじを突き刺してくる。気温は三十度を軽く超えているだろう。

今年は猛暑だと、このところのニュースは暑苦しく繰り返している。「いままでにない異常気象」「地球温暖化のギアがついに一段階上がった」キャバ嬢たちですらそんな噂をかわし合っている。「食い止めるには原発を再稼働させるっきゃないんだって」「暑いもんねぇ。エアコンぜんぜん効《き》かない」このところの暑さが原発を昔どおりに動かしたい連中の格好の口実になっていることは俺だって知っていた。テレビではスーツ姿のコメンテーターだか評論家だかがしじゅう反対だの賛成だのと、エアコンの効いたスタジオの中でやり合っている。

フクシマの時と何も変わりゃあしねえ。同じところをぐるぐる回るゲームを延々と繰り返しているだけだ。糞ったれのこの世の中は、これからもずっとそうしていくんだろう。人間の世の中ってのがこの先もあるのなら。

だらだらした坂道を百メートルほど登った先で塀は台形にへこんでいる。そこに門があった。

へこみの側面に大学の名と『精神科総合医療センター』という文字が入ったプレートが掲げてある。高い塀に合わせた高い鉄柵《てっさく》の向こうに見えるのは、白い壁がまだ真新しい四階建ての建物だ。そこそこの大きさの街中の病院が、何かの手違いで山の中に移設されちまったように見える。手前の円形花壇ではひまわりが背の高さを競っていた。

半分だけ開いた柵をくぐり抜けると、かたわらの守衛室から制服姿の萎びたジジイが飛び出してきた。

「どちらへ行かれるの？」

俺は、痩せこけて背の低い、番犬の役にはまるで立たねえだろうジジイを見下ろす。サングラスをはずして、蟻ん子を踏み潰すように言った。

「ここへ来いって言われたんだよ」

「お名前は？」

「及川だ。及川頼也」

大サービスでフルネームを教えてやる。ここの教授に招かれたＶＩＰだ。しっかり覚えておけ。

「ここでお待ちを」

犬小屋へ戻るようにジジイが守衛室へ踵を返す。俺は敷地の中を見まわした。

万里の長城に囲まれているだけあって、この総合医療センターってとこは、とにかく広い。

正面の四階建ての左手に駐車場。右手の前庭の先は、塀よりも高い金網フェンスに囲まれたグラウンドになっている。高校の校庭並みの広さだ。テニスコートまである。だが、暑さにうだった地面が空気を歪ませているだけで、どこにも人影はない。

金網フェンスの先にも、グラウンドの奥の山裾に沿って建物が並んでいる。すぐそこの四階建てと同様の新築から、倒れた石碑に見える古びたものまで、高さも大きさも築年数もまちまちの建物がツギハギに繋がり、俺が歩いてきた下り勾配へ向かって不揃いな階段をつくっている。リゾートホテルみたいなもてなしを期待していたわけじゃないが、八週間を過ごすとこにしては、冴えねえ場所だ。

若頭《カシラ》に潜伏先のあてを聞かれた俺は、とっさにここを答えちまった。俺たちの縄張《シマ》から大学病院のある街まで車で一時間弱。街中からここまでは三十分足らず。高飛びにしては近すぎるが、ヤクザ者《もん》の目は届かないだろう。俺たちの業界の捜査網は警察より素早いという言葉は半分正しいが、ヤクザの鼻が利《き》くのは、同じ臭いのする人間の吹き溜まる場所にかぎられる。

それにしてもくそ暑い。冷や汗も労働の汗もかかない俺が、久しぶりに汗を流すほどに。

守衛はなかなか戻ってこなかった。なけなしの忍耐が切れかかったが、カシラの言葉を思い出して待ち続けた。

「いまのお前は起爆剤なんだよ。狭いシマの近くにいたらすぐにまた見つかる。そのとたんにこの街は爆発する。そして、今度こそ、お前は死ぬぞ」

　さすが高卒だけあってカシラはしゃれた言いまわしを使う。額を這う汗をぬぐうと、街中より少しは涼しい風が火照った肌をすいっと冷ました。

　ようやく戻ってきた守衛が歩く距離を俺の十メートル手前に節約して、前方に手をかざした。

「あそこで手続きできますんで」

　指さしているのは、なんのことはない正面の四階建てだった。このジジイは何のためにここにいるんだ？　訪問者の邪魔をして、ここは気軽に出入りできる場所じゃないって自慢するためか？

　バッグを握り直して俺は歩きはじめる。たいした荷物を詰めてきたわけじゃないがバッグは重い。中では酒が飲めないそうだ。何度も大学病院に電話をしてようやく捕まえた桐嶋は、俺が治療プログラムを了承したことを奴なりに喜んでいたのか、スマホの向こうで「外出許可を取って外で飲むぶんには黙認するしかありませんが」と気前良くルールの抜け道まで伝授してきた。だから、とりあえずアルコール度数70度のウォッカのボトルを二本、鞄の中に詰めてきた。拳銃と五発の弾丸も。

　ひまわりが太陽に向かって咲くって話は嘘っぱちだ。呆《あき》れるほど背の高い田舎のひまわりがてんでんばらばらの方向から俺を見下ろしていた。

サングラスを額に載せた俺は、自動ドアを抜けた真正面のカウンターに肘を突き、事務の女に声をかける。

「予約した及川だ。チェックインしたい」

女は俺のジョークにくすりともしなかった。

「そちらの1番の診察室にお入りください」

右手に続く廊下には、馬鹿でかい番号が直接描かれたドアが並んでいる。ルーレットテーブルみてえに。おかげで摘発《ガサイレ》されたカジノのことを思い出しちまった。誰かが密告《チク》ったのは間違いないが、あれからの数日間、家《ヤサ》に身を潜めていた俺は動くに動けず、どいつのしわざなのかはつきとめられなかった。

くそ忌ま忌ましい。犯人がわかったら、容赦はしねえ。今度こそ誰にも知られずにこの世から消してやる。知り合いのブリーダーの犬舎に持ちこんで大型犬の餌にするってのが、いまのところのベストプランだ。もちろん死体を細切れにして与えるんじゃねえ。生きたまま餌にするのだ。

診察室には誰もいなかった。ここで待てってことか。

大学病院に比べたら狭くてモノが少ない部屋だった。診察室ってもんにすっかり慣れた俺は、デスクと向き合う椅子に座り、背後のキャスター付きの籠《かご》に鞄を置く。そして、ここに来てやった見返りとして、桐嶋にどんな条件を呑ませるかを考えた。

その一、酒はやめない。とはいえ外で飲むのはいまの俺の場合、ヤバい。女のいる店なんぞに入ったら、いっぱつで業界の捜査網にひっかかっちまうだろう。だからこん中への酒の持ちこみを認めさせる。

その二、当然、個室だ。「所定の場所なら喫煙可」だそうだが、あいにく俺は「所定」ってのが大嫌いだ。煙草は部屋で吸う。文句は言わせねえ。

その三、女を連れこむのも黙認――まぁ、これは諦めてやってもいい。俺にとっちゃあ、酒のほうが大事だ。酒さえあれば、短期間の懲役を食らったつもりで、しばらくは女を我慢する。あるいは看護婦をこます。

その四を考えていると、背後でドアの開く音がした。

「よお、来てやったぞ」

後方に首をねじ曲げた俺は、その姿勢のまま固まってしまった。

てっきり桐嶋がやってくると思っていたのだが、入ってきたのは、白衣を着た女だった。

俺のセリフに驚いた様子も見せずに、デスクの向こうに座った。肩下まで垂らした黒くてまっすぐな髪を片手で押さえて手もとの書類を読み、目を落としたまま声をかけてきた。

「及川さんですね」

間違えて声をかけたカッコ悪さを誤魔化すために、俺はことさら椅子の背にだらんと体を預けて、鼻笑いとともに訊ねる。

「あんた看護婦、じゃねえよな」

齢は俺と変わらないだろう。目鼻だちがくっきりしていて眉毛が濃い。病院より南の島が似合いそうな女だった。胸にさげた名札には『比企』という文字が入っていた。苗字のはずだが、なんて読むんだろう。女の顔が今度は立ち上げたパソコンに向く。俺の顔は見ようとしない。

「医師です。どちらにしても、看護婦という呼び方は適切ではありません。看護師です」

百も承知だ。世間の良識ってやつにつきあいたくないだけだ。看護婦を看護師にしちまったら、その手のマニア向けのイメクラもAVも、売り上げがガタ落ちになるだろう。

「及川頼也さん。三十二歳。アルコール依存症の改善のために入院をご希望、ですね」

「ちょっと待て」

「何か？」

ようやく視線を合わせてきた。ごま粒みたいな目を倍に見せかけているキャバ嬢たちと違って、ごく普通の化粧しかしていないのに大きな目だった。

「ご希望なんてした覚えはねえぞ」

「では、ご家族の要請ですか？」

「家族はいねえ」

ヤクザ者の匂いをわかりやすく振りまいている俺を気にかける素振りもない。桐嶋から話を聞いているに違いなかった。

「わかってるんだろ、本当は？　俺のこと」

「はい？」

見つめ返してくる瞳は色が薄い。紅茶みたいな色だ。医者にしちゃあ、いい女だった。ここに勤めているのなら、女はこいつを現地調達しよう、俺はのん気にそう考えていた。

「初対面の人間に自分を知られてしまっている、そう感じるということでしょうか」

質問票を読み上げるような抑揚に乏しい口調だった。俺の答えを回答欄の選択肢に当てはめようとしているような。

「そういう意味じゃねえよ。俺はただの患者じゃねえんだ」

「自分を特別な存在とお考えになることは多いのですか」

「なぁ、桐嶋はどうした？」

「桐嶋先生？」女の表情がかすかに動いた気がした。だが、俺の扁桃体には読み取れなかった。「今日はこちらには来ていませんが」

「電話で話をつけてある。今日、ここに来いって言ってたぞ」

「桐嶋先生としかお話しになれない？」

苛立った俺の左足が貧乏ゆすりを始めた。

「俺は桐嶋に頼まれてここに来てやったんだぞ」

「頼まれて来てやった——なぜ、そう思われるのですか」

「あいつの研究のためじゃないのか」

女は真顔で俺の言葉を復唱した。

「研究のため」

俺が何かおかしなことを口にし、それを記録でもしようというふうにキーボードを叩きはじめる。カシャカシャカシャカシャカシャ。

「おい、いちいちメモしなくていいよ」

カシャ。女医の手が止まり、こちらに向き直る。

「簡単なテストをさせてください」

「もうテストはいろいろ受けているよ、桐嶋から」

「桐嶋」

女がまたおうむ返しをした。俺が同じ名前を何回、口にするかをカウントするように。何かの依存症だか心の異常だかを探るように。「桐嶋」という男が俺の妄想で、そんな人間は初めからここにはいない、そんな気すらしてきてしまう。

「まぁ、いいや、で、テストってのはなんだ」

「入院するに当たって、あなたのいまの状況を把握しておく必要があります。そのための検査です」

「手短に頼むわ」

俺の言葉を待っていたように背後で人の動く気配がした。いつから部屋にいたのだろう、年配の看護婦が猫のように音もなく俺の前に姿を現した。デスクに紙束を置く。女医はパソコン画面を回転させて俺のほうに向けた。

画面いっぱいにインクのしみのような図形が広がっていた。

「これ、やったことがあるぜ」何度も。昔々、児童相談所に保護された時が最初だ。十六の齢に鑑別所《カンベツ》に送られた時もやらされた。その時はカード形式だったが。「ローレルなんとかだろ」

「ロールシャッハ・テストです」

「ああ、それだ。ろくなもんじゃねえ」

インクのしみが何に見えるかを答えるテストだ。あんなもので心の中がわかるなら苦労しねえ。何をどう答えようが、医者にとって都合のいい解釈ができるようになってやがるんだ。児童相談所の時と、鑑別所の時、同じ図形に別の答えを口にしたのに、結果はまるで同じだった。「情緒不安定」「心に闇を抱えている」

「こんなもんで俺の何がわかる？」

俺は色素の薄いエキゾチックな瞳を覗きこんだ。女医は肉厚のせっかくのセクシーな唇を色気のかけらもない言葉のために動かす。

「ここでのあなたへの対応の指標にはなります。検査に非協力的に見えるいま現在の態度も含めて」

「やりたくねえって言ったら」

紙束に何やら書きつけを始めた女医が、顔も上げずに言った。

「このままお帰りになりますか？」

おお、帰らしてもらうわ。その言葉を俺は喉のとば口で押しとどめる。正直に言えば、匿《かくま》ってくれる人間がどこにもいない俺には、ここ以上に安全な潜伏先は思いつけなかった。どこに身を隠しても独りでは、生活のために外に身を晒さなくちゃならない。

俺は画面に目を凝らす、ふりをした。

黒いしみが羽根のように左右対称に広がっている。前にも見たことがある図形だ。その時は確か『毒蛾』と答えた俺に試験官が眉をひそめた。

「女だな」

「女」何の感情も示さずに女医が復唱する。

「ああ、背中に羽根飾りをつけたストリッパーだ」

女医は手元の紙束に生真面目に俺の答えを書き留めている。俺は舌なめずりをして言葉を続けた。

「服は着てねえ。すっぽんぽん。お×××丸見え」

女の表情を窺ったが、何の変化もなかった。ペンを走らせる動きも鈍ったように見えない。

「あんたも似合うだろうな、こういう衣装」

おそらく俺の言葉を正確に書き記してから、女が口を開いた。

「他には？」

面白くねえ。

「それだけだ」

「では、次です」

二枚目の画像が映し出された。今度は色付きだ。二つの黒い塊の中に赤いしみが散っている。似たような絵柄を鑑別所の時にも見せられて、『血飛沫《ちしぶき》』と答えた。たちまち少年院送致になった。

『処女をやっちまったあとの股ぐら』という答えを思いついたが、この女はどうせ涼しい顔でメモするだけだろう。最初に思いついた感想をそのまま口にした。

「顔だな」

さっきに比べれば、多少の反応があった。

「顔？　誰の顔ですか？」

緒方の顔だ。だが、言えるわけがない。

「誰だかわからねえ。頭から血を流した顔だ」

三枚目。

「これも顔だ」

広がったしみの真ん中のふたつの穴が目に見える。車のトランクの中から光を失った目で俺を見上げてくる顔だ。ペンを走らせる音が聞こえた。

四枚目。

「顔」

そろそろ女医が何か言ってくるだろうと思った。まじめに答えろ。だが、黙ってメモをするだけだ。俺はマジだった。一度、頭に思い浮かべちまうと、どのしみも緒方のあの時の顔に見えてくる。

緒方を死なせたことを俺は何とも思っちゃいないし、最近はあの日のことを思い出すこともない。心の中からは消えても、脳味噌の奥にはしっかり刻み込まれているってことなのか。

「では、次です」

「なぁ、もういいだろう」

「あと六つです」

集中力って言葉とは昔から無縁の俺はすっかり飽きてしまって、後は適当に答えた。画面が出る前に答えちまった時には、さすがにやり直しを食らったが、それでも残り六つのうちの三つの答えが「顔」だった。

モニターをもとの通り自分のほうへ戻すと、女医は手の中でくるりとペンを回した。

「今度は現在の症状について、質問させてください」

「話すことはねえ。桐……いや、大学病院でさんざん話した。特に変わりはねえよ」

「改善の兆《きざ》しは」

「ないね」

「困りましたね」

「もういいよ。入院でもなんでもいいから、俺をここに入れろ」

女医が俺の顔を見返してきた。

「いいんですか」

何の感情も浮かんでいない顔に、俺はウインクを返してやった。

「わかりました。同意書にサインしていただけますか」

同意書？　ったく面倒臭え。

「名前を書けばいいのか？」

「ええ」

女がピンク色の舌で唇の端を舐める。そうそう、あんたにはそういうしぐさのほうが似合うよ。

「相部屋じゃねえだろうな。俺は個室じゃなきゃダメだぞ」

「そうですね、及川さんの場合、とりあえずは一人の部屋に入っていただいたほうが良さそうですね。他の患者さんと協調性が保てるようでしたら、大部屋に移すことも検討します」

「他の患者？」どんな奴が何人ぐらい参加してるんだ？　桐嶋からは聞いてない。「いいよ、ずっと個室で」

「そうですか」

女医が横顔で答える。

「部屋に案内してもらおうか」

背後の籠に入れたバッグを手に取ろうとして振り向いた俺は、それが消えていることに気づいた。

「おい、俺の荷物をどうした」

「預からせていただきました」

さっきの看護婦の姿が部屋のどこにもない。

「勝手なことすんじゃねえよ」

女医が紅茶色の瞳で俺の顔を覗きこんでくる。

「ご心配なく。当方のスタッフが病棟のほうに運んでおきますので」

「そういう問題じゃねえだろ。人の荷物だぞ」

大切な荷物だ。ハジキを隠したのは、バッグの底だ。底板と布との間に切れ目を入れ、ラップと油紙にくるんだやつを押しこんである。平らに見せるために隙間にプチプチクッションを詰めてから、痕跡が残らないように縁革の裏で縫い合わせた。こう見えて針仕事は得意だ。ムショの工場で縫製の刑務作業をしたことがあるからだ。

女医が大きな目を細めた。

「何か問題でも？」

答えにつまった。が、それは一瞬だけだ。俺はひと呼吸の間に三つぐらい嘘を思いつける。

「スマホが入ってる」

「入院中は携帯電話もお預かりします。ご心配なく。外部との連絡のための専用の固定電話がありますので」

「聞いてねえよ」

「でも、どちらにしても、施設内では外へは電波は届きませんよ」

あまりしつこく抗議をすると、怪しまれちまう。俺は苛立ちを薄笑いで隠した。まぁ、年寄り一人が守衛をやっているような場所だ。空港のようにいちいちX線で中身をチェックしたりはしないだろう。

「案内の人間が来ますので、少しお待ちください」

俺は皮肉をこめて言ってやった。

「なかなかサービスのいいホテルだな」

女が初めて笑いらしきものを浮かべた。ジョークなのかどうかよくわからない口調で言う。

「ようこそ。総合医療センターへ」

俺にとっちゃあ人生で二度目の入院だ。

初めての入院は、児童相談所の保護施設に行く前。糞親父の俺への暴力が発覚した時だった。殴り倒されてテーブルの角に頭をぶつけて脳震盪《のうしんとう》を起こしたのだ。たまたま騒ぎを聞きつけた隣の家のバアサンが警察に通報し、救急車も呼ばれた。

俺にはいつものことだったが、大人たちは大慌てで俺を入院させた。糞親父は自分で転んだんだと言い張り、母親は奴の片棒を担いで嘘泣きをした。

病院は天国だった。俺は生まれて初めて人から甘やかされた。頭が痛むとひとこと言えば医者がすっ飛んできた。看護婦たちは母親とは大違いで、咳をすれば背中をさすってくれ、眠れないっていやあブランケットの上から胸を叩いてくれた。

病院の飯はまずい、と文句を言う奴は多いが、俺にとっちゃご馳走だった。カップ麺や菓子パンや冷えたコンビニ弁当ばかり食わされていた俺には、温かい米の飯が三度三度食えるだけで贅沢だった。いつまでも入院していたかった。ここが自分の家ならいいのに。九歳の俺はそう考えたもんだ。

それからも俺は、体のいたるところに傷を負い続けたが、医者には行っても入院なんてしたことはない。手負いの獣《けもの》と同じだ。ただじっと身を潜めて癒えるのを待つ。いまでもそうだ。

　正直に言えば、病院に入ることを俺は心底嫌がっているわけでもなく、心の奥底だか脳味噌の器官のどこだかでは、九歳のガキの俺がほんの少し胸をふくらませていた。

「なぁ、あんた」

　女医を口説く手はじめに、今日は何時に上がるんだ、と聞こうとしたとたん、ドアが開き、複数の足音が入ってきた。

　白衣の男二人だった。襟なしの半袖の白衣で、どちらも医者にしては若い。

「看護師が個室までご案内します」

　なるほど。大学病院では見かけなかったが、男の看護婦っていうのもいるところにゃいるわけだ。

　小柄なほうが先に立ち、図体のでかいもう一人が俺の後ろをついてくる。悪くない。ボディガードを連れ歩く幹部になった気分だった。

　案内される部屋というのは、この建物の上階にあるとばかり思っていたのだが、先に立つ男はエレベーターホールを素通りして一階の奥へ向かっていく。

　全面磨《す》りガラスの扉の前で立ち止まる。ドアホンのようなものに首から下げた身分証明書をかざすと、扉が横に開いた。

扉の先は長い廊下だ。窓の外には入る時に見たグラウンドが広がっている。

廊下で二人連れの看護婦とすれ違った。一人がでかい胸にバインダーを押し当てて会釈をしてくる。病院じゃ見かけねえだろう珍種の俺に興味津々《きょうみしんしん》って目つきだった。さっきの愛想のねえ女医より、ウブな看護婦のどれかをモノにするっていう手もありそうだな。この先の八週間がそう悪いものではないように俺には思えてきた。

落ち着かなくなるほど清潔な廊下を歩いた先にまた扉があった。

前を歩く男はドアホン風の機械に、身分証ではなく親指を押し当てた。

また廊下が続いている。さっきより狭く、窓がない。昼間なのに照明がついていた。まるでトンネルの中をくぐり抜けているような気がした。

「なぁ、まだかよ」

小男の背中は答えない。後ろのでかいほうが声を出した。

「え、え、えー、──室はD棟になります」

なに室だって？　詰まり言葉のうえに体に似合わない舌たらずな喋り方だったから、よく聞き取れなかった。

窓のない廊下は途中で下りの階段になる。消毒液の臭いが鼻をつく。処方されている何の薬の影響なのか、ここ最近の俺は、以前より嗅覚が鋭くなった。

階段を降りると、また扉。今度は鉄扉だ。病院の神経質な手入れでも消しきれない錆が浮いている。

「おい、どこまで歩かせる気だ」

立ちどまった小男がようやく声をあげた。

「もう、この先ですので」

今度は鍵束を取り出して扉を開けた。

また廊下だ。扉と大差ない幅の、短い廊下だ。片側にドアが並んでいる。磨りガラスが嵌めこまれた格子戸が三つ。看護師が振り返って言った。

「ベルトをはずしてください。入室する前にベルトをお預かりします」

「なんでそんなことしなくちゃなんねえ」

生真面目に髪を七三分けにした小男は、俺の顔を見ず、壁の火災報知機に返答するように言う。

「いちおう規則ですので」

「俺が自殺するとでも？」

「可能性はゼロではありません」

「あんだと、この野郎」

胸ぐらを摑みかけた時、背後からゴム底の靴音がした。

三人目の看護師が現れた。坊主頭のがっしりした体格の男だった。二十代に見える二人より少し年上だろう。俺に向けてくる目つきが悪い。白衣を着ていなきゃあ、まるで俺たちの業界の人間だ。

三人に囲まれた俺は、鼻を鳴らしてベルトを外した。

「かわりに荷物を返してもらおうか。着替えが入ってる」

「バッグは病棟のロッカーのほうでお預かりしています」

「ざけんな。いますぐ寄こせ」

小男が何やら耳打ちをすると、大男が鉄扉の方向へ戻っていった。それでいい。最初から素直に言うことを聞きゃあいいんだ。小男が俺を見上げ、初めて目を合わせてきた。

「とりあえず中へお入りください」

いちばん手前のドアを坊主頭が押さえて待っていた。ヤクザの三下《さんした》みたいにうやうやしく。まぁ、いいだろ。

「すぐに持ってこいよ」

看護師どもを睨みつけてから、部屋に入った。

四畳半ぐらいの狭苦しい部屋だ。壁も床も茶色で、ベッドはなく直接布団が敷いてある。窓は正面のかなり上方にひとつきり、換気扇ほどの大きさに開いているだけだった。そこに鉄格子が嵌まっていることに気づいた俺は、吠《ほ》えた。

「んなんだあ、ここはあっ」

振り向いた俺の鼻先でドアが閉まる。鍵をかける音がした。

「ちょっと待て、こらあぁっ」

ドアをぶっ叩いた。ガラスをぶち割るつもりで格子の隙間に拳を打ちつけた。ぶち割れそうになったのは拳の骨のほうだった。ガラスじゃなかった。強化プラスチックだ。

「おい、開けろ。おいっ」

まだドアの外にいることはわかっていた。半透明のプラスチックの向こうに薄ぼんやりした影が動いている。

「話が違うぞ。待てよ、おいっ」

小男の声が聞こえた。

「お静かに。保護室への隔離は一時的な措置です。状態が改善されたら開放棟に移しますので」

改善？　なんだそりゃあ。移す？　俺はモノじゃねえ。

くそっ。俺はドアを蹴りつけた。何度も。くそっ、糞っ、糞っ。

「開けろ、開けろよ、こら、おい」

輪郭しか見えない人影が消え、足音が遠ざかっていく。

糞。糞。糞。糞。

ドアを蹴り続けた爪先が熱を帯びて疼き続けている。靴を脱いだら、靴下に血が滲んでいた。

叩き疲れ、蹴り疲れ、喚き疲れた俺は、床の上の布団に体を投げ出している。布団と言っても俺には小さすぎるマットレスと、薄っぺらなタオルケットだけだ。マットレスは湿気《しけ》っていて、指で押したら妙な汁が滲み出そうだった。タオルケットからは安物の洗濯洗剤の甘ったるい臭いがする。全身の力は萎《な》えていたが、頭の中は沸騰寸前だった。騙しやがって。ふざけやがって。ただで済むと思うなよ。

壁の向こうから叫び声が聞こえる。ここの並びの部屋のどこかからだ。男か女かもわからない甲高い、動物じみた叫びだ。言葉にはなっていない。まともじゃねえ。

俺はようやく気づいた。精神科総合医療センターって名前のここが、ようするに精神病院だってことに。桐嶋の奴、ここの医者にちゃんと事情を話しているのか？　几帳面《きちょうめん》ぶってるくせして、いい加減な野郎だ。後で叱ってやらねえと。

いま何時だ？　俺は時間はスマホでしか見ねえし、この部屋には時計なんてない。もう半日は経った気がするが、天井近くの窓からはまだ陽が射しこんでいて、部屋に斜めの光の柱をつくっている。冷房は入っているようだが、部屋は暑苦しく、俺はたっぷり汗をかいていた。

見上げる天井は青色に塗られていて、ところどころが白い。空と雲を描いているつもりらしい。壁の茶色はよく見りゃあ、木目模様になっていた。試しにぶっ叩いてさらに拳を痛めてしまってから、コンクリートに木目の壁紙を貼っただけだってことに気づいた。

この汚ねえ部屋を、青空の下の木々に囲まれた心やすらぐ空間、とでも言って欲しいのか？　馬鹿にしやがって。部屋の色を抜かせばムショの独居房と変わりゃしねえ。片隅に囲いのない便器が据えられているのも同じだ。

誰かの叫び声がやんだと思ったら、足音が近づいてきた。ここのドアの前で止まる。

「遅えぞ、桐嶋。この借りは返して——」

ドアは開かなかった。床との間の十五センチほどの隙間から何かが差し入れられる。トレイだった。紙製の器に、水と米の飯と味噌汁と鯵フライが載っている。

夕飯？

「糞ったれがぁ」

俺はトレイを蹴り飛ばした。トレイまで紙製だった。べふ。間抜けな音を立てて、器が宙を飛び、ぬるい味噌汁が顔に降りかかった。

舐めやがって。俺を誰だと思ってる。ここから出たら、てめえら皆殺しだ。生きたままドーベルマンの檻に放りこんでやる。

半透明の格子戸に映っていた水底の魚影みたいなシルエットがふいっと消えた。

「おいっ、待てや、こらぁ」

拳でドアを叩き、靴のない足で蹴り上げた。あ痛っっ。爪先に激痛が走る。足音が遠ざかっていくのがわかった。

「おい、ここから出せ。出せ、出せ、出せ出せ出せ」

鉄格子の窓が床に落としていた格子縞の光が淡くなると、天井に嵌めこまれた蛍光灯が勝手に灯り、ほどなく窓の外は真っ暗になった。

夕飯のトレイを蹴り飛ばしたことを俺は後悔していた。酷く喉が渇いていた。そして腹が減っていた。

食欲なんてものを感じるのは、久しぶりだった。酒ばかり飲んでいるふだんの俺は、飯らしい飯を食わないのに、空腹とは無縁だ。今日も朝飯は食っていない。昨日の夜だって乾き物を口にしただけだ。昔は心配してくれる女の一人や二人はいたが、カロリーは酒で摂っている、と取り合わなかった。俺に食わせようと女が手料理なんぞをつくると、まして「おふくろの味みたいなのにしてみた」なんてほざこうものなら、皿をひっくり返して、女の頬を張った。

そうか、腹が減るってなぁこんな感じだったっけ。

俺はムショのことを思い出していた。

刑務所ではいつも腹を減らしていた。昼間の作業の軽重によって主食の量は変わるが、酒を飲まない時の俺には少なすぎた。看守の嫌がらせで軽作業の縫製に回された時には、たまらなかった。量を水増しするために何十回も麦飯を噛んだ。休日の夕飯は午後四時には出されたから、鳴る腹を抱えて一晩じゅう翌朝の飯のことばかり考えた。

俺だけじゃない。受刑者はみんなそうだ。派手な刺青をしょったヤクザたちだって飯の盛り加減に執拗に文句をたれ、一食分用のちっこいジャムのパックひとつをめぐって喧嘩になった。

十六で鑑別所に送られ、少年院に入ってからの十数年の半分は塀の中だった。結局、俺は人生のほとんどの日々で飢えていたわけだ。食い物だけじゃないいろんなものに。

だから出所したとたん、土からようやく這い出た夏の蟬《せみ》みたいに、娑婆《しゃば》では生き急ぐ。浴びるように酒を飲み、とっかえひっかえ女を抱き、看守に逆らえず顔色を窺っていた情けない過去をちゃらにしたくて、誰かれかまわず人を殴る。

いつか翼には「住めば都」だなんて言ったが、とんでもねえ。刑務所は押入れだ。ガキの頃の俺が閉じ込められた押入れと同じ。泣こうが喚こうが、外へ出ることはできない。自分の体が自分の自由にならない。この先、自分がどうなるかは、他人に勝手に決められる。

ヤバいヤマを踏むたびに俺が恐れるのは、罪悪感ってやつでも、世間の白い目でもない。懲役は食らいたくない。刑務所には戻りたくない。それだけだった。首輪を嫌がる犬と一緒だ。

ころがった紙コップと味噌汁の器を拾って、わずかに残った水と汁をすする。よけいに喉がひりついた。

ここには、ムショの独居房ですらある流しも水道もない。だが、自分でトレイを蹴り飛ばしておいて、水をくれなどと言いたくはなかった。

便器の水を流し、濁り水を新しいものに替えてから、すくって飲んだ。

喉の渇きが癒えると、空腹がますます激しくなった。次にいつ何が食えるかわからないという不安が警告ブザーとなって腹を鳴らす。水が手に入ったら、今度は食い物。これも脳味噌の中のどこだかから送られてくる信号に操られているせいか。

床に転がっている鯵フライを拾い上げて、手づかみで食った。夜の繁華街で、脱ぐための服で着飾った女たちをはべらして高級ブランデーを飲んでいたのが、遠い昔に思える。

鯵フライを尻尾まで食い、指を舐める。自分の手が震えていることに気づいた。

ひとたび震えを自覚すると、ますます酷くなった。指をくわえた歯がかたかたと鳴りはじめる。

慌てて引っこ抜く。右手が病気持ちのジジイみたいに小刻みに揺れていた。左手で押さえつけると、震えがさらに酷くなった。左手も震えていたからだ。体中から新しい嫌な汗が滲み出てきた。

酒が切れたのだ。

食い物の次は、酒だった。

全身の細胞がアルコールの渇きを訴えて、ふつふつと泡立つ。体じゅうの毛根が口になって叫んでいる。

酒、酒、酒、酒。

手の震えが伝染して、寒くもないのに、汗をかいているのに、全身が震えた。

酒酒酒酒酒酒。

俺はドアの前で犬のように這いつくばり、十五センチの隙間に顔を押し当てて叫ぶ。

「出せ、ここから出せ」

返事もやってくる足音もなかった。俺の声に唱和するように、どこからかの言葉にならない獣の喚きが始まっただけだった。俺は絶叫していた。

「出てこいっ、桐嶋ぁ」


部屋の隅にコード付きのボタンがころがっていて、おそらくそれがナースコールのようなものであることには、だいぶ前に気づいていたが、何度押しても誰も来なかった。わざと無視していやがるに決まってる。最初に気づいた時、腹立ちまぎれにしつこく押しすぎたからかもしれない。

今回は、長い間——俺の感覚では二時間——待ってからボタンを押した。

「おーい、ちょっと、誰かいないかぁ」

自分でも薄気味悪くなる猫撫で声で、ドアの外に呼びかけた。

どこだかはわからないが、奴らは声の届く場所にいるはずだ。日が暮れたばかりの頃、すぐ近くの独房で意味不明の叫びをあげていた奴が「苦しい、苦しい」と人間の言葉で呻《うめ》きはじめたとたん、看護師が飛んできて、ドアを開ける音がした。

もう一度ボタンを押し、ドアに頬を押し当てて声をあげる。ことさら弱々しく、だが、きちんと届くように喉を絞りあげて。

「おーい……体が変なんだ。誰か……来てくれ」

ようやく足音が近づいてきた。プラスチック越しに看護師のシルエットが映る。

「だいじょうぶですか」

ここととムショに何か違いがあるとすれば、応対の言葉がていねいなことだけだ。礼儀正しい看守のいる刑務所は俺の知っているかぎり、この世のどこにもない。

「……震えが……止まらないんだ」

本当だった。半分は。体の震えはまだ止まらない。とはいえ、いまこうしているように、握り拳をパンチの形に固めていれば多少は抑えられる。

「冷房はもう切っていますが」

「そうじゃない。暑いのに体が震える」

いだ。

「では、薬を持ってきます。大学病院で処方されているものでいいですね」

「いや、こんなの初めてだ。いつもの薬じゃだめだ。医者に診てもらえないかな」

しばらく返事はなかった。二、三度咳きこんでみせると、ぼんやりした人の形の影が揺らいだ。

「お待ちください」

ああ、待ってるよ。ドアのすぐ裏で。

俺は片手に靴下をぶら下げていた。靴下は爪先で丸くふくらんでいる。中に入っているのは紙製のトレイと器をちぎって水に浸し、がちがちに固めた野球のボールほどの塊だ。水で濡らせば、ただの紙が重く硬くなる。十二オンスのボクシンググローブで殴るぐらいの衝撃は与えられるはずだ。

素手で殴ったほうが話が早いのだが、俺の手は震えているし、ドアを叩いたときに痛めてしまっている。しかも相手は複数。何人いようが素人は、こっちが武器を手にしていると知っただけで戦意を喪失するものだ。

上着のポケットの中には、靴紐をほどいて繋ぎ合わせたものを突っこんである。こいつは首を絞めるか、誰かをふん縛るために使う。

ヤクザを舐めんなよ。俺はここを腕ずくで抜け出すことにした。

抜け出したところで、騒ぎを起こしてしまった自分がその先どうなるのか、なんてことはもう頭の中からは消し飛んでいた。

頭に浮かんでいるのは、三つのロックアイスを浮かべたタンブラーに縁いっぱいまで注いだウイスキーだけだった。一杯の酒さえ飲めれば、それでいい。そのあとで警察に追われようが、ヤクザもんに命を狙われようが、かまやしねえ。そん時はそん時だ。

手製のブラックジャックを握って息を潜めていると、複数の足音が聞こえてきた。

「及川さん、どうしました」

女の声だった。昼間の女医に違いない。

好都合だ。ここを脱出するためのいちばんの問題は、この部屋に来るまでに通ってきたいくつかのドアをどうやって突破するかだったのだが、女を人質に取れば、話は早い。看護師どもはしょせん素人だ。ちょっと脅しをかければ、鍵やらなにやらを全部こっちに差し出すに違いない。

「体がおかしいんだ……悪寒が……止まら……」

激しく咳きこむ、ふりをして格子戸の脇の壁に体を張りつけた。

「入ります」

女医の声に続いて、解錠の音。ドアが開いた。

俺は本能的な素早さで作戦を描く。まず女医の首根っこを左のひじで捕まえる。そして右手のブラックジャックを振りまわし――

最初に入ってきたのは、大男の看護師だった。

問題ない。俺の脳味噌は戦闘状態の時のほうが素早く冷静に回転する。

俺より数センチ高い奴の顎に下から振りかぶったブラックジャックを浴びせた。

「あぅちゃちゃあ」

滑舌の悪い悲鳴をあげた大男を突き飛ばし、片足を外へ突き出してドアが閉められるのを防ぐ。

女医は離れた場所で腕組みをして突っ立っていた。はだけた白衣の下に青いワンピースが覗いていた。看護師はもう一人だけ。昼間の小男だ。

短い両手を広げて俺の前に立ちはだかった小男を片手でなぎ払う。邪魔だ、どけ。腕組みをしたままの女医が薄茶色の目を見開いた。

「俺はここから出る。文句は言わせねえ」

左手で靴紐を取り出そうとしたら、小男が背後からとりすがってきた。

「落ち着いてください」

左手がポケットから出ない。小男に手首を摑まれたのだ。

「放せ、てめ」

体を後ろにねじるより早く、奴は俺の背中に回る。俺の左手はLの字に曲げられた。曲げた腕を俺の背中に押しつけてくる。下手に動かすとたぶん腕は折れる。

油断した。小男には何かの格闘技の経験があるようだ。小せえくせにやけに力が強い。ヤクザのような天然の腕力じゃなく、健全に鍛え抜いた体の強さだ。

しがみついている小男もろとも背中を壁にぶち当てた。一発、二発。

三発目で手首を握る力が緩む。シロウトにしちゃあよくやったが、そこまでだ。

たっぷり反動をつけて四発目を食らわすために前のめりになった時、小男が叫んだ。

「ツナギだ。ツナギ」

それに呼応するように、戦意を喪失していたはずの大男の声が聞こえた。

「と、とくべちゅ、ほ、ほ、ほぎょこういぃ、認めてくださあい」

何を言ってるのか知らねえが、まとめてかかってこい。小男を背中に乗せたまま、蹴りを入れるために大男のほうに向き直る。

女医の声がした。腕組みをしたままだった。

「特別保護行為、認めます」

俺の蹴りが入るより早く、大男の長い腕が腹に伸びてきた。

脇腹に激痛が走った。腹筋を腹からつまみ上げられて握り潰されるような痛みだ。痛みはたちまち背骨を這い上がり、脳天まで突き抜ける。脳味噌の回路が切れたように体から力が抜けた。

チンピラ時代に、対抗チームに拉致されて食らったことがあるから、何をされたかはすぐにわかった。

スタンガンだ。ここは本当に病院か？　ムショの警棒よりひでえ。

棒立ちになった俺に大男がむしゃぶりついてきて、部屋に押し戻された。

廊下の向こうから三人目の看護師が何かを抱えて走ってくるのが見えた。

「ツナギ着せろ」

三人目の看護師がベルト付きの寝袋に見える何かを広げ、尻餅をついた俺の足を包もうとした。俺は両足をばたつかせて抵抗する。

「放せ、放せ、この野郎っ」

奴らがツナギと呼んでいるのは、拘束衣のことだった。

今度は太腿にスタンガンが来た。

痛みに痺れた俺の頭に、やけに遠くから聞こえる女医の声が響く。

「肩を押さえて。鎮静剤打ちます」

鎮静剤？　最初から用意してたってことか？

仰向けに押し倒された時、俺はようやく気づいた。部屋の天井のひと隅、換気口に見せかけた金網の向こうに監視カメラが設置されていることに。


嫌な夢から醒めて目を開けた。

いつもの夢だ。

糞親父が薄ら笑いを浮かべて俺を見下ろしている。片手には二つ折りにしたベルト。俺の体は動かない。母親が俺の両手と両足を押さえているからだ。四本の腕で。ベルトはいつの間にかやかんに変わる。やかんには糞親父がお湯割り焼酎をつくるために沸かした熱湯がたっぷり入っていることを俺は知っている。火から下ろしているのに、やかんの蓋はカタカタと鳴り、熱湯が噴き零れている。沸騰を告げる呼び笛に聞こえるのは、俺の口から飛び出した悲鳴だ。

いつもと違うのは、夢の続きだった。この後はたいてい、俺が逆に糞親父を見下ろして血まみれの金属バットを握っている光景になるのだが、俺が見下ろす血飛沫に汚れた顔は、糞親父ではなく、緒方の顔になっていた。そこで目が醒めた。

いつのまにか部屋は明るくなっていた。

酷い臭いがたちこめている。小便の臭いだ。俺が漏らした小便の臭いだった。

起き上がろうとしたが、両手が動かない。

母親がまだ俺を押さえつけていやがるのだ。寝小便をした罰の折檻か？　子どもより男とのセックスのほうが大事なメス豚めが。頭の半分を夢の中に残していた俺は、糞女を弾き飛ばすために手足に力をこめる。

やっぱり動かなかった。

そこでようやく、窓から注ぐ光に気づき、陽射しと一緒に俺の頭へ現実が差し入れられた。俺は拘束衣で足を一本に束ねられ、両手を腕組みのように固定されて、仰向《あおむ》けに転がっていた。腕が正座しっぱなしの足みたいに痺《しび》れている。

昨日の記憶と怒りが同時に蘇った。

あいつら許さねえ。どいつもこいつも拘束衣を着せて闘犬の檻に放りこんでやる。その前に、しゃらくせえ関節技を使うチビの看護師の両腕の骨をハンマーで粉々に叩き折る。でかいほうはうまく回っていねえあの舌へマックスにしたスタンガンを押しつける。百秒だ。女医には注射をやり返す。シャブ漬けにして何度も犯してから、素っ裸で放りこむ。

桐嶋もだ。ひと晩じゅう顔を見せないってことは、申し送りの行き違いなんかであるわけがねえ。俺は騙されたんだ、あの野郎に。あいつは、どうしてくれよう。

騙されることが俺は大嫌いだ。日頃の俺が人を騙すのは、昔、親や大人たちに騙され、裏切られ続けた、その元を取るためだ。やられっぱなしだった人生の損得勘定《そんとくかんじょう》をチャラにするためだ。俺の計算じゃ、まだまだ元はぜんぜん取れてない。

人工樹脂の床は冷たかったが、拘束衣の中の俺の体は汗まみれだった。全身から使い古しのエンジンオイルが滲み出てくるような嫌な汗だった。そのくせ体は震えている。

俺自身のオイル切れだ。いよいよ本格的に酒が切れたのだ。

腹筋だけで上体を起こすと、頭がずきりと痛んだ。これも酒が抜けちまったせいだ。酒に弱い奴は飲みすぎると頭痛になるらしいが、俺の場合、飲まないと頭が痛む。渇きを訴えて喉がひりついている。水じゃ癒せない渇きだ。酒だ。酒、酒、酒酒酒。誰か酒をもってこい。両足を振り上げ、床に叩きつけた。何度も何度も。

「おーい、誰かいないかぁ」

俺の声は掠《かす》れ、別の誰かの、どこかの情けない腑抜《ふぬ》け野郎のものに聞こえるほど弱々しかった。

「誰かぁ……来てくれ」

腹は立つが、居丈高《いたけだか》に呼びつけても無駄であることは俺にだってわかる。不調を装う手ももう使えない。なんとかバッグだけでも持ってこさせよう。俺の頭はバッグの中に詰めた70度のウォッカのことしか考えられなくなっていた。

誰も居ねえのか。そんなはずはない。もう朝のはずだ。

ナースコールがとぐろを巻いている場所まで這っていき、顎で連打した。

看護師がやってくる気配はなかった。

「おーい、おーい」

声をあげるたびに頭痛が酷くなっていった。頭蓋骨のどこかに罅《ひび》が入り、そこにくさびを打ち込まれて、少しずつ押し広げられているような痛みだ。

ミイラにされた体をドアの前まで転がした。床から十五センチだけ開いた隙間に顔を近づけて、タイヤの空気漏れのような声を絞り出す。

「おーい、おおーぃ」

背中がむず痒い。漏らした小便が蒸れているせいだけじゃない。

虫だ。

拘束衣の中を虫が這ってやがるのだ。

蟻だか羽虫だか、姿は見えないが、とにかく小さな虫だ。鼻毛みたいな細い脚を蠢《うごめ》かせて、尻から背骨を伝って上に上に這い登ってくる。

信じられねえ。本当にここは病院か？　払い落とそうとして、手が使えないことを思い出した。背中を床に押し当てて、擦《こす》りあげる。拘束衣のぶ厚い布越しじゃ効きゃあしない。しかも虫は一匹じゃなかった。腹にも這っている。気づけば、足の指の間にも。太ももの内側にも。股ぐらにも腕にも肩にも首筋にも顔にも。

「ぐおぅ」

俺は頬をドアに押しつけて、髭のようにびっしりこびりついている虫をこそげ落とす。だが、何度擦っても一匹も落ちてこない。

腹這いになって虫どもを押し潰そうとしたが、腹を動かすたびに逆に、分裂して増殖するように数が増えていく。虫は俺の体じゅうを覆い尽くそうとしていた。

「おーい、おいっ、おーいっ」

頭痛はますます激しくなっていく。耳鳴りも始まった。虫どもが耳に群がり、耳の穴から頭蓋骨の割れ目へ這入っているのだ。脳味噌の皺の間を右往左往して、俺の頭の中のあちこちに卵を産みつけようとしているのだ。

ひたいの皮膚の内側に小さな卵の粒がびっしり産みつけられている光景を想像した俺は、ドアの格子にひたいを叩きつけて鐘のように鳴らす。

「誰か来い、来い、来いっ」

何度も叩きつける。打撃の痛みのほうが、頭全体が虫歯になったような頭痛よりましだった。

嫌な頭痛を一瞬忘れた拍子に、今度は胃の痛みに気づいた。ちくちくと細かく刺されるような不快な痛みだ。虫たちが口から喉へ、喉から胃へ、列をつくって侵入して、胃壁に毛抜きのような牙を立てているに違いなかった。急に吐き気に襲われた。

便器のほうへ戻る暇もなく、俺は嘔吐した。昨日の夕飯はとっくに消化していて、口から溢れ出てくるのは酸っぱくて黄色い液体だけだった。

糞。糞。なんで俺がこんな目に合わなくちゃならねえ。

「誰かぁ」

誰か虫を追い払ってくれ。頭が割れる、胃がねじ切れる、薬をくれ。そして、酒をくれ。

工業用アルコールだってかまわない。

「誰か……来て……ください」


足音が近づいてくるのを、虫どもの巣穴と化した耳で聞いた。

視界は濡れて水底《みなそこ》みたいにぼやけていた。もちろん泣いていたわけじゃない。胃液しか出ないゲロを吐きすぎたせいだ。涙はガキの頃に涸《か》れ果てている。

足音はドアの前で止まったきり、開きはしなかった。ぼんやりとした影が強化プラスチック越しに映っているだけだ。

上下の唇が鉛《なまり》のように重くて言葉が出てこない。余力を振り絞ってドアにひたいを打ちつけた。虫とは違う生暖かいものが、生え際から眉へ這っていった。

強化プラスチックにひたいを擦りつけると、朱墨《しゅぼく》を筆で刷《は》いたように、掠れた赤い縦棒が引かれた。開かないドアの向こうから、ようやく声がした。

「食事はとれますか？」

朝飯？　それどころじゃねえ。口に何か入れるより全部を吐き出したかった。いらねえよ、と口にしかけて、不用意なことを言えば、看護師がまたとうぶん、ここへ来なくなるかもしれないことに気づく。

「……ああ」

「開けますから、ドアから離れてください。ベッドに戻って」

ベッドってのは、じめついた薄っぺらいマットレスのことか？　悪態をつく気力も体力もなかった。残った力を振り絞って芋虫《いも》のように這い、マットレスへ戻る。

入ってきたのは二人組の看護師だ。昨日の二人とは別人だったが、やはり、どちらも若い。後から入ってきたほうが、胃液に足を滑らせて舌打ちをする。

「ったく、汚しやがって」

俺はそいつに眼《ガン》を飛ばした。マスクをしていたから、毛先をあちこちにはね上げたちゃらい髪型を頭に刻みこむ。後でぶっ殺す人間のリストに加えるためだ。

先に入ってきた黒縁眼鏡に声をかける。

「……虫」

「は？」

「虫だ……なんとか……しろ」

「虫、ですか？」

「そこらじゅう……」うまく喋れない。口の中が虫でいっぱいだからだ。頬の内側の粘膜にびっしりと群がり、歯の隙間を出入《ではい》りし、舌の裏へ潜りこみ、喉ちんこにもぶら下がっている。動くゴマ粒を口いっぱい頬張ったかのようだ。

「……這い……」俺は仰臥《ぎょうが》したまま首だけねじり、女の股間を舐めたあとに恥毛を吐き出すように、舌を突き出して唾を吐きながらようやく声をあげる。「まわってる、だろが」

「虫なんてどこにもいませんが」

とぼけんじゃねえ、ほら、見ろ。言葉がうまく出ないかわりに、かたわらの床を顎で指し示した。吐き出した唾の中に何匹も蠢いている。

眼鏡が床に目を走らせてから、俺の顔を見下ろしてきた。

「それは、離脱症状です。体からアルコールが抜けはじめているんです。その禁断症状のひとつだと思います」

「俺が……」

幻覚を見てるって？　最後までは言葉にならなかった。胃が痙攣し、後のせりふが空えずきになってしまったからだ。空気だけのゲロを吐くたびに頭痛が頭蓋骨全体に広がる。ちゃら男の唾を吐くような声が聞こえた。

「アル中にまともに説明したってしょうがないっすよ」

鼓動に合わせて痛みが伸縮する頭の中で、俺はこいつの殺し方を考えた。まず、腹に何十発も金属バットをぶちこんでゲロを吐かせ、そのゲロを食わす。効くな、こいつは。想像しただけでこっちまでまたゲロを吐きそうになった。

眼鏡のほうの声がした。

「栄養剤の点滴にしておきましょうか」

そうはいかねえ。そう言って、拘束を解かない気だろう。

「いや、普通に……」食える。だから、こいつを「……はずして、くれ」

俺は二人を見上げて、拘束衣の中の腕を上下に振った。看護師たちが顔を見合わせる。

ちゃら男が首を横に振った。

「こいつ、マルK《ケー》っすよ。やめといたほうがいい」

ウンコも食わせよう。ウンコを漏らすまで拷問して、そいつを皿に出して食わせるのだ。全部食ったら命だけは助けてやる、と騙して。

年かさの眼鏡が考えこむ顔になる。

「では、上半分だけはずします」

「あと……俺のバッグを……持ってきてくれ」

「ここには持ちこめません。私物は一般病棟に移った時にお返しします」

「いつ、だよ」

「あなた次第です。心身が正常だと判断できるまでです」

「……俺ならもう平気だ」

虚勢を張って上半身を起こしたとたん、まだ残っていた胃液が口から飛び出して、拘束衣を汚した。

ちゃら男がせせら笑う。「だめっすね、とうぶん」

拘束衣はファスナーで上下を着脱できるようになっていた。足首のベルトにつけられた錠前に鍵をかけてから、二人がかりで腰から上だけをはずしにかかる。

「下もはずしてくれ」

胃の中のものを全部吐いちまったからか、ようやくまともな声が出るようになった。頭痛もいくぶん治《おさ》まってきた。

「それはできません。排尿時にはここのチャックを下ろしてください」

「ウンコがしてえ時にはどうする?」

「コールしてください。上を戻して下を外します」

「下痢気味なんだ、間に合わねえよ」

ちゃら男が眼鏡に言った。

「オムツしときます?　拘束衣《ツナギ》を汚されたら後始末が大変っすよ」

「ああ、そうだね。じゃあ、先に下だな。排便対応のを取ってきて」

冗談だろ。眼鏡が上半身の拘束を解く手を止め、ベルトを締め直しはじめた。

「ま、ま、待て。下痢は冗談だ。コールする」

ちゃら男は聞いちゃあいなかった。俺のことを人間じゃなく丸太か何かだと思っているようだった。眼鏡にだけ話しかけている。

「どうせオムツ取っ替えんの、次のシフトの人間ですし」

「よせ、やめろ」

男に犯される女ってのはこういう気分なんだろうか。

下半身の拘束を解かれつつある俺は、動かない体の中で膨らんだ怒りと屈辱が体を突き破って、心の中では大人用のオムツを手にして見下ろしてくるちゃら男をタコ殴りにしている。両足が自由になった瞬間、ちゃら男の股間を蹴り上げようかどうか真剣に悩んだ。が、その後どうなるかを考えると、足は動かなかった。

開放棟ってとこに移れなかったら、酒も手に入らない。それどころか、ここで堪《こら》えないと、マルケーだかなんだか危険人物と見なされているらしい俺は、いつまで経ってもここから出ることができないだろう。

ヤクザがオムツ。漢《おとこ》を売る稼業で、他人に舐められないことが日々の最重要課題であるヤクザが、他人に下の世話をされる。最悪だ。

いままでの俺は、一対二や一対三の喧嘩《ゴロマキ》でも、チンピラ時代に拉致された時も、どんな窮地に陥った時だって相手の言いなりになったことはない。いくら傷を負っても、他人に支配されることはなかった。だが、いまの俺は素人になすすべもなく、いいようにされている。ガキの頃みたいに。

例外があるとしたら、刑務所にいた時だけだ。ムショに入る時には、キンタマの裏側や肛門の中まで身体検査される。工場へ行く時と戻る時には、何かを持ちこんでいないかどうか確かめるために、素っ裸で「カンカン踊り」をさせられる。バンザイのポーズで台の上に乗り、大口を開けて舌を出す。両足の裏を見せるために足を交互に動かすのだ。

あれ以上の屈辱はないと思っていたが、いまのこの状況に比べたら屁でもねえ。やっぱり暴れるか？　俺の尊厳ってやつを守るために。いや、だめだ。いまは尊厳より酒だ。

ゴム手袋をはめたちゃら男が、小便が生乾きのズボンとパンツを脱がす。ペニスに埋めこんだ歯ブラシの玉を見つけると、マスクの上の目玉がせせら笑いしやがった。

「ほら、腰あげて。ちったあ動けよ。キンタマにスタンガン食らいたい？」

俺は壁に目を逸らして奥歯を嚙みしめた。そして、こいつの処刑方法を考え続けた。

奴を放りこむ犬の檻は、世界一獰猛なアメリカン・ピットブルの檻だ。

自分の漏らした小便の臭いが満ちた部屋でチンコを晒しながら、俺は不敵で残忍な笑みを浮かべた自分と、奴の恐怖ってやつを想像する。いまの俺にはそれがたやすくできた。

犬に食われるという悪夢でも見ないだろう死と、それが訪れるまで続く耐えがたい苦痛への絶望的な予感だ。

目を剝き、涙を流し、大口を開けて泣き叫ぶ。無駄に命乞いをする。だが、目の前には牙を剝く飢えたピットブル。三匹だ。いや、あえて一匹にして苦痛を長引かせてやるか。ざまあみろ。さぞ恐ろしいだろう。

ちゃら男が薄笑いを引っこめた。拘束衣を脱がしたついでに患者服への着替えにかかった時、俺の刺青《スミ》に気づいたからだ。俺は下から奴を睨み、薄笑いを返してやった。奴はこれ以上はないってほど目を剥いていた。

「早く終わらせろ」

「……は、はい」

いまさら敬語を使ったたって遅えよ。名札で名前も覚えた。この先、てめえがどうなるか、楽しみに待っていろ。

関節を接着剤で固められていたような両腕をそろそろと伸ばす。しばらく曲げ伸ばしをくり返して、血が巡《めぐ》るのを待った。

自由になった腕で俺が最初にしたことは、体を擦りつけることだった。虫をこそげ落とすためだ。

幻覚なんかじゃねえ。俺にはちゃんと見える。イチゴの種《たね》ほどの体に六本だか八本だかの脚が生えた虫だ。奴らが這いまわるかすかな潮騒《しおさい》みたいな音もはっきり聞こえた。潰れると安焼酎の機械油みたいな臭いがする。

ようやく数は減ってきたが、潰したはずの死骸はどこにも落ちていない。どこへ消えやがった？

拘束衣の縫い目を裏返して探しているうちに、監視カメラの存在を思い出した。そうだ、虫がいても見えないふりをしないとな。飯もちゃんと食っているところを見せねえと。ドアの近くに置かれたトレイに載っているのは、白米とブリの照り焼きと青菜の煮びたし、豆腐と油揚の味噌汁。ヨーグルト。

朝飯じゃなかった。昼飯だ。一時までにドアの外にトレイを出しておくように、という眼鏡の言葉で、いまがもう昼であることがわかった。

半身を起こし、伸ばした足にトレイを置く。震えが止まらない手に箸《はし》を握らせた。飯の匂いを嗅いだだけで胃から空気の塊がせり上がってくる。

青菜は煮びたしじゃなく胡麻和《ごまあ》えだった。とりあえずそいつに箸を伸ばした時に気づいた。胡麻が動いてやがる。

青菜をつまむと、もぞもぞといっせいに器の奥へ逃げていった。

ブリの照り焼きの上でも胡麻が這いまわっていた。血合いのところには、とりわけ黒々と群がっている。

虫どもが食い物の匂いを嗅ぎつけて集まってきているのだ。

飯はゴマ塩を振りかけたようなありさまだった。パック入りのヨーグルトなら食えるだろうと蓋を開けたら、白い表面がたちまち真っ黒になった。

吐き気がぶり返してきた。だが、食わねえと。ムショより酷えここから出て、一刻も早く酒を飲むために。

俺は霜が降りるまで冷やしたグラスにライムスライスを浮かべたウォッカトニックを夢想しながら、中身を見ないようにして味噌汁を流しこむ。具は豆腐なのに、ざりざりと砂を嚙むような感触がした。

虫がひしめく茶碗を手に取って飯をかきこんだ。無理やり喉に押しこんだ咀嚼《そしやく》物が、すぐに半分ゲロになって口に戻ってきた。かまわずその半ゲロを吞みくだす。

そうして、ここを出て最初に飲む酒の味と、その後に開始する奴らへの復讐のことだけを考え続けた。


体の震えと頭痛が治まったのは、鉄格子の窓の外が暗くなってからだ。暗闇の中に這い戻ったかのように、いつのまにか虫の姿も見えなくなった。

夕飯のカレーはちゃんと食った。奴らに見せつけるためというより、本当に腹が減っていたからだ。カレーを食い終えた後、ナースコールで看護師を呼びつけ、ウンコをした。とくにしたかったわけじゃない。オムツの世話なんぞになる前にすましておこうと思っただけだ。

やってきたのはちゃら男だった。名前は秋本《あきもと》。上半身の拘束衣を着てから、下半身の拘束を解くっていうしちめんどう臭い手順に素直につきあってから、便器に座る。ドアの外で待っている秋本に言葉をかけた。

「秋本クンには世話になるねぇ」

「……あ、いえ」

「いつかお礼をしないとねえ、お礼をさ」

「な、なんか失礼があったとしたら、すすすいません」

すっかり怯えているようだ。こいつは使えるかもしれねえ。開放病棟ってのに移ったら、パシリにしよう。

「いや、なんのなんの。こういう稼業だけど、心は広いからね、俺は」

「す、すいません、本当に。まだ入ったばかりで知らなくて……」

「ところで秋本クンは犬、好き?」

「……いえ、とくには」

「あ、そう」

住所《ヤサ》も聞いておかなきゃな。犬の餌にするのは二カ月後に病院を出てからだ。

尻を拭けないのはしかたない。フルチンでしばらくスクワットをして足の血の巡りを良くしてから、秋本を中に呼び寄せた。

なんとか体は正常に戻りつつある。そうなると、また頭の中が酒のことだけでいっぱいになった。ここにウォッカを冷やす冷蔵庫はあるだろうか。チェイサーにビールも欲しいところだ。

ふいに部屋の明かりが消えた。

消灯時間ってことか。時計はないが、たぶんまだ九時あたりだろう。いつもの俺なら巡回ルートの一軒目にいる時刻だが、何もすることはない。さっさと寝ちまおう。明日の朝起きたら、ここから出られるはずだ。マットに横たわる。そして、酒のことを夢想し続けた。ウォッカが終わった後は何を飲もう。たまには日本酒も悪くない。大吟醸《だいぎんじょう》の冷《ひや》、あるいは純米酒のぬる燗。若頭と一緒の時に飲むワインはどうだ。俺には何年物だの産地はどこだのってのはさっぱりわからないが、一本何十万もするようなのを一気飲みするのはなかなか気分がいい。

俺の脳味噌はアルコールの海をたゆたい続ける。妄想の酒に喉を鳴らし、唇をわななかせた。畜生。ちっとも眠れやしねえ。

眠れねえのも、酒がないせいだ。酒は俺の睡眠薬がわりでもある。

そうか睡眠薬か。ナースコールを押した。

いつものように俺をたっぷり焦《じ》らしてから、明かりがともり、ドアが開いた。現れたのは、この部屋に入れられてから初めて見る、女の看護師だった。

「絆創膏、取り替えますね」

「眠れねえんだ。睡眠薬はないか」

十代の一時期、睡眠薬で遊んだことがある。すぐに酒を飲んだほうが手っとり早いことに気づいて、もっぱらホテルに連れこみたい女に飲ませるだけになったが。

「困りましたねえ。ここの先生方は特別な支障がなければ、出さない方針なんですよ」

「先生方？　今日は桐嶋は来てるのか」

「桐嶋先生？　さあ」

「伝えてくれ。俺の体調はすっかり万全だと。早くここから出してくれってな」

俺のひたいの絆創膏を、新しいのに貼り替えていた看護婦がまばたきをくり返す。何か言いたそうに唇を開きかけた。

「体がなんともねえ人間に、いつまでもこんな格好をさせとくのは人権侵害だろうが。出るとこに出てもいいんだぞって、センセイ方に言っておけ」

看護婦の迷っていた唇が開いた。

「これからだと思いますよ」

俺の顔を見ずにそう言い、独り言のようにつけ足す。

「小離脱が治まった後には大離脱がありますから」

危ない宗教の信者が不吉な予言をしているような口ぶりだった。

「なんだよ、その小とか大ってのは」

問いには答えず、俺の胸に片手をあてがい、ゆっくりと力をこめて寝かしにかかる。患者服の袖から刺青が見えても動じる様子はなかった。

「あらあらお絵描きしちゃったのねえ」

四十前後の地味な女だ。ふだんの俺なら街ですれ違っても一瞥《いちべつ》もくれないだろうが、うずくまって道具を片づけている尻に、不覚にも欲情してしまった。

「眠剤、先生に訊いてみます」


コップと錠剤が運ばれてきたのは、俺には一時間に思えるぐらい経ってからだった。

俺の知っているハルシオンに比べると小粒で、頼りないオレンジ色の錠剤だ。

眠れない時には、楽しかった思い出をひとつひとつ頭に浮かべるといい。昔、児童相談所でそう教わった。楽しい思い出などひとつもない俺は、さらに眠れなくなった。

いままでに寝た女の数をかぞえるか？　殴ってきた野郎の顔を一人一人思い出す？　三十二になったいまも俺は、楽しい思い出ってやつを頭に浮かべることができなかった。ぜんぜん効かねえじゃねえか、この薬は。悪態の文句を並べているうちに、とろりと脳味噌が溶け、眠りに落ちた。


目が覚めた時にはまだ、あたりは暗かった。たっぷり汗をかいていたから、また母親に押さえつけられて、義理の親父に折檻されている夢でも見たんだろう。

頭を振ってみた。鈍く残っていた頭痛ももうない。よし、全快だ。暇だから小便でもすっか。

固定された両足の扱いにはだいぶ慣れた。上体を起こす前にまず膝を立てて——

動かなかった。誰かが俺の両足を押さえつけているのだ。

首をもたげて視線を走らせた。

足もとにうずくまる黒い影があった。

誰だ。

闇に慣れてきた目に、乱れた長い髪とまるっこい肩が映る。女か？　顔は面長《おもなが》なのに顎がたるんでいる。それで誰なのかがわかった。酒と不摂生《ふせっせい》で数年間のうちにぶくぶく贅肉がついた肩と顎だ。

「なにしに来たんだてめえは」

足にすがりついているのは、本当に俺の母親だった。

「この糞女が」

俺は半身を起こして腕を伸ばす。母親の髪を摑んで引きずりまわすためだ。糞親父を金属バットで殴った後にそうしたように。

「今度こそぶっ殺す」

手が届いた瞬間に、母親のシルエットがふいっと消えた。空《くう》を摑んだ俺の右手は激しく震えていた。

　どこへ逃げた。四角い闇に首を巡らした。月明かりか窓の外に常夜灯があるのか、壁と天井の区別がつく程度には夜目《よめき》が利いたが、人影は見当たらなかった。

「なぜここに来た」

　闇に向かって叫ぶ。

「もう死んでるはずだぞ」

　ドアの向こうから足音が聞こえてきた。思いのほかに大きな声を出してしまったらしい。

　足音がドアの前で止まり、こつこつとノックしてくる。

「なんでもねえよ」

　こつこつ。

　うるせえな。

「なんでもないったら。夢を見てただけだ」

　そうとも夢に決まっている。俺は手のひらに残った、夜目にも薄茶色とわかる長い髪を見つめながら思った。

　こつこつ。

「うるせえって。用はねえよ」

　懐中電灯を使っているんだろう。半透明の強化プラスチックが薄く光り、その向こうにぼんやりした影が映っている。

こつこつ。

妙だった。人影が二股に分かれた立ち木のように見える。

こつこつ。

下のほうに二本の短すぎる足。違う。ありゃあ腕だ。誰かが上下さかさまの体勢でドアに張りついているのだ。ヤモリのように。

ドアの下の隙間から顔が覗いていた。いままでに来たどの看護師の顔でもなかった。

中年男の顔だった。

真っ赤な顔だった。妙な角度に首が曲がり、こめかみを床につけ、頭から血を流していた。

義理の親父の顔だった。

「てめえも来たのか」

こいつはここへ来てもおかしくない。まだ生きている。どこで何をしているのかは知らないが。

床に黒い血溜《だ》まりを広げている顔が、俺の目を捉えてにたりと笑った。

笑いに歪んだ面が真顔に戻ると、その顔は緒方に変わっていた。

緒方が大口を開けて何か言う。ブレイドマスターの後部座席からこちらに向けてきた、生きている時に見た最後の顔だ。何を叫んでいるのかは、今回もわからない。

口から何かが飛び出してきた。

虫だ。

昼間の虫とはまったく違う。

子どもの握り拳ほどもありそうなでかい虫だった。

緒方はごぼごぼと喉を鳴らし、口いっぱいに頬張ったものを吐き捨てるように、床に虫を産み落とす。次々と。喉を虫のかたちに膨らませて、一匹、また一匹。

巨大な虫が俺に向かって這い寄ってきた。虫のくせにのそのそした緩慢《かんまん》な動きで。

八本脚の巨大なダニにも蜘蛛にも見える虫だ。拳大の胴からこぶのような頭部が突き出している。そこだけが人間の顔をしていた。

ドアを光らせている明かりが、俺にその顔のひとつひとつを鮮明に見せる。

俺がいままでに殴ってきた人間の顔。いままでに捨ててきた女の顔。

どの顔も赤い口を広げ、キイキイと、か細く甲高い声をあげている。何年も閉じられたままだった幾十もの古びた蝶番《ちょうつがい》がいっせいに軋みをあげているようなその声は、言葉になっていないのに、俺には何と言っているのかがはっきりわかった。俺への呪詛《じゅそ》の叫びだ。

助けてくれ。

尻もちをついたまま、両手をもがかせて壁へ後ずさりした。

誰か。助けて。

ナースコールを手さぐりした。このあたりにあったはずだ。

片手が紐状のものに触れる。急いで握りしめた。

コードにしてはやけに太かった。そしてぬるりと湿っていた。

顔に近づけて眺めると、それはコードではなく、蛇だった。

ナースコールが蛇になって俺の腕にからみついていた。ボタンのあるべき場所が鎌首と化して俺の喉笛に牙を立てようとしている。黒くぬめぬめしたその姿はどう見たって毒蛇だ。

俺は絶叫した。自分がさんざん殴ってきた人間と同じ情けない悲鳴だった。

「どうしましたっ」

廊下の向こうから、今度こそ本当に看護師の靴音が聞こえてきた。


まぶたの裏の薄赤さで部屋が明るくなっていることがわかった。

だが、まぶたは錆びついたシャッターのように重くて、目を開けることができなかった。

鼻は異臭を嗅いでいた。大便の臭いだ。

人の声が聞こえる。

「つたく、ザマあねえな。刺青《スミ》しょってるくせによ」

別の一人が答えている。

「スミってなんすか？」

全身が震えている。そして酷く汗をかいていた。あれからどのくらい経つのだろう。

蛇が手錠のように両手にからみついて俺の自由を奪い、人の顔をした虫たちが足もとからぞわぞわと這い上がりはじめた時、部屋の明かりがついた。俺は入ってきた看護師に「とってくれ、とってくれ」と訴え続けた。看護師は誰だったのかわからない。とりわけ大きな一匹が八本脚を手のひらほどに広げて俺の顔にへばりついていたからだ。

そのうちに医者がやってきた。女医じゃなく男だった気がするが、そんなことすらはっきりとは思い出せない。

看護師が俺の体を押さえ、医者が俺に注射をした。肩ではなく尻に。再び全身を拘束されたことを知った俺は頭の中が真っ白になった。両手を封じられたら虫が追い払えない。毒蛇から逃れることができない。喚いて抵抗したが、頭がどんより濁りはじめて言葉を失い、そして——

頭が重い。何かを考えるだけで酷く疲れた。俺は長く意識を失っていたらしい。

「もしもーし、起きてるなら、腰あげて」

「だめだこりゃ。聞こえてねえ」

下半身が外気に晒されるのを感じた。大便の臭いが強くなる。何をされているのかはわかったが、もうどうでもよかった。全身が湿った砂になったように気だるい。ただただもう一度眠りたかった。

眠りに戻るために重いまぶたをさらに押し下げる。

二人の男の声はまだ続いていたが、俺の耳からはしだいに遠ざかっていった。

14

明かりのないトンネルを歩いている俺を、暗闇の向こうで誰かが呼んでいる。

声のする方向が出口なんだろうが、俺の足はためらっている。

このトンネルを抜けた先に、とっくに死んでいる母親と、いまだに血を流し続けている親父が立っている気がして。

「及川さん」

聞き覚えのある声だった。低いがよく通る声。

出口に向かって足を動かしかけて、自分が横たわっていることを思い出す。しかも拘束されて。

目を開けた。まぶたはもう重くはなかったが、視界には薄靄《もや》がかかっていた。

「聞こえますか、及川さん」

靄を払うために頭をもたげて振ってみる。痛みはない。むしろ頭は軽かった。

晴れた視界の先に、俺を覗きこんでいる顔が見えた。細長い顔の上の方に眼鏡が載っている。

てめえ、と言ったつもりだったが、うまく言葉にならなかった。桐嶋が診察室と同じ調子で言う。

「気分はどうです？」

「騙《らま》しやらって」

俺の投げつけた言葉を置き去りにして、桐嶋がかたわらの誰かに顔を振り向ける。視界の隅に看護師の白衣が見え、拘束衣のベルトが緩くなった。

視界から消えた桐嶋が言う。

「だいじょうぶそうですね。さすがです。平均より離脱が早い」

拘束を解かれた俺は、すぐさま起き上がろうとしたが、肘が直角になったまま曲がらない。足にもまるで力が入らなかった。

何度か手足を屈伸させてようやく四つん這いになる。生まれたての子馬のような俺の背中に、桐嶋の声が降ってきた。

「お疲れさまでした。薬物を使ったのは不本意でしたが、とりあえず治療プログラムの第一段階は終了です。アルコール依存症に限《かぎ》って言えば、唯一無二の治療法は断酒ですので」

体より先に声がもとに戻った。

る。

「聞かなかったことにします。めったな事を口にすると、またここに逆戻りですよ」

看護師は三人いた。スタンガンを隠し持っているかもしれない。俺の頭に、再び拘束衣を着せられて転がされる自分の姿が、予告編の映像のように浮かんだ。背筋に冷たい電流が走る。

「ぶっ殺す」

「てめえ、脅してるのか」

ようやく立ち上がり、桐嶋を睨《にら》みつけた。座った姿ばかり見ていたから気づかなかったが、奴は案外に背が高い。目線は俺とほとんど変わらなかった。

「とんでもない。ただの忠告です」

桐嶋の表情を探ろうとしたが、俺にはやはり他人の感情を読む力が欠けているのか、奴が無表情すぎるのか、何を考えているのかまるでわからなかった。

桐嶋が部屋を出て行く。追いすがって問い詰めようとしたが、一歩踏み出しただけで足がもつれ、よろけてしまった。

三人の看護師全員が身構える。一人はこのあいだの小男だ。

このあいだ？　あれから何日経っているのだろう。一週間ぐらい眠っていた気分だった。

「なにもしやしねえよ」したくてもできやしねえ。立っているだけで頭がくらくら揺れる。

全身の筋肉がゼリーになったように頼りない。とはいえ頭の中はすっきりと冴え、なんでもできそうな全能感に満ちていた。シャブをやっていた頃を思い出す。

小男が俺に歩み寄ってくる。今度はこっちが身構えた。

「浴室にご案内します」

口調はあいかわらず丁重だが、視線は試合開始前の対戦相手に向けているように鋭く尖っている。

「おお」

余裕たっぷりに頷いて踏み出した一歩目で患者服の下のオムツがかさりと鳴った。筋肉が強張っているせいばかりでなく俺はぎくしゃくと歩く。幸いウンコの臭いはしなかった。

「いま何時だ。というか今日は何日だ」

返ってきた答えで、ここへ来て四日が経っていることを知った。いまは昼の一時すぎ。ということは、俺は二度目の鎮静剤を打たれてから、二十四時間以上寝ていたってことだ。

部屋を出て、強化プラスチックの格子戸が並んだ短い廊下をここへ来た時と反対方向へ歩く。鉄扉の手前で小男が鍵束を取り出した。俺が横目で眺めていることを知ると、鍵を差しこむ手もとを背中で隠した。

扉の先は明るかった。淀んでいた空気が一変したように思えた。刑期を終えて娑婆に出た瞬間と同じ気分だった。新雪を踏む足どりで俺は歩きだす。

広い廊下の右手には窓が並び、斜めの光を落としている。左手には詰め所らしき場所。ナースステーションというのだっけ。ドラマで見るのと違って男の姿が多い。

小男は角部屋のナースステーションを左へ曲がる。曲がった先にも廊下が続いていた。こっちは両側がドア。そのひとつの前で立ち止まる。

大浴場のようなものを想像していたのだが、中はそう広くなかった。

脱衣場で患者服を脱ぐと、いまいましいオムツ姿になった。ウンコはしていないが小便臭い。一秒でも早く脱ぎ捨てたかったが、はずし方がわからなかった。結局、引きちぎってゴミ箱に放り投げる。一瞬迷ったが、ひたいに貼られた絆創膏もひっぺがした。

浴場は手すりばかりがやたらに多い。一般家庭ってもんを俺は知らないが、たぶん一般家庭用と大差のない浴槽が二つ置かれている。

浴槽はどちらも空だった。シャワーだけ使えということか。

俺には低いシャワーの位置をめいっぱいに上げて、カランを回す。湯ではなく水が飛び出してきたが、かまわず浴びる。汗まみれの体にはむしろちょうどよかった。

冷水はほどなく湯に変わった。湯気を立てる水流を顔面から受ける。

思わず唸った。熱い湯が毛穴のひとつひとつに滲みていく。

口を開けて湯をふくみ、うがいをした。ノズルを手にとって全身にかけまわした。汚れた下腹部はとくに念入りに。ボディソープを両手でたっぷり泡立てて体じゅうに塗りたくってから、もう一度湯を浴びた。汗も汚れもなにもかもが流れ落ちていく。

風呂なんぞに入ったら、まっさきに湯上がりの酒のことを思い浮かべるに違いない。そう考えていたのだが、俺の頭に浮かんだのはなぜか、ガキの頃、病院で食った飯の数々だった。食い物のことを考えると、胃がきりきりと痛みだした。信じられないことにそれは、長いこと、もう何年も忘れていた、空腹の痛みだった。

裸のままドアの外へ顔を出して、立っていた小男に訴える。

「なんか食わしてくれ」

「昼食の時間はもう終わっていますが」もったいぶって時計を眺めてから恩きせがましい口ぶりで言う。「担当の者に聞いてみましょう」

礼の言葉を期待しているらしい小男に、もうひと言つけ加えた。

「それと服を返せ」


風呂場を出て廊下を進んだ先に、広い部屋があった。長テーブルの川がいくつも並んだ、ドライブインのフードコートのような場所だ。

「配膳車に置いてありますので」

小男が指さしたのは、食器棚に車輪をつけたようなしろものだ。そうだった、ガキの頃に入院した時も、食事はいつもこいつに載って運ばれてきた。あの時の俺にとっちゃあ、動くレストラン。夢のワゴンだった。

ガラス扉の中には食い終わった食器ばかりが小汚く詰まっていたが、犬のように腹を減らしていた俺には気にならなかった。隅に手つかずのトレイがひとつ。紙ではなくプラスチックのトレイだ。

おお、とんカツじゃねえか。ありがたい。

トレイを手に振り返った時にはもう小男は姿を消していた。壁の時計は一時十五分を指している。食堂らしいが人影はまばらだった。隅のテーブルの何カ所かと、左奥のテレビの前のソファーを並べた一角に数人ずつが固まっているだけだ。俺はど真ん中のテーブルに腰を据えた。

カツは豚肉じゃなくチキンカツで、しかも薄っぺらだったが、うまかった。脂が空っぽの胃に滲みる。どんぶり飯に虫が這っていやしないか心配だったが、だいじょうぶ。ただの白米だ。ソースをたっぷりかけたキャベツだけでも飯が食えた。

飯ってのはこんなにうまいもんだったっけ。ここ何年も俺にとっちゃあ食事は、酒のつまみか、栄養補給のために機械的に体に入れるものでしかなかった。

チキンカツを三分の二ほど食ったところで、どんぶりいっぱいの飯が消えた。おかわりができるものか、誰にそれを聞けばいいのかと周囲を見まわしてようやく、部屋にいる人間たちの視線が、ここへ来た時のサマージャケット姿に戻っている俺に向けられていることに気づいた。

食い物にばかり集中していたから、それまでここにいる連中がどこの誰なのか、気にも止めていなかった。着ているのは制服でも患者服でもない、みんな私服だ。Tシャツとジャージというパターンが多い。中年女もいれば、白髪頭のジジイもいる。年齢も性別もばらばらだ。

俺と目が合ったとたん、奥のソファーにいた一人が立ち上がり、部屋から出て行こうとした。二十代前半だろう若い男だ。

どこかで見かけた気がする。誰だっけ。

棒みたいなか細い後ろ姿で思い出した。

２７９便。

あの２７９便の生き残りのアンちゃんだ。名前は辻村、いや辻野だったっけ。

俺はチキンカツの最後のひと切れを口に放りこんで、辻村あるいは辻野の後を追った。

部屋の外の広い廊下を歩きはじめた背中に声をかける。

「おーい」

聞こえたはずだが、立ち止まろうとしなかった。俺とかかわりたくないんだろう。だが、俺はかかわりたいから、そんなことはおかまいなしだ。私物をどうやって受け取ればいいか聞きたかった。俺にとっての最大の関心事は、奴がどうしてここにいるかより、ウォッカ二本の入ったバッグだった。

「辻村クン」

ようやく立ち止まったが振り返らない。追いついた俺は肩を叩く。それでも振り向かない。俺とは話をしたくないが逃げ出す勇気もなく体がフリーズしているってとこだろう。気にしなくていいよ。俺みたいな人間と出会っちまったカタギにはよくある反応だ。

気にするなと言うかわりに、肩を摑んだ指にたっぷり力をこめると、びくりと背中を震わせて、ようやくこちらに向き直った。鬱陶しい前髪の間の女みたいな長い睫毛をぱちぱちさせて、俺の顔じゃなく背後の壁に視線をさまよわせて口を開く。

「辻野です」

「どっちだっていいじゃない」いきなりバッグのことを尋ねるのもなんだ。挨拶がわりに聞いてみた。「なんでここにいる?」

「桐嶋先生の治療プログラムを受けているんです」

こいつもか。ということはさっき食堂にいたのも桐嶋に集められた奴らか?

「俺もだ」

「え?」

「俺も治療プログラムってのを受けに来たんだ。桐嶋に頼まれてしかたなくな。よかったよ、知り合いがいて。なにかと心強い」

梨帆ってガキも来ているはずだ。だからここへ来る気になった、なんてことはまったくないけれどな。

いやいやラッキーだ、と微笑みかける俺にそっぽを向いた辻野の横顔は、運の悪さを呪っているように見えた。

「及川さん」

声をかけられて首を振り向ける。小男の看護師が俺の横に立っていた。蹴り技ありの格闘技の間合いほどの距離だ。

「食事は終わりましたね」

辻野の目が小男にすがりつく。俺も自分の相手を小男に切り換えた。

「俺のバッグを返せ」

「部屋に運んでおきました」

ナースステーションからもう一人、看護師がやってきた。四日前にも出てきた目つきの悪い坊主頭だ。入れ替わるように辻野が俺のかたわらから逃げ去る。

部屋？　まさか、あの独房に戻れっていうんじゃねえだろうな。俺の顔に何が浮かんでいたというのか、小男が唇の端で笑う。

「ご案内します」

二人の看護師に前後を挟まれて歩きはじめる。ナースステーションまでの十数歩が酷く長く感じられた。右へ曲がれば、隔離部屋だ。もちろん素直に戻る気など俺にはさらさらない。頭の中では、小男が右へ歩きはじめた瞬間を狙って奴の側頭部に蹴りを入れるシミュレーションを繰り返していた。後ろの坊主には回し蹴り。だが、こいつらを蹴り倒したところで、その後はどうする――

俺が主役のドラマじみたシミュレーションは、リモコンの電源を切ったようにぷつりと途切れ、頭の中の画面が、暗くてウンコ臭い部屋と、オムツを穿き拘束衣で手足をがんじがらめにされた自分の姿に変わった。足がむずむずする。誰かに蹴りを入れたくて武者震いをする時とは違う、崖のとば口に立って下を見下ろした時の、さすがの俺でも多少は感じる細胞が落ち着かない感覚。

小男は分かれ道で一度立ち止まる。

意味不明の間をとって俺を焦らしてから、左へ歩く。俺がこっそり息を吐き出した瞬間に振り向いた。

「こちらです」

わざとやりやがったな。俺がオムツをしてウンコを垂れ流していたことを知って、舐めているんだろう。もしかしたらこいつにもウンコの世話をされたかもしれない。糞《くそ》。俺は奥歯を噛みしめる。頬を殴りつけたくなった。自分の嘘を。

自分の嘘？

どうかしてるぜ、俺。四日間、奴らにいいようにされて、ヤキがまわったか。他人じゃなくて自分を殴りたい、なんて考えるなんて。

エレベーターホールは窓が並んだ廊下の途中、左に折れた通路の先にあった。

エレベーターではいつもそうするように俺はいちばん奥に立とうとしたが、坊主頭に先まわりされた。ガンを飛ばしたが、奥の真ん中からどこうとしない。ドアが閉まったとたん、鼻についていた消毒液の臭いが強くなった気がした。動悸が激しくなる。普通のエレベーターより広い箱の中が、またあの部屋を俺に思い出させたのだ。ひたいに汗が滲んだ。操作盤の前でこちらに向き直って監視の目を光らせていた小男が声をかけてきた。

「だいじょうぶですか」

あそこにまた戻るか、と言っているような口ぶりだった。俺は髪を掻きあげるふりをしてひたいの汗を拭う。

「もちろん。絶好調だ」

エレベーターが三階に止まると、小男は右手に歩き出した。長い廊下が続いているだけのフロアだ。ナースステーションや食堂があった一階より狭い。片側は薄緑色の壁。もう一方にはドアが並んでいた。

小男が奥から二つ目のドアの前で振り向いた。

「こちらです」

表示板には「305」と書かれていた。隣とのドアの間隔はかなりある。広い部屋のようだった。スイートルームとはいかねえだろうが、悪かあない。

だが、横開きのドアを抜けるなり、俺は吠えた。

「おい」話が違う。「ベッドが四つあるじゃねえか」

「四人部屋ですから」

「聞いてねえよ。個室を用意するって話だったろうが」

小男が再生テープのような声で答える。

「我々のほうではわかりかねます」

「部屋を替えろ」

「それはできかねます」

「かねます、かねます、誰だよ兼増ってのは。それしか言えねえのか」

坊主頭が白衣のポケットに片手を突っこんだ。俺に見せつけるようにゆっくりと。俺は小男を見下ろしていた視線をこいつの顔に移動させた。

「あんだよ」

カタギならたちまち目を泳がすはずなのだが、坊主は視線を逸らさなかった。オムツ野郎と嘲るように。顔が熱くなった。怒りのためじゃなく、「恥」っていうやつが俺の体の芯を震えさせる。

スタンガンかと思って身構えたが、奴がポケットから抜き出したのは古めかしいタイプの携帯電話だった。坊主が年下に見える小男に丁寧語を使って言う。

「増員しますか」

そうしている間も俺の目を捉えて離さない。メンチ切りに慣れているようにすら見える。俺にしちゃあ珍しいことだが、自分から目を逸らした。

「まぁ、いいや。お前らに言っても始まらねえ。医者と話す。医者をここに寄こせ」

二人とも答えない。坊主は携帯を握ったままだ。俺は先に目を逸らした失地を回復するために高らかに舌打ちをした。

「バッグはどこだ？」

「そこに置きました」

小男が通路側の左手に置かれたベッドを顎で指し示す。サイドテーブルに載っていた。チャックを開いてから、奴らの視線に気づいてベッドの上に置き直す。背中を向けて中を探った。

持ち上げた時から軽すぎると思っていた。ウォッカの瓶が二本とも消えていた。

勝手に開けて抜きやがったのだ。俺は看護師たちに向き直り、奴らに思いつくかぎり最大の罵倒の言葉を浴びせかけるために口を開いた。

「く……」

だが、言葉を呑みこむしかなかった。

「どうしました」

拳銃《ハジキ》を見られたかもしれない。だとしたら、ヤバい。ヒジョーに。

看護師たちの表情を探った。奴らが余裕をこいて俺を舐めているのは、俺の不法所持を知って、いつでもそいつを通報できるからじゃないか、そう思えてきたからだ。この俺がカタギの顔色を窺うなんて。ところで、表情ってのは、どういうふうに読めばいいんだ。どこに何が書いてある？　あらためてそうしようとすると、不慣れな俺には他人を叩きのめすより難しかった。

目を見りゃあいいのか。口もとか？　翼が得意になった時にふくらます鼻の穴？

小男が薄笑いを浮かべているように見えるが、これはさっきからだ。地顔ってやつか。坊主頭の白目の多い小さな目は、あいかわらず俺に喧嘩を売っているように見えるが、心の中をうまく隠せるような脳味噌があるとも思えない。

わかんねえ。

小男が表情が見えない顔を向けてくる。

「何か？」

「なんでもねえ」よけいなことで捕まるわけにはいかなかった。間接的にとはいえ緒方を殺っちまったいまは。「部屋の件、ちゃんと伝えておけ」

看護師の姿がドアの向こうに消えた瞬間にバッグの中へ手を突っこんだ。底を探る。離脱症状ってやつはとっくに抜けたはずなのに、俺の指は震えていた。

指先で布を撫でて金属の感触を探す。

だいじょうぶだ。ちゃんとあった。縁革の裏を縫い合わせた糸もそのままだった。

安堵したとたん、酒を取り上げられた怒りが再び頭の中で点火した。ベッドの脇のナースコールを押す。

三分待ったが誰も来ない。無視《シカト》しやがって。こっちから出向いてやる。

部屋を出てエレベーターの前まで引き返した。下降ボタンを押す。病院のものだからか、やけにのろくさい。さんざん俺を苛つかせた末に三階の表示ランプが灯《とも》った。

今度はドアが開かない。いつまで待っても同じだった。故障か？

あの小男がエレベーターに乗りこむ前、首からぶら下げた身分証を操作盤にかざしていたことを思い出した俺は、扉を蹴り飛ばした。ざけやがって。

階段を探した。廊下の端まで歩いても見当たらず、行く手を防火シャッターに阻まれた。

反対側へ足を向ける。こちらの端には外に繋がる扉があった。

鍵がかかっていた。

とりすましたペパーミント色の、ハッカの匂いが漂ってきそうな廊下には、看護師や看護婦の姿もない。そもそもドアがいくつも並んでいるのに、人の気配が感じられなかった。

305に戻って、他のベッドの前に吊るされたカーテンを引き開けてみる。誰もいない。が、サイドテーブルには私物や飲み物のボトルが並んでいて、服がベッドに脱ぎ捨てられていたり、それぞれの壁のハンガーにかけられたりしている。

窓に近寄ってみた。窓の外はグラウンドだ。ここにも人影がない。

グラウンドの先には刑務所じみた高い壁。壁の向こうは山だ。ブロッコリーを山積みにしたように鬱陶しく木が繁った、背の低い名もないだろう山々が連なっている。

グラウンドは壁よりも高い金網フェンスに囲まれていた。三階にしちゃあ地面がやけに遠い。真下を眺めて、この建物が高台に建っていることに気づいた。一階の下は崖と言ってもいい斜面だった。

窓は開けられなかった。嵌《は》め殺しになっているのだ。上部に開閉式の細長い通風口がついているだけだった。

両手の手のひらで窓をぶっ叩く。

糞っ。

俺は再び閉じ込められたことを知った。

靴を履いたままベッドに仰向けになって、ナースコールを押し続けた。

どうせ来ねえつもりだろう。本格的にふて寝を決めこもうと思ったとたん、足音が聞こえてきた。

入ってきたのは四日前の女医だ。後ろにさっきの看護師二人を従えている。今日は白衣の下から覗くスカートは黒で、首にかけた聴診器を尖った胸が突き上げていた。

「話が違《ちげ》えぞ。個室にするって言っただろ」

四日ぶりの再会の挨拶抜きで噛みついた。向こうもムダ口を叩くつもりはないようだった。

「そう言っていたのはあなた自身だけです」

髪を片耳にひっかけて俺を見下ろしてくる。

「いいや、確かにそっちが言った」

ガキの喧嘩はお断り、とでもいうふうに女医が目を逸らし、俺に冷たい横顔を見せつける。

「一人部屋は一階しか空いていません」そこでまた俺に視線を戻す。言葉の意味を俺が理解したかどうかを確かめるように。「また一階に戻られますか？」

俺は起き上がって、ベッドの縁に腰をかける。

「なぁ、俺は治療をしに来たわけじゃないんだ」

「では、何をしに来たのですか」

「だからぁ、桐嶋に頼まれて、治療プログラムを受けるために――」

「治療《ヽヽ》」

聴診器で首を締めてやろうか。

「俺がどういう人間かわかってんだろ。後ろの二人もさ」

俺は威嚇の表情をつくり、視線で小男と坊主頭を狙撃した。二人が同時にそっぽを向く。

女医が宙に張りつけた書類を読み上げる口調で答えてきた。

「あなたはアルコール依存症の患者さんであり、反社会性パーソナリティ障害の可能性がある桐嶋教授の治験者です。それ以外のことはカルテにありません」

俺の言葉の拳はことごとく外される。三十メートル四方のリングでシャドーボクシングをしている気分だった。

「俺のバッグから中身を勝手に抜いただろ。返せ」

女医が看護師たちを振り返る。小男が首を横に振っていた。

「担当の人間に問い合わせてみます。何がなくなっていましたか」

「そりゃあ、あれだ……」

「時節柄、荷物検査はさせてもらっています」

時節柄——二年前の二度目の原発事故以来、空港やイベント会場での入場チェックは格段に厳しくなっている。検問や職務質問も増えた。俺たちの組では「やばいブツは持ち歩くな」というお達しが出ている。緒方の死体を積んで走っている時も、翼はガスの緊急作業車の赤色灯にもビビっていた。

どうせ酒瓶っすよ、坊主頭が俺に聞こえるのを承知の呟きを漏らす。その言葉に頷くように女医が言葉を続けた。

「入院に際して不適切と思われるものは、退院時まで預からせていただきますので」

そうか、返してくれるのか、アルコール度数70パーのウォッカ。ありがたいこった。

「スマホもか？」

「これも最初にお話ししたはずです。こちらでお預かりすると。どちらにしても、この病棟内には電波は届かないこともお伝えしました」

「嘘つけ」いまどきそんな場所があるわけねえ。「さっきそいつが使ってたぞ」

「あれは携帯電話ではなく、院内連絡専用のPHSです。何でしたら、試してみますか」

「いいよ」言いながら気づいた。いまの俺には電話をかける相手なんかいなかった。かけてくる人間も仕事《シノギ》にかかわる奴以外には思い当たらないし、下手に連絡を取ったら、ここにいることがバレちまう可能性もある。「外出する時に返してくれ」

「外出？」妙な言葉を聞いたというふうに首をかしげる。髪が片側に揺れた。

「ちょっと待てよ。外出は自由だって聞いてるぞ」

「自由？」かしげた首をもとに戻す。「事前に許可を取っていただく必要があります」

「ざけんな」

俺は桐嶋の言葉を思い出した。外出許可を取って外で飲むぶんには黙認するしかありません――あの野郎っ。

「じゃあ、あんた、許可を貰ってこい」

「あんた？　私がですか？」

「そうだよ。他に誰がいる」まるまる四日も我慢したんだ。どこかで祝杯をあげねえと。俺は女医に指を突きつけた。「いますぐだ」

小男が下を向いた。女医が俺の指先をかわすように首をくねらせて髪を掻きあげる。

「その調子では外出許可はまだ無理ですね」

「うっせえ。おめえには聞いてねえ。桐嶋でも誰でもいい、とっとと貰ってこい」

俺は突きつけた指を振り立てた。

「誰でも良くはありません。及川さんに外出許可を出すかどうかを決めるのは、主治医の私です」

え？

俺の指先は萎《な》えたチンポのように下を向いてしまった。

小男が下を向いたのは笑いを堪えていやがったからだった。

「ひとつよろしいですか。私は、『おめえ』でも『あんた』でもありません。比企《ひき》と言います」

この女が初めて感情らしきものをこめた口調になった。とはいえ怒っているのかひそかに苦笑いをしているのかは俺にはわからなかった。

「桐嶋はまだいるんだろ。奴と話をさせろ」

「もう帰られました」

ほんとかよ。信じられねえ。反社会性パーソナリティ障害の俺は、平気で嘘をつく人間だそうだが、他の人間とどこが違うのかがわからない。どこもかしこも平気で嘘をつける人間だらけじゃねえか。

「明日も来るのか」

「さぁ。お忙しい方なので」

「俺だってお忙しいんだよ、桐嶋が来たら伝えろ。俺が話がしたいって言ってたとな」

「もうよろしいでしょうか」比企は俺の言葉には答えず、手首に視線を落として時計に話しかけるように言った。「正式な治療プログラムは明日からです。今日はゆっくり休んでください」

部屋を出て行く三人の後を追いかけて、身分証を奪い、エレベーターを降りてここを出て行く、頭の中で何度もその場面を思い浮かべたが、いくら俺でもそれが現実的じゃないことぐらいは理解できた。

ムショに比べれば、連中の言葉遣いはていねいで、清潔で、ちゃんとした米の飯が食える。いちおう女もいる。だが、俺にはここが、慣れたムショより息苦しく感じられた。鉄格子のかわりに不透明なゼリーの壁に囲まれてしまったような気分だった。

糞、糞っ。

俺は殴る相手のいない拳を枕に叩きつけた。

ベッドに寝ころんで天井を見上げながら考えていた。どんな手を使ってもここを出て行くか、ムショに入ったつもりで二カ月を我慢するか、を。

四日間、奴らにズタボロにされた腹立ちを抑えつけて、冷静にメリットとデメリットを比べてみる。俺は「自分の利益しか考えられない人間」だそうだが、あたりまえだ。他人の利益なんて考えたくもねえ。他人がトクをすれば自分が損をする。糞親父がろくに働きもしねえのに酒やパチンコに金を注ぎこんだおかげで、俺は毎日カップ麺と菓子パンしか食えなかった。自分が貧乏籤《くじ》を引かないためには、他人をぶっ潰すしかない。金属バットで糞親父を殴った時のように。

二人の人間に一つのパンしかなかったら、奪い取るしかねえじゃねえか。仲良く分けてたら、腹はふくれねえ。世間の人間はなぜそんな簡単な計算もできないんだろう。もしくはわかっているのに、わかっていないふりをしているのか。

まぁ、いいや。

ここで二カ月を我慢するメリットはただひとつ、俺を追っかけてる奴らの目が届かないだろうってことだ。

デメリットはいろいろある。ひとつはシノギができず上納金が払えないこと。若頭《カシラ》は「会費《じょうのうきん》のことはオヤジに話しておく」と言ってくれたが、うちの組長《オヤジ》の性格からして免除じゃなくて、遅延を許すってだけだろう。どっちにしても俺の出世はさらに遅れるに違いない。

　いつになく俺の頭は冴えきっている。四日間拘束されたおかげであちこち痛むが体も軽い。奴らの言いなりになるのは気分が悪いってのも我慢のきかない俺にとっちゃあ立派なデメリットだ。女を抱けねえことも。なにより酒が飲めない。

　酒？

　そうだ、酒。いま気づいた。ドアの上の天井近くにある時計を眺めて驚いた。四時二十分。いつもならとっくに酒を飲みはじめている時刻だった。本格的に飲むのは夜になってからだが、昼からアルコールを入れておかないと、手が震える。前日の酒の不快感も消えない。不快どころか、俺の頭は脳味噌をメントールシャンプーしたみたいにすっきりと晴れ渡っていた。体中の細胞には筋肉痛を心地良く感じるほど力が漲《みなぎ》っている。点検整備に出して新車同然に戻ったかのようだった。

　酒を飲むついでに吸っている煙草のこともすっかり忘れていた。

　ふいに俺らしくもないことを考えてしまった。

　しばらくやめてみるか。

酒が手放せなくなったのは、二度目の懲役を終えてからだ。それまでも大酒飲みではあったが、昼間から飲むことはなかった。その時に戻ればいいだけの話だ――

天井に向けて独り言を吐き出す。

「いや、ありえねえな」

セックスにもギャンブルにも飽きている俺から酒を取ってしまったら、生きている意味がなくなる。残るのは、退屈で糞ったれな現実だけだ。

午後四時半をまわった頃、部屋の外が騒がしくなった。

俺は半身を起こしてベッドの周囲を覆っているカーテンから顔を覗かせた。

ドアが開き、誰かが入ってきた。

看護師じゃない。ポロシャツとコットンパンツ姿。半白の髪を後ろに撫でつけた丸顔の中年男だった。その後ろからは三十前後の細縁眼鏡の男。こいつは体育の授業中の中学生のようなどん臭いあずき色のジャージ姿だ。

305の同居人らしい。

中年男が俺に気づいて声をかけてきた。

「こんにちは。今日から入られたのですか」

首振り人形のようにお辞儀をくり返して近寄ってくる。満面の笑み。握手の手を差し出してきそうな勢いだった。

ムショでは同房の人間に、自分がオスとして上位の存在であることをすみやかに相手にわからせるのが、つつがなく多少なりとも快適に刑期を送るためのコツだ。手っとり早く言やあ、初対面で一発かまして、相手をビビらせること。

俺はめいっぱい威嚇の表情をつくって俺のパーソナルスペースに踏みこんでこようとするそいつを睨みつけた。

「どうもどうも、私《わたくし》、堂上《どうじよう》と言います。よろしく」

驚いた。カタギのくせに俺の目をまっすぐ見つめてきやがった。しかもガンを飛ばし返しているような敵意もなく。堂上は笑みを崩さずに俺の真ん前に立つ。

「わからないことがあったら、なんでも聞いてください。といっても私もまだ四日目なんですがね」

なぜカタギに舐められてる？　さっき鏡で見たかぎり、この四日で頬が削れた俺の顔はいつも以上に人相が悪くなっているはずだ。俺は歯の隙間から声を絞り出す。

「うっせえよ、あっち行け」

「ああ、失礼。どうぞどうぞ、着替えを済ませてください」

そういえばまだジャケットを着たままだった。バッグの中から最小限だけ用意してきた私服を取り出す。せっかくだ、背中の観音菩薩をこいつらに拝ませてやろう。

俺はカーテンを全開にして、ゆっくりと上着を脱ぐ。堂上のベッドは俺のはす向かいだ。正面のベッドはあずき色ジャージ。除菌シートで両手を拭っている。

四人部屋の残り三つのベッドは全部埋まっているように見えた。あと一人は誰だ？

上半身を晒したところで、足音が聞こえてきた。慌てて小走りしているような音だ。

ドアが開く。

俺とはつくづく縁があるようだ。入ってきたのは、辻野だった。

窓際のベッドへ向かっている辻野に声をかける。

「よう」

錆びたカランのようにぎくしゃくと首を振り向けてきた。俺の顔に一瞬だけ据えられた辻野の目玉がふくらむ。逸らした視線が刺青を捉えてまたまたふくらんだ。上がった眉と眉の間がすぼまり、半開きの唇の両側に皺ができた。

俺も成長したもんだ。見本みたいな恐怖の表情だってことがすぐにわかった。

「また会ったな」

退屈している時には、弱い者いじめを楽しむにかぎる。

「さっそくだけど頼みがあるんだ。あのさぁ……」そこで俺は言葉を切った。沈黙が相手の恐怖を増幅させる。義理の糞親父にもよくやられた手口だ。このくそガキをどうしてくれようかなぁ、さぁて……

辻野は長すぎる睫毛でまばたきをくり返し、左右を見まわしている。現実逃避しているんだろう。わかるよ。俺も親父に押さえつけられて「さぁて……」と舌なめずりされた時にはそうした。どこかに脱出口はないかと。どこかから救助隊が助けに来ないかと。

「外出許可を取ってよ。辻野君ならいつでも取れるでしょ。買ってきて欲しいものがあるんだ」

辻野の唇が動いたが聞き取れないほどの小さな声だった。かわりにテノール歌手みたいなよく通る声が飛んできた。

「辻野君のお知り合いですか」

堂上だった。

出しゃばるんじゃねえよ。俺は奴に彫り物がしっかり見えるように肩を突き出す。左手を振って追い払うしぐさをした。小指がないことを見せつけるために。

丸顔の中のぎょろ目をしばたたかせた。が、それだけだった。

「外出許可はまだ出ないんですよ。誰にも」

「あ？」

「みんなここへ来て日が浅いので。外部との接触はプログラムが進んでから、と聞いてます」

まじかよ。

「一階に購買があります。品揃えは悪いのですが。何がご入り用で？」

刺青もエンコ詰めした左手も見えているはずなのに、堂上は福の神みたいな笑顔を崩さない。なんなんだ、こいつ。だんだん薄気味悪くなってきた。

「何がご入り用でしょう。私がお貸しできるものがあれば……」

「もういいよ」

辻野が俺と並びの窓際のベッドへ急ぎ、カーテンレールに悲鳴に似た音をあげさせて中に立て籠もった。正面のあずきジャージはまだ手を拭いている。指の股までたんねんに拭ったかと思うと、バカでかいパッケージからまた新しい除菌シートを抜き取って違う指に取りかかる。ごみ箱には除菌シートの山ができていた。消毒液の匂いがここまで漂ってくる。

攻撃目標を失った俺は、こいつに八つ当たりすることにした。

「いつまでやってんだよ。臭えよ」

左手のひとさし指を奴に突きつける。

あずきジャージは、俺に初めて気づいたというふうに振り向き、鼻柱にずり落ちていた眼鏡を押し上げる。そのとたん、口を台形に押し開けた。

「ひぃーっ」

女みたいな甲高い悲鳴をあげる。こんなに驚かれれば両胸に咲いた蓮の花も本望だろう。

いや、刺青に驚いたにしては反応が派手すぎだ。俺から身をよじり、頭を抱えてうずくまってしまった。

「ひい、ひひひぃ」

「ああ、すみませんが、根本《ねもと》君のことは指をささないであげてください」

また堂上が口を挟んできた。

「あ？」

「彼は尖端恐怖症なんです」

「センタン……？」

「尖《とが》ったものが苦手なんです」

「指もか」

「指もです」

ああもう面倒くせえ。俺もカーテンを閉めることにした。


天井から音楽が流れてきた。ドヴォルザークだ。音楽には詳しくないが、児童相談所の保護施設で、ふた言目には「ジョーソー教育が大切なのよ」と繰り返すチーフ指導員に何度も聴かせられたから、曲名は忘れたが、作曲した奴の名前だけは覚えている。

静まり返っていた３０５に人間が動く気配が戻った。

突然カーテンが押し開かれ、堂上の顔が飛び出した。親父と緒方の顔の幻覚を思い出して、俺の背中に定規が差しこまれる。

「食事の時間でーす。食堂に行きましょう」

「いきなり開けんじゃねえよ」

文句を言いつつ、飛び起きた。ありがてえ。さっきから俺の頭に浮かんでいたのは、氷を三つ浮かべたロックウイスキーのグラスでも、よく冷えたウォッカトニックでもなく、どんぶりに山盛りになった米の飯だった。なんせ四日間まともに飯を食っていない。昼飯も量が少なすぎた。俺の腹の皮は背中に引っつきそうになっていたのだ。

カーテンを開けた時にはもう辻野の姿がなかった。声をかけられるのが怖いんだろう。むふふ。絶対に声をかけてやる。

さっきは人けのなかった廊下に、あちこちの部屋から人間が湧き出ている。見たところみんな男だ。エレベーターの前には列ができていた。少なくとも飯の時間にはエレベーターが患者にも使えるらしい。待つのが嫌いな俺は、列の前のほうにいる辻野に声をかけて、ついでに割りこもうと思ったのだが、結局やめた。

他人に冷たい視線を浴びせられるのは慣れっこだが、飯がまずくなる。服も手首まで隠れるロングTシャツとスウェットパンツにしていた。

一階の食堂でも、入り口近くに据えられた配膳車の前に列ができていた。長テーブルもすでに半分がたは埋まっている。全部で何人ぐらいいるだろう。三十じゃきかない人数だ。年齢はばらばら。男のほうが多そうだが女も少なくない。女たちは違う階から来たようだった。髪を椰子のように結んだ小さな頭を探したが、いるわけがないよな。同じ治療プログラムでも、七歳のガキは違う場所で別のことをしているんだろう。

おとなしく並んで番を待ち、配膳車からトレイのひとつを引っ張りだそうとしたら、かたわらに立っていた看護婦が小うるさい定食屋のおばちゃんみたいな声をあげた。

「ああっと。勝手に取らないで」

どれだっていいじゃねえかよ。

「部屋番号とお名前を言ってください」

そうか、作業量で盛りが変わるムショの飯と同じシステムか。病院だから若くて体のでかい俺には、特盛りが用意されているのかもしれない。

「ええっと、305の及川さんね、はい、これ」

辻野の隣にいくつもりだったのだが、奴はそれを見越したのか、いちばん混み合っている部屋の中ほどの、左右と正面に中年女が腰を据えた席で居心地悪そうに肩をすぼめていた。つれねえなぁ。死んだ彼女の代わりの新しい女ができたかどうか、なあんて話を楽しく語らおうと思っていただけなのに。

隅のほうの席に陣取って、とりあえず味噌汁をすすってから気づいた。俺の夕飯のメインはサバの味噌煮なのに、隣で食っている奴の皿に載っているのは、豚の生姜焼きだった。なんでだよ。選べるなら俺だって断然生姜焼きだ。

「やあ、ここでしたか」

テーブルの向こう側から声が降ってきた。顔を見なくても誰だかわかった。

いいよおめえは来なくて。堂上は俺が露骨に顔をしかめているにもかかわらず「よろしいですかね」と勝手に向かいの席にトレイを置く。なんでこいつは俺を怖がらないんだ。ヤクザ者を怖がらないとしたら、そいつは馬鹿か同業者か、あるいは――

警察《サツ》のマル暴？　いや、暴力団担当の刑事は俺たち並みに人相が悪い。こんなニコニコマークみたいな面をしているのは田舎の駐在ぐらいのものだ。

どうせ座っちまったんなら、こいつに聞いてみよう。

「なぁ、なんで、俺の夕飯は魚なんだ」

取り替えさせようと思っていたのだが、食いはじめてみると、サバの味噌煮も悪かぁない。俺の知らない、おふくろの味ってやつだ。

「ああ、栄養プログラムの違いですね。食事も治療の一環だそうです。脳機能の改善のためにDHAやEPA、オメガ3《スリー》脂肪酸の摂取が必要と判断されたからだと思いますよ」

俺が反社会性パーソナリティ障害だからってことか？　サバの味噌煮で良心ってもんが芽生えるなら苦労はねえだろうに。

食堂には小さな音量で音楽が流れている。このメロディにも脳を活性化させる働きがあるとかの蘊蓄《うんちく》がありそうだ。

「もちろん食事だけじゃありませんよ。この薬とサプリメントも一人一人の症状に合わせて用意されたものです」

堂上が小さなケースをつまみ上げて言った。そういやあ俺のトレイにも同じものが載っている。味噌煮の生姜を米の飯に載っけてほおばりながら、ピンク色のケースの蓋を開けてみる。色とりどりの錠剤とカプセルがいくつもジェリービーンズのように詰まっていた。

「こんなに飲むのか」

「自分の脳を治すためです」

そういう堂上が食っているのも、サバの味噌煮だ。

なるほどね。

なぜこのオッサンが俺を怖がらないのかようやく理解できた。

恐怖心がないのだ。きっと桐嶋が研究のために集めた、俺と同じ反社会性パーソナリティ障害の人間の一人だ。

いかにも人が好さそうな素っカタギに見えるが、腹の中で何を考えてるかわかったもんじゃない。

いつか桐嶋が言っていた。「反社会性パーソナリティ障害を持つ人間イコール犯罪者ではないのです。ごく普通に社会生活を営んでいる人間のほうが圧倒的に多い」と。成功し、出世するには都合がいい資質かもしれない、社会的地位のある人間のほうがこの障害を持つ確率が高い可能性がある、なんてことも。

たとえば、従業員を死ぬまで働かせるブラックな企業の経営者なんかがそうか。

他人の命をゲームの駒《こま》だと思っている軍隊の指揮官には向いているだろう。外国で戦争をおっぱじめた自衛隊では出世しそうだ。

イカれていることをむしろ自慢するゲージュツ家やらミュージシャンやら小説家なんて連中も怪しい。

政治家なんぞにはあっちにもこっちにもゴロゴロいるだろう。大統領にだっていそうだ。

昔のフクシマの時も、このあいだの二度目の原発の時にも、政治家や、企業と官僚の上の連中は、嘘のつき合い、責任のなすりつけ合いばかりしていた。

ガキの頃から「捨ててこい」「いらない」と親に言われ続けて育ち、学校へ行っても「あいつが悪い」「及川さえいなければ」と不用品扱いされてきた俺は、「俺だけじゃない。みんな同じだ」と思いたかった。

確かに俺には桐嶋が言うとおりの資質があるかもしれない。腑に落ちることだらけだ。自分自身でもうまく説明できなかった自分の行動原理をようやく知り得た気がする。

でもそれは、俺だけか？

俺だけが特殊なのか？　俺だけが悪いのか？

世間の連中一人一人に指を突きつけて聞きたいぐらいだ。

じゃあ、あんたには良心があるのか。人の痛みってのをちゃんと感じられるのか。本当に？　自分の痛みと同じぐらいに？

学者の桐嶋はなんでも、白黒をつけたがる。○×で切って捨てようとする。テストで○×をつけるのが人より得意なおかげでいまのポジションにいるからだ。

確かに俺は「黒くて」「×」な人間だろうが、他の奴らはどうなんだ。

「○」じゃなくて「△」じゃないのか。「白い」奴なんてじつは存在しなくて、誰もが薄汚れた灰色なんじゃないのか。

とりあえず俺は「自分と同じ人間」が欲しかった。堂上に聞いてみた。さして興味なさそうに。心の中ではすがるように。

「あんた仕事は？」

のんびりと小松菜のクルミ和えをつまみながら答えてきた。

「私ですか？　無職です」

社会的地位、ねえじゃねえか。俺が答えに不服そうなのを見てとると、クルミを飲み下してから言葉を続けた。

「ちょっとした会社を経営していたのですが、倒産してしまいました」ちょっとした会社というのは、けっして小さかあなかっただろう。堂上の嵌めた腕時計は一見地味だが、組長クラスの代物だ。「私の経営が少々向こう見ずだったせいだと思います」

わかるよ。俺は頷いてやった。危ないとわかっていても、危ないとわかっているからこそ渡っちまう橋もある。こいつとは、思ったより仲良くなれるかもしれない。

「私の性格的な——いえ、脳機能的な問題と言いましょうか」

俺は箸先を堂上に突きつけた。あずきジャージだったら大騒ぎをするだろう。

「その問題ってのは、恐怖心がないことだろ？」

ビンゴだった。堂上の顔から終始浮かべ続けていた微笑みが消えた。真顔で俺を見返してくる。「あなたも」と問いかけているように見えたから、頷いてみせた。

「車を百何十キロでぶっ飛ばしてもちっとも怖かぁねえだろ」

「そうですね。過度のスピード違反はしませんが。出そうと思えば出せるでしょうね。家族を乗せている時には安全運転を心がけていたつもりですが、急カーブでもスピードを落とそうとしないと、妻によく叱られたものです」

「高い所も平気だよな」

「ええ、命綱なしで綱渡りもできると思います。ビルからビルへでも。グランドキャニオンであろうとも」

すげえ。俺より上手《うわて》かもしれない。

「大蛇とかサソリとかタランチュラなんかには——」

「むしろ興味を引かれます」

隔離室で毒蛇や蟲《むし》の幻覚に怯えたことを棚に上げて、そのとおりとばかりに俺は頷く。やっと見つけた。こいつは同志だ。俺と同じ、扁桃体を切り取られた猿だ。

「少し前、オヤジ狩りというのですか、夜、人けのない道を歩いていて、タチの悪そうな若者たちに囲まれたことがあります」

堂上はサバの身をぐずぐずとほぐしながら、どうでもいい連絡事項を伝えるように語りはじめた。

「三人いましたっけね。鉄パイプで顎を上げさせられて、怪我をしたくなかったら金を出せって言われまして。じつはバッグの中にはまとまった金があったのですが、会社が倒産するかどうかという時期でしたから、おいそれと出すわけにはいきません。だから正直に言ったんです。『金はあるが、悪いが君たちには渡せない』と」

俺なら鉄パイプを奪い取って泣こうがわめこうが三人まとめてボコボコにしてやるところだ、と思いながら黙って続きを待った。

「そうしたら、私のどこを見てそう思ったのか、若者のひとりが言ったんです。『このオッサン、ヤベえぞ』って。そして気味悪い動物に出遭ってしまったとでもいうふうに、何もとらずに立ち去ってしまいました。あまりに怖がらなさすぎたんでしょうね。私のことを空手か柔道の有段者とでも思ったのでしょうか。私、武道どころかスポーツはからっきしなのに」

オヤジ狩りのチンピラどもに対して、申しわけながっているような口ぶりだった。

「自分の置かれた立場が他人事のように思える、というわけではないのです。客観的な第三者になって眺めているという感覚ではけっしてありません。自分の身に危険が迫っている状況は確かにわかっている。それなのに、そうした状況で、心がどう反応していいのかが、昔は知っていた簡単な言葉をド忘れしたように思い出せないんです。どうしても。『恐怖』をド忘れしてしまったんですね、私」

「すごいよ、あんた」

「いえ、嘆かわしいかぎりです」

「そお?」

「昔からというわけではないんです。子どもの頃はむしろ臆病なほうだったと思います。お化けが怖くてトイレに行けなくて、小学二年生ぐらいまでオネショをしてました。蛇はもちろんミミズですら怖かった。若い頃も、娘が小さかった時分にはまるっきり。まだ死ねない。死ぬのが怖いと思っていたはずなのですが。ここ十年ぐらいで急に」

ここ十年で急に?　反社会性パーソナリティ障害は「基本的には生まれつき」、桐嶋にはそう言われた。その時には、そういうものかと思った。じゃあ逆に言えば、変われるのか、俺は。

いや、変わらなくてもいいんだけどな。別に。まったく。

喋り続けていたせいで堂上はまだ味噌煮をつついている。俺自身はとっくに飯を食い終えていたが、席を立つつもりはなかった。同志への親密さをこめた口調で言う。

「あんたも桐嶋に言われたのか、お前には良心がないって」

「良心？　いやあ、どうでしょう。こればかりは自分ではなんとも言えないですからねえ」

堂上が首をかしげてみせる。いいよ、見栄を張らなくても。

「反社会性パーソナリティ障害なんだろ？」

俺の隣の生姜焼きが聞き耳を立てているのに気づいた堂上が、えびす顔を寄せてきて、ひそめ声で言う。

「及川さん、ここではお互いの病状に関して、あまり言及し合わないのが暗黙のルールのようですよ」

あ、そう。もうお前の正体はわかったから、別にいいけど。俺がトレイを手にして立ち上がろうとした時、突然声があがった。

「みなさーん、お薬はちゃんと飲みましたかぁ」

声の主は定食屋のオバチャンみたいな看護婦だった。おおげさに口を開け、必要以上にはきはきした、幼児やボケ老人に語りかけるような人を舐めくさった口調だった。片手で握ったピルケースをペンライトのように振っている。

大人を舐めた言葉なんぞに誰も応えないだろうと思っていたのは、俺だけだったようだ。あちこちで声があがった。

「はーい」

中年女たちの声だ。看護婦の真似をして片手でピルケースをかざしている。声は出さないまでも若い女や男たちの半数ぐらいも同じ動作をしていた。

なんだこりゃ。新興宗教の集会みたいだ。呆れたことに堂上もマラカスのようにピルケースを振っていた。看守のように突っ立っていた男の看護師二人もピルケースを片手に声を張りあげる。

「さぁ、飲みましょう」

「さぁ、飲みましょう」

「食事が終わった方から飲みましょう」

俺の薬というのは五種類もあった。かえって体に悪そうに思える。

隣の生姜焼きが薬を飲んで席を立ったのを見はからったように、堂上が声をかけてきた。

俺たちの周囲にはもう誰もいない。

「ここまで聞いていただいたのだから、最後までお話ししましょうか」

「え」なんの話だっけ。

ほうじ茶をひとしきり口の中でころがしてから堂上が言った。

「ウルバッハ・ビーテ」

食堂に流れている曲の作曲家か？

「ウル……バッハ……なんだって？　あいにくクラシックは聴かねえんだ」

「ウルバッハ・ビーテ病。私の病気の名前です」

「え」

「局所性両側扁桃体損傷。ほかの感情はコントロールできているらしいのですが、どうも私の頭の中からは、恐怖という感情だけが抜け落ちてしまっているようなんです。脳の中の扁桃体という部分がちゃんと機能していないのだとか。自分では気づきませんでした。長く生きてきて、経験を重ねているうちに、たいていの物事に動じたり、恐れたりしなくなったのだな、齢を取るのも悪いことじゃない。のん気にそう考えていました。自分のことだけならいいんです。そのうちに他人の恐怖や怒りも感じにくくなってしまいました。私の運転を妻や娘が怖がっていることにも気づかなかった。このままじゃ遠からずあなたは死ぬ、家族にそう泣きつかれて、桐嶋先生のところに通いはじめたわけです」

同志、ってわけでもなさそうだ。堂上の言葉は、自分より女房や子どもを心配しているように聞こえた。

「ここにいる奴らはみんな桐嶋の患者か？」

「一部の方はもともとの入院患者さんらしいのですが、ほとんどの人が今回の治療プログラムを受けに来た人だと思います。私もくわしく知っているわけではないのですが、この総合医療センターという施設自体が、国の肝煎《きもい》りで体制や設備を一新したばかりだそうです」

桐嶋は何を考えてるんだ。そもそも治療プログラムってのは、桐嶋の個人的な研究のために行っているのだろうか。

「さ、薬を飲んでしまいましょう」

堂上は何種類もの錠剤とカプセルを、律儀に一種類ずつつまんで、病室から持ちこんだMYコップの水で飲み下していく。生真面目なその姿は、どこにでもいる普通のオッサンだ。頭の中のことは、外からではまったくわからない。

この食堂にいる人間たちも一見したところじゃ、どこかに問題があるふうには見えない。八週間もある合宿じみた日程に参加しようって連中だから、むしろ人並み以上に健康そうだ。人間ってのは多かれ少なかれ、一人一人なにかしらの問題を抱えていて、そいつと折り合いをつけながらどうにかこうにか生きているんだろう。みんなもう出来立てのピカピカの新車じゃねえんだから。良心のないヤクザ者の俺だって、そう思う。

俺はピルケースの薬を取り出して味噌汁の残りでまとめて飲みこんだ。

午後九時が近づくと天井近くのスピーカーから気取ったクラシックが流れてきた。

「なんだよ、これ」

誰にともなく聞く。ベッド周りのカーテンを半開きにしている堂上が答えてきた。

「消灯の合図です。もうすぐ照明が消えます」

まじか。午後九時なんて俺にとっちゃあサラリーマンの午前中みたいな時間だ。寝られるわけがない。食堂の書棚にあった面白くもねえ漫画本を放り出して俺は起き上がる。

隣のベッドの辻野は、一センチの隙もなくカーテンを閉ざしたまま物音ひとつ立てない。俺と堂上が食堂から帰ってきた時からずっとそうだ。声をかけても寝たふりをして答えなかった。俺と同様にカーテンを全開にしている根本は歯を磨いている。歯磨き粉を使わずに。三十分前からずっと。歯茎から血が出っぞ。

「せめて窓開けようぜ」

部屋の窓は誰がそうしたのか、日が暮れてからずっと分厚い遮光カーテンで閉ざされている。

「あ」辻野が声をあげる。やっぱりたぬき寝入りをしていやがったか。

窓のカーテンを押し開けたとたん、

「ひーっ」

根本が喚きはじめた。

「あんだよ、うっせえな」

「ひっひぃぃーっ」

歯ブラシを放り出し、ベッドの下にうずくまった。

堂上がカーテンの隙間から顔だけを突き出す。イヤホンを耳から抜き取って、斬首された生首のように俺に頭を下げた。

「申しわけありませんが、夜はカーテンを閉めたままにしておいてください」

「なんでだよ」真っ暗になっちまうじゃねえか。

「根本くんは月恐怖症なんだそうです」

「あ？」

「月恐怖症。とくに今日は満月に近いですし、この時間にはまだ――」

確かに夜空には、黒い布に丸い穴を開けたような月が浮かんでいる。

「月が怖いんだそうです。いまにも落ちそうに思えて」

尖端だけじゃねえのか。

「ベッドのカーテンを閉めりゃあいいじゃねえか」

これにも堂上が自分のことのように答えた。

「それもできないんです。閉所恐怖症だから」

恐怖症のデパートかよ。

「協力し合いましょう、八週間。お互いさまですから」

根本の首根っこを摑んで、まぶたをセロテープで止めて窓際に立たせたら、さぞ見ものだろうが、想像するだけにとどめておくことにした。

お互いさまなもんか。俺に何か恐怖症のようなものがあるとするなら、暗闇だ。桐嶋なら「それは爬虫類脳的な恐怖にすぎない」と一笑に付すだろうが、俺が爬虫類じゃねえから、嫌なのだ。

親父たちに押入れに閉じこめられた時の記憶が蘇るからだ。

ベッドに読書灯がついていたことを思い出した俺は、俺にも生まれた時にはちゃんと備わっていたはずの人間の脳味噌をきちんと活用して遮光カーテンを元どおり閉ざした。

そのとたん、部屋が暗くなった。

15

どこからか流れてくるメロディで目を覚ました。聞き覚えがある曲だった。ペールギュンなんたらの『朝』だ。俺が名前を覚えているのだから、きっと保護施設で聞いていた曲なんだろう。

カーテンを開けてドアの上の時計を見る。勘弁してくれ。まだ六時じゃねえか。再びベッドに倒れこんでタオルケットをかぶり直そうとしたら、頭上から声が降ってきた。

「おはようございます」

カーテンの隙間から生首が飛び出している。堂上だった。

「脅かすんじゃねえ」

一瞬、両手で顔をかばいそうになっちまった。二つ折りにしたベルトの鞭《むち》が飛んでくる錯覚に陥って。どういうわけかこいつの顔は俺に、義理の糞親父を思い出させる。顔だちが似ているわけでもないのに。齢も違う。堂上は昨日の夜、自分は五十七歳だと話していた。糞親父は俺が殴り倒した時点で三十八か九だった。それ以来会ったことはない。

俺は顎を宙にしゃくり上げて、流れている音楽を指し示す。

「飯の時間か？」

だったらとりあえず食って二度寝しよう。いつもなら起き抜けには鈍い頭痛と吐き気しかしないのに、今朝の俺の頭はすっきり晴れている。胃袋が目覚ましのアラームのように鳴っていた。ここへ来てからの俺は、なぜか腹ばかり減らしている。

「朝食は八時からです」

「まだ二時間もあるじゃねえか。五分前になったら起こしてくれ」

「いけません。リズム体操をしなくては」

「は？」

堂上が人のベッドのカーテンを勝手に引き開けた。

向かいのベッドの根本は、寝間着用のだぶだぶのタンクトップと短パンをあずき色のジャージに着替えはじめている。カーテンを閉め切った左手の辻野の寝床からも衣擦れの音がしていた。

「これから全員で体操です。朝日を浴びながら」

堂上はスキーのジャンプのような前傾姿勢で顔を近づけて、俺の目を覗きこんでくる。日焼けした丸顔に微笑みをたたえて。俺が眉を寄せて寝起きの不機嫌な顔をさらに凄ませても、微笑は消えない。

「脳を活性化させるには、規則正しい生活サイクルが大切です。とりわけ朝日を浴びることが重要なんです。セロトニンの分泌を活発にしますから」

こいつが親父に似ているのは、たぶん目だ。感情の揺れが見えない黒一色に塗り潰したような瞳だ。ダルマの目。堂上の場合、「反社会性」の俺とはビョーキの種類が違うようだが、恐怖心が希薄という点では同じ。てことは俺もこいつと同じ目をしてるってことか?

義理の糞のチンカス親父も恐怖には鈍感だった。ただしあいつの場合、感じないのは他人の恐怖だけ。自分に対する危険や痛みには人並み以上に臆病だった。俺に熱湯をぶっかけようとして、手を滑らせて自分の足に湯をぶちまけちまった時には、俺の体に何カ所も火傷痕をつくっているくせにおおげさに悲鳴をあげて大騒ぎをしたもんだ。「熱ち熱ち熱ち。痛え痛え、きゅきゅ救急車を呼べ」

高校生になって俺のほうが体がでかくなると、怖くなったのか家に居つかなくなった。俺も家にはめったに帰らなかったが、たまに顔を合わせるとこそこそと出て行った。ボス猿交替だ。

金属バットで殴ったのは、奴が昼から飲んだくれて酔い潰れている時だった。目障りだったから尻を蹴っ飛ばしたが、起きようとしないから湯を沸かして、ガキの頃の俺がそうされたように背中に熱湯を浴びせた。飛び起きた奴が昔みたいに俺のことを「くそガキ」呼ばわりしたから、バットで殴った。俺が家にはない金属バットを持っていたから、警察は「計画的」と決めつけやがったが、奴を殴るのに計画もくそもあるものか。バットは外で喧嘩をするために持ち歩いていただけだ。

辻野が引きこもっていたカーテンから飛び出して部屋の外へ走り出た。根本も中学生が行進するようなぎくしゃくした足どりで続く。堂上がさらに体を前傾させて顔を近づけてくる。飛型点はかなりの高得点だろう。

「セロトニン、大切ですよ。たっぷり分泌されれば心地よい一日が送れるそうです。俗に『幸せホルモン』と呼ばれているぐらいです。さ、行きましょう」

「やなこった。俺は寝る」

「さあさ、脳内を改善するために」

目の前に迫ってくる堂上に片手を振って追い払うしぐさをすると、初めて笑いが消え、冷えた目で俺を見返してきた。恐怖を失っていても、怒りの感情はちゃんとあるらしい。

ふとんにくるまったものの、一度覚めてしまった頭と目はすっかり冴えきっていた。おまけにグラウンドが騒がしくなった。

やけに朗々としたアナウンサーじみた男の声が続いたかと思うと、いきなり大音量で音楽が鳴りはじめた。ラジオ体操のメロディだった。

リズム体操ってのは、ラジオ体操かよ。ああ、糞、うるさくて眠れねえ。

起き上がって窓に歩み寄った。グラウンドの真ん中に患者だか治験者だかが集まっている。その四十人前後と、集団と向かい合わせに立った男女の看護師二人が一斉にうぞうぞと手足を蠢かせたり、体を伸び縮みさせたりしている。日光に慌てる日陰の虫けらみたいだった。

行かなくて正解だ。ヤクザがラジオ体操なんて、看護婦がポールダンスを踊るようなもん。真夏の光は朝っぱらから鋭く眩しい。きっと外はもう糞暑いだろう。堂上の言葉が頭の中でリフレインした。「朝日を浴びることが重要なんです」

セロトニンってのは何なんだ。薬の名前みてえだな。効くのかよ。こうか？　こうすれば、俺もちったあ幸せな気分になれるのか？

知らず知らずのうちに窓に額を押し当てて、朝日を受けようとしている自分に、俺は舌打ちをくれる。

は。くだらねえ。

くだらねえ、くだらねえ、と頭の中で呟きつつ、額を窓にすりつけたまま、外を眺め続けた。そして、豆粒に見える四十ほどの頭の中に、ひときわ小さな豆粒が交じっていることに気づいた。

子どもだ。集団の真ん中に、五、六人ほどが固まっている。椰子の木のような頭が見えないか目を凝らしたが、手前の大人でさえ一人一人の顔の見分けがつかないほどの距離だ。隙間から見え隠れするだけのガキどもは性別すら判別できなかった。

行ってみるか？　ドアに向かって歩きかけて寝間着にしていたTシャツが半袖であることを思い出した。右袖から背中の観音菩薩に絡みついた龍の頭が飛び出している。左の袖からは尻尾。

やめだ。着替えるのが面倒臭え。第一、あのガキがいたところで俺に何の関係がある？　俺はベッドへ戻りタオルケットをかぶって、やかましいラジオ体操のメロディに耳を塞いだ。

朝の食堂に集まっていたのは、昨日と同じように大人だけだった。朝飯のメニューは目玉焼きと鯵の干物とサラダ。トレイを受け取った俺は空いた席を探す。部屋の反対側で辻野がうろうろしているのが見えた。俺に近寄られたくなくて、こっちが場所を決めるのを待っているんだろう。俺が適当な場所に腰を据えると、はるか遠くの席に座った。ふふ、青いな、青年。俺は再び席を立つ。

「よっ」

辻野の隣にトレイを置くと、鰺をつついていた手が止まった。俺を見上げてくる目は二つの目玉焼きのようにふくらみ、まだ何も食っちゃいないのにこめかみがひくひくと動いている。

「そんなに怖がるなよ。昔っからの知り合いじゃねえか。待合所時代からの」

トレイにうつむいてしまった横顔に言葉を続けた。

「聞きたいことがいろいろあるんだ。飯のおかわりはできるのか」

正面に座るババアに片足を突っこんだような干物女と同じメニューってのが解せねえ。違うのは白飯の量だけだ。辻野は答えない。

「俺、四日間、独房に入ってたから」

俺ではなく、ほぐしている鰺の干物に答えるように、ようやく声を絞り出した。

「知ってます。いろいろ聞きました」

何を聞いた？　オムツをしていたこともか。辻野が横目で俺の顔色を窺ってきた。俺がひるんだとでも思ったのか。あいにくだな。辻野の皿にウンコを浴びせるように言ってやった。わざと唾を飛ばして。

「糞を漏らした話もか」

辻野が顔をしかめ、俺から身を守るように左肩を突き出した。ざま見ろ。

「なあ、教えてくれよ。食い物は追加注文できるのか」

辻野が肩で息をしはじめた。話をするだけだろ。そんなに俺が嫌か。もう一度、奴の皿に唾を飛ばしてやろうと思って口の中にためていると、テーブルの向こう側から声が飛んできた。

「ごはんは看護師さんに言えば半ライスまでオーケーよ」

干物女だ。皺を塗りこめるように真っ白に化粧している。齢に似合わないくるくるカールの茶色い髪はあきらかにカツラだ。

「でもおかずは無理よ一人一人に必要な栄養とカロリーを計算してるんですもの」

「どんな計算だよ。同じじゃねえか」

俺は干物女の皿を顎で指した。

「干物の大きさが違うのよあたしはSであなたのはLあたしはMでも平気っておとといのサワラの時にタナベさんには言ったのに聞いちゃくれないの卵だってサイズが違うでしょタナベさんはあたしのことを嫉妬しているからしかたないのよあたしがお金持ちのお嬢さまだからあたしの父は大会社の社長なの真空管の工場を二つも持っているのよ勲章を貰ったこともあるわ県から」

話はいつまで経っても終わらない。この女はどんな頭の故障でここに来ているんだろう。少数派の女の治験者はみんな何人かずつのグループをつくって飯を食っているのだが、この女の左右には誰もいなかった。

「携帯が使えねえってのは本当か」

俺は辻野に尋ねたのだが、聞き耳を立てていた女がまた質問を横取りする。

「あたしもタナベさんに携帯電話を取り上げられて困っているのタナベさんはきっとあたしにかかってきた電話にかってに出ているんだと思うの知事さんとあたしが直接話すとあたしの干物をSサイズにして嫌がらせをしていることがバレてしまうから」

ババアに聞こえない声でもう一度辻野に聞く。

「離れ小島じゃあるまいし。嘘《フカシ》じゃねえのか」

干物女のお喋りをこれ以上聞くより、俺と話すほうがまだマシだと思ったのか、辻野がひそめ声で答えてきた。

「地理的な問題ではなく、ジャミングをしているんだと思います」

「ジャミング？」

「スマホ用の電波を遮断するシステムを取り入れているんじゃないかと思います」

「何のために？」

辻野が首をかしげる。

「電話はどこで借りられる？」

辻野に囁いた声は少し大きすぎたようだ。

「スタッフステーションよ看護師さんに電話をかけたいんだけどって言えばいいのあたしは知事さんにかけたんだけどつながらないの番号は合っているはずなのにきっと病院が妨害電波を出しているに違いないのよサワラ問題を知られないようにここが隠してるのはそれだけじゃないのじつはあたしたちに内緒でね」

俺は辻野と目を合わせて肩をすくめた。辻野も同じしぐさをする。「飯、あんがいうめぇな」「そうですか」「辻野くん、目玉焼き好き？」「ふつうです」「あ、俺も」俺たちは干物女の独演会から逃れるために、ぎこちなく会話を交わした。

食事が終わる頃には、昨夜と同様、看護婦たちの『薬をのみましょうキャンペーン』が始まった。貼りつけた笑顔とオーバーアクションの宗教儀式じみたパフォーマンスは薄気味悪いが、飲めば、メンソール入りの炭酸水を注ぎこまれたように頭がすっきりするのは確かだ。ここに来る前から抗酒薬以外は毎日飲み続けていた。ここで渡される薬には新しいものが増えているが、抗酒薬らしきものは交じっていない、と思う。酒を飲んでみねえとわからないけど。

ベッドへ戻るために席を立ったら、聖なる儀式を執《と》り行っていた看護婦に呼び止められてしまった。

「朝食後に今日のお一人お一人のプログラムメニューをお渡ししますので、全員の食事が終わるまでお待ちください」

「じゃあ戻ってくるよ。喫煙所はどこだ？」バッグの脇ポケットに突っこんであった二箱のマルボロは無事だった。

「院内は完全禁煙です」

「院外ってのはどこだ」

「外出許可を取っていただかないと出られません」

「じゃあいますぐ外出許可をくれ」

「いえ、無理です」

まぁ、いいけど。いちいち噛みつくのが面倒になってきた。煙草は我慢がきく。年少やムショへ入るたびに禁煙しているからだ。なぜ酒は同じようにいかねえんだろう。

「じゃあ、電話をかけさせろ。スタッフステーションってのはどこだ」

なんのことはない、廊下の先のナースステーションのことだった。電話する相手も用事も思いつかなかったが、暇だから行ってみることにした。

曲線カーブを描くカウンターに囲まれたスタッフステーションには男と女の看護師が何人も詰めていた。一人はよく知っている奴だった。

「お、秋本くんじゃないの」

振り向いた秋本の表情は、さっき声をかけた時の辻野にそっくりだった。昔、三週間だけ暮らした女が、台所の壁にゴキブリを発見した時もこんな顔をしていたことを、いま頃になって思い出した。

そうか、俺はみんなのゴキブリか。

こんな顔を向けられることに、いいかげん飽き飽きしていたが、ゴキブリはゴキブリらし
くもう少し嫌がられてみることにする。

「聞いたよ、君の住所。この近くに住んでるらしいね」

秋本の顔が、壁のゴキブリが自分に向かって飛んできたってふうに引き攣った。

俺の得意の嘘だ。誰にも聞いちゃあいない。こんな辺鄙《へんぴ》な場所でシフト制で働いているの
だから、遠くからは通えないだろうと踏んでカマをかけただけだ。

「ここを出たら遊びに行こうかな、君の家に」

「あのぉ……すいません、本当にすいません」

「あれあれぇ、なんで謝るの。なんか俺に謝るようなことしたっけ？　ああ、あの時か
なぁ」

面白《おもしれ》え。歯、食いしばってやがる。酒はこいつに買いに行かせよう。

「そうそう、秋本くんに頼みたいことがあるんだ」

「な、なんでしょう」

「ま、それは後で。その前に電話をかけられる場所、教えてくれる？」

「こ、ここここ、こちらですぅ」

スタッフステーションの奥にガラスの箱のような小部屋があった。そこに電話が置かれている。いまどき珍しい公衆電話だ。あいにく金はもってきていない。

「秋本くん、十円、いや二、三十円貸して」

さてと。秋本がうやうやしく差し出してきた、ありったけの百円ぶんぐらいの十円玉の一枚を指で弾いて宙に飛ばす。ピザでも注文すっか。ビールを半ダースつけて。誰にかけていいのかわからなかった。そもそもスマホの住所録がなければ電話番号がわからない。空《ソラ》で覚えているのは組の代表番号と、若頭《カシラ》の携帯だけだ。

カシラにかけることにした。俺の事を気にかけてくれているだろう。カシラならこの時間でももう起きていて、二匹のボルゾイを散歩させているか、ジョギングをしているはずだ。

コール音だけがいつまでも続いた。あとワンコールで諦めようと思った時、ようやく繋がった。

「おう、及川」

「押忍《オス》」

「珍しいな、こんな朝早くに」

「面目《めんぼく》ないっす」

カシラの声がどこかしら硬く感じたのは気のせいじゃなかった。消息を聞かれるだろうと返答の言葉を用意した俺に、いきなりこう言った。

「翼がやられた」

「は？」

「刺されたんだ。緒方の組の野郎に」

マジかよ。やっぱりそう簡単に事は収まらねえってことか。俺の沈黙を誤解したカシラが言葉を重ねる。

「翼が無事かどうか心配だろう」

「え、ええ、そりゃあ」すっかり忘れていた。自分のこの先の身の安全ばかり考えていたからだ。

「腹をやられたが命に別状はない。脂肪が防刃《ぼうじん》チョッキがわりの奴だからな。松葉医院の特別室に匿ってる。若いのが何人も刺した野郎を追っかけてるが、まだ見つからねえ。お前も気をつけろ。どこだっけ、いま隠れてるのは？」

「病院みてえなとこっす」

「どのあたりだ」

「東京の外れだと思います」外れの外れだ。よその県との県境をまたいでいるかもしれない。

カシラはくわしい住所を知っておきたいようだったが、それ以上は聞いてこなかった。そのかわりに俺に忠告してくる。

「翼がやられたのは、行きつけのフィリピンパブだ。何日も前から店で張ってやがったらしい。お前の時もそうだったろう」

「ええ」

「ヤクザには見えねえ野郎だったそうだ。若い茶髪で背丈は百八十ぐらい。お前をやったのと同じ奴か？」

「いえ、違うと思います」

「あいつらはどこかに潜入して不意打ちするのがお得意のようだな。どこに潜り込んでるかわからねえ。地蜘蛛《じぐも》みてえにな。ちゃんとおとなしくしてろ」

「押忍。ありがとうございます」

俺は電話なのに頭を下げていた。

受話器を置いて小部屋を出ると、目の前に秋本が立っていた。

「あのぉ、用というのは……」

緒方の組の人間が何人いるか知らねえが、ここへ潜り込ませるとしたら、俺に面《めん》が割れてねえ奴だ。秋本を頭のてっぺんから爪先まで眺め下ろす。

「な、なんでしょう」

秋本がひょろっこい体を縮こまらせた。ま、こいつはありえねえな、と考えたところでカシラの言葉を思い出した。「ヤクザには見えねえ野郎だったそうだ」。確実なことなんてこの世にはねえ。確実なのは誰もがいつか死ぬってことだけだ。

「もういいや」

酒どころじゃなかった。目立つことは慎《つつし》んだほうがいい。奴らがいつここに忍び入ってくるかわからなかった。もうどこかに潜り込んでいるかもしれない。俺は自分がビビらせた秋本に、ほんのかすかにとはいえビビっていた。返すつもりのなかった通話料の残りの小銭を奴の手に握らせた。

食堂に戻った俺は、ぐるりと周囲を見まわした。看護師が配るプリントをおとなしく待っている羊の群にしか見えないが、この中のどこかに羊の皮を被った狼がいるかもしれないのだ。


治療プログラムのメニューは一人一人違う。しかも出遅れている俺は、別メニューだ。食堂で俺だけを個別に呼び出した看護婦によれば、他の連中は俺が昼になって入院した日の午前中からプログラムを始めているらしい。「全国から来られてますからね、たいていの方が前日から入院されて備えていらっしゃったんですよ、ちゃあんとね」

看護婦は、ちゃあんとしていない俺を立たされ坊主にし、説教半分でプログラムの説明をしてから、今日のメニューとやらが記されたプリントを寄こしてきた。

プリントによれば、まず俺が行くのはイメージング実験室。場所は地階。こんな山の中の施設に地下なんて必要あるのかよ、と訝《いぶか》りながらエレベーターを降りた。

Ｂ１のドアが開いた先は、白くて四角い洞窟のようだった。空気はひんやり冷たく、朝っぱらから天井灯が煌々《こうこう》と灯っている。エレベーターホールの先に窓があるところを見ると、完全な地下ではなく、山地にあるここの高低差を利用してつくられた空間のようだが、せっかくのその窓には重そうなシャッターが下りていて光と視界を遮断していた。蒸し暑い食堂に掲げられた『節電にご協力ください』という貼り紙が、じつは嘘っぱちだと言っているような場所だ。

廊下の両側には壁と同じ白色のドアだけが並んでいる。貼り紙ひとつない。ドアの形も全部同じ。違うのは、やっぱり白い横長の表札に書かれた文字だけだ。何もかもがきちんと整いすぎていて体がこそばゆくなってくる。スプレーペンキを持っていたら、たっぷり楽しめるだろう。

イメージなんちゃらは、右手の二つ目の部屋だった。

横開きのドアを開ける。中も白一色。窓のないがらんどうの空間の片側に、コインランドリーの円形ドアに似たでかい機械が据えられている。その手前に幅の狭い寝台。見たところ誰もいない。

部屋の中に一歩、足を踏み入れると、女の声がした。

「そこのベッドに寝てください」

部屋の右手に横長の大きな一枚ガラスの窓があった。中には比企の愛想のない顔が壁にかけた能面のように浮かんでいる。

「二人きりか？　ドアは閉めちまってもいいの？」

比企は手もとの操作盤に目を落としていて、こっちを見ようともしない。俺の軽口にそっけない声だけが返ってきた。

「どうぞ」

つれねえな。でも、そういうのも嫌いじゃないぜ。でかい機械の円形の中心は空洞で、つくりものの洞窟を思わせた。ベッドだという体の幅しかない寝台に寝そべると、窓の隣のドアが開き、比企が姿を現した。ペットを散歩させるように後ろ手でキャスター付きのワゴンを引いている。残念ながら今日の白衣の下のファッションは白シャツと色気のないグレーのパンツだった。

「ピアスやネックレスは――してませんね。両腕をまっすぐ伸ばしてください」

「添い寝はしてくれねえの」

俺の言葉は黙殺され、まぬけに宙を漂った。比企は俺の胸と腰と手首をマジックテープ付きの布ベルトで固定し、両手にコードがついた薄い円盤を取りつけはじめた。

記念コインみたいな大きい円盤を手のひらに、ボタン電池ほどの小さいのは中指とひとさし指の腹に。それぞれをテープで止め、右手の小指と薬指にコード付きのゴムバンドを巻く。

俺の左手を見て小指は諦めていた。高価な指輪が似合いそうな細くて長い指だった。爪は真珠色。赤いマニキュアを塗っても商売女には見えない指だ。

まるで俺をベッドの一部だと思っているように淡々と作業を続ける。円盤を装着しているのがベッドのクッションじゃないことを思い出させるために声をかけた。

「拷問台じゃねえだろうな」

「少し違います。fMRI。あなたの脳活動を画像化します」

ワゴンからヘッドホンを取り上げた。

「これをつけてください」

「手が動かせねえよ」

表情のない顔がさらに固まった。冗談を口にしたわけではなく本当に間違えたらしい。が、可愛げのないことに笑うでもなく謝るでもなく、無言で俺の耳にヘッドホンをかぶせにかかる。いまにも触れそうな乳房への接触を試みて俺が突き出した顎は、するりとかわされた。

今度はゴーグルを取り出した。レンズがなく片側からコードが延びている。バーチャルゴーグルだ。

「これをつけてください」

比企はわざわざそう口にしてから俺の頭にベルトを回しかける。さっきのは間違いではなく、手順を説明するための言葉だった、ということにしたいらしい。

ゴーグルは、以前桐嶋の診察室で使ったものと変わらない大きさだったが、ちゃちなつくりだったあの時のものより、ずっと本格的な機材である気がした。顔にぴったりと密着し、そしてずしりと重い。ゴーグルにはいまのところ何も映っていない。目の前は真っ暗だ。

「俺は何をすればいいんだ」

「MRIの中へ入っていただきます。あとはただ目の前の映像を見て、音声を聴いてください。それだけです」

比企が遠ざかる気配がした。

「どこへいくんだ姉ちゃん」

「コントロールルームです。そして私はあなたのお姉さんではありません」

ヘッドホンに阻まれて、比企の声はよく聞き取れなかった。

ベッドが動き出した。頭がコインランドリーじみた洞窟の中に入っていくのがわかった。汚れた靴下になった気分だった。

ゴーグルに映像が広がった。青空の見本のような空。その手前に緑色の雲のような木々の梢《こずえ》。真夏のいまではなく五月頃の若葉だろう。俺はそれを見上げている。

MRIとやらが奏でる耳障りな電子音が始まったが、ほどなくそれがヘッドホンから流れる鳥の囀《さえず》りと潮騒に似た葉擦れに取ってかわった。森の中でハンモックに寝そべっている、そんなシチュエーションってとこだ。

眺めているうちに眠くなってきた。ヘッドホンから比企の声がした。

「ちゃんと目を開けて。寝ないでください」

「なぜわかった」

「そのゴーグルは3D映像を映し出すだけでなく、アイトラッキング計測を——つまり、あなたの視線がどこに向けられたかを追跡し分析します。瞳孔の状態も逐一《ちくいち》記録します」

「なんのための検査だ？」

「治療プログラムの一環です」

ほんとかよ。

「終わるまではずさないでください」

「はずせるか」

手首のベルトはマジックテープで止めてあるだけだが、力をこめてもはずれない。ソフトに見せかけた強制力が、病院ってところの手口なんだろう。

目の前で黒い点がちらちら揺れはじめた。蠅《はえ》だ。羽音も聞こえる。

蠅がゴーグルに張りついて、ぐるぐる這いまわりはじめた。バーチャル映像だとわかっているのに、追い払いたくなって、両手がむずむずする。

どん。

ゴーグルに何かが落ちてきた。このバーチャル装置は衝撃まで再現できるようだった。ゴーグルがかすかに振動し、風圧かベルトの自動的な締めつけでそう錯覚させるのか、落下物の重みまで感じられた。衝撃のわりには軽量な何かだ。目の焦点がしだいに合い、視界を半分がた覆った落下物の正体がわかってくる。

細かな毛に覆われた脚が生えている。鷹《たか》の爪《つめ》のような赤黒い牙が蠅を挟みこんでいた。巨大な蜘蛛だった。こちらに見せた腹は、虫というより蟹《かに》だ。

ヘッドホンから比企の声が聞こえてきた。

「蜘蛛はお好きですか」

「好きなわけねえだろ」

「でも、脳内に特別な反応はありませんね。発汗と脈拍にも」

俺の恐怖の反応を見ているらしい。

「何も感じねえよ。どうせつくりもんだろ」

蜘蛛は苦手だが、最初から偽物だとわかっていれば、どうってことはない。蜘蛛の体は握り拳より大きい。広げた脚はゴーグルを大きくはみ出していて、太さは小指ほどもある。こんなでかい蜘蛛が現実にいるわけがねえ。第一、脚の数が多すぎる。

「笑っちまうぜ、脚が十本ある」B級パニック映画だ。

「脚に見えるうちの二本は触手でしょう。ゴライアスバードイーターと言うそうです」

「あ？」

「本物を撮影した海外の映像です。それは実物大です」

その言葉を聞いたとたん、頬の肉が引き攣《つ》った。目の前で蠢く毛蟹より長そうな毛むくじゃらの脚が俺の顔を撫でた気がして、動かない首をのけぞらせる。

ヘッドホンからいきなりノイズが流れてきた。ガラスを釘《くぎ》でひっかく音にもキャベツの皮を剝いた時の音にも聞こえる不快な雑音だ。なんだよ、機械の故障かよ、と文句を口にする間もなく、指先がびりっと痺れた。

「痛《いて》え。なにすんだよ」ゴムバンドを巻いた薬指だ。

「電流を流しました。人体に影響を及ぼさないごく微量の電流です」

「人権無視だ。医者だからってなんでも許されると思うなよ」

「他の治験者からはとくに苦情はありませんが。我慢ができないほどですか。刺青のことを、そちらの業界では『我慢』と呼ぶと聞いたことがありますけど」

なんでそんなことを知っている？　和彫りも機械化が進んで痛みの少ない方法が業界のトレンドだから、実際には使われなくなってきた言葉だが。

「いいよ、続けろ」

目の前から大蜘蛛が消えた。今度の映像は部屋の中だ。正面に明るい光が差しこむリビングが見える。コマーシャルに出てくるような取ってつけましたって感じのリビングだ。右手には流し台。目の前には四つのコンロ。ということは、俺はキッチンに立っているんだろう。

家族のいる人間には必要なんだろう対面式キッチンってやつだ。

コンロのひとつにはパスタを茹でる時に使うような大きな鍋が置かれている。火にかかっていないが蓋《ふた》がしてあった。バーチャル映像の中の俺じゃない誰かが、俺のかわりに鍋の蓋を開けた。その誰かの手を巧妙に映さないまま、俺の視点が鍋を上から覗きこむアングルに変わったから、まるで俺自身がそうしたように思えた。

真上から覗く鍋の中には、蛇がいた。大量の蛇だ。黄色や灰色や縞模様のや銀光りしてるのやら、とりどりの蛇が絡み合って茹で上がるパスタのように体をうねらせている。

すみやかに蓋をしたくても現実の俺の両手は布ベルトにくくられているし、バーチャルの手も動こうとはしない。俺は蛇を眺め続けた。またもや、頬に鳥肌が立つような不快音が耳を刺し、薬指に電流が走る。たしかに二度目の今回は、騒ぐほどの痛みじゃないことに気づいたが、こんなことをしていったい何になるんだ？

学者の考えることは訳がわからない。頭が良すぎて考えすぎて、その考えが本人の手に負えない遠くへ迷いこんで、一周まわって、ただの馬鹿の領域に踏みこんでいることに気づいていない。俺にはそうとしか思えなかった。

次の映像では、女が映った。薄い髪色の白人女だ。そのうちに唇を〝O〟の字に開けて叫びはじめた。ヘッドホンからも大音量の悲鳴が聞こえる。何かに恐怖していることはすぐにわかった。SMが嫌いじゃない俺なら勃起もんの声だが、残念ながら女はよれよれの患者服を着た皺だらけのババアだ。

男が映った。太った黒人の男だ。こいつも俺の目の前で大きな目玉を剝き、だぶだぶの顎を震わせはじめる。耳には切迫したあえぎ声が聞こえる。黒人だからか俺には軽快なラップに聴こえた。続いて始まった叫びは、心地よいリズム&ブルース。

映像が子どもに変わった。日本人かどうかはわからないがアジア人のガキだ。まだ幼児に見える年齢でショートカットだから性別は不明。俺には女のガキに見えた。表情のない顔をこちらに向けているだけだと思ったら、見ているうちに片方の目から涙が零れ出てきた。口を大きく開けて言葉を放ちはじめたが、なぜか今回にかぎってヘッドホンは沈黙したままだ。

そのかわりに比企の声が流れてきた。

「お子さんがいらっしゃるんですか」

「俺に？　いねえよ」

「そうですか……」

女を妊娠させたことはある。四カ月で堕ろさせた。生まれていたら女だったそうだ。

「なんか文句あっか？」

「いえ、いままでにない反応が出ました。小児性愛的な傾向はおありですか？」

「小児なに？」

「一般的な言葉で言えば、ロリコンですか、違いますか。正直にお答えください。隠しても反応でわかりますから」

「違《ちげ》えよ」ありえねえ。大人の女でさえ最近の俺にはどいつもこいつも糞袋に思えるのに。

風景が映る。いままでの映像に比べれば不鮮明だ。低い山の稜線。その奥に海だか湖だか。手前に二つの円筒形の建物。一見、海辺のコンビナートに見える。

空に何かが飛んでいる。最初は大きな鳥に見えた。下降しながら青空をぐるりと旋回する。胴体の細い中型の旅客機だ。鳥に見えたのは動きが妙だからだ。猛禽類が獲物を狙うように旋回を繰り返している。この動画を撮った人間も、それが珍しくてレンズを向けたんだろう。これがスマホで撮られたものであることが俺にはもうわかっていた。

何度目かの旋回ののちに、いきなり画面の手前に近づいてきた。

そして、円筒形のひとつに突っ込んだ。コンビナートじゃない。原発だ。原子力発電所の建屋だ。

旅客機は吸い込まれて姿を消したように見えた。オレンジ色の炎が上がり、灰色のブロッコリーみたいな煙が立ちのぼる。

建屋に呑み込まれずに残った、魚の切り身みたいな飛行機の後部から何かがばらばらと落ちてきた。破片じゃない。手足がついている。衝撃のためか炎に追われたのかはもう本人にしかわからねえだろうが、人間だ。

二度目の原発事故の映像だった。発生直後にはこのまま流され、すぐに人間が落ちてくる場面はモザイクがかかるかカットされるようになり、そのうちこの映像そのものが初めから存在しなかったかのように仕舞いこまれて少なくともテレビじゃお目にかからなくなった、例の279便が建屋に突っ込んだ瞬間の動画。

俺に見せてどう思えって言うんだ。

「次、いってくれ」

交通事故の現場、ホロコーストの折り重なる死体の静止画像、揺れ動く細い吊り橋、一定の間隔を置いて映像が切り替わり、どういう基準でそうしているのか、ときおりヘッドホンから手を替え品を替えた不快な音が響き、俺の指に電流を流す。

目の前が薄暗くなった。正面に見えるのは葬式の祭壇だ。人けはない。葬式前夜の斎場って感じだ。カタカタカタ。ヘッドホンからかすかな振動音が届く。どうやら祭壇のほうから聞こえているようだった。静止画像に思えた目の前の光景の中で一カ所だけが動いているのがわかった。

祭壇の真ん中の棺桶だ。棺桶の蓋が揺れている。

ガタン。揺れが収まったとたんに蓋がスライドした。こっちを焦《じ》らす長い間《ま》の後、棺桶の中からゆっくりと手が伸びてくる。

「ははは」

思わず笑っちまった。ホラー映画じゃねえか。実際、なんかの映画のワンシーンを借用しているんだろう。俺は幽霊なんてもんを怖いと思ったことがない。現実の人間のほうがよっぽど恐ろしい。たとえ本当に出たとしても、人を殴ったり熱湯を浴びせたりはしないだろう。

長い髪を顔の前に垂らした白装束の女が棺桶から這い出ようとする姿を鼻で笑いながら、比企に声をかけた。

「おいおい、いい加減にしてくれよ。こんな子どもだましで俺の恐怖心を試そうってか。やめとけ。時間の無駄だ」

「やけに饒舌ですね。心拍数も少し上がってますよ」

嘘つけ。俺が何かを考えていたとしたら、俺はもちろん参列していない、そもそも誰がどうやって出したのかも知らない糞な母親の葬式のことだ。あの女がこうやって生き返ったら、その時こそ俺のホラーだ。

「続けろ」

「以上です」

目の前が再び暗くなった。俺を外へ放り出すようにベッドが動き出す。ヘッドホンがはずされたとたん、すぐ近くで比企の息づかいが聞こえた。

「お疲れさまでした」

闇に問いを投げつけた。

「何がわかった？」

「はい？」

「俺の頭の中を調べたんだろ」

返答がないから、かわりに答えてやった。

「俺は恐怖を感じない人間なんだろ。怖いものなしってことだ」

「怖いものがないことは、怖いことですよ」

「禅坊主の説教か」

「これから怖さを知っていただきます」

「無理じゃね」

ゴーグルが取り払われる。視界に無機質な天井が戻る。比企の姿は見えない。声だけが聞こえた。

「いえ、ひとつわかったことがあります」

「なんだよ」

「恐怖に対する反応は確かに鈍いようですが、桐嶋から聞かされていたほどではありませんでした」

「どゆこと？」

比企がベッドの横手に現れ、俺の腕のコードをはずしはじめる。

「恐怖し嫌悪すべき状況や、他人の恐怖心に関しては、一定の認識力があることが確認できました。桐嶋先生の診断が間違っていたとも思えません。投薬の効果でしょうか。あるいは初診からの一カ月半ほどで、あなたの脳内に何か変化があったのか」

何もねえよ。あるとしたら、桐嶋に「良心がない」「他人の恐怖がわからない」と言われ続けるのが癪《しやく》で、他人の表情を眺めるのが癖になったことぐらいだ。

「及川さんの反社会性パーソナリティ障害《ASPD》は、どちらかといえば、反応型ですね。より単純というか、衝動的ではあるけれど計画性は少ない」

「それはいいことなのか」

比企が曖昧《あいまい》に首をかしげる。

「一概には言えません。左右の海馬の大きさがアンバランスですが、前頭前皮質は比較的活発に機能している。ただし――」

「忠志《ただし》くん？　中学ん時の友だちだ」

もちろんジョークだ。俺には友だちなんかいねえ。二年の同じクラスだった岡田《おかだ》忠志も親に説教されて俺とつるむのをやめた。どっちにしろ比企は聞いちゃあいなかった。

「認識はしても共感はできていない。他人の恐怖を目にしても、脳活動や発汗、心拍数が変化しないケースも見られました。理解はできても、まだ情動――つまり感情的な反応は薄い、現段階ではそういう状況です」

「俺にこれ以上どうしろと？　おかげさまでいまんとこアルコール依存症は治まってるぜ。

なにしろ酒がねえから」

胸の布ベルトがはずされる。俺は首を起こして、腰のベルトに取りかかっている比企の襟もとを覗きこむ。胸は丸襟のインナーでがっちりガードされていた。

「八週間のプログラムで、アルコール依存症も含めたあなたのパーソナリティ障害を改善していきます」

「治るのか」

ワゴンの籠に戻しているコード付きの円盤に目を落としたまま答えてきた。

「改善します」

「どっちでもいいけど、それがうまくいったら、俺とつきあってくれる？」

一蹴《いっしゅう》されるのを前提で放った俺の軽口に、比企が黙りこんだ。おいおい、まさか本気で考えてくれるのかい。すげえな、俺のフェロモン。相変わらず俺の目を見ないまま比企が言う。

「可能性は0《ゼロ》ではありません。すべての物事を検証する前から否定することは研究者の取るべき姿勢ではありませんから」

回りくどい言い方だが、俺に気があるってことか。

「嬉しいね。やる気が出てきたよ」

ようやく比企が顔を上げた。色素の薄い瞳が俺の目を捉える。

「ただし、私はLGBTです」

「なにそれ？」

「知らないのなら、ウィキペディアで調べてください」

「スマホはねえよ。お前らのせいで」

答えはなかった。自分の言葉のミスをまたしても、なかったことにしたいんだろう。比企は片手のベルトだけをはずすと、「あとはご自分でどうぞ」そう言ってガラスの部屋に消えた。


昼飯をはさんだ午後は、二階にあるトレーニング室ってとこへ行かされた。トレーニング用のマシンが並んだスポーツジムのような場所だ。イメージング実験室と違って、ここには広い窓があり、差しこむ夏の光がマシンの金属部分を照り輝かせている。

俺以外にも三人が集まっていた。全員男だ。一人は堂上。あとの二人は、辻野と変わらない齢に見える若い男と、髪を短く刈った五十がらみの小太りオヤジ。

「ああ、どうも、及川さんとご一緒でしたか。よろしくお願いします」

堂上はジョギングウエアに着替えていた。日頃鍛えているらしく腹は多少出ているが、五十七にしてはいい体をしている。ぴっちりしたウエアが張りついた手足はボンレスハムのようだった。

「何をするんだここで？」

「フィジカルメソッドですよ。もうすぐ担当の先生が来ます。一緒に脳を鍛えましょう。がんばって脳を変えましょう」

病院のＣＭをしているようなセリフを吐きながら堂上が準備体操を始めた。

若い男と小太りからは挨拶がなかった。俺に好意的とはいえない横目を向けてくるだけだ。ま、俺も舐められねえように眼《ガン》を飛ばしているからお互いさまではあるのだが。奴らの目つきがカタギとは思えねえほど据わっていて、底冷えして見えるのは、俺の考えすぎだろうか。まさか、こいつらが緒方のとこの組員ってことはねえだろうな。

翼を刺したのは「若い茶髪で背丈は百八十ぐらい」。髪の色は変えられるだろうが、黒髪の若い男の身長は百七十あるかどうかだ。

いや、いくら下部組織の零細組とはいえ、若いのは他にもいるだろう。Ｔシャツの袖から刺青が覗いていないかどうか確かめてしまった。

堂上がしきりに話しかけるのをうるさがっている小太りは、地味な紺色のジャージ姿だ。八百屋や魚屋の店主って感じの風貌だが、うだつの上がらねえ中年ヤクザってのは、外見にはかまわねえから、案外にこういうタイプが多い。

若い男が俺の飛ばすガンに気づいて、俺の顔を真正面から見返してきた。睨み返してくるわけでもなく、ただ不思議そうに俺の顔を眺めてくる。

そうか、もしかしたら、奴らが俺に向けてくる視線がやけに度胸が据わって見えるのは、俺や堂上と同じく「恐怖を知らない人間」だからかもしれない。ここに集められているのは、おそらく俺と同じタイプの連中だ。

レオタード姿の比企が現れることを期待していたのだが、残念ながら担当医はむさい髭《ひげ》づらの男だった。

堂上とは別メニューのようだ。俺と若い男はランニングマシンの前に連れていかれた。

「お二人にはまずトレッドミルをやっていただきましょう。及川さんは初めてですね。日常的に運動はされていますか」

「ああ、してる」おもに女を相手に腰の運動を。

「では、8・5キロからでもだいじょうぶですか」

医者というよりジムのトレーナーのような口ぶりで尋ねてくる。

「8・5？」

トレッドミルと呼ぶらしいランニングマシンの時速のことのようだ。若いのは10キロを選択した。負けるわけにはいかない。

「俺も10キロでいいよ」

長距離は得意だ。短距離も。幅跳びも遠投も懸垂《けんすい》も。運動部なんぞに入ったことはないが、昔から体育の成績だけはよかった。カップ麺と菓子パンで育ったのに、俺には生まれつきの身体能力ってのがあるらしい。

「では、スタート前にじゅうぶんにストレッチをしてください」

とはいえ、正直に言えば、いまは自信がなかった。長い間不摂生《ふせっせい》を続けているし、車ばかり使ってろくに歩いてもいない。足を後ろに伸ばして踵《かかと》を上げるストレッチをしただけで、ふくらはぎが攣《つ》った。痛《て》ててて。

スポーツジムなんてかったるいところに通ったことはないが、週三回のジム通いを続けているカシラに呼びつけられて、何度か中に入ったことはある。だから、ランニングマシンがどういうものかは知っているつもりだったのだが、ここのはだいぶ様子が違っていた。

カシラのジムのは前方の操作盤の上にテレビが見れる小さな液晶画面がついているだけだが、ここのはマシンの正面の壁いっぱいにスクリーンがある。そこに街の風景が映し出されていた。ベルトの上に立つと、髭づらが初めての俺に説明する。

「走るのが主眼ではありません。走りながら脳を鍛えるのです。路上の各所に隠れている文字を声を出して読み上げながら走ってください」

ベルトが動きはじめた。文字？

映像は実際のどこかの繁華街のものだが、看板や標識の文字はCG処理で消されていた。ところどころに残っている文字は、本来のものとはまったく別の文章にすり変えられている。

歩道橋の横断幕には『あなたの脳は努力で変えられる』。

若い男が声を張り上げた。「あなたの脳は努力で変えられる」

「さ、及川さんもどうぞ」

今度はビルの屋上看板だ。『結局のところ人間は一人で生きていくことはできない』

「結局のところ人間は一人で生きていく……あれ？」

映像はこっちのペースとは関係なく、車で走るような速度で街を駆け抜けていく。注意を払っていないと、文字を覚えきる前に通りすぎてしまう。そして、こっちはまっすぐ走っているのに、勝手に右折や左折を繰り返す。若い男と俺とは映像の道順が違うらしく、やつの真似して復唱するという俺の手抜きはすぐに通用しなくなった。

「優しさとは相手の心を思う想像力を持つこと」

「優しさとは相手の心を──」

「及川さんのは違いますよ」

最初は楽に思えた時速10キロが、走っているうちにとんでもないハイペースになった。息があがり、足はへろへろともつれてくる。昼飯のくるみレーズンパンを吐きそうだった。

「挨拶が二つの笑顔をつくります」

「人生は重き荷に負けて遠きの道のごとしを行く……」

「声かけで防ごう振り込め詐欺」

なんで俺がこんなことしなくちゃならねえ。やっぱり学者の考えることは訳がわからない。

十字路を左手に曲がると、風景に紛れていた文章が数字になった。

「計算ゾーンに入りました。簡単な計算ばかりです。走りながら答えてください」

路上や左右の建物の横腹に計算式が浮かんでいる。16＋28。14×3。9＋7－5。小学生の算数で出るような問題だが、酸欠で頭が回らないうえに、ろくに勉強をしてこなかった俺には簡単じゃやなかった。

〝59－23〟

「34」

「違います」

隣で走る若い男が笑いやがった。後でシメてやる。

目の前に巨大な看板が見えてきた。アルファベット四文字が並んでいる。『GOAL』これも読むのか。

「ゴアル？」

若い男が声を立てて笑った。絶対シメてやる。万一、緒方の組員だったら一石二鳥《いっせきにちょう》だ。

ランニングマシンがようやく停止する。医者がにこやかな顔でとんでもないことを言った。

「では、今度は、走ってきた道順を辿ってスタートラインに戻ってみましょう。手前のハンドルを握って走ってください。ハンドルを右に向ければ右折。左に向ければ左折しますので」

道順？　そんなの覚えてねえよ。

「曲がり角にあった建物やランドマークを頼りに、ゲーム感覚でやってみてください」

なにがゲーム感覚だ。ちっとも楽しかあない。


ランニングマシンの後は、右手と左手を別々に動かすトレーニング。座った先のテーブルの左右にプラスチックのカップが置かれている。右手側は重ねてあり、左手側は3×3列に並べてある。

合図に合わせて、右手では重ねたカップからひとつを抜き取る。左手ではカップを手にとって重ねていく。これを同時に行う。すみやかに終わらせないと、次の合図のブザーが鳴ってしまう。簡単そうだが、難しい。これも若造に後れをとった。何度も間違え、何度もカップの山を突き崩して、若造がまたくすりと笑った。髭面が慰めの言葉をかけてくる。

「だいじょうぶ、最初からうまくはいかないものです。ゆっくり習得しましょう」

うるせえ。


休憩時間に堂上に聞いた。

「なぁ、このフィジカルメソッドってのには、何の意味があるんだ」

「海馬を鍛えるためでしょう。海馬の神経細胞はトレーニングしだいでいくらでも増殖させることができるんです」

髭づらの医者はトレーニングの手順を伝えるばかりで、目的をろくに説明しようとしないのだが、自分の病気を克服するためにあれこれ情報を収集しているらしい堂上は、すべてのトレーニングの意味を理解しているようだった。

「右手と左手を別々に動かすことは前頭前野全般の活性化につながるんです。パラレルアクションと呼ばれるトレーニング方法です。もう少ししたら、ドラムで演奏するっていうメニューもあるそうですよ。楽しみだなぁ」

どこが楽しみだ。

「速読と音読も脳を活性化させます。とくに音読は、セロトニンの分泌を促すんだそうです。道を走り道順を覚えるという位置把握能力の向上は、海馬の成長を促します。外国の研究では、ベテランのタクシードライバーは常人より海馬が大きく発達していることが報告されてます。日々変化する街と道路に即応するのを日常業務にしているからだそうで。膨大な情報をインプットすることが海馬の血となり肉となるってことなんじゃないでしょうか」

「タクシーの運転手になるために来たんじゃねえぞ」

「そうですか。私なんかは、再就職先をタクシー会社にしようかなんて真剣に考えているんですが。でも、ほら、私、カーブでもスピードを落とせないから」

「これは本当に治療なのか？　桐嶋の妄想につき合わされてるだけじゃねえの？」

「信じましょう、桐嶋先生を」

堂上は、俺と同類とは言えない気がした。こいつの怖いもの知らずは、無邪気で健全だ。むしろ梨帆に似ている。人に騙されるかもしれない、危害を加えられるかもしれないっていう恐怖も欠落している。

「辻野や根本はどこで何をやってるんだ」

「彼らは我々とは治療の方向性が逆ですからね。メニューもずいぶん違うと思います」

どうせろくなもんじゃねえだろう。鍋の中の蛇を見ながらパスタを食わせるトレーニングとか。

「子どもも来てるらしいな」

さして興味もない調子で聞いてみた。

「ええ、小児病棟のほうから来ているみたいですね」

「ふーん」

さして興味のないふうな相槌を打っちまったから、小児病棟がどこにあるのかを聞けなくなってしまった。

俺のこんな姿を見たら、俺が漢《おとこ》を売るために脅し殴り泣かしてきた数えきれないほどの連中は歯嚙みするだろう。「なぜ、あんな腑《ふ》抜《ぬ》け野郎に」と。

16

午前六時半。俺はフェンスに囲まれた四角いすり鉢の底みたいなグラウンドにいる。

タンタラタンタンタンタンタラタン。

そして、ラジオ体操をしている。

タンタラタラララタラララン。

〃腕を振って体をねじります。イチ、ニ、サン、シ〃

グラウンドには、一本指でピアノを弾《ひ》いているような単調なメロディと、昭和のアナウンサーのような朗々《ろうろう》とした声が、ひび割れた音で流れている。

体を後ろに反らしたら、痛ててて。背骨が枯れ木のような音を立てた。

総合医療センターに入所して二週間が過ぎた。

朝のラジオ体操はずっと無視《シカト》していたのだが、昨日、二度寝するには目が冴えすぎて、ご苦労なこったと窓から体操に勤《いそ》しむ下々《しもじも》の者どもを眺めていた時、見つけたのだ。例のガキを。髪を椰子の葉のように結《ゆ》ってはいなかったが、五、六人のガキたちの中でも、ひときわ小さな体と、周囲とまるでリズムがあっていないペンギンみたいな動作で梨帆だとわかった。

ガキは嫌いだが、知らない仲じゃないし、親もとを離れて独りでこんなところに寝泊まりさせられているのだ、激励ぐらいしてやりてえと俺だって思う。まだ七つなら心細いはずだ。俺が保護施設で一カ月間暮らした時ですら、九歳の時だった。

で、今日は来てやった。とはいえ、開始ぎりぎりにグラウンドに着いたとたん、体操が始まっちまったから、前のほうにいるらしい梨帆とは会えていない。

タンタラタンタンタンタンタラタン。

空は今日も鬱陶しく晴れている。ドラキュラのように暮らしていたから、俺は日光に弱い。うなじに降り注ぐ陽射しが暑いというより痛かった。たいした運動でもないのに、タコのように手足を振っているうちに、ひたいから汗が噴き出してきた。

最後列の左端にいた俺は、両足跳びの運動の時にぴょんぴょん横っ跳びし、ガキどもが垣間見える列の真ん中あたりに体を移動させる。

お、あれか。ちょっと茶色がかったほわほわの猫っ毛に見覚えがあった。色褪《あ》せたピンクのTシャツと白い半パンから突き出した細い棒みたいな手足を不器用に振っている。

〝深呼吸でーす。深ぁく吸いこんでぇ〟

タンタンタラリン。

やれやれやっと終わった、と思ったら、俺たちと向かい合わせに立って模範演技をしていた男の看護師が声を張る。

「続いてリズム体操第二でーす」

タンタラタン、タンタラタン、タタタタタン。

足を動かすたびに、じりじりと前に進む。梨帆のところまであと十メートル。九メートル。八メートル。「ちょっとお」オバチャンたちの壁に阻まれた。ここまでか。

梨帆は体を動かすのが苦手なようだ。元気だけは他の子どもよりいいが、自分の手足に振りまわされて、よろけてばかりいる。重心が大きな頭に集まってしまったバネ人形のようだ。ほら、しっかり。おい、がんばれ。そこ、ふんばれや。

音楽が止んで人の列がほどける。ガキどもは看護婦に促されて一列に並び直していた。大人用とは別の建物にある小児病棟へ帰るためだ。声をかけようとしたが、俺の唇は動かなかった。こういう時に、どんな言葉をかければいいのかわからないのだ。

「おい」

とりあえず言葉を押し出してみたが、脅しをかけるような声しか出なかった。梨帆は気づかない。手前の大人たちが怯えた目を向けてくる。

「おおーい」

できるかぎりの猫撫で声をあげてみた。ついでに手も振った。ガキどもがようやく振り返る。梨帆もこっちを向いたが、動物園の珍獣を眺めるように目をしばたたかせているだけだ。

また俺のことを忘れやがったのか、馬鹿ガキめ。

「リホー」

頭を掻《か》きむしって髪をもじゃもじゃにしてみせた。そのとたん、梨帆が口を四角く開く。

「あ――っ」

俺に向かって駆けてきた。いまにもこけそうな前のめりで。両手を広げて。

「くものすさーん」

俺の目の前でぴょこんと跳び上がって、すがりついてくる。幼稚園児の背丈しかない梨帆の顔が股間に張りついてしまいそうで、俺はとっさに腰をかがめた。

「なんでここにいるの？　なんでなんでなんで」

梨帆は広げた両手で俺にぺったり張りついて離れない。しかたなく俺も梨帆の背中に手をまわした。

なんだろう。このちっちゃくてふわふわした頼りない生き物は。ガキの頃、母親に川へ猫を捨てられてからの俺は、動物を飼ったことはないし、愛情を感じたこともない。蹴り飛ばしたり、エアガンの標的にしたりしていただけだ。

なんなんだ。このあったかくて柔らかい感触は。ガキじゃなくなってからの俺は――いや、もしかしたらガキの頃から――セックスする時以外、誰かの体を抱きしめたことはなかった。

母親と離れて寂しかったんだろう。頬を俺のみぞおちに押しつけてくる。俺は割れやすい卵を扱うように梨帆を抱きしめ返した。

　周囲の大人も子どもも俺たちをあきれ顔で見ていた。小児科担当らしい見慣れない女看護婦が俺をロリコン変態男と見なした視線を向けてくる。俺は慌てて梨帆を引き剝がした。

「ぷは」

　梨帆は溜めていた息を吐き出し、大口を開けて息を吸いこむと、犬みたいにあえぎながら捲《まく》したてた。

「ママがあいにきてくれるんだ。はじめてここにくるの。うれしい。ピーチのケーキかってきてくれるって。ラッコのぬいぐるみももってきてくれるの」

　梨帆の母親の姿が頭に浮かんだ。化粧らしい化粧もせず、ジーンズと色褪せた服を着た、夜行性の俺の日常の中ではまずお目にかかれない女。病気の娘を一人で育てている、待合所できれいな横顔を見せて本を読む女だ。女のことを想像しているのに、股間じゃない別の場所が疼いた。

「いつ来るんだ？」

「こんどだって。こんどがたのしみ。ねえ、こんどっていつだとおもう？」

「知らねえよ」

「おじちゃんもママにあう？」

「え？……」どこで、と言いそうになってから、首を横に振った。「なんで俺が会う？　関係ねえじゃねえか」

「だって、ピーチのケーキいっしょにたべれねえじゃねえか」

女看護師が咳払いを繰り返している。

「リホちゃん、行きますよ」

「はぁーい」

梨帆が糸で吊り上げられたように勢いよく片手を挙げる。小学生にしては幼すぎるしぐさであることが、俺にもわかった。梨帆より年かさに見える子どもたちがくすくす笑いをしている。挙げた手を俺に向けて、窓拭きのように勢いよく振った。

「おじちゃん、またね～」

俺も手を振り返して、ぎこちなくペンギン歩きをする小さな後ろ姿を見つめ続けた。まだ残っている梨帆のぬくもりは、夏の朝のくそ眩しい陽射しより熱かった。

「戻りますよ、病室に」

後ろから声をかけられた。誰だよ、うっせえな。

Tシャツとスウェットに棒を突っこんで案山子に仕立てたようなひょろひょろの体。辻野だった。この二週間で、声をかければ答えるようにはなったが、こいつのほうから俺に話しかけてくるのは初めてだろう。

「意外だな、子ども、好きなんですね」

「ちょっとした知り合いってだけだ」

俺は、嫌がる奴にむりやり話しかけるのが得意だが、むりやり話しかけられるのは苦手だ。辻野に背を向けて病棟へ踵を返すと、俺の大股に早足でくっついてきた。

「子どもたちはどんなプログラムをやってるんでしょうね」

「知らねえよ」

「子どもでも曝露《ばくろ》療法をやるのかな」

「バクロ？　何だそれ」

「僕が受けてる治療法のひとつです。桐嶋式記憶除去メソッドの一環だとかで」

辻野はやけに饒舌だった。俺をじつは子ども好きのいい人、なんて考えているのだとしたら、とんだ勘違いってやつだ。

「ショック療法っていうんでしょうか、バーチャル映像を延々と見せられるんです。これがけっこうハードで。及川さんのプログラムにそういうのはないんですか」

三日に一度は、イメージング実験室でバーチャル映像を見せられ、ＭＲＩで画像を撮られている。戦争、テロ、地震、災害、処刑、死体、奇形、蜘蛛、蛇、鼠、ゴキブリ、毎度のように流される二度目の原発事故の発生時のシーンや被災地の様子。どこから手に入れているのか、テレビのニュースやネットなら自主規制がかかるような場面が次々と映し出され、おそらく俺の反応が鈍いとわかると、指先に電流を流してきやがる。

二回目には、テロ組織の捕虜になった自衛隊員の姿が流された。世界中に発信された処刑映像だ。さすがに斬首されたっていう首までは映らなかったが。

まさか医者どもは梨帆にもそんなことをしているのか？　俺の頭の中にイメージングプログラムの一環のように、暗い部屋に一人で座らされ、子どもにはでかすぎるゴーグルを装着されて泣き叫ぶ梨帆の映像が浮かんだ。

病棟へ続く階段を登る途中で俺は足を止めた。初めて辻野を振り返る。

「電気ショックとか食らうやつか？」

「いや、そういうのはないです。ただ思い出したくない映像や画像や音声を意図的に見せられるだけで。一定時間見終えると、ごほうびみたいにきれいな風景と気持ちが落ち着く音楽が流れて、安定剤を経鼻投与してもらえるんです。だいぶ慣れたけど、最初はきつかったな」

「体に悪いのか、その曝露ってのは」

「体にというより精神的にまいりますね。でも、おかげで僕は、だんだん改善してきている気がします」

辻野が俺の顔をまっすぐ覗きこんでくる。俺の知っている辻野は、人の視線から逃れようとして、いつもおどおどと目を宙に彷徨《さまよ》わせている奴だったのだが。

「まだまだですが、忘れられそうなんです。やり直せそうです」

「あ、そう」

何を忘れたくて、何をやり直したいんだか知らないが、辻野の瞳はやけにきらきらと輝いていた。どこかで見たことがある目つきだった。どこで見たのか、俺に思い出す義理はねえけれど。

「朝食は大盛りを頼みましょう」

辻野が俺の肩を叩いてくる。「気やすく触んじゃねえ」と一喝して、俺と友だちになれたと思いこんでいる奴のきらきら目が涙目に変わるのを見てみたい気もしたが、やめた。どこかで梨帆が見ているかもしれない。そんな、ありえないことを考えて。

17

今日の午前のプログラムはマインドフルネス・トレーニング。二日に一ぺんは、これの時間がある。「ただの瞑想《めいそう》ではない」と担当の医者だかセラピストだかは言うが、ようするに瞑想だ。

座禅を組むわけじゃなく、椅子に座る。目は閉じてもいいし、開けていてもいい。ゆっくりと呼吸し、呼吸することに意識を集中する。俺は目を閉じることにしている。たいてい途中で居眠りをしてしまうからだ。今日もたっぷり寝た。

瞑想の後は、車座になってフリートークタイム。ただの雑談としか思えないが、これもプログラムのひとつだ。「親しくない人間との会話が脳を鍛える」のだそうな。男どもは目を合わせてこないが、なぜか俺はいつもオバチャンたちの標的になる。聞かれたことには答えるのがルールだ。

「ねえねえ、背中に刺青があるって本当？」

六人一組で使っている風呂場では隠しようがない。もう俺の刺青のことは治験者の誰もが知っているようだった。

「独身なんでしょ。バツ一？　バツ二ぐらい？」「結婚とかは考えないの」「じゃあ小児病棟のあの子とはどういう関係？」「あなたの別れた娘さんだって聞いたけど」

オバチャンたちは少数派だが一人で男五人分は喋る。どこが悪くてここに来ているのかわからないほど健康そうだ。聞いてもいねえのに、一人は「パニック障害」だと言っていた。俺は今日もいつものように適当に受け流した。「はい」「いえ」「そうっすね」「違うって言ってんだろが」

いままでの俺の生活に午前中はなかった。明け方になって酒や女の体を使ってねじふせるように眠り、昼過ぎに二日酔いとともに目覚め、化粧が落ちて変わり果てた女の尻を蹴り飛ばして追い出して、一日が始まる。それの繰り返しだった。

午前っていうのは案外に長い。マインドフルネス＆フリートークの後は、読書プログラム。

四階にある小さな図書室から本を選んで別室で読む。ただ読むだけじゃなく、三十分読んだら、その後の十分はページ数のノルマが課せられた速読タイム。再び普通に三十分読んだら、今度は気に入った箇所を十分間音読。

ろくに本を読まねえこの俺が、素直にこのプログラムを受けているのは、自分でも意外だが、案外に面白《おもしれ》えからだ。見栄を張って小難しそうなのを選んだだけだった『夢判断』という本はなかなか笑えた。書いた奴はセックスのことばかり考えてやがる。読みながらいつも想像する。梨帆の母親が読んでいた本のタイトルを。

予定表では午後からは個別カウンセリングがある。こいつはこの二週間で初めてだ。てことは、久々に桐嶋とご対面ってことか。望むところだ。奴には言いたいことがいろいろある。まず、ここのプログラムと投薬が何のためで、どんな効果があるのか説明させる。待遇の改善も要求しなくちゃな。そうそう、俺を何日も「保護室」と呼ぶ独房に閉じこめたことへの謝罪もまだない。

カウンセリングの場所は、冷蔵庫の中みてえな白くて冷え冷えした地下一階の治療研究フロア。指定された第二診察室のドアを押し開けた。もちろんノックなんかしない。

「なんだ、あんたか」

デスクに座っていたのは、桐嶋じゃなかった。

「私ではご不満だったでしょうか」

比企が言う。今日はスカートを穿いていた。膝頭が見える丈のタイトなタイプ。俺のためにおめかししてきたのかい。

「いやいや、会えて嬉しいよ」

昨日のイメージングプログラムの担当医は若い男の医師だった。部屋の壁いっぱいにびっしりゴキブリがへばりついている映像を見せられた俺は、俺らしくもなく声を漏らしちまった。比企だったら、見栄を張って我慢していただろう。

「どうですか、慣れましたか」

「ああ、慣れた。おとなしくプログラムをやってる。だから外出許可をくれ」

二週間経ったいまも外出許可は下りていない。俺だけじゃなく誰一人として。結局、八週間が終わるまで認められないんじゃないか、とオバチャンたちは文句たらたらだ。

「外出して何をするのですか？　街までは遠いですし、この辺には何もありませんが」

「酒を飲んでくる。どっか姉ちゃんのいる店で。で、土産《みやげ》にウイスキーを半ダースほど」

「お酒の欲求はまだ強いんですか」

「おうとも。性欲もだ」

俺の言葉に目を尖らすだろうと思ったのだが、眉をひそめもしなかった。唇を引き結び、髪を耳にひっかける。甘い髪の香りが俺の鼻をくすぐった。

「本当はそうでもない、違いますか」

確かに最近は酒のことが頭に浮かばなくなった。日に二、三回しか。最初の何日かは苛ついたし、睡眠薬代わりでもあったから、夜はなかなか眠れなかったのだが、なんせ六時起床だ。いまではベッドに入って数分で爆睡している。

「いや、ここを出たらまた飲むと思うよ。短い間だから我慢してるだけだ」

短い間、という俺の言葉に二度まばたきしたが、比企は何も言わなかった。

「なぁ、俺が毎日やってることってなぁ、何か効果があるのか？」

瞑想だとか読書だとか、潜伏ついでの退屈しのぎにはなるが、あんな悠長なことを何回やろうが、俺が三十二年間頭に載っけてる脳味噌が変わるとは思えなかった。

「あると考えてプログラムを組んでいます。もちろん即効性のあるものではありませんが」

「何も変わっちゃいねえけど」

「そうですか。私には変化の兆《きざ》しが見られますが」

「どこに」

「目」

「は？」

「あなたの目です。私の表情を探っています。最初に診察した時には、他人の表情の変化には興味がないように見受けられました。状況から人の考えを読み取ることは、むしろお得意のようですが、読むとしたら、何かの狙いがあって、その隙を見ているだけ、そんな印象でした。いまのあなたは違うと思います」

「表情を探る？　はっ。あんたの自意識過剰じゃねえの」

それには答えず、比企が視線をデスクの書類に落とす。

「そろそろ始めてもよろしいですか」

「はい、どうぞ。ロールシャッハでもなんでも」

「あなたの子どもの頃の話を聞かせてください」

「……話すことなんか何もねえよ」

比企が紅茶色の瞳を俺の顔に据えた。

「保護室で処置をした時に、見せていただきました」

「俺の観音菩薩？」

「背中や肩の傷痕を」

「切った張ったの商売だからな。俺の戦歴だよ」

「火傷の痕もですか？　煙草を押しつけられたような痕もありましたが。かなり古いものですよね、あれは」

「何が言いてえんだ」

比企が手の中でくるりとボールペンを回した。

「そもそもなぜ観音菩薩の刺青にしたのですか」

「別に理由なんかねえよ。絵柄が気に入ったからだよ」

「あなたなら、もっと猛々しい不動明王《ふどうみようおう》や水滸伝《すいこでん》あたりを選びそうな気がしますが」

確かに俺たちの業界では不動明王の人気が高い。水滸伝の豪傑《ごうけつ》も――おい、この女はなんでこんなに刺青に詳しいんだ。

「よけいなお世話だよ」

「観音菩薩に性別はないそうですが、母性をイメージさせる存在ですよね。優しく包みこんでくれるような――」

俺は椅子から立ち上がった。比企の顔に上から首をねじ込む。女じゃなかったら胸ぐらを摑んでいただろう。

「人の心を透かし見るような真似すんなっ」

「透かし見てしまいましたか、私?」

胸ぐらを摑めない両手を固い拳にして、唾を吐くように言った。

「見当違いだよ」

「そうですか」

どうぞ座って、というふうに、俺に向けていた視線を椅子に落とす。舌打ちをして腰を戻した。

「そういえば、ＬＧＢＴ、わかったぜ」

このあいだの読書プログラムの時に俺が選んだのは、『現代セクシュアリティ講座』という本だ。お堅い本しかない図書室の中では珍しい卑猥《ひわい》な本だと思って手に取ったのだが、ぜんぜん違っていた。体位やら性感帯のことなんかはどこにも書かれてねえ、やたら小難しい本だった。だが、おかげでＬＧＢＴってのがなんなのかわかった。

「ご理解いただけましたか」

「もったいねえな。女とは寝るってことか」

今度はこっちがこの女を怒らせるつもりだったのだが、俺に向けてくる目は冷めきっていた。長い時間かけて冷たく凍らしたような視線だ。

「そういうふうに他人をくくる人間、私を異常と決めつける人々、そうした中で私も人生を過ごしてきました。あなただけじゃないんです」

俺を見据える色素の薄い瞳が琥珀みたいに光って見えた。

「俺だけじゃない？」

「自分が不遇な子どもだったとお考えでしょう？」

「フグー？……ああ、俺より不遇なガキはそうはいねえ」

続きを、というふうに比企が頷く。このままだと、ガキの頃の話を始めてしまいそうな気がして、話題を変えた。

「つきあってる女はいるのか？」

「いいえ。ちなみに私は男性との結婚歴があります」

「あ、そう」LGなんとかってのは、けっこう複雑なものらしい。

「あなたはどうです？　私を本気で口説こうとしているとは思えませんけど。愛する女性がちゃんといるんじゃありませんか」

「そんなものはいねえ」

女はセックスの対象で、愛だの恋だのなんて嘘っぱちな感情を俺は持ち合わせちゃいない。

「本当に？」

俺の頭に唐突に、梨帆の母親の姿が浮かんだ。浮かんだそばから打ち消した。女と暮らすと俺は不幸になる。不幸っていうか苛つく。女も俺と暮らせば不幸になる。俺が必ず殴るようになるからだ。

「いつまで続けるんだ、この話」

「確かに。本題に戻りましょう。あなたの子ども時代のことを聞かせてください」

「話してもいいけど、条件がある」

「なんでしょう」

「その前に、あんたの身の上話を聞かせろよ。それがフェアってもんじゃないか」

18

今日の朝飯は、週に一度のパン食だ。

それだけでいつもはだるだると手足を動かしているラジオ体操にもこころなし熱が入る。出されるのはトーストされていない食パンだが、個別包装のマーガリンとジャムが付く。両方を全部塗りたくるのが俺の食い方だ。脳に効くっていう魚や野菜ばかりの食事の中では数少ない、体に悪そうなものを自堕落に食うのが好きな俺にはありがたいメニュー。

タンタラタンタンタンタラタン。

腕を曲げ伸ばししながらふと思う。

飯と甘いものが楽しみだなんて、刑務所《ムショ》と変わらねえじゃねえか。飼い馴らされてないか、俺。いままでの日々を思えば、毎日が平穏すぎる。

平穏。俺には似合わない言葉だ。

入所してもうすぐ一カ月になる。緒方の組の鉄砲玉がどこかに潜んじゃいないかと、しばらく気を張っていたが、いまのところはキユウってやつだ。ベッドの枕の下には、グラウンドで拾った石ころ数個を靴下に詰めた、簡易ブラックジャックを忍ばせているが、もっぱら肩のマッサージに使っている。

俺がおとなしくしている理由のひとつは、また保護室送りになるのはまっぴらごめんだってこともあるし、いちおうここに潜伏しているわけだから、目立ったことはしねえ、そう決めているためでもある。

だが、それだけじゃない。きっとここでの毎日が、小学四年の時の入院生活に似ているからだと思う。いま思えばあん時が、俺の生涯でいちばん平穏な日々だった。

八週間。糞《くそ》いまいましい長さだと思っていたが、もう半分近くが経った。そんなに長い時間じゃないように最近の俺には思えている。

ラジオ体操第二が終わったとたん、斜め前にいた梨帆がすっとんできた。

「ライヤァ」

何日か前、俺の名前は「くものす」じゃなくて「及川頼也」だと教えたら、それ以来、俺を「ライヤァ」と呼ぶようになった。「及川さん」と呼ばせようとしたのだが、こっちは覚えようとしない。「なんだっけ？　オイカワラ？　オオイガワ？」

両手を回して抱きついてこようとする梨帆の手を取って左右に振る。こうすれば梨帆は喜ぶし、周りから妙な目で見られずにすむ。

「ママとは会ったか？」

「まだ。こんどがなかなかこないの」

ウィリアムズ症候群の人間は、子どもでも目の下が涙袋みたいにふくらんでいる。梨帆のそれがここ何日か、クマをつくったように黒ずんでいるのが気になっていた。

「なぁ、お前、毎日何をやってるんだ」

「ぷろぐれむ」

「うん、プログラムな。どんな？」

「リホね、あたまとからだをふつうのこどもにしてもらうの。ライヤァはなにしてる？」

「俺もプログレムをしてる」頭と体を普通の大人にするために。「なぁ、嫌なことされたら、俺に言え。俺がたっぷり叱ってやるから」

「いやなこと……」梨帆が腕組みをして眉根を寄せた。首を左右にかしげた。目玉を下に向け、上に向け、まっすぐ俺の顔に戻してから言った。「いやなことって、どんなこと？」

信じられねえ。俺なんてこの世の中、嫌なことだらけなのに。

「自分がしたくないことを、しろって言われることだ」

「あー、かみのけをきるとか？」

読書プログラムで読んだ『こどもの発達障害』の中に書いてあった。ウィリアムズ症候群の子どもは、髪に触れられることを嫌うのだ。梨帆の髪が椰子の葉みたいに無造作に束ねられていたのは、たぶんそのためだ。

「誰かが髪にしつこく触ったら、俺に言え、俺がそいつを丸坊主にしてやる」

「まるぼうず」なにがツボなのか、すきっ歯を丸出しにして笑う。「てるてるぼうず、まるぼうず、あぁしたてんきにしておくれっ」

その顔を見ているだけで俺は、経鼻投与されるよりずっと気分が晴れやかになった。


スクランブルエッグと海草サラダを先に片づけ、食パンにマーガリンをペンキみたいに塗りたくる。隣の辻野が要らねえというから二人ぶん、豪華なカーペットの厚さになった。ムショと違ってサイドメニューの譲渡や交換に懲罰がないのがありがたい。マーガリンの上に苺ジャムもたっぷり塗装して、さて口に運ぼうかという時だった。

「うるせえ、ババア」

食堂に裏返った喚き声が響き渡った。俺と辻野が座った場所の、斜め隣のテーブルだ。

「黙れって言ってんだろが」

若い男が立ち上がって吠えていた。フィジカルメソッドでよく一緒になる、人を小馬鹿にした目で見やがる野郎だ。名前は高田《たかだ》。向かい側に座っていた女が尻尾を踏まれた猫のような声をあげる。

「なによあたしはあなたに親切で忠告してあげてるんじゃないのタナベさんに言いつけたって良かったのだけれどどうせあたしの言葉なんかあの人きかないからあなたの臭いは酷いわよお風呂に入っていないんじゃないの髪の毛も洗っていないでしょフケだらけじゃないの」

電波ババアと呼ばれている女だ。いまでは誰も近くに座ろうとしないが、高田はそれを知らないか、後からババアが座ったかしたのだろう。

「黙れ、黙れ、黙れっ」

「ここの薬のせいじゃないかしら変なものをのまされるからみんな頭がおかしくなるのよでも少しぐらいあたまが変でも最低限のみだしなみぐらいは整えないと共同生活をしているのだから」

お前が言うなって話だが、確かに高田の様子は妙だった。以前はワックスでていねいにツイストさせていた髪はボサボサで寝癖がついたまま。いつもちゃらい服を着て出てくるのだが、いま身につけているよれよれのジャージは寝間着だろう。ここ一週間ぐらいはトレーニングにも顔を出していない。

「うるせえ、この●●●●ババア」

高田がトレイをテーブルに叩きつけた。スクランブルエッグが周囲に飛び散る。女たちの悲鳴があがった。こんな時にかぎって看護師の姿がない。おばちゃん二人組がスタッフステーションに走って行くのが見えた。

騒ぎに耳を塞いでパンに戻ったとたん、辻野が俺に囁きかけてきた。

「どうしましょう」

「なにが」

俺の顔を見つめてくる。本物よりよく光る模造金貨のような目で。

「止めるべきですよね」

「ほっとけや」

高田が電波ババアのトレイもひっくり返す。二人の周囲から治験者が逃げ出した。

「なにするのあなた頭が完全におかしくなっているのねみんなタナベさんのせいね」

食堂の隅から声があがった。

「やめなさい」

堂上だった。その声に背中を押されたように辻野が椅子から跳び上がる。竹棒みたいなそんな細腕で高田を止める気か？　奴は大学のラグビー部でトレッドミルを時速15キロで走るんだぞ。

俺は辻野の肩を押さえる。ついでに肩を手がかりにして立ち上がった。やれやれ。せっかくの俺のパン食を邪魔しやがって。静かにさせるか。

唇のジャムをぬぐって指を舐めながら、喚き続けている高田の背後に回った。一歩半の距離に近づくと、電波ババアの言葉が嘘じゃないことがわかった。確かに奴は臭う。酒を飲んでいないせいか、鈍かったはずの俺の嗅覚は、近頃やけに敏感だ。髪と体から牛乳を拭いた雑巾みたいな臭いがした。

「やめろや」

風呂場で俺の刺青を見てからの高田は、トレーニング室で俺を笑わなくなり、タメ口が敬語に変わった。俺がひと声かければ、すぐにおとなしくなると思っていたのだが、振り向いた高田は、俺に気づいても、怒りに破裂しそうな形相《ぎょうそう》をさらに歪めただけだった。

「なんだ、てめ」高田の目は、白目の中に碁石《ごいし》を置いたようだった。なんの光も発していなかった。「ひっこんでろよ、おっさん」

いきなり殴りかかってきた。

悪くないパンチだが、しょせんシロウトだ。左腕でブロックする。久しぶりに血が騒いだ。奴のがら空きのボディにジャブを叩き込むと、高田が呻き、腹を折った。

飯食ってる最中だったから効いたはずだ。奴の苦痛が手にとるようにわかる。殴った俺自身の胃袋からもマーガリンまみれのパンがせり上がってきた。

顎にアッパーカットを叩き込んでフィニッシュといきたかったが、やめた。看護師が食堂に入ってくるのが見えたからだ。

小男と滑舌の悪い大男の凸凹《でこぼこ》コンビだった。

小男がこっちを見るなり「やっぱりお前か」という顔をした。大男がおそるおそる近づいてきて、あきらかに俺に対して声を張り上げた。

「や、や、やめなしゃい。そ、そりぇ以上、暴力行為を続《つじゅ》けると——」

「違うのよその人はあたしを助けてくれたのあたしが大会社の令嬢だから暴れたのはそっち

の臭いほうの若い人よ」

「うがあぁ」

うずくまっていた高田が獣の声を発して立ち上がった。両手に簡易椅子の脚を握っている。俺の頭を狙って椅子を振り上げた。

ようやく状況が呑みこめたらしい小男が走り寄ってきた。

「やめなさい、高田さん」

俺に向けられた高田の目は、他の何も見えていないようだった。いや、俺のことも見えているかどうかわからない。大きく見開いてはいるが、その目玉は空洞のようだった。

振り下ろされた椅子を後ろに跳んでかわしてから、俺は右足で椅子を蹴り飛ばした。そのままさらに足を伸ばして高田の喉に爪先をめり込ませる。

手加減はしたが、急所の喉仏を狙ったから、呼吸困難に陥ったはずだ。膝からくずおれた高田が両手を首にまわして呻く。

「あがあがががあぁ」

周囲の人間が顔をしかめた。こっちの息まで詰まっちまいそうな声だった。

動けなくなった高田を看護師が二人がかりで立たせ、左右から挟みこむように部屋の外へ連れ出した。

小男が一度だけ俺を振り向いたが、俺に礼を寄こしたわけじゃなかった。次の対戦相手の手のうちをしっかり偵察させてもらった、とでもいうふうな表情だった。

俺が席に戻ると、周囲がざわついた。

辻野が両手を突き出している。ハイタッチを求めているらしいが、そんな気分じゃない。無視すると、しぶしぶ手を引っこめた。

ひさしく人を殴っていなかったせいで、調子が出ない。ちっとも楽しくなかった。高田の腹を殴った時の、ぬるぬるした泥に手を突っこんじまったような感触を拭うために、テーブルの下で拳をさすった。

「すげえ。やっぱり強いんですね、及川さん。見直しました」

「俺のこと、どう思ってたんだ」

女の看護師が戻ってきて、電波ババアに声をかけた。廊下から高田が喚き散らす声が聞こえてくる。看護師たちの緊迫した声も。また暴れ出したらしい。大男が叫んでいる。

「とくべちゅほぎょこうい、認めてくださーい」

「特別保護行為、認めます」

高田が甲高い悲鳴をあげ、急に静かになった。奴はこのまま保護室送りだろう。食堂にいる誰もが聞こえないふりをしていた。

ジャムパンを再び口にした俺はむせてしまった。喉にパンが詰まったような気がして。辻野がスクランブルエッグをサンドしたパンを何事もなかったようにほおばっているのがいまの俺には信じられなかった。

「どうしたんだろう。高田くん。気のいい人だと思ってたのに。共同生活が長くてストレスがたまったんでしょうか」

ストレス？　そんなのんな気な理由か？　本当は違う理由を疑っているのに、そのことを考えまいとしているふうな言い方だった。

「なぁ、聞きたいことがある」

「はい、なんすか」

少し前まで俺の姿を見ただけで逃げ出そうとした奴とは思えない、愛想のいい返事だ。

「最近、何人か入所者がいなくなってるだろ。退院したってみんな言ってるけど」

「ええ、そう聞いてます」

「ほんとか？」

「本当って……他にどんな訳が？　プログラムは長期だし、それなりにハードですから、脱落する人もいるでしょうね」

保護室から人の声が漏れてくる。フリートークの時、オバチャン患者の一人が怪談話をするように言っていたことを俺は思い出していた。

「なぁ、お前は、どうしてここに来て、どんな治療を受けてるんだ？」

「な、なんですか、いきなり。このあいだお話ししませんでしたっけ」

「もっとくわしくだ。ハードなんだろ。話してみろよ。楽になるかもしれねえぞ」

医師の守秘義務がどうの、人には知られたくない障害や疾患《しっかん》の人間ばかりだからプライバシーは保護されるべきだの、そんなゴタクばかりが並べられて、いったいぜんたい、ここで何が行われているのか、入所者は驚くほど知らない。自分自身の治療の目的や効果ですらはっきりとした説明がない。

「いや、それは……僕のことを心配してくださるのはありがたいですけど」

心配なのは、お前じゃない。俺自身と梨帆だ。

「いまここでっていうのは勘弁してください」

「後でいいから。なんだったら、俺の話もしてやるよ」

ついそう言ってしまったのは、比企の身の上話を聞いたからかもしれない。不遇なのはお前だけじゃない。その言葉があながち間違っちゃいないと思わせる話だった。

「もうひとつ聞きたい」

「はい、なんすか」

「ラッコってどんな動物？」


それにしても九時消灯ってのはなんとかならねえものか。

人には見せられない秘密の作業を続けている俺は、閉め切ったカーテンのむこうに見える壁掛け時計が消灯時間に近づいていることを知って焦っていた。

ベッドの上には秋本に言いつけて麓の街まで買いに行かせた、秘密の作業のための材料と道具を広げている。

「あのぉ、こんなもので何をするんです」

訝《いぶか》しげな秋本を「何も聞くな」という目で睨《にら》んで黙らせた。

「脱走に使うって言わせてえのか」

「いえいえ、針はともかく鋏《はさみ》はまずいんすよ、こんな小さいのでも。いちおう刃物っすから。俺が渡したことは内緒にしてください」

俺は小さな鋏でフェルトを切り取って型をつくり、裁縫糸で縫っている。

縫ったパーツに綿を詰めて繋ぎ合わせれば、ラッコのぬいぐるみの完成だ。

ぬいぐるみはムショの刑務作業でずいぶんつくった。わりと器用だった俺は、耳のぶんだけ手間の多いウサギ担当。あぐらをかいた足の上には図書室から借りた動物図鑑がラッコのページを開いて載せてある。

今日中に手足だけはつくっておきたい。消灯まであと何分だ？　俺はまた時計に目を走らせる。

円形の時計を覆う透明プラスチックの蓋がひび割れていた。円の下のほう。二十センチ近くありそうな幅広の亀裂が走っている。さっき見た時にはなかった。いつの間に誰が？　時

計に苛ついた野郎がモノを投げつけたか？　そんなことをするのは俺ぐらいのものだけどな、などと考えていると、
亀裂が、動いた。

時計の縁を縫うように壁に移動している。亀裂は身をくねらせ、左右のひびを蠢《うご》めかしていた。

よく見ると、亀裂の尖端は赤黒い。左右の無数のひびは薄黄色。

ムカデだ。

街中育ちだから、あんなでかいのを見たのは初めてだった。ここは山の中だからな、ムカデもサイズが違うんだな。

動く亀裂は案外に素早い動きで、視界から消えた。左から右。俺のベッドの頭のほうの壁だ。

さて、あと十分。ラッコの足の最後のひとつを縫い終えよう、そう考えて顔をうつむかせたとたん、体にぞくりと電流が走った。指先のどこかで発生したその冷たい電流が背筋を通って首筋を貫き、頰を凍らせる。

ムカデはどこへ消えた？

頭の中に、俺の背後にさっきの大ムカデが忍び寄っている光景が浮かんだ。そいつは俺の背中を伝って何十本もの脚を蠢めかせて首筋を這い、そしてシャツの襟から体の中へ――そ

こまで想像したとたんに背中がむずむずし、首が縮まり、口から声がほとばしり出た。

「うわ」

俺はベッドに四つん這いになって背後の壁に目を走らせた。

堂上の声が飛んでくる。

「どうしました」

「なんでもねえ。寝ぼけてただけだ」

「おやすみでしたか。消灯までまだ少しありますけど、電気消しときましょうか」

「待て待て、消すな」

真っ暗闇のどこからかムカデが這い寄ってくる、そのシチュエーションに耐えられる気がしなかった。

「だいじょうぶですか」

最近はカーテンを閉ざさない辻野が、俺のカーテンをノックするように叩いた。

「待て、開けるな」

俺は制作中のラッコを布団の下に隠す。そして、気づいた。

ベッドのヘッドボードのすぐ上の壁に、いた。

黒光りする蛇腹チェーンのような体をくねらせて。無数の脚を波うたせて。寒けに襲われたように全身が震えた。

「うおう」

自分が叫んでいることにも気づかなかった。辻野がカーテンを引き開ける。恥もプライドもどこかへ消え去っていた。俺は壁に指を突きつけた。

「ムカデ、ムカデっ」

普通にあげたつもりの声は、情けなく裏返っていた。

「うわわ。僕もだめっす。こういうの」

堂上ののん気な声が聞こえた。

「ああ、トビズムカデですね。このあいだも見ました。いやいや、ここのは大きい」

いやいや、じゃねえよ。平気なら、なんとかしろ。

ムカデは俺のベッドの下に消えた。ベッドからただちに逃げ出したかった。人目がなかったらそうしていただろう。

「あ、そこそこ」

辻野の言葉に体が飛び跳ねた。どこ？　どこどこ？

辻野が指さしていたのは、四つのベッドの間の床だ。どっちへ潜りこもうか思案しているように動きを止めていた。来るな、こっちに来るな。来ないでくれ。

向かいのベッドで根本がむくりと身を起こす。たったいままで寝ていたらしい不機嫌な面で床に下り立った。手には室内履きのスニーカーが握られている。

右手と右足を同時に動かしているような鈍重な足どりでムカデに近づいたかと思うと、すぱん。

その時だけは素早く手を動かして、ムカデにスニーカーを叩きつける。

大ムカデは腹を上にして宙を飛び、電池切れしたように動かなくなった。

俺の震えはまだ止まらない。体の震えというより、骨が震えている。頬や背中や両腕の皮膚の内側のいままでそんなものがあることも意識していなかった神経が小刻みに震えている。

あんな小さな、スニーカーで叩き潰せるような生き物を、俺が本気で怖がったことがいままであっただろうか。幻覚やバーチャル映像ではなく、現実で。

ない。

初めてだ。

なぜ。

この俺が。


なかなか寝つけなかった。

目をつぶると、さっきの大ムカデがまぶたに浮かんでくる。一匹だけじゃなく他にもいるんじゃないか、堂上が無造作にティッシュでつまんでゴミ箱に放りこんだ、あいつがまだ生きていてまた這い出すんじゃないか、そんな妄想がふくらんできてしまう。

闇の中の壁掛け時計を横目で確かめてから、すぐに目を逸らした。また時計の上に動く亀裂を見つけてしまう気がして。

十一時。ほかの連中は寝息を立てている。俺は眠るのをあきらめて、窓から外を眺めることにした。

眺めたところで見えるのは、誰もいない暗い穴のようなグラウンドと、高いフェンスと、その先の壁のような山のシルエットだけだった。

月が出ていた。半月から満月に変わる途中の歪《いびつ》な卵のかたちで暗い空に浮かんでいる。

ふいに右の頬がちりちりと震えた。さっき経験した恐怖の震えに似ているが、少し違う。気配の異変が頬から脳味噌に警戒信号を送っている、こっちのほうは俺には慣れた感覚。

気がつくと、俺の右手に人が立っていた。

いつの間に。足音にも気づかなかった。中坊の体操着のようなあずき色のジャージ。根本だ。

根本は俺の視線に気づくと、唇を痙攣させるように笑った。

「すっかり目が冴えちまいましたよ」

なんだこいつ。俺にまともに声をかけてきたのは初めてだ。いつもはヤクザの俺に怯えているくせに。俺がムカデに取り乱したのを見て、急に気が大きくなったのか。自分が退治したのが得意で調子こいてやがるのか。薄気味悪いほどの豹変ぶりだ。俺が礼を言うとでも思っているのなら、大きな勘違いだ。図に乗った素人が馴れ馴れしく近づくのを許すほど、俺はまだ「普通《ガン》」になれちゃあいない。

俺が眼を飛ばしたのにも気づかずに、根本は窓枠に両手を突っ張って外を眺めている。

「いい夜ですね」

いつもきいきいと叫ぶ声ばかり聞いていたが、奴の地声は案外に低い。年を聞いたことはないが、見かけより食っているかもしれない。俺より少し上ってとこか。

考えてみりゃあ不思議だ。俺が馬鹿みてえに怯えたムカデに、恐怖症の見本市みたいなこいつが何の恐怖も抱かないなんて。

恐怖ってのはいったい何なんだ。人間が生まれた時に抱えてくる取扱説明書に書かれた注意書きか？

①ムカデには近づけないでください。

②尖ったモノで指をささないでください。

③人を殴らせないでください。

根本は取ってつけたような余裕のポーズで夜空を見上げている。

え？

「あのさ」

俺の声に根本が振り返った。まっすぐ俺を見返してくる。これも初めてだろう。

「はい？」

「お前、だめだったんじゃないのか」

根本が気取ったしぐさで細縁眼鏡のブリッジを押し上げた。俺がこの病室に来た夜、こいつは月が怖くてひいひい喚いていたんじゃなかったっけ。

「月」

「ああ、お恥ずかしい」

そういえば最近、根本が病的に除菌シートを使う姿を見ていない。試しに顔に指を突きつけてみようかと手を持ち上げかけたが、気づかれて手首を押さえられてしまった。

「それはまだ勘弁してください」

言葉は静かだが、かなり力をこめて手首を握りしめてくる。そもそも俺をヤクザと知っていてこんなことができる奴じゃなかったはずだ。

俺は手を振りほどき、根本から足ひとにじりだけ離れて奴に半身を向けた。警戒態勢だ。ふいに思ったのだ。恐怖症っていうのは何もかもが嘘っぱちで、こいつが緒方のとこの鉄砲玉じゃないかと。

根本はそんな俺の様子を不思議そうに眺めて言った。

「少しずつですが克服できてます。こうして我慢して月を見てるのも、改善トレーニングのつもりなんです」

自信のこもった口調も、人の顔を必要以上に見つめてくるのも、なんだか辻野に似ている。辻野と似たようなプログラムをこなしているのかもしれない。

なにより似ているのは、目だ。やけにぎらついている。金の色紙でつくった月みたいな、瞳の底に発光体をしこんだような目。

同じような目をどこで見たのか、俺は思い出した。

何人も見てきた。最近じゃあ、かつての兄貴分だった、飛行機嫌いの男。

ふだんは生気に乏しいのに、ときおりこういう目を人に向けてきた。酒を飲んでもいないのに呂律《ろれつ》が回らないこともあった。日焼けしているわけでもないのに顔がどす黒かった。最後は頭がいかれて、自分の頭に拳銃の弾を撃ちこんだ。

シャブ中だったのだ。

辻野と根本によく似ているのは、シャブ中患者の目だ。

19

〝両足跳《と》びで全身をゆする運動～〟

タンタンタン、タンタンタン、と体を跳びはねさせた拍子に、ジャージのポケットに突っこんだものが飛び出そうになって、片手で押さえつけた。

俺の手のひらいっぱいぐらいの小さなぬいぐるみだ。なかなかうまい具合につくれなくて、追加の材料を秋本に買いに行かせたりしているうちに日にちが過ぎ、昨日の晩ようやく完成した。耳をつけちまったが、ラッコに耳は要らなかったか？

俺たちは毎朝グラウンドで会い、梨帆は決められた大事な儀式であるかのように毎度抱きついてくる。俺は接触を最小限にとどめるための（多少の）努力はして抱擁に応えている。それから、小児科の看護婦が聞こえよがしの咳払いを始めるまで短い会話をする。

昨日は、体を引き剥がそうとしても梨帆が俺の両手を握って放さず、くるくる回りはじめた。自分で結わえたという輪ゴムで止めた不格好なまとめ髪がほわほわ揺れていた。

「はっぴばーすでーつゆー」

やめろよ、と口では言いながら俺は馬鹿面を下げて一緒にくるくる回った。周囲の視線が痛かった。痛いのに、気分が良かった。

「はっぴばーすでーであリホちゃーん。はっぴばーすでーつーゆー」

「なんだよ、いきなり」

答えた昨日の梨帆の言葉は、一字一句ぜんぶ覚えてる。

「リホのたんじょうび、もうすぐなんだ」

「もうすぐってのはいつだ」

「つぎのつぎの月ようび」

まだ先じゃねえか。

「ライヤァのたんじょうびはいつ？」

「いつだっけ？　忘れちまった」

自分が生まれちまった日のことなんて考えたくもない。どうやって生まれたかは酔った母親の愚痴で何度も聞かされている。

母親はＳＭ専門のデリヘル嬢で、拘束プレイ中に中出しされて妊娠した。腹の中の俺に気づかないまま中絶できる時期を逃し、危険を恐れて――もちろん非合法の中絶は日にちが経ちすぎると命が危ないという自分自身への危険を恐れてだ――しかたなく俺を産んだのだ。

「産んじまっても方法はあったのさ、なのにさぁ」あの糞女は何度もそう言った。俺の目の前で。赤ちゃんポストに俺を捨てようと考えたらしい。でも馬鹿だから、赤ちゃんポストが日本には一カ所、熊本《くまもと》にしかないってことを産むまで知らなかったし、調べもしていなかった。酒とパチンコを何日も我慢してようやく貯めた熊本への旅費を、その頃に知り合った男――義理の糞親父じゃねえ別の、名前も知らねえ糞野郎だ――に貢《みつ》いじまって、俺を理由にすぐ捨てられ、しかたなく邪魔な荷物のひとつとして俺をそばにころがしておいた。

俺の出生の事情ってのは、それだけだ。

梨帆は俺の言葉を真《ま》に受けて、黒目ばっかりのただでさえ丸い目を夜の猫みたいに見開いた。

「わすれた？　ほんと？」

梨帆の黒目はくるくるとよく動く。世間の奴らみたいに必死になって他人の表情を探る目つきじゃなく、俺のように他人の表情がうまく読めなくてそうしているのでもなく、ただどこかに面白いものがないかを見つけようとしているだけの、好き勝手に跳びはねる目だ。嘘ばかりで答える俺はいつもダメな答案用紙を提出させられている気分になる。

「本当だからしかたねえじゃねえか」

「おもいだしてよ、ライヤァ。バースデーケーキ、いっしょにたべれねえじゃねえか」

なんでお前とケーキを食わなきゃならねえんだ、そんなセリフが浮かんでいる同じ頭の中に、梨帆と梨帆の母親と俺の三人がバースデーケーキを囲んでいる光景がよぎる。八本の蠟《ろう》燭《そく》を梨帆が頰をリスみたいにふくらまして吹き消し、俺と母親はぱちぱちぱちと拍手を――

気の迷いだろう。ほんの一瞬、まばたき一回でまぶたの裏から消えた。

「ライヤァ、なんのケーキすき?」

「ケーキなんか食わねえ」

「ケーキなんかくわねえ」

梨帆が子どもの声をせいいっぱい低くして俺の口まねをする。そして何が可笑しいんだか、にゃはぁ、と笑った。三日月のかたちになった両目の上下がカエルみたいにふくらむ。目が腫れぼったいのは寝起きのせいだと思っていたのだが、他のガキと比べるとあきらかに梨帆だけ目立っている。ここへ来ても良くなるどころか悪化しているように見えた。目の下のクマもいちだんと濃くなっている気がする。それでも梨帆は力いっぱい笑う。

「たべよ、ケーキ。プレゼント、あげる」

勝手な節をつくって同じ言葉を繰り返す。

♪たべよ、ケーキ。プレゼント、あげる。

スキップのつもりなのか足を交互に痙攣させて、俺の体の周りをぐるぐる回る。

♪たべよ、ケーキ。プレゼント、あげる。

梨帆の、じつは何もかもお見通しかもしれない目にからめとられた俺は、しかたなく正直に言う。

「思い出したよ。九月だ。九月の十八日だ」

「くがつじゅうはちにち、だね」

♪くがつ〜じゅうはちにち〜　くがつ〜じゅうはちにち。

また歌いはじめる。下手くそなスキップをいきなり止めて、俺に真顔を向けてきた。

「九がつっていつだっけ」


やっと体操が終わった。俺は梨帆の姿を探し、大きくふくらんだジャージのポケットに手を突っこむ。その瞬間、腸が蠕動《ぜんどう》するように脳味噌がぐるぐるとよじれた。

ふいに思った。俺、間違っちゃいないか、と。渡すタイミングでもぬいぐるみの完成度でもなく、コンポン的なとこで。

これがマインドフルネスのセラピストが言っている「気づき」ってやつだろうか。俺は取り出すつもりだったものをポケットの中へ押しこめる。

母親がラッコのぬいぐるみを持ってくる。梨帆はそう言っていた。たぶん家に置いてあるお気に入りのやつだろう。だが、まだ母親には会えないままだったから、俺が代わりにラッコのぬいぐるみを手づくりした──

違う。

俺たち大人の治験者とは違って、さすがに小児科の子どもには少し前から面会が認められているようだ。梨帆もほかのガキへの来訪者を自分のことみたいに目を輝かせて俺に教える。「きのうはアヤちゃんのおかあさんがはじめてきた。たのしそうだった」「あしたはユウヤくんのうちの人がくるんだって。ユウヤくん、たのしみぃ〜」「うちのママはまだだけど、こんどかならずきてくれる」とも。

梨帆は、必ず来るはずの母親と自分のお気に入りのぬいぐるみを望んでいるのに、俺がその前にまがい物を渡してどうする。シャブの取引相手にメリケン粉を渡すようなもんだ。

人から何かを奪うことばかり考えて生きてきたから、人に何かを与えるってことに慣れてねえんだ。だから、こういうことになる。

俺には共感力がない。以前、桐嶋はそう言った。

共感力の兆《きざ》しは見えている。このあいだの比企はそう言った。キョーカン力ってのが何の足しになるのかわからねえけれど、貰えるものなら、貰っといて損はない気がした。

渡すのはやめた。ポケットのふくらみを押さえつけて、最後尾からガキどものいる前列の真ん中に行く。ラッコ以外に何か欲しいものがあるか本人に聞いてみよう。

だが、梨帆の姿はなかった。

小児科の若い看護婦に声をかけた。

「なぁ、あの子はどうした」

「あの子？」

「梨帆……」苗字を思い出すふりをしてから言葉を続ける。「藍沢梨帆だっけ」

「藍沢さんは今日はお休みです」

「なぜ」

「体調が良くないみたいで」

「風邪か？　腹痛？」

看護婦が、俺の共感力のなさを哀れむ横目を向けてきた。

「持病の多い子ですから」

見れば見るほど不格好な手縫いのぬいぐるみをベッドの上に放り投げる。ゴミ箱に捨てちまいたかったが、こんなものを俺がつくったなんて知られたくない。規則違反の裁縫道具と一緒に布袋に入れて、マットレスの下に押しこんだ。

看護婦の言うとおりだ。ウィリアムズ症候群の子どもは、この世に愛を振りまく妖精ってわけじゃない。染色体の中の遺伝子がほんの少し欠けているせいで、人より小さな体にいろんな問題を抱えている。この病気について書かれた本は少ないが、医療センターの図書室には、探せば何ページかをウィリアムズ症候群の説明に割《さ》いている本もいくつかある。探せたかぎりの説明を俺は全部読んでいた。難しい漢字は辞書を引き、わけのわからねえ用語は他の本で調べた。

なのに、書かれていた症状と梨帆の毎日が、俺の頭の中ではちゃんと繋がっていなかったのだ。

俺は自分の体が梨帆と入れ替わったら、と想像してみる。

たった七歳で、心臓や腎臓に年寄りみたいな不調を抱え、耳や目や歯も過敏で脆く、手足が他の子どもと同じようには動かせず、人より背が伸びないのにカルシウムを取りすぎると高カルシウム血症になってしまう、そんな体になったことを考えてみる。

俺なら、とても笑えねえ。他人や自分や人生を憎むことしか考えないだろう。

凄いな、あの子は。俺よりずっと生きている価値のある子どもだ。

俺は思った。梨帆を音楽家にしてやりてえと。

音楽的な才能は、数々の症状と引き換えに手に入れたウィリアムズの人間の長所だ。手先が不器用だから楽器は無理かもしれないが、生まれつき人を愛せる性格と、人より優れた音楽の才能があれば、歌手や作曲家になれるかもしれない。

俺はマットレスの下から再びぬいぐるみを取り出した。別のものをつくるために。


翌日も梨帆は姿を現さなかった。

その翌日も。

20

小児科の入院病棟があるのは、隣のE棟だ。山肌に沿って建物を東西に増殖させている精神科総合医療センターの東の外れの四階建て。俺たちのいるD棟より築年数が古そうだから、もともとは他の建物とは独立していて、後からできたD棟と繋げたんだろう。ここからE棟へ行く通路はあるが、曇りガラスの嵌まった陰気臭い鉄扉に阻まれていて、IDカードがないと向こう側へ行くことはできない。そもそもD棟には外部への出入り口ってもんがない。あるのはグラウンドへの出入り口と職員用の通用口だけで、C棟へ行くにもID認証が必要なのだ。

リズム体操に参加するガキたちは、グラウンドを囲むフェンスの一角にある出入り口を通ってやってくる。だが、ここも自由に行き来はできない。毎回つきそいの看護師がフェンスの出入り口の施錠を解いて、羊の群れを追いこむようにガキどもを中に入れ、帰りにはまた出入り口を閉ざす。

その日、午前のプログラムを終えた俺は、スタッフステーションに寄り、カウンターに身を乗り出して看護婦の一人に声をかけた。

「なぁ、小児科へ行きてえんだけど」

看護婦が俺の顔を見返してまばたきをした。

「なぜ？」

「知り合いの見舞いだ」

「知り合い」今度はまばたき二回。「それは外出許可ということでしょうか」

「すぐ隣だろ。なんでそんなもんがいるんだ」

誰かに外出許可が出たという話は聞いていないが、内科や外科のある他の病棟と行き来している治験者は何人もいる。

「ちょっとお待ちくださいね」

看護婦が奥へ行き、看護師長と話しはじめた。師長は五十がらみの神経質そうな女だ。眼鏡を押し上げ、筋ばった首をニワトリみたいな素早さで動かして俺に上目づかいを走らせてくる。その時点で許可は出ないとわかった。あの女はいつも俺には使用済みのガーゼを見るような目を向けてくる。

「やっぱり診察以外の目的で他の病棟に行くことはできないようです」

ここは刑務所《ムショ》みてえだという俺の感想は少し間違っていた。ムショみてえ、じゃねえ。ここはムショだ。プログラムという刑務作業をこなし、看護師という名の看守が丁寧語を喋るムショ。

「あ痛つつ。背中の火傷の痕がうずく。ガキの頃からの持病だ。小児科で見てもらえないかな」

ジョークだと思ったらしい。看護婦はくすくす笑いを寄こしただけだった。俺はスタッフステーションを見渡して秋本の姿を探す。

「秋本クンは？」

「秋本は夏休みです。週明けまで」

「夏休みだあ？」奴のＩＤカードを喝上《カツアゲ》るか、それが無理ならE棟に同行させるつもりだったのに。「生意気な」

俺の言葉に看護婦が頷く。「ほんとよね。私なんていつになるか。まあ、まだ入ったばかりの子だから、辞められても困るしねえ」

確かに辞められたら俺も困る。治験者の多くは、品数が乏しい売店に揃っていない生活必需品を身内に送ってもらっているようだが、身寄りのない俺は秋本にパシリをさせている。最近じゃ俺が言わなくても、着るものまで買ってくる。趣味の悪いど派手な色のものばかり。

「こういうのお好きかと思って」

「困ったな、秋本クンがいないとパンツも買えない」

「パンツ、ここでも、売ってますよ」

「俺、ボクサーパンツ派だから。原色の。他の棟の売店に行きたいな」

何を想像したのか、看護婦が目を輝かせた。

「私が買ってきましょうか」

「いいよ」もう。

21

ここに来て六週目に入っても地下一階の薄ら寒い白一色には慣れることができない。今日は第二診察室で医者のカウンセリングがある。個別カウンセリングは二回目だ。どうせまた桐嶋は出てこないだろう。何の期待もせずにドアを開けたとたんに声が飛んできた。

「私ですみません」

「なんだ、あんたか」

俺は唇を引き結んでゆるみかけた頬に活《かつ》を入れた。今日の比企はパンツ姿だった。ベージュ色のサブリナパンツだから、太ももの肉づきの良さがスカートの時よりわかりやすい。

「きちんとプログラムをこなされているようですね。正直、予想外でした。今回集まった方の中では最大の問題児だと思っていたのですが」

「じつは、こういう生活には慣れてるんだよ。懲役食らってるから」

比企が髪を揺らして頷く。

「私の祖父もそうでした。私生活は質素で我慢強い人で。米の飯が食えるだけでありがたい、よくそう言ってました」

比企は中学生の時から母方の祖父《じい》さんと祖母《ばあ》さんに育てられたそうだ。祖父さんは元ヤクザ。背中には水滸伝の花和尚魯智深《はなおしょうろちしん》の刺青をしょってたらしい。

「このあいだ話を聞いて、考えてみたんだ、あんたのこと」

親と死別したわけじゃない。なぜ親元を離れたかと言えば、実の父親からくり返しレイプされていたからだ。発覚した直後に母親は自殺した。父親は外交官で、何の刑事罰を受けることもなくいまも暮らしている。祖父さんは何度もこの男を刺しに行こうとし、そのたびに比企と祖母さんが泣いて止めたそうだ。ただし自分のＬＧＢＴを生い立ちと関連づけて語られるのは迷惑だ、そうだ。

ＡＶじゃ定番の話だ。てことは、世の中にはそういう変態野郎が大勢いるんだよ、と俺が笑ったら、比企は珍しく怒りを隠さずに言った。「じゃあ、私の体験があなたの体験だったら、と想像してみてください。笑えますか?」

共感力というのは、他人への想像力だと比企は言う。

「自分の身になって考えてみろってあんた言ったよな。俺の身になって考えてみたんだ。俺がまだ力のないガキの頃、糞親父にケツを掘られたらどう思うかって。確かにたまんねえ。いつかそいつをぶっ殺すと思うよ、俺だったら」

「下品な譬えですけれど、まあ間違ってはいません」比企は眉をひそめるでもなく、涼しい顔のまま言葉を続けた。「私もいままでも糞親父をぶっ殺してやりたいと思っていますから」

「共感力っていうのは、こういうことでいいのか」

「第一歩ではあります」

「どうやったら手に入る。共感力ってのは」

「そうお考えになるだけで、第二歩ですね」

比企がほんの少しだけ微笑んだ。

「共感力のない人間は、及川さんだけじゃありません。反社会性パーソナリティ障害であるなしにかかわらず、世の中にはたくさんいます。桐嶋先生は人の心を先天的な脳のシステムの問題としてだけで解決されたがっているようですけど、私の見解は少し違います」

比企が唇を引き結んだ。これから放つ言葉の矢のために弓を引き絞るように。こんな時の比企の話は長くなる。このカウンセリングはどっちのためのものなんだ？

「どう違う」

「性格に遺伝的要素が影響するのは確かです。人間のその他の資質――体格や学業、スポーツや芸術の才能が、ある程度生まれながらに獲得されたものであるのと同じように。でも、それは単にスタートラインの問題です。なんの練習も努力もしない人間がプロのアスリートになれはしないでしょ？」

「環境か？　親のせいか？　親の育て方だな？」

「いえ、家庭環境が人間の性格に及ぼす影響は、じつは少ないんです。一卵性双生児がなぜ同じ遺伝的要素を持ちながら、性格が違うのかを研究したデータによれば、いちばん大きな要因は『非共有環境』。つまり家庭外、自らが選択する余地のある人間関係だそうです」

桐嶋から聞かされてきた説明と似ているようで、ずいぶん違う。ようするに人の脳の問題ってのは、まだどこにも正解がないってことなんだろう。

「あんたがそう思いたいだけなんじゃないのか？」

家庭環境が及ぼす影響も何も、そもそも俺には家庭環境と呼べるものすらなかった。虐待を受けた子どもは将来、他人を虐待するようになる――児童相談所の保護施設でも少年院でもさんざん聞かされた言葉だ。じゃあ、どうしろっていうんだ。勝手に彫られた消えねえ刺青を背負わされたようなもんじゃねえか。

比企が斜め上に視線を向けた。もう何度も会っているから、俺にはそれが考えをまとめようとしている時の表情だとわかっていた。

「じつはそうかもしれません。小児期に虐待を受けた場合、話はまた別ですから。否定する事実が欲しくていまの道に進んだのかもしれない。でもやっぱり私は、脳は変われると思うんです」

「脳は変われる？」

「ええ、いいほうにも悪いほうにも」

「変われるのか？」俺も。

「戦争のことを考えてみてください。私生活では良き父、良き夫が、戦場では平気で人を殺せる。群集心理、命令には逆らえない、自己防衛のためにしかたなく、という理屈も成り立ちますが、それだけで説明できるでしょうか。時に自ら進んで残虐行為に加担する人も出てきます。究極の他者への共感力——想像力の欠如です。一時的な——もしそんなものがあるとするなら、一時的に反社会性パーソナリティ障害《ASPD》に陥った、もしくはＡＳＰＤが多くの人間に伝染した、そうとしか思えません。悪意は伝染病なのでしょうか」

紅茶色の瞳が俺に問いかけてくる。聞かれたって俺にわかるわけがない。

比企が戦争の話を持ち出したのは、二週間前、海外派遣された自衛隊が二度目の「本格的」な「武力衝突」をしたからだろう。相手方は民間人も含めて百数十人が死に、自衛隊にも九人の戦死者が出た。食堂のテレビとベッドサイドのラジオと売店の限られた新聞や雑誌しか情報源のない病棟でも、このところその話題でもちきりだ。

「武力衝突」っていう名の戦争をおっぱじめたことに文句をつける奴は、入所者にもマスコミにもコメンテーターにも多いが、大きな声にはなってない。戦闘地域が二度目の原発事故を起こしたテロ組織の拠点だからだ。心の中では「よくやった」と快哉《かいさい》を叫んでいる人間が大勢いるに違いねえ。最近じゃ、死んだ自衛隊員のエピソードや遺族を紹介するお涙頂戴の報道が増えてきている。

「戦争な。俺はもともと街で戦争《ドンパチ》してたから、何を騒いでるのかよくわかんねえ」こっちはたった九人しか死んでねえし。一人十殺だ。

聞いちゃあいないだろう俺の話に相槌を打つふりをして、比企が言葉を続けた。

「我々が思っているより短期間で脳は変われる。あるいは変わってしまう。人間が脳の構造だけでなく、全身から発せられる神経伝達物質やホルモン、脳内物質の時々の放出量にも支配されているからだと思います。脳内物質のことはご存じですよね。プログラムの中でさんざん聞かされていると思います」

「ああ」ドーパミンは脳味噌に快感を注入する。アルコールやギャンブルの依存症の人間は、ドーパミン過多なんだそうだ。朝のリズム体操は精神を安定させ、幸福感を感じるセロトニンの分泌を促すため。シャブをやるまでもなく、人間は自分で自分の頭の中にいろんなドラッグを射《ぶ》ちこんでいるのだ。

「ノルアドレナリンは気分を昂揚させ不快を和らげますが、バランスが崩れるとパニックや怒りを抑制できなくなります。オキシトシンは愛情ホルモンとも言われる脳内物質で、愛するものができると分泌が促されて、人は利他的、社交的になる、ということもわかっています。男性の場合、性欲がからむとたんに共感力が低下してしまいますね。これは男性ホルモンのテストステロンのせい」

比企のそそられる太腿から目を逸らして俺は言った。

「男だけじゃないぜ」俺の母親を見ろ。

「統計的な確率をお話ししたまでです」

じゃあ梨帆の場合、扁桃体が人よりでかいってだけじゃなく、オキシトなんたらの分泌が多いってことか。

「ウィリアムズ症候群の女の子がここに来ているのを知っているか」

「藍沢さんですね」

「知ってるのか。具合が悪いって聞いた。どこが悪いんだ？」

「私の担当ではないので。児童精神科の専門医でもありませんし。子どもまで治験の対象とすることに異議を唱えたら、桐嶋先生からいっさいタッチしないように言われました」

「そう言えば、桐嶋は元気か」

「さぁ」比企が肩をすくめて髪を左右に揺らす。

「すっかりお見かぎりだ。たまには顔を見せろって言っといてくれ」

桐嶋に会わせろ。もう何度も口にして、言い飽きたセリフだ。比企以外の医者にも、看護師にも。

誰もが口々に言う。

「あまりここには来ないんですよ」「お忙しい方ですから」「臨床は我々に任されていますので」「先週は来られてましたよ。一時間ぐらい」

プログラムが五週目に入った日から、治療の途中経過を診るとかで、一人ずつ検査を受けさせられている。俺の時には本人が来るだろうと思ったのだが、医者が入れ代わり立ち代わりやってきて、コインランドリーに頭を突っこむｆＭＲＩってのをやられたり、脳波を調べられたり、巨大パーマ機をかぶってＰＥＴ画像とやらを撮られたり、問診や心理テストなんてのも飽き飽きするほど受けたのに、桐嶋は最後まで姿を見せなかった。

「忙しいんでしょうね。医療と研究以外のことで」

比企は言葉の続きを呑みこむように肉厚の唇をすぼめる。

「どういう意味だ？」

「大学病院の上のほうの人って、医者というより政治家ですからね」

勧誘する時だけしつこく言葉巧みに人に取り入っておきながら、契約させたらそれっきり知らん顔ってわけだ。まるで悪徳セールスの手口じゃねえか。

22

梨帆が来なくなってから、朝の体操はサボっていた。窓からグラウンドを眺めてもし来ているようならすぐに駆けつけられるように着替えだけはすませて。

たくさんの女を泣かせてきたこの俺が、七歳の女の子のために毎朝六時に起きてジャージに着替え、恋しい相手を待ちわびるように窓の外を眺めている。昔の女たちになんと言われることか。

「信じられない」「なぜあたしの時には？」「ロリコン野郎」「人でなしを改心したんだね」「そのうちにそのガキも殴るんだろ」

俺はこう答えるだろう。

おめえらとは違うんだよ。

あの子は天使だ。ムショと変わらねえここの唯一のオアシスだ。俺が一カ月以上も、秋本をパシリにすれば手に入るだろう酒を飲まずにいられるのは、保護室送りになりたくないってだけが理由じゃない。酒を飲んじまったら、朝早く起きられないからだ。梨帆と会った時、酒の臭いをさせて嫌われたくないからだ。ウィリアムズ症候群の人間は、俺とは逆に、人一倍嗅覚が敏感なのだ。

その朝も梨帆の姿を窓から見つけられなかったが、俺はグラウンドに出ることにした。小児科の看護婦から梨帆の具合がどうなのかを聞いてみようと思って。

リズム体操第二から参加した俺は、終わると同時に看護婦に歩み寄った。

「梨帆の具合はどうなんだ。よくなったのか？」

別の日にすれば良かった。俺と梨帆の朝の儀式にたいていの看護婦は好意的なのだが、今日の看護婦はいつも苦々しい目を向けてくる女だ。たぶん長Tでも袖の下からちらついちまう俺の彫り物が気に入らないのだ。

「小児科の患者さんのことです。あなたには関係ありません」

それだけ言って、俺に向けていたのとは別人の顔でガキどもを振り返る。

「さあ、みんな、帰りましょう」

「待てよ、少しぐらい話を聞かせろよ」

「患者さんに対する守秘義務がありますから」

ガキの一人が俺を見上げてくる。梨帆より少し年上の女の子だ。

「リホちゃん、頭が変なの」

梨帆ばかりかまっている俺に、梨帆の欠点を言いつけるような調子だった。

「頭？」

「ココロのビョーキなんだって」

「心？」

「さぁ、行きま〜す」

看護婦が女の子の手を取って俺から引き離そうとした。振り向いた女の子が俺に、密告すべきことはまだあるというふうに言葉を投げつけてくる。

「すっごく、うるさいんだ。急に大きな声出したり、泣いたり」

「どういうことだ。ウィリアムズ症候群とは関係ないのか」

看護婦は答えない。肩を摑んで振り向かせようとしたら、指先が触れただけで大声を出しやがった。

「痛い。なにするんですか」

男の看護師が近づいてきた。今日のつきそいは男看護師の中では唯一の主任だという黒縁眼鏡。他の看護師に比べたらものわかりのいい奴だが、病院側の人間に変わりはない。俺は看護婦から手を離して、両手をホールドアップのかたちにした。看守に逆らったら独房送りだ。先々週、特別保護行為《スタンガン》を食らった高田は、あれっきり一度も姿を見かけない。

フェンスの向こうに消えていく小羊の群れを眺めながら、眼鏡に訊いてみた。

「お前、何か聞いてるか？　藍沢梨帆のこと」

予想通りの答えが返ってきただけだった。

「小児科のことですから、何も」

朝の体操を終えた堂上が、ポロシャツとハーフパンツに白いソックスという体操着を脱ぎながら、鼻唄を歌いはじめた。

ワラベハ　ミイタアリィ　ノナカノバーラ

そこだけしか歌詞を知らないのか、朗々とした声で同じフレーズを繰り返している。白シャツを着て、ジャケットを羽織っていた。朝飯を食いに行くにしてはずいぶんなめかしこみようだ。向かいのベッドの辻野も不思議に思ったらしい。

「どうしたんですか、堂上さん」

辻野の問いに、堂上はリズム体操焼けした顔をくしゃりと崩した。

「外出許可が出ましてね。家族と昼ご飯を食べようってことになって」

「え」辻野が目を見張る。

俺もだ。「外出許可？」

「ええ、娘がオーストリアから帰ってくるもので。あ、娘はウィーンの音大に留学していましてね。急に夏期休暇が取れることになったって、突然連絡が来て」

堂上はふだんの物腰からは想像できないほど浮かれていた。ワイシャツのボタンをかけ違っている。俺はズボンのファスナーが下がったままになっていることを注意してやった。

「ああ、私としたことが。お恥ずかしい。銀座の寿司屋に行こうと思ってます。久しぶりに日本へ帰ってきたんだから、やっぱり寿司がいいんじゃないかって、女房と相談して。ここからだと、いまから出ないと間に合わなくなっちまう」

着替え終わると、もともと片づいているベッド周りの整頓に取りかかる。ワラベハ　ミィタアリィ　ノナカノバーラ。また歌い、やっぱり日本の味は寿司だよなぁ、と一人で呟きながら、食堂に必ず持参するMY箸をタクトにして、指揮者の真似を始めた。

「ワラベハ　ミィタアリィ　ノナカノ」

「ひぃぃぃぃぃーっ」

突然、悲鳴があがった。根本だった。両手で顔を押さえてうずくまっている。たぶん根本も外出許可という言葉に驚いて堂上に視線を向け、その拍子に堂上が浮かれて振っていた箸の先がもろに視界に入っちまったんだろう。尖端恐怖症っていうのは、失明への不安と恐怖が呼び起こすビョーキだそうだ。鋭いもので自分の体、とくに目を突かれるかもしれないことが恐ろしくてしかたないらしい。

「ああ、根本くん、ごめん、ごめん」

堂上が慌てて箸を置く。謝罪の言葉にはまだ浮かれ声の切れはしが残っていた。根本が首を振り仰がせたが、かぎ爪のかたちにした両手で顔面を覆ったままだ。自分の顔を爪で掻きむしっていた。

「すまなかった」

自分の爪の尖端は怖くないんだろうか。酷く深く爪を立てているようで、根本の額には何本もの血の筋が浮かびあがっている。かぎ爪の下からのぞく唇を歪めて声を漏らした。

「……わざと……だな」

堂上が片手を振った。

「まさか。本当にごめん」

「……ゆるさない」

「誤解だよ」

「そのへんでやめとけ」俺の仲裁の言葉には我ながら熱意がこもっていなかった。オッサンたちの口喧嘩なんてどうでもよかった。頭の中には、さっきの女の子の「ココロのビョーキ」ってせりふがリフレインしていた。梨帆が泣いている？　子どもだからたまには泣きもするだろうが、俺にはその姿が想像もつかなかった。

「おまえにはぁ～わからないんだぁ」

騒ぎに背を向けていた俺の耳に、また根本の声が聞こえた。こいつの地声とも悲鳴をあげる時の金切り声とも違う、婆さんのイタコが男の声を真似たような嗄《しゃが》れ声だった。

「おまえはぁ～おれの恐怖がぁ～どれほどのものかぁ～わからないんだぁあ」

根本に憑依《ひょうい》した別人が喋っているようだった。

「おなじめにあわせてやろうか〜」

「いいかげんにしろよ」さっきよりは多少熱意をこめて背後に声をかける。聞こえてきたのはけたたましい足音と、辻野の声だった。

「わわわっ」

堂上の声もした。「違うよ、待ってくれ」

振り返った俺の目に飛びこんできたのは、堂上に襲いかかる根本の姿だった。逆手でスプーンを握っている。箸を持てない根本が食事の時に使っている柄が丸くて短い金属製のスプーンだ。そいつを堂上の顔に突き立てようとしている。恐怖を自覚できない堂上は、ぼんやり見つめているだけだ。スプーンが目の前に伸びてきたことに気づいて顔をそむけたが、間に合わず、鼻面をしたたか打ち据えられた。

「てめえ、なにしてるっ」

声をあげた時にはもう俺の体は動いていた。駆け寄った俺に根本が首だけ振り返らせる。眼鏡が斜めにずれた細い顔が、獣のように歪んでいた。歯を剝き、鼻根に皺を寄せ、飛び出て見えるほど目玉をふくらませている。瞳がやけに黒い。シャブ中野郎と喧嘩《ゴロマキ》した時に見たことがある目だ。瞳孔ってのが開きっぱなしになっているのだ。

「じゃまするんじゃねえ〜くそやろう〜」

イメージング実験室で毎度見せられる蛇が毒気を吐くような声だった。

スプーンを順手に持ちかえて短刀《ドス》のように俺に向けてきた。堂上はベッドとカーテンの隙間にへたりこんでいる。鼻を押さえた両手の間から血が垂れていた。せっかくの生成りのサマージャケットと白シャツに点々と赤い飛沫が散っていた。俺は奴を堂上から引き離すために、片手をひらつかせて挑発しながら後ずさりした。

ドアのほうから悲鳴があがった。

検温のための体温計を配りにきた若い看護婦だった。手にした体温計を取り落としているのが目の隅に映った。根本のための円形の体温計がころころと床をころがっている。

「なぁにがやくざだ、社会のくずめがぁあ」

いきなりスプーンを俺の顔めがけて突き出してきた。けっこうリーチが長い。そして思っていたよりずっと動きが速い。のけぞってかわすのがせいいっぱいだった。

もう一撃。こいつも寸前でかわす。奴はやみくもに俺を攻撃しているわけじゃなかった。さっきもいまも狙ってきたのは目だ。信じられねえ。命がかかってる喧嘩でもなければヤクザでも相手の目は狙わない。俺は別として。

ＰＨＳでどこかと話をしている看護婦の震え声が耳に届いた。

「すぐに来てください。３０５です。ええ、また異常行動が――」

目玉を狙っているとわかれば、話は早い。誘いかけるためにわざと顔を突き出す。自分の体を囮にするのは俺の得意の戦法だ。

奴の前に顔を晒した瞬間、皮を剝いたぶどうがスプーンに載った光景が見えた。頭の中の映像だった。なんだこりゃ。スプーンから溢れ出そうな赤ワインの中に浮いている。いや、ワインじゃない。血だ。ぶどうには血管が走っていて、皮の一部を剝き忘れたような瞳がくっついていた。

スプーンで自分の目玉がえぐり出された光景を、予知夢のように見てしまった俺は、考えるより先に首を引っこめた。それがいけなかった。奴の腕が伸びてきた時、バランスを崩して尻からくずおれた。

「ひぃーっひひぃ」根本が悲鳴みたいな雄叫びをあげて覆いかぶさってくる。

いつもならこの体勢からでもカウンターパンチを繰り出せたはずだが、えぐられた目玉の情景が頭から離れない俺は、とっさに両手で目をかばってしまった。顔の前でクロスした手のひらをスプーンがめちゃくちゃに突いてくる。痛え。骨に直撃を食らうたびに激痛が走る。痩せこけたカタギが相手なのに反撃の隙が見つからない。根本を突き動かしているのは火事場の馬鹿力のような普段の体力を超えた力に思えた。しかも、何度もそいつを向けられている俺にはわかる。あきらかに殺意を抱いていた。

鈍い音がして、攻撃の手が止まった。根本がまた蛇の呼気を放つ。

「じゃまするんじゃねぇぇ〜」

根本の背後に辻野が立っていた。両手に以前の根本が除菌シートでいっぱいにしていた特大のゴミ箱を抱えていた。あれで頭を殴ったらしい。

何のダメージも与えなかっただろうが、根本に隙を与える効果はあった。俺は根本の手首を摑み、関節の逆方向にねじり上げた。

血に染まったスプーンが手から離れる。それが床に落ちるより早く体を起き上がらせた。手首を奴の背中に回して上にのしかかった。

「はなせはなせ〜鼻じゃだめだ。目玉だ、奴の目玉をほじり出してやるぅ」

足音が聞こえてきた。俺の背中に看護主任の眼鏡の声が浴びせられた。

「やめなさい、及川さん」

またかよ。暴力沙汰が起きると誰もが俺を元凶だと疑う。中学の時からずっと。看護婦が叫んでいた。

「違います。根本さんです。フォビア7のほう」

もう一人の男看護師の声がした。

「特別保護行為、認めてくださーい」

俺が代わりに答えてやった。

「だいじょうぶだよ。俺が押さえてるから」

俺と若い男看護師が喚き続ける根本を押さえつけていると、三人目の看護師が現れた。人相の悪い坊主頭だ。

丸めて抱えた小型の体育マットのようなものは、忘れもしねえ拘束衣だ。坊主頭がうつぶせの根本の両足に拘束衣の端をあてがうと、布団を袋に梱包するように一気に腰まですると覆った。返す手で足首にベルトを結ぶ。手慣れた動作だった。

「やめろぉ～おまえらどうしてわからないっ、この世にどれだけ恐怖が満ちているのかがぁ。ぜんぶ知ったら生きていけないぞぉ。やめろ～やめろ～ああ、おそろしいぃ～」

眼鏡が辻野に何か聞き、頷いてから、ベッドの下でうずくまっている堂上の肩を叩いた。

「堂上さん、事情を聞かせてください」

堂上は尻餅をついたまま、ぎこちなく首を左右に振った。

「いえ、私、これから用事が」

辻野があわてて声をあげた。「堂上さんは何もしてません。根本さんが一方的に殴りかかったんです」

眼鏡に支えられて立ち上がった堂上は、服に飛び散った血に悲しげな目を向けていた。

「しみ抜きしなきゃ。もう時間がないんです。早くしみ抜きしなくちゃ」

「一階へ来てください。怪我の治療もしなくてはなりませんし」

眼鏡の言葉は丁重だったが、有無を言わせない調子だった。

「外出なんだろ。行かせてやれよ」

すぐそばにいた看護婦が俺の言葉に振り向いた。

「外出？」

「そうだよ。許可を出したんだろ、ようやく」

看護婦が眉根を寄せて言った。

「外出許可なんて出ていませんが」

堂上は眼鏡に腕をとられてのろのろと俺の横を通りすぎていく。俺はまばたきを繰り返してそれを見送った。

「いや、だって、これから家族と飯を食うって言ってたぞ」

看護婦も俺の顔を見上げて目をしばたたかせた。顔を曇らせてから、ひそめ声で言う。

「堂上さんにはもうご家族がいないはずです」

「どういう意味だ」

「一年前に交通事故を起こされて、助かったのはご本人だけ、と聞いてます」

え？

看護婦の言葉は確かに耳に入ったのだが、俺の脳味噌はしばらく意味を理解できずにいた。

ドアの向こうで堂上が力なく体を揺すって最後の抵抗をしている。

「放してください。行かなくちゃ。妻と娘が待ってるんです」

堂上はずっと嘘をついていたのか？　家族のことは本人の口から何度も聞かされた。妻と娘の三人家族。犬を飼っている郊外の一戸建て。俺には生涯縁がねえだろう、絵に描いたような幸せそうな家族の話だ。

いや、堂上の病気は反社会性パーソナリティ障害とはまったく違う。恐怖の感情が欠落しているという点を除けば、俺みたいな人間から見れば、呆れるほど真面目で、道徳的な男だった。たぶん嘘をついていたのは、自分にだ。堂上の頭の中ではまだ家族が生きているんだ。奴の脳味噌のトラブルは、ウルバッハ・ビーテ病だけじゃなかったようだ。

比企の言葉を思い出す。

「自分だけが不幸だと思っていたら大間違いですよ」

部屋に取り残された俺と辻野は、しばらく無言で突っ立っていた。先に口を開いたのは、俺だった。

「知ってたか、堂上のこと?」

看護婦の言葉を辻野も聞いたはずだ。喉を詰まらせた声で答える。

「いえ……だって、ついこないだも家族の写真を見せられましたし」

「俺も見たよ」

「スピードの出しすぎをいつも注意されているって」

それも聞いた。いつも注意されている、じゃなくて、かつて注意されていた、だったんだ。

「フォビア7ってのはなんだ?」

「さあ、初めて聞きました。僕らの前では使わない言葉ですよね。フォビア……恐怖症のことじゃないでしょうか。蜘蛛恐怖症は英語だとアラクノフォビア、高所恐怖症は確かアクロフォビアですから」

「なあ、辻野」

堂上たちが消えたドアを見つめていた辻野が振り返る。妙な光源を仕込んでいるような目の輝きが、少し薄れて見えた。

「俺たちはモルモットだぜ」

俺の言葉に頷きかけてから首を横に振る。自信なさそうに。

「いや、そんなこと……」

「それも、失敗しかけてる実験のモルモットだ」

23

真夏の太陽がてっぺんに来る時刻にグラウンドに出ている馬鹿は、見たところ俺だけだった。真上から注ぐ陽射しはまるで透明な針だ。

昼休みにグラウンドへ出た俺は、フェンスに沿ってぐるりと一周してから、東の端に並んだ木立の中のタオルケット一枚ぶんほどの頼りない木陰に避難した。ゆっくり歩いて一周しただけなのに額からは汗が噴き出ている。

ここ何日かの俺は、昼飯を食い終えるとすぐにグラウンドに出てしばらく時間を過ごしている。たっぷり日を浴び、汗をかけば、脳も活性化する——そんな殊勝な理由、のわけはない。理由はふたつだ。

ひとつはこのグラウンドから外へ出る方法がないかを探るためだ。

D棟前のグラウンドは四方を金網フェンスに囲まれていて、他の建物と行き来はできないようになっている。フェンスの高さは四メートルほど。ムショの塀よりも高そうだが、てっぺんに鉄条網を巡らせているわけじゃない。攀《よ》じ登れなくはなさそうだ。ただし目立つことをすれば、入所者の誰かが騒ぐだろうし、施設のいたるところに光っている看護師の目に晒される。

ふむ。

脱獄は受刑者の夢だ。捕まっちまえばさらに刑期が延びるとわかっていても、一日だけでいいから外へ出られないかと夢想する。酒が飲みてえ。女とやりてえ。煙草が吸いてえ。うまいもんをたらふく食いてえ。そんな些細な理由で。

まあ、もうちょっと考えてみるか。もう一周すればいい知恵が浮かぶ気もしたが、C棟の壁の時計によれば、時刻は十二時四十二分。いまはもうひとつの理由を優先しなくちゃならない。

もうひとつの理由は、午後一時からの面会時間をここで待つためだ。グラウンドの西側からは、センター本館のエントランスが見通せる。距離はかなりあるが、途中に障害物がないから、出入りする人間が見てとれる。爪楊枝の先っぽぐらいには。

俺は梨帆の母親を待っていた。娘が心配で午後一時の面会時間ぴったりの時刻に姿を見せるんじゃないか、そう考えていた。一昨日は午後のプログラムに遅刻して一時間待った。昨日はサボって二時間半待った。だが、空振りだった。

今日こそ来るだろう。「ママはいろんなおしごとをしていていそがしい」そうだが、なにしろ土曜日だ。幸い土曜の今日は午後のプログラムは休みで、昨日までのように人目を気にしてこそこそ待たなくてすむ。

一時五分前だった。

正門から本館に向かって日傘が動いていた。ここからだと小さな野の花にしか見えないが、センターのどん詰まりに繁る木々を背景にしたその水色は、緑の中でくっきりと目立っていた。ジーンズを身につけているってことぐらいしかわからないのに、あれが梨帆の母親だと直感した。ずっと探していたジグソーパズルの欠けたピースがかちりと嵌まるように。日傘の水色が、いつも着ている質素な服によく似合う色だってことだけが根拠なのだが。

「おい」

声を張り上げた。

「藍沢さーん」

大きく手も振った。日傘の持ち主が一瞬立ち止まる。

「おぉーい、おーぃ」

ああ、だめだ。空耳だと思われたのか、また歩き出して建物の中へ消えた。だが、傘を閉じた時に見えた小さな後ろ姿は、確かに梨帆の母親に違いなかった。

チャンスはもう一度ある。帰りだ。少しでも長く娘と過ごしたいはずだから、どれだけ待つことになるかわからないが、どうせ俺には他にやることはない。

待っている間にグラウンドをもう一周することにした。あるものを探すためだ。

フライパンの底みたいなグラウンドを下を向いて歩いた。汗が地面に落ち、見る間に蒸発していく。久しぶりに思った。酒が飲みてえ。頭に浮かんだのは、毎日大酒を食らっていた時には、水と変わらねえ頼りない酒だと思っていたビールだ。ジョッキの縁から泡が溢れ出ているビールを、頭にぶっかける勢いで流しこみたかった。プログラムはあと二週間で終わるが、少し前とは逆に、いまの俺にはとてつもなく長い時間に思えた。砂時計の砂みてえに何かが消えていってしまうように思えて、俺は尿道がむず痒くなるほど焦っていた。

エントランスで水色の日傘が咲いたのは、思っていたよりずっと早かった。早すぎると思えるほど。入ってから一時間も経っていない。

今度の俺は彼女の耳がいちばん敏感になるだろう言葉を選んで叫んだ。

「梨帆〜〜」

「藍沢梨帆〜〜」

「藍沢梨帆のお母さ〜ん」

母親の足どりは重く、後ろに傾いた水色の野の花は、来たときより萎れて見えた。

俺は叫び続けながらフェンスの向こうに石を投げた。グラウンドで探していたのは飛礫《つぶて》にする石だ。一投目は金網に跳ね返され、二投目は彼女には絶対当てないように気をつけすぎてはるか手前に落ちてしまったが、三投目は狙い通りの場所に飛んだ。彼女の視線の先にあるアプローチの舗装路で小石が跳ねる。

「おい、梨帆のお母さーん」

日傘がくるりと回転した。こちらを向いたのだ。俺は声を張り上げ、金網に体を押しつけて両手を振った。

「おーい、おーい。話がある〜」

警戒する足どりだったが、こちらへ歩いてきた。ブルージーンズ。白いTシャツに淡いグレーのサマーニット。中ぐらいの長さの髪を後ろで結っている。久しぶりに見る梨帆の母親は、少し痩せたように見えた。

「梨帆についてぇ〜気になることがぁ〜あるんだ〜」

日傘が閉じられ、足どりが速くなった。

母親がフェンスの向こう側に立つ。卵形の小さな顔は俺の顎のあたり。記憶の中より小柄だった。

「俺のこと覚えてる……ますか」

病院では横顔ばかり見つめていた。こうして間近で目を合わせるのは初めてかもしれない。横顔だけ見ると俺よりいくつか上の大人の女に見えたが、真正面から俺を見上げてくる顔は、まだ若かった。三十前かもしれない。小動物みたいな目つきが、やっぱり梨帆に似ていて、幼ささえ感じさせた。

「病院で何度も会ったよな」

訝しげな視線がしばらく俺の顔を射た。顔見知りになれていると思ったのは、俺だけの思い上がりで、病院で会釈を寄こしてきたのは、わかりやすいヤクザの風体に見覚えがあっただけか。いまの俺は、秋本が買ってきたド派手な赤いロングTとグレーのジャージという冴えない格好だ。

「研究センターの廊下でも。ほら」

Tシャツの襟を押し下げて、胸の刺青を見せた。母親は梨帆に似た丸い目をさらに丸くする。

「……あ、ああ、はい」

「俺、ここで梨帆と一緒で、毎日あの子と話をしてたんだ。先々週までは。でも急に具合が悪いとかで会えなくなって……」

何からどう伝えていいのかわからずに舌を空まわりさせる俺を、母親は困惑顔で見つめてくる。

「梨帆は……梨帆ちゃんは元気だった……でしたか」

「あまり具合は良くありませんでした」

「どこが悪い」

母親も誰かに胸のうちを話したかったのかもしれない。伏目がちの視線は俺への警戒心を解いていないようだが、言葉はよどみなく出てきた。

「ちょっといままでとは違ってて。あの子じゃないみたいで」

「あの子じゃないみたい？」

「精神的に不安定というか……そういう面では心配のない子だったんですけど」

「医者はなんて？」

「心配はない。環境の変化のせいだろうと。里心がつくと残りのプログラムに影響が出るから、そう言われて今日の面会時間も二十分に制限されて……」

「ここへ来たのは何度目？」

「初めてです」

俺の視線が詰《なじ》っているように見えたのか、弁解するような口調になった。

「許可が出なかったんです。入院する時に言われました。こちらから連絡があるまで面会は控えて欲しいって。でも、待っていても何の連絡もないから……今日はアポイントなしでここへ……」

マジかよ。

「他の親はとっくに来てるよ」

「そうなんですか」

会わせたくない理由があるとしたら、梨帆の変調だ。

「桐嶋とは会ったか？」

首を横に振る。

「なぁ、ここの医者はあんまり信用しないほうがいいぞ」

どういう意味か、と問いかけるふうに首をかしげた。

「もうここから出したほうがよくないか」

母親が下を向いてしまった。俺じゃなく、閉じた日傘に話すように声を絞り出す。

「でも、梨帆には治療が必要で……」

研究に協力するかわりに治療費を肩代わりしている、桐嶋はそんなことを言っていた。リホの体を金で買ってるってことじゃねえか。何人もの女を風俗に売り飛ばし、借金の払えねえ野郎に臓器を売らせてきた自分を棚に上げて、俺は憤った。

ウィリアムズ症候群の子どもは、申請すればなにがしかの手当てが出ることをいまの俺は知っているが、それじゃ足りないってことなのか。それともなんかの事情で申請が下りないのか。

梨帆の母親は人生に疲れ切っていろいろなことを諦めてしまっているように見えた。比企みたいな強い女じゃないんだろう。おそらく生まれも育ちも悪くなく、長く庇護されて生きてきて、一人ではどうしたらいいのかわからないのだ。梨帆から聞かされた幼い言葉をつなぎ合わせただけで想像がつく。「ママのほうのジージは、コウチョウせんせいなの。でもういないの」「ママが読んでるのはウラナイの本」桐嶋みたいな大学病院の「偉い先生」に頭ごなしに何か言われたら、逆らうことすら思いつかないに違いない。

「そこがんばれよ。母親だろ」俺は言った。「母親ってのは子どものためなら何でもするんじゃねえのか」俺はよく知らねえけど。

母親が俺の顔を見返してきた。目は驚き、眉は少し怒っている。以前の俺なら妙な歪みにしか見えなかっただろう表情の変化が、手にとるようにわかった。

「梨帆の具合が悪くなったのは、何かの副作用だよ。ウィリアムズ症候群とは関係ない薬の」

母親が小さく呟いた。

「なぜ……」

なぜ梨帆のことをそこまで知っているのか、なぜそんなに気にかけるのか、そう言いたいのだと思う。

「俺、心配で……そのぉ、前から顔見知りだっただろ。あの子ともあんたとも。だから、ほうっておけねえっていうか……」

「一度、先生と相談してみます」

「相談いらねえよ」

母親が顔をのけぞらせる。思い出したように、見え隠れしている俺の刺青に視線を向けた。いけねえいけねえ。脅かしちまった。俺と桐嶋、普通はどっちを信じるか、答えはわかりきっている。

「俺は見てのとおりヤクザだ。でも、この話だけは信じてくれ。俺は何週間も毎日梨帆に会ってた。毎日話をした。いろんなことを知っている。あんパンが好きなこと。甘いカレーが好きなこと。牛乳が好きなのに、高カルシウム血症だからあまり飲めないこと。ケーキもときどきしか食べられないこと。ピーチのケーキ、楽しみにしてたぞ。ラッコのぬいぐるみも」

フェンスのむこうに俺は語りかけた。ムショの面会室に来てくれた女に——俺には誰も来なかったが——すべての思いを伝えるように。いつのまにか金網にすがりついていた。

「大きな音が怖いこと。ただでさえ足が遅いのに、運動会のピストルの音にすくんじまって走れなかったこと。学校ではいつもみんなが自分を笑ってくれて、それが嬉しいこと。一度聴いた曲は、空で歌えること。歌手になりたいこと。だから楽器もうまく弾けるようになりたいこと。あんたは梨帆の学校が終わるまではコウジョウで働いていて、夜は梨帆が寝てからコンミニの仕事に行くこと。梨帆のパパは、梨帆が覚えてない昔に家から消えたこと。ただしお星さまになったわけじゃなくて仕事より好きなパチンコをどこかでやっているだろうこと」

俺は喋り続けた。母親の顔を見つめて。その硬い表情が、少しは俺を信じて変化することを期待して。彼女の名前も俺はもう知っている。ユキノだ。

「俺はろくでもない人間だ。でも、他のことはともかく、梨帆のことは本気で心配してるんだ。それだけは信じてくれ」

「わかってます」

「え？」

母親の心が少しほどけたことが、かすかに上がった口角でわかった。

「梨帆は危険なぐらい警戒心がない。人にはそう言われます。確かにそのとおりなんですけど、誰に対してもむやみに近寄るわけじゃないんです。あの子にはあの子なりの勘というか嗅覚があるみたいで……安心できる人をちゃんと見つけてなつくんです」

そうなのか。誰かにいい意味で選ばれるなんて俺には初めてのことかもしれない。

「じゃあ、あんたも少しでいいから俺を信じてくれ。こんな俺でもツテがある。母子家庭の難病の子どもを支援する団体だ。金も援助してくれるって聞いた。もちろんヤクザとは無関係だ。俺を更生させようとした保護司が代表をやってる。そこを紹介するよ」

やっぱり俺は嘘がうまい。平気で人を騙せる。大嘘だった。そんな団体なんてない。少年院を出た俺についた保護司は市会議員で、票が欲しいためだけに前科者に優しく接するふりをする糞なオヤジだった。俺がその団体になりすまして金を出すつもりだった。

「約束する。俺は梨帆のことを必ず、助ける」

遠くで声が聞こえた。

「及川さーん、何してるんですか」D棟の入り口に看護師が立っていた。「外部の方との許可のない接触は規則違反ですよー」

うるせえ。俺は梨帆の母親に向き直って、残り少なくなってしまった面会時間の最後になるかもしれない言葉を伝えた。

「どっちを信じるか、あんた次第だ」

母親が小さく頷いた。

「信じます」ただしというふうに言葉を添えて。「梨帆の人を見る目を」

「及川さーん」

「俺の携帯の番号を教える」

俺は早口にならないように気をつけて、十一桁の数字を二度繰り返した。母親はそれを復唱して携帯にメモした。

看護師が歩み寄ってきた。

「あんたの番号も教えてくれ」

この言葉には迷った様子だったが、手帳を取り出して手早く数字を書き、破いたページを金網の隙間に突っこんできた。

俺は言った。「じゃあ、ここを出たら」

梨帆の母親――藍沢ユキノが復唱するように答える。

「はい。出たら」

メモを受け渡しするほんの一瞬、指と指が触れ合った。

24

週明けの月曜は、梨帆の八歳の誕生日だ。

若頭《カシラ》とは入所したばかりの頃に話したきりで、もう長く連絡をしていなかった。あの後、二回ほどスタッフステーションから電話をかけたが通じず、緊急の用件でなければ外部からの連絡は取りつがねえそうだから、カシラがかけ直してくれたかどうかもわからずじまいだった。通じたとしても、俺から話せることは何もないのだが。

カシラはいくつもの携帯を使い分け、番号もしょっちゅう変える。盗聴されないための用心だ。共謀罪や新しい盗聴法で一般人だっていつパクられるかわからない今、ヤクザは特に気をつけねえとあっさり挙げられる。沈没しかけているこの国を締めつけるために、警察《サツ》は言葉尻を捉えて、都合の悪い人間をひとまとめに刑務所にぶちこもうとしている。とりあえず俺らヤクザを見せしめにして、世間にやっぱりこの法律は必要だって思わせてえんだろう。

教えられている番号をまだカシラが使っているのかどうかわからないまま、頭の中の電話帳から十一桁を引っ張りだして、ボタンをプッシュする。

他の人間なら5コールも待たずに悪態をついて切っちまうのだが、辛抱強くコール音を聞き続けた。この時間なら犬の散歩かジョギング。だとしたら携帯は護衛の若いのが持っていて、神器みたいにうやうやしく差し出すはずだ。

9コール目で出た。

「おお、及川。生きてたか」

「はい。いま電話、だいじょうぶっすか」

ジョギング中だったようだ。カシラの息は荒かった。

「取りこみ中だよ。まだ二キロしか走ってねえ。にしても、病院で礼儀を覚えたか？　お前の口から『いま電話はだいじょうぶか』なんて殊勝なせりふを初めて聞いたよ」

「ご無沙汰してすんません」

カシラと話したかったのは、シノギのことだ。俺が仕切っている縄張内《シマウチ》の加盟店がきちんとミカジメ料を払っているかどうかを確かめたかった。

「おお、問題ない。集金は滞りなくやらせてるよ」

「そうすか」俺がいなくても何の問題もない、そう言われている気がした。「で、新しい賭場のほうなんですが」

摘発されたカジノで引っ張られたのは表向きのオーナーだけで、結局、俺は無傷だった。

「どっちみちあそこは潮時だった。新しい賭場を用意してやる」カシラはそう言ってくれていた。

「あと二週間で出られますんで、少しは準備をしとこうと思いまして」

人と場所のアテをつけるぐらいなら、ここからの電話でもできる。携帯は病院に押さえられたままだが、電話帳を調べるだけだって言やあ一時返却はされるらしい。

俺には金が必要だった。ウィリアムズ症候群の少女を救う慈善団体を騙《かた》るための金が。

「カジノならもう始めた」

「始めた？」俺抜きで？

「ちょうどいい物件があったんでな。三丁目にあったショーパブが潰《つぶ》れただろ。あそこを使ってる」

「どなたに仕切っていただいてるんで?」

「翼にやらせてる」

「翼に?」

なぜだ。

「怪我も治ったからな。よくやってくれてるよ」

そんなことを聞きたいんじゃない。俺が復帰するまでのツナギを下っ端の翼にやらせるなんて、俺の面子《メンツ》にかかわる。俺の「格」がそれだけのもんだって組の中にも外にも宣伝しているようなもんだ。やっぱりカシラは今回の俺の不始末を怒っているのか?

俺のせいいっぱいの抗議をこめた沈黙を吹き払うようにカシラが話題を変えた。

「お前の病院、ずいぶんと山の中なんだな」

え? わざわざ調べてくれたんだろうか、俺の居場所を。カシラに見捨てられたと思っていた俺は、尻尾を振るように返事をしてしまった。

「そうっす。街まで車でも相当かかります。おかげで酒は一滴も飲んじゃいません」

そうすりゃあ頭を撫ぜてもらえると思っている自分が情けなかったが、いまの俺はカシラに見捨てられたら、世の中から居場所がなくなる。

「何号室だ？」

「あ、いえ、見舞いに来ていただくようなとこじゃありません」

「Ｄ棟ってとこにいるんだっけ」

「ええ――」３０５号室です、と言いかけた唇を俺は引き結ぶ。Ｄ棟？　なぜだ？　なぜカシラがここの病棟の詳細を知っている？

カシラが焦《じ》れたように言葉を重ねた。「何号室だよ」

「部屋は病院の都合でころころ変わるもんで。いまお伝えしても、また変わっちまいます」

もちろん嘘だ。俺の頭の中の、もう一人の俺が、「だめだ、教えるな」と叫んでいた。

「そういう話は聞いてねえぞ」

誰から何を聞いているんだろう。考えてみれば、面会なんて小児病棟しか認められていないし、認められていたとしても、カシラがわざわざ俺のところに面会に来るわけがない。

「ありがとうございます。お気持ちだけいただいときます。公衆電話からなんでもう切れちまう。また連絡します」

「おい、待て、及川」

日曜の朝飯にはデザートがつく。今日はプリンだ。かぼちゃのプリン。かぼちゃの抗酸化ビタミンに海馬の機能を正常に保つ効果があるとかで、ここのメニューには裏に畑があるんじゃねえかと思うほどかぼちゃが登場する。煮つけはもう見たくもないが、甘いものは別だ。ムショと同じ、酒も煙草もないと大の大人でもヤクザでも甘いものが欲しくなる。

俺は食堂の片側にある大型テレビの前の休憩コーナーで、減るのを惜しんでちびちびとかぼちゃのプリンを食っていた。その間もくよくよ考えていた。なぜカシラに素直に部屋番号を教えなかったんだろうか、と。俺への心証はさらに悪くなったに違いない。

たぶん、カシラの声の調子のどこかしらがひっかかったのだ。少し前の俺なら、気づきもしなかっただろう、かすかな違和感。世間話のついでのような言葉の奥に、答えを知りたがる取調室の刑事のような性急さがちらついていた。顔だけでなく声にも表情があることを俺は学習しはじめている。プログラムの中ではなく、梨帆や比企との会話の中で。

テレビでは自衛隊が三度目の「武力衝突」をしたというニュースが流れている。今度の戦死者は五人。ひとりひとりの顔写真が何度も映し出される。ほんの数週間前の九人のことはすっかり忘れたように。隣のソファーで眺めていた中年男が画面に吐き捨てた。「やれやれもっと。根絶《ねだ》やしにしてやりゃあいいんだ」

二度目の原発事故を起こしたテロ組織は、この国にとって国土を食い荒らした忌まわしい害虫だ。殺虫剤を振りまくようにこの世から駆除してかまわない存在なのだ。

俺の隣には、このところやたらになついてくる辻野。俺の真似をしてソファーでプリンを食っていた手を止めて呟いた。

「僕、一時期、本気で考えてたんですよね。自国防衛隊に志願しようかって」

自国防衛隊。そうだった。去年、この国の軍隊は改名したんだっけ。略せば昔と同じ自衛隊。

「お前が？」

「ええ、そして前線に行きたいなって」

改名直後に起きた初めての「武力衝突」で、自衛隊に数人——しかもそのうちの一人は捕虜になった後に斬首された——、テロ組織側に百人近い死者が出てから、辞めていく隊員があいつぎ、入隊する人間の数も大幅に減ったそうだ。だからいま、自衛隊は大々的に志願者を募っている。素人大歓迎のバイト募集のように。近々、隊員の給料や手当てが引き上げられ、自衛隊に一定期間入隊すれば、役所や指定企業や国公立大学に優先的に入れる制度ができるって話だ。ご優待券かよ。

俺は鼻を鳴らした。

「いくら人手不足でも、お前なんかを前線に行かすわけがねえ。第一、お前にゃ他人の命《タマ》なんて取れねえよ」

「確かに人は殺せないと思います。僕の場合、自分が死にたいだけで。一時は死ぬことばかり考えてました。でも自分を殺す勇気もなくて……」

辻野が俺の顔を覗きこんで、長すぎる睫毛をしばたたかせた。

「このあいだの及川さんの話」

「なんだっけ？」

「人と話すことも大切だって。僕がなぜここに来たか。何を治療しようとしてるのか」

「あ、ああ」そんなこと言ったっけ。

「いまなら話せそうな気がします」

「いまはいいよ」それどころじゃねえ。他に考えることや、やらなきゃならねえことがありすぎる。残り少ないプリンをすくっていたプラスチックスプーンを片手で振ってみせた。そのとたん、ひらめいた。かぼちゃの抗酸化ビタミンのおかげだろうか。そうか、チャンスはある。そしてそれは、今日しかない。俺はもう一度スプーンを振った。拒絶のジェスチャーではなく、ちっこいラケットを振るように。

「じゃあ、テニスやらない？」

「テニス？」裏山の木々すら暑さにうなだれて見える窓の外に目を走らせて辻野が顔をしかめた。「これからですか」

「うん、コートで話そうよ」

日曜の今日はプログラムは休みだ。スタッフの数も平日よりぐっと減る。

「あいにく、僕、やったことがなくて」

「楽しいよ」俺もやったことないけど。

コートと用具を借りる手続きを看護師たちの覚えがめでたい辻野に任せて、俺は急いで部屋へ戻った。手づくりのぬいぐるみを急遽完成させるためだ。ラッコと同じぐらいの片手に載るサイズにした。ほぼできあがっていて、あとは目玉を取りつけるだけなのだが、秋本が夏休み中だから材料のビーズが買えないでいる。

目玉、つけなくちゃ。ペンで描く？　いや、無理。俺は組の事務所に置いたダルマの目玉すら四角く描いちまう。

どうしよう、目玉。とにかく何かくっつけよう。

目玉、目玉。

灯台もとなんとかってやつだ。ぬいぐるみを載せた膝に答えがあった。いま穿いているカーゴパンツのサイドポケットのボタン。同じものが左右についている。色は黒。これだ。刃渡り5センチもない鼻毛切りのような裁縫鋏でボタンを切り離し、フェルトの鼻と口と頬の赤丸がついた顔に糸でくくりつける。

縫いつけたボタンの位置が気に入らなくて、また糸を切り、やりなおす。表情ってのは難しい。目玉がほんの1、2ミリ上下左右にずれただけで、別の顔に変わっちまう。ああ、これもいまいちだ。もう一回か。

ぬいぐるみをつくっているところを見られるのは、俺にはマスかきを見られるより恥ずかしいしい。いつもはカーテンをぴっちり閉ざして作業をしているのだが、今日は焦っていたから閉め忘れていた。どっちにしろ向かいのベッドに根本の姿はない。たぶんいまも保護室にいる。高田は強制退院させられたって噂だ。

堂上は俺にはまるで関心がないようだった。鼻にはまだ絆創膏《ばんそうこう》が貼られている。ベッドに座りこんで両手で握った写真を眺め続けていた。誰が写っている写真かは見なくてもわかった。

カーテンを閉じかけると、音に気づいて堂上が顔を上げた。俺と目が合うと、歯磨きのコマーシャルのような笑顔を向けてきた。

「今日、家族が面会に来てくれるんです。福寿屋のカステラを差し入れてくれるとか」

ぬいぐるみを隠す必要はなさそうだ。堂上の目には現実世界が映っていないようだった。

「……そうか」

家族がすでに死んでいることを堂上が口にしなかったのは最初からだが、俺や辻野に写真を見せたり、家族の近況を語ったりしはじめたのは、この一、二週間のことだ。必死で記憶を封じこめていた奴の脳味噌が、妄想の世界に迷いこんじまったのは、ここでのプログラムのせいじゃないかと俺は疑っている。

「女房も娘も去年、ちょっとした怪我で入院してましてね。まだ治りきってないだろうから、無理するなって言ったんですけど。でも、嬉しいな。まだ一カ月半なのにずいぶん長く会ってない気がします」

自分の言葉が間違っちゃいないかと俺の顔を探ってくる。お前の言うとおりだと頷くのを懇願するようなまなざしで。

「そりゃあよかったな」

俺の言葉に微笑んで写真に目を戻す。また堂上が声をかけてくる気がして、俺は閉じかけたカーテンをそのままにしておくことにした。

声がしたのは背後からだった。

「コートの使用許可、オーケーです」

「うおう」とっさに両手でぬいぐるみを抱えこんだ。

「ラケットとボールも借りてきま……何やってるんですか」

「なんでもねえ。ご苦労だった」辻野に背中を向けたまま、ぬいぐるみと裁縫道具をカーゴパンツのサイドポケットに突っこんだ。「時間になったら呼んでくれ」

「いますぐでだいじょうぶです。九時から十一時までの二時間。さ、行きましょ」

「ちょっと待てよ、着替えとかあるだろ」

「普段着でオーケーだそうです」ポロシャツとジャージ姿の辻野が両手を開いてみせる。

「僕はこれで行きます。さ」

テニスコートはグラウンドの左手、フェンスがコの字形に張り出した場所にある。グラウンドを横切ってコートの中に入ると、日射しの矢がいくぶん和《やわ》らいだ。夏の光のかわりに蝉の声が降ってくる。グラウンドのものと同じ高さのフェンスの向こうに、この総合医療センターを囲む森の木立が迫っているのだ。

「あ、誰もいませんね」

「おお、貸し切りだな」

俺が恐れていたのは、二面あるコートの片側を他の連中が使っていることだったが、ここまで歩いてきただけで汗が吹き出してくる暑さだ。テニスなんぞをやろうって酔狂《すいきょう》な人間は俺たち以外いないようだ。

辻野がラケットのひとつを差し出してくる。

「ルールを教えてください」

「まずラケットを利《き》き腕で握れ」

「はいっ」

「そして、ネットを挟んで立つ。あっち側にいけ」

「了解です。得点の数え方は？」

「知らねえ」

コートの向こうに歩きかけた辻野が呆《あき》れ声とともに振り返る。

「知らないのに僕を誘ったんですか」

木立に囲まれた三方に目を走らせてから、ひとり言めかして俺に言う。

「そうか、ここなら人目につかないってことか」

そのとおり。お前をダシに使ったってわけだ。悪く思うな。

「僕、誤解していたようです。及川さんのこと」怒るかと思っていたのだが、俺を見つめ返してくる辻野の目にはきらきら星がまたたいていた。「僕のために人のいない場所をセッティングしてくれたんですね。確かにここなら話しやすいです。ヤクザさんってだけで偏見持ってました。すみません」

すげえな、善人のメンタルってのは。疑うことを知らねえっていうのは、このことか。俺なんかは、他人が親切ごかしなことを言い出したとたん、何か裏があるだろうって疑うことから始める。自分が人の裏をかくことしか考えてねえからだ。

「そりゃ嬉しいね。同じ人間だもの。君らとそんなに変わんないよ。ガキの頃のクラスに一人二人いただろ、教師や学校の言うことを聞かないガキが。あれがそのまんま大人になっちまった感じ」そうでもねえけどな。とくに金がからむと。

辻野が痛ましいほど真剣な顔で聞き入っている。咳払いをしてから俺は言った。

「ま、せっかく来たんだ。いちおうやってみるか。カタチだけでも」

生まれて初めて握ったテニスラケットを振ってみる。片手でいいんだよな。

「はいっ」

最初のうちは山なりボールが行き来していただけだったが、何回か打っているうちにコツを覚えてきて、俺のほうはすぐにネットすれすれの強いボールが打てるようになった。が、辻野は見かけどおりに運動神経が鈍かった。空振りしたり、ラケットのフレームに当てたり、俺の頭上にホームランをかっ飛ばしたり。

「ああ、すみません」

打ち損じるたびに俺の側にころがったボールまで取りに走る。なんだか犬のトレーニングをしているみたいだった。

「あああ、すみませーん」

辻野はおもにラインの外側を駆け回りながら、何度も俺と目を合わせてくる。そろそろ切り上げて、早く自分の話を聞いてくれ、と訴えているのだ。俺は俺で、テニスの真似ごとを続けながら違うことを考えていた。ここからどうやってフェンスの外に出るかだ。

俺の頭上を越えていった大飛球を取りに行った辻野が、定位置へ戻らずに駆け寄ってきた。息を切らしながら言う。

「少し、休みませんか」

「ああ、そうすっか」

コートの横のベンチに並んで腰を下ろした。辻野は汗をたんねんに拭《ぬぐ》う。いつまでもそうしていた。顔を拭うタオルの隙間から俺を窺ってくるが、言葉は出てこない。いざとなったら、どう切り出していいのかわからなくなったって様子だった。

「喉、渇かねえか」

辻野が安堵の息を吐くように答えた。

「飲み物買ってきます。及川さんはいつものやつですね。桃の天然水」

猟犬みたいに病棟へ走っていくのを見送ってから、俺はカーゴパンツからぬいぐるみを取り出した。そして目玉のボタンをつけ替えるべきかどうか再び悩む。まぁ、いいか。目の位置が顔の下のほうにいきすぎた気もするが、これはこれで梨帆っぽい。

まだついたままだった糸を小さな裁縫鋏で切り、再びポケットにしまいこむ。それからコートのフェンス際をぐるりと歩いた。金網に両手をかけて懸垂をしてみる。金網は頑丈で、俺の全体重がかかっても何の問題もなさそうだった。ここを攀じ登って向こう側へ降りるまでに、もっとも人目につきにくいのは、東側か。大木がフェンスのこちら側にまで枝を伸ばしているその先。

行くか。辻野がいないいまがチャンスだ。

だが、すぐに思い直してベンチへ戻った。

その前に辻野の話を聞いてやろう。せっかく俺をいい人間だと勘違いしているんだから。

俺は他人に自分がどう思われるかなんて気にして生きちゃあいない。いい人間だと思ってもらいたいとしたらそれは、体が欲しい女を口説く時か、ありもしない儲け話やら地上げの説得やらで、誰かを騙くらかそうとする時だけだ。体や金さえ手に入れば、後で「最低男」と詰られようが、「騙したのか」と泣きつかれようが、心にはさざ波ひとつ立たなかった。

でも、人に自分を肯定されるってのは、悪いもんじゃない。梨帆に抱きつかれるたびにそう思うようになった。酒や女や金で、脳味噌やチンポや胃袋が得られる快感とは別の部分がじんじんする。桐嶋は人の心は脳にあると言っていたが、本当だろうか。別の部分っていうのは、具体的に言やあ、胸だ。

とはいえ、辻野はいっこうに帰って来なかった。遅すぎる。

やっぱり登っちまおうか、本当はいい人間なんかじゃねえし、と立ち上がった時、忠犬辻野が駆け戻ってきた。

「すみませーん、遅くなりました」ペットボトルをくわえこむように抱えて、まるっきり炎天下の犬の息で言う。「食堂の、自販機で、飲み物を、買おうとしてたら、堂上さんに、話し、かけられて、」

「落ち着け、座れ、飲め」

スポーツ飲料を三分の二に減らしてから言葉を続けた。

「僕に聞くんです。うちの家族を見かけませんでしたかって。もうここに着いているはずだ。なんとか屋のカステラを持って――って」

胸の中がケバ立った。テニスボールを押しこまれたように。

「見かけませんでした――って調子を合わせて食堂を出ようとしたら、またつかまって。今度はにこにこして言うんです。一緒にカステラ食べませんか、私たちと、そう言って誰もいないテーブルを指さして――」

俺はテニスボールを喉から吐き出す。「もういいよ」

「看護師さんが近寄ってきたんですけど、保護室送りにさせたくなかったから、世間話をしているだけですってとぼけて、しばらく話につきあってて……」

「もういい。お前の話を聞くよ」

辻野がペットボトルの中身を少し減らし、汗をぬぐい、またボトルを口に運ぶ。ほっといたらいつまでもそうしていただろう。俺のほうから水を向けた。

「まぁ、忘れたくなるよな、飛行機の中から外に放り出されちまったんだから」

いまのいままで汗まみれで息を切らしてテニスをしていたのが不思議なぐらいだ。こいつは原子力発電所に突っ込んだ衝撃で折れた機体の隙間から外へ飛び出たのだ。たまたま落ちた場所が貯水槽だったから命だけは助かったが、事件からしばらく経って、顔をモザイクで隠してテレビのインタビューに答えるようになっても、まだ車椅子に乗っていたはずだ。

何かを振り払うように辻野が首を横に振った。

「飛行機から落ちた時のことは覚えてないんです。気絶してたから。僕が忘れたいのは、そういうことじゃなくて……いや、もちろん飛行機も恐怖です。もう一生乗れないかもしれない……でも、消してしまいたい記憶っていうのは……」

辻野が喉のつかえを無理して押し出すように、あの日の——二度目の原発事故の日の——、279便のことを語りはじめた。

辻野は恋人と彼女の故郷へ行くために飛行機に乗った。女は大学の同級生で、社会人になったら結婚しようと約束し合っていた。彼女の親に挨拶に行くつもりだったそうだ。

「機内で騒ぎが始まったのは、羽田《はねだ》を発って三十分後ぐらいでした。僕らは後ろのほうの席だったから、最初は何が起きてるのかわからなくて……」

蟬の声にまぎれてしまうほどか細かった辻野の声が、しだいに熱を帯びてくる。「話しちまえば楽になる」って俺の言葉はまんざらお為《ため》ごかしでもなかったかもしれない。辻野は誰かに話したかったんだろう。レコーダーみたいに記録するだけのカウンセラーじゃない誰かに。言葉少なだったインタビューでは語っていない話だった。

「外国語の怒鳴り声がしていることには気づいていたんですけど、機内サービスにクレームでもつけているのかなって思ってました。そうじゃないってわかったのは、キャビンアテンダントが突然悲鳴をあげたからです」

辻野が立ち上がって前方を見ると、外国人の男が左手をキャビンアテンダントの首に回し、こめかみに何かを突きつけていた。それが銃だとわかったのは、内線電話をかけようとした別のCAに向けて銃弾が放たれたからだ。

「ふくらんだビニール袋を手で叩き潰したような音でした。キャビンアテンダントが倒れても周りの人たちが騒ぎはじめるまで信じられませんでした。まさか銃なんてって。機内に持ちこむなんてありえないはずだったのに」

この世にありえないことなんて、ねえんだよ。部品をばらばらにして、後で組み立てるのは、少数の拳銃を密輸する時に、俺らも使う手口だ。

「それから、髪にスカーフを巻いた東洋系の女の人が僕らに向かって言ったんです。抑揚のない声でしたけど、完璧な日本語だったから日本人だとわかりました。『この飛行機をハイジャックしました。これから予定とは違う場所に向かいます。覚悟してください』」汗を流しながら辻野は話し続ける。ふくらんだ目玉はコートに向けられているが、目に映っているのは別の光景のようだった。

「山陰までの国内線ですから海外へ逃亡するなんてありえません。そのうち、これは自爆テロだ、俺たちは死ぬ、って誰かが言いはじめて——5・08から一カ月しか経ってない頃でしたから」

5・08。そういえば、パリのトゥール・モンパルナスとかいう名前のビルに、ハイジャック機が突っ込んで世界中が大騒ぎになったのは、あの原発テロの一カ月ぐらい前だ。事務所のテレビで、ビルが倒壊して人間が零れ落ちていく映像を見ていたカシラが「仁義なんてもんはもうどこにもねえな」と呟いていたのを覚えている。

「やられる前にやってやる――そう叫んで犯人に飛びかかろうとした人がいましたけど、あっさり撃たれて。それからは誰も逆らえませんでした」

そいつはたぶん病死だ。俺と同じ反社会性パーソナリティ障害か、堂上のようなウルバッハ・ビーテ病だったに違いない。

「怖かったか」

知りたかった。恐怖っていうのがどういうものかが。そういう時、フツーの人間はどんな気持ちになるのかを。俺に想像がつくのは、『やられる前にやってやる』と言って反撃しようとしたって奴の気持ちだ。もしその場にいたら、俺も百%《パー》そうする。言いなりになって生き残れるかもしれない僥倖《ぎょうこう》にすがるぐらいなら、一か八か戦おうとするだろう。そう考えると、反社会性パーソナリティ障害ってのもそんなに悪いもんじゃない気がしてくる。「反社会」というぐらいだから、俺らの「具合が悪い」んじゃなくて、単に社会に「都合が悪い」だけだろう。

「怖いというより、しばらく思考が停止してました。目の前で起きてることがとても現実とは思えなくて、頭がついていけなかったんだと思います。悪い夢を見続けている感じでした。そのうち醒めるんじゃないかって。自分たちやあれだけの数の乗客がいっぺんに死ぬなんて、そんなことがあるはずがないって」

まぁ、そんなもんかもしれねえ。俺が仲間うちから「命知らず」って言われてるのは、死ぬのが怖くないっていうより、自分が死ぬことなんて想像もしないからだ。

「二人目が――乗客が撃たれた時にようやく、現実がのしかかってきました。本当に凄く重いものにのしかかられたみたいに息が苦しくて、体の震えが止まらなくなったんです。頭の中はめちゃくちゃでした。もうだめだ。いや、自爆するとは犯人はひと言も言ってない。なぜ自分たちだけが？　無事に着いたら何を食べようか？　自分の葬式には誰が出てくれるのか？　いろんな考えがてんでんばらばらに跳びはねるんです。自分が無敵のヒーローになって犯人を退治するシーンを夢想したり。でも美里《みさと》だけは守りたい。そう考えてました」

そこで辻野は言葉を切り、苦い水でも飲むようにスポーツドリンクで口を湿らせた。

「ミサトってのは――」名前を口にする時、辻野は古傷が開いたように顔をしかめていた。

「ええ、彼女の名前です。最悪の場合――最悪になってしまいましたけど、何の役に立つかわからないけれど、彼女の上に覆い被さって守ろうと思ってました。もし死ぬことになっても彼女は助けることができるかもしれない。だめでも一人じゃない、一緒に死ねる。そう考えたら震えも収まりました。僕は彼女に手を差し出しました。お互いの手を握り合おうと思って。その時、美里は僕にこう言ったんです」

辻野の唇の片側が釣り糸にかかったように歪んで痙攣した。ひとしきり唇をひくつかせてから、抑揚の乏しい声で言葉を続けた。

「あなたのせいよ、って」

蝉の声が急に高くなった。

「僕の手を振りほどいて、続けて言いました。『あなたがわたしの生まれた街に行きたいなんて言うからこんなことになったんじゃないの』」

棒読みせりふのような辻野の言葉は震えていた。涙はないが泣いているのだろう。

「あの時の彼女の顔が、言葉が、頭から、耳から、離れないんです」

「その記憶を消すための治療してるのか。バクロなんとかで」

汗だか違うものだかをタオルでぬぐって辻野が頷く。

「ええ、曝露療法。MRI装置の中で、バーチャル映像を延々と見せられるんです。原発テロのニュース映像や、279便と同じ機種の飛行機の内部を。まるであの場にまた座っているみたいな感じです。そして見終わった後に、投薬と心が安らぐ映像と音楽が与えられる――」

「効果はあったのか」

「何度も見せられているうちに、映像を正視できるようになりました。脳内の血流量なんかも改善されたそうです。及川さんにこうやって話ができてるだけでも、大きな進歩です。ここに来る前は、あそこであったことを冷静に振り返ったりはけっしてできませんでしたから」

冷静には見えなかったけどな。本人は気づいてないのかもしれないが、ペットボトルを握る手が地震みたいにずっと震えていた。

「でも僕の場合、本当に忘れたいのは違うことだから……何回かカウンセリングを受けて、やっぱり僕のＰＴＳＤの根源は美里にあるのだろうってことで、四週目からは本格的な記憶除去療法が始まりました。見せられるのは——」

辻野の唇がまた痙攣しはじめた。

「あの時の美里の姿です」

「そんなのどうやって見せる？」

「ここに入る前に、美里の映像や写真や音声のデータを持ってくるように言われていたんです。たくさん残ってました。スマホやデジカメに。留守電にも。忘れたいのに、消してしまうことはどうしてもできなくて」

面倒なこっちゃ。俺なんか別れた女の顔はすぐに忘れる。乳房や尻やあそこの具合を思い出すことはあるが。

頬に汗の川をつくり嘔吐するように顔を歪ませて、それでも辻野は喋り続ける。うん、ゲロと一緒。全部吐いちまったほうが楽だ。

「四週目の最初のプログラムの時、３Ｄゴーグルをつけたら、そこに美里がいました。あの飛行機の隣の座席に座っているんです。言葉も喋りました。彼女の声で、僕がカウンセリングの時に話したとおりに。僕の持ってきたデータを元にしたCGと合成音声だとわかっていても、驚きでした。本当にそこにいるように思える。最初の三週間はあれをつくるための時間だったんじゃないかって思えるほど精巧につくられていて」

ここ数年でCG技術がかなり進歩しているのはヤクザでも知っている。CGアダルトビデオなんてのもあるし。時間も金もひと昔前に比べたらはるかにかからない。にしても、辻野への治療はずいぶんなえこひいきじゃねえか。有名人だからか？　俺にはどっかから引っ張り出した出来合いの映像しか使わねえのに。

「あの時の美里の顔を見せられ、声を聞かされるんです。何度も。そのたびに僕は泣きました。映像を見ている僕は同時に脳内画像を撮られ、脳波を調べられます。たぶん悲しみがいちばん強い時を狙って薬を経鼻投与されます。曝露療法の時とは違う薬です。新薬だって聞いてます」

「新薬？　薬で記憶を消すってか」

「ええ。まだ治験段階だとかで、同意書を書かされました」

「それって、やっぱり実験動物にされてるってことじゃねえか」

「でも、それで忘れられるなら……」

「で、効果は？」

辻野が首を横に振る。聞くまでもない。あの日のことを本人が詳しく喋ってるんだから。

「まだ改善途中だそうで。お医者さんたちは、あの時の彼女を本当には再現できてませんし。CGではあの言葉を口にする時の彼女の顔を怒ったようにつくっていますけど、実際には違います。無表情というか、何でここにお前がいるんだって不思議がってるような顔でした。彼女を悪運に引きこんだ僕を呪っていたのか、僕じゃない違う誰かを選んでいればこんなことにはならなかったと後悔していたのか、いまとなってはわかりませんけど。それと臭い。ここのバーチャルシステムは臭いも再現しますよね。銃の硝煙《しょうえん》みたいな臭いを僕に嗅がせるんですが、そんなの僕らの席までは届いてませんでした。僕の鼻が嗅ぎ続けていたのは、おしっこの臭いです。彼女が失禁した臭いです」

なんだか酷い話だ。除去っていうのは、ようするに改竄《かいざん》じゃねえか。

「堂上も記憶除去ってのを受けてたんだろうか」

最初は、恐怖心の欠如ってのを治療する、俺と似たタイプの治験者だと思っていた。でも、堂上と俺のプログラムは同じというわけじゃなかったし、四週目からはほとんどカブらなくなった。

「だと思います。イメージング実験室で記憶除去療法の順番待ちをしている時、中から出てきた堂上さんと鉢《はち》合わせたことがありますから」

「あいつも家族のバーチャル映像を見せられたんじゃないのか。お前ほど精巧なものじゃないにしろ。で、記憶が除去されるっていうより、バーチャルのほうを信じこんじまった――」

「うーん、そんなことありえるかな」

「本当にそこにいるように思えた、ってさっき言っただろ。ああなっちまうぞ、お前も」

辻野が黙りこむ。ペットボトルを口に運び、それが空であることに気づいて膝に戻していた。

「お前もおかしいと思ってるんだろ。堂上だけじゃない。根本も高田も、どう見たって来た時よりおかしくなってるじゃねえか」

「及川さんは？」

「あ？」

「及川さんは変わられたんじゃないですか。いいほうに。僕の誤解もあったかもしれないけど、最初に会った時とはやっぱり印象が違います。表情がわかりやすくなったし、目つきも怖くなくなった。こうして話していても緊張しないもの」

「しろよ緊張。そっちが誤解だよ。曝露療法と同じだ。ヤクザも毎日見ていりゃあ、怖くなくなるんだろうよ」

俺は辻野にとびきりの眼《ガン》を飛ばしてやった。

「そんな顔をしても、本当は優しいんですよね。さっき堂上さんの話をした時も、すごくつらそうな顔をしてましたもの」

「俺が？　つらそうだった？」

自分の顔をつるりと撫ぜた。堂上の頭がいかれちまったことで、なんで俺がつらくなる？　おかしいだろ。堂上が顔面にパンチを食らったら、俺の目に青痣ができるってか。

「何も変わっちゃいねえよ。俺は俺だ。俺はアル中を治しにきただけで、他人に自分の頭の中まで指図《さしず》されたりはしねえ」

辻野がきらきら目を俺に向けてきた。「かっけー」

「いいから、そういうのは」照れ隠しに俺は言う。「でもよ、忘れちまっていいのか。お前はそのミサキって子に——」

「美里です」

「その子にどんな言葉を期待してたんだ。『あなたと一緒に死ねて幸せ』なんて言ってくれるとでも思ったか。人間ってのはそういうもんだって教訓を得たわけだろ。それを胸ん中に貯金して生きていきゃあいいじゃねえか。せっかく運良く助かったんだから」

美里って名前が涙腺《るいせん》のスイッチを押すのか、きらきら目がまた涙目になった。

「僕は及川さんみたいに強くはありませんから」

いや、本当は俺だって、これまでの人生は記憶から消したいことばかりだ。どれもこれも頭の隅の生ゴミ容器に押しこめて、力ずくで蓋をしてしのいでる。あっさり忘れちまったら、自分が何に怒っているのかもわからなくなっちまうから。

タオルで汗じゃないものを拭ってから、辻野が汗とその他を振り払おうとしているらしい声で言う。

「なんかすみません。もうテニスって気分じゃないですよね」

「いや、けっこう面白え。一人で壁打ちってのをやってるから、お前は先に帰ってろ」

「じゃあ、つきあいます」

いや、いいって。

「金網しかないのにどうやって壁打ちするんですか」

「あ」

テニスボールを使ったドッグトレーニングが再開した。

コートの使用時間は残り少ない。いつ辻野を帰そうかと考えているうちに、奴がまたまたホームランをかっ飛ばした。

辻野がボールをくわえこむために走り出したが今度ばかりは無理だ。なにしろフェンス越えの場外ホームラン。黄色いテニスボールがフェンスの向こうで跳《は》ね、転々ところがっていく。チャンス到来だ。

「ボールとってくるわ」

「どうやって」

金網を叩いて俺は言う。

「これを攀じ登っていくに決まってるだろ」

「まずくないですか」

「うん、まずいかもしんねえ。だから、お前は先に帰ってろ」

「いえ、僕の責任ですから、僕が行きます」金網を見上げて自信なげに言う。

「いいよ」ほんとに、いいから。もうっ。


金網を登るのは裸足にかぎる。中学ん時、学校から逃《フケ》るために身につけた技だ。俺は紐でひとくくりにしたスニーカーを首からぶら下げ、金網に手をかけ、猿のように足の指でも金網をつかんで体を引き上げていった。

すぐ下を辻野がついてくる。「一緒に行きます」止めたのにそう言って。俺の真似をして靴を首からぶら下げている。途中でビビって逃げ帰るだろうと思っていたのだが、俺がフェンスのてっぺんに辿り着いた時には、あと五十センチのとこに手がかかっていた。奴の到着を待ってやることにした。

てっぺんから下を眺めて辻野が言う。「落ちたら死にますかね」

「お前はだいじょうぶ。飛行機から落ちても死ななかったんだから」

「確かに」

辻野が笑った。こいつが声をあげて笑うのを見たのは初めてだ。

「降りるほうが難しいぞ。片手を放すのは足場を両方確保してからだ」

「あいあいさー」


ボールはすぐに見つかった。また登るのかぁ、とぼやいている辻野に俺は言った。

「悪いが先に戻っててくれ。寄るところがある」

「え」

俺は木立の先に見える黄灰色の建物を顎でさした。

「せっかく近くまで来たんだ。小児病棟に見舞いに行ってくるよ」

辻野が長い睫毛をせわしなくしばたたかせる。洗い立ての白シャツみたいな善人頭が今度こそ自分が利用されただけだと理解したんだろう。

「本当の優しさってものを見せてもらいました」

いや、違った。辻野の瞳の中で再びきらきら星がまたたきはじめた。

「こんな時に子どものことを考えるなんて」

「いいからもう帰れよ」

「いいえ、僕も一緒に行かせてください。梨帆ちゃんのとこでしょ。及川さんがいつも遊ばれてる」

「遊ばれてねえよ」

俺は辻野の頭を小突く。翼にそうする時の四分の一ぐらいの力で。

「へへ、ヤクザさんに殴られちゃった」

こいつが俺がいままでにしてきたことを知ったら、どんな顔をするだろう。見たくはなかった。


E棟は窓の小さな昔風の造りの四階建てで、壁の色もくすんでいる。精神科総合医療センターのつぎはぎで増殖した建物の中ではいちばん古くからあるらしい。ここが総合医療センターという名前になる前に、重症の患者の入院病棟として建てられた、という話を看護婦の一人から聞いていた。

グラウンド側に、いつも梨帆たちが出入りしているドアがあることはわかっていた。だが、外部から孤立したD棟ほどではないにしろ、部外者がのこのこ入って勝手に歩き回れるような能天気な場所とも思えなかった。

辻野が聞いてくる。

「どうやって入るんですか」

いい質問だ。どうやって入ろう。

「見舞いに来ましたって正面玄関から入るべきですよね、やっぱり」

い。

「それだ」

「え」

今日は日曜で、ここには一般の大人用病棟がある。面会の人間が訪ねて来ても不思議はない。

腰をかがめ、植えこみの陰に隠れて右手へ進む。窓が小さい造りがありがたかった。グラウンドと反対方向の山側に正面口があった。後から設けられたんだろう、古めかしい外観には似合わない両開きの自動ドアだ。山裾に沿って小道が続いている。本館とセンターの入り口に通じる道だ。なるほど、ここを走り抜ければ、いますぐにでもシャバに戻れるってわけか。一瞬、このまま脱走したい誘惑に駆られたが、今日はだめだ。梨帆に会いに来たんだから。

「面会ってのは普通どうするんだ？」

「窓口で用紙に記入して、入館証をもらうのが普通ですかね。祖母ちゃんが入院してた時、そうした記憶があります」

ドアのすぐ向こうに窓口らしき場所が見えた。中にいるのは警備員だ。俺たちの顔を知らねえ奴だといいが。

「用紙ってのには何を書く？」

「一緒に行った父親が代表して書いてたんで、よく知りませんけど。名前や住所だと思います」

「じゃあ、お前が代表して書いてくれ。俺はここでは何かと目立っちゃってる人間だから。名前と住所はでたらめでいいぞ」

「えーっ、嘘をつくんですか？」

「当たり前だろ。Ｄ棟から来ましたって言えるわけねえじゃねえか」

「ちょっと僕はそういうのは……」

「馬鹿たれ。正直に生きてるだけじゃ、手に入らねえものもあるんだよ」

「かっけー」


窓口の警備員が辻野の後ろで顔をそむけ続けている俺にしつこく視線を走らせてきた。どこかで見たことがある顔だっていうふうに。俺もどこかで会った気がする、と思っていたら、ここに来た日に守衛室にいたジイさんだった。あわてて背中を向けた。

辻野が首かけ紐付きの入館証を差し出してくる。とんでもない犯罪に加担してしまったとでもいうふうに頰を上気させて。

「うまくいっちゃいましたね」

「なるべく顔を伏せとけよ」

医療センターの職員は病棟ごとに担当が分かれているはず――というのは俺のただの希望

的観測だ。どこで誰と出くわすかわからない。

内部は改装されてから日が浅いらしく、外観に比べたら明るくてこぎれいだった。小児病棟は三階。D棟と同じく階段は使えないようになっているが、エレベーターに認証機はついていなかった。俺たちは顔をうつむかせたままエレベーターが降りてくるのを待った。毎日思う。病院のエレベーターってのは、どうしてこんなにのろ臭えんだろう。

ようやく降りてきたエレベーターが開きはじめたとたん、怒声が聞こえた。

「何やってんだこの馬鹿野郎」

俺と辻野は思わず首を縮める。声は中からだった。

「保護室に戻りてえか、ああ」

開くのもゆっくりのドアの先に、二つの人影があった。

一人は粗末なジャージ姿のジジイ。ここの入院患者だとしたら頭か心に問題を抱えているんだろう、現実が映っていないような虚ろな目をしている。まだ若い白衣姿がジジイの頰を平手打ちしていた。「今度漏らしやがったら、ただじゃおかねえぞ」声でわかってはいたが、男の看護師ではなく看護婦だ。

エレベーターのこちら側に俺たちが立っているとは思っていなかったらしい。俺と辻野に気づくと、頰を叩いていた手をすばやくジジイの肩に回した。さっきより一オクターブ半は高い、俺たちに聞かせる声で言う。

「さ、着きました。バスルームに行きますよぉ」

扉が閉まったとたんに辻野が呟いた。

「あんな人もいるんですね、看護師さんにも」

「あれが実態かもしれねえぞ、ここの」

三階の左手のスタッフステーションに顔をそむけて、右手に進む。ガラス扉の手前の読取機に入館証をあてがうと、パンダのシールが貼られた扉がするりと開いた。

中は別世界だった。

建物の横幅すべてを使った広いスペースにフローリングが敷かれ、壁にはジャングルと動物の絵が描かれている。

そこに何人ものガキがいて、おもちゃで遊んだり、本を読んだり、走りまわったりしていた。

児童相談所の保護施設のプレイルームみたいな場所だ。名ばかりのあそこよりこっちのほうがはるかに設備が充実しているが。なにしろ隅にはビニール製の小さな滑り台まである。

梨帆の姿はない。

女のスタッフ二人が子どもの相手をしていたが、幸いどちらも見かけない顔だった。すぐそこで本を読んでいた女のガキが俺を見上げ、ホイッスルみたいな声をあげた。

「あ、このおじちゃん、知ってるっ」

俺も知ってる。このあいだ梨帆の行状を俺に言いつけてきたガキだ。

「人違いだよ、お嬢ちゃん」

辻野がスタッフたちに如才なく挨拶をしている隙に、ほっぺたをつねってやろうかと思った。

「藍沢さんはどこかな」

「やっぱりっ」

大きな声を出すな。女受けする辻野のルックスが功を奏して、スタッフたちはただの見舞い客だと信じこんでいるんだから。

「あれは私の兄だよ。五つ子の」

耳元で囁くとガキが目を剥いた。五つ子という衝撃の言葉に脳味噌を奪われたらしく、声が急に小さくなった。

「リホちゃんは寝てる。ずっと起きてこない」

プレイルームの先に廊下が延びている。そこの壁にもジャングルが続いていて、両側にドアが並んでいた。

俺と辻野はジャングルの奥深くへ分け入る。

キリンが描かれたドアの前の表示板に梨帆の名前を見つけた。

四人部屋だった。ベッドのうちの三つはもぬけの殻《から》で、ふとんが小さな人のかたちに盛り上がっているのは奥の右手だけだ。

「梨帆～見舞いに来たぞ」

ふとんは動かない。寝ているのか？

「誕生日プレゼント、持ってきた」

俺はカーゴパンツのサイドポケットからぬいぐるみを取り出した。ラッコをやめて一からつくり直した新しいやつ。

動物じゃない。人間の女の子だ。だからぬいぐるみじゃなくて人形か。

毛糸でつくった髪が頭の上で椰子の葉みたいに広がっている。

片手にマイクを握っている。服はいつも着ている安物じゃなくて、ステージ衣装みたいな赤いドレス。憧れている歌手になった梨帆の人形だ。

辻野が目玉をふくらませている。

「もしかしてそれ、及川さんがつくったんですか」

なぜ俺のポケットからいきなり人形が出てきたのかより、そっちを驚いているようだった。

「まさか。秋本に買ってこさせたんだよ」

「でも、それ、リホちゃんですよね」

おお、ちゃんとわかるか、と言葉にしかけて唇を引き結ぶ。「似てるのを探させたんだ」

ぐっすり寝ているのを起こすのは忍びなかったが、長居はできない。梨帆の肩と思えるあたりを軽く叩いた。

ぴくりともしなかった。

「おーい、梨帆」

今度は少し力をこめて揺すった。

もぞり、と掛けぶとんが動いて、後頭部が覗けた。髪が深海の海藻のように絡み合っている。何日も洗っていないらしい臭いがした。もう一度声をかけたら、顔をゆっくりとこちらに向けた。

最初は人違いをしたかと思った。

広い額も、大きな口も、上向きの小さな鼻も確かに梨帆だが、よく光る飾り玉のような丸い目がなかった。

両目は腫れ上がっていた。もともと大きな涙袋がさらにふくらみ、まぶたも厚ぼったくなっていて、顔の真ん中にしじみ貝をふたつくっつけたかのようだった。

顔色も変だった。やけに黒い。日焼けした健康的な黒さじゃない。体の中から良からぬものが沁み出てきて染めているような黒さだ。

「俺だ。だいじょうぶか」

腫れて細い糸になってしまった目に光が戻ってくる。目が醒めたようだ。もしかしたら抱きついてくるかもしれない。そう思って俺はベッドに身を乗り出した。

そのとたん、梨帆が叫んだ。

「ひいぃぃーっ」

え？

「ひっひいいいーっ」

梨帆のこんな姿を初めて見た。危《あや》ういほど人懐っこく、どんな人間も怖がらないはずのウイリアムズ症候群の少女が、怯えていた。

「俺だよ、見舞いに来たんだ」

梨帆が上体を起こし、体をもがかせて後ずさる。ヘッドボードに背中が張りつくまで。俺から逃げようとしてるのだ。

「どうしたんだよ。寝ぼけてるのか」

梨帆が耳を塞ぐ。俺の言葉を聞くまいとするように。そして口を四角く開けたかと思うと、声をほとばしらせた。

釘でガラスを引っ掻いたような絶叫だった。

背後から女の声が飛んできた。

「あなたたち、何をしてるんですか」

顔じゅうを口にして叫び続けている梨帆の前に人形を突き出した。

「見てくれよ、梨帆」

背後から足音が迫っていた。足早なのに猫のようにしのびやかなゴム底靴の立てる音。小児科の看護婦だ。梨帆がちぎれるほどの勢いで首を左右に振る。俺の腕は宙に浮いたままだった。

「お前の人形だ。俺がつくったんだ」

受け取ってもらえない人形をベッドの上に置く。一瞬、梨帆の視線がそちらに動いた。腫れたまぶたをせいいっぱい開いたその目は大きなビーズ玉をしこんだように黒く膨《ふく》れ上がって見えた。

靴音が俺たちの真後ろで止まった。

「誰ですか、あなたたちは」

振り返ると丸い体の看護婦が俺たちを見上げていた。痛走《かんばし》った声に驚いて梨帆が泣き止んだ。言い逃れの言葉を口にしかけたが、嘘はつけなかった。梨帆が聞いているからだ。転がりやすそうな看護婦の体を突き飛ばしていますぐにでも逃げ出したかったが、それもできない。梨帆が見ているからだ。

俺は看護婦に曖昧に笑いかけ頭を掻いた。

「藍沢梨帆の知り合いだ。ライヤァって言えばわかる。なあ、リホ」

梨帆に聞かせるためのセリフだ。俺にしじみの両目を向けてきた。口がぽかりと開いている。俺はもう一度頭を掻くそぶりをして髪をもじゃもじゃに逆立てた。紫色の唇がかすかに上下した。何かを言いかけるように。看護婦の不審感丸出しの視線が辻野に移動する。

「D棟から来ました。リホちゃんのお見舞いに」

馬鹿。正直に答えてどうする。

「D棟？　なぜ実験病棟の人たちが？　誰に許可を得たんです？」

今度はつるりと嘘が口から飛び出た。

「桐嶋教授だよ」

「桐嶋先生？　理事長の娘婿さんの？」

俺たちの顔を交互に眺めてから看護婦が言った。

「スタッフステーションまで来てください。確認します」

看護婦が背を向けた隙に、梨帆に手のひらを突き出した。朝、グラウンドで会った俺たちは両手を繋ぎ合い、別れ際にはいつもハイタッチをかわしていた。俺は腰をかがめて、リホはジャンプして。

梨帆がおそるおそる手を差し出してきた。ひとさし指の先で生命線をなぞるように俺のてのひらを撫でてくる。そして、看護婦の靴音より小さな声で呟いた。

「はふへれ」

助けて。そう言ったのだ。俺の耳はそう聞いた。

部屋を出ていくあいだも俺はずっと梨帆に顔を向けたままだった。よそのベッドにけっつまずいても辻野の足を踏んじまっても。ドアまで来た時、梨帆が口をひし形に開けた。今度ははっきり言葉が聞こえた。

「ライヤァ」

梨帆がすがりつこうとするように片手を伸ばしてくる。梨帆のもとに戻りかけた俺の背中に冷やかな声が飛んできた。

「近づかないで。その子は面会謝絶です」

しかたなく俺は片手だけ突き出した。いつものように腰をかがめて。

梨帆はジャンプするように体を上下に揺らす。何度も。何度も。

待ってろ。必ず助けてやるから。

廊下へ出たところで辻野に耳打ちした。

「逃げるぞ」

「へ？」

あたりまえだ。このままD棟へ戻されたら、保護室に直行だ。

看護婦のあとをのろのろと追い、エレベーターの前を通りかかった時だけ素早く動いて昇降ボタンを押した。二階で停まっていて、昇ってくるのにはまだ時間がかかりそうだ。

スタッフステーションまでの短い距離を歩くあいだも振り返って昇降表示を確かめた。ああ、一階に降りちまった。

看護婦がカウンターの中へ入る。一緒に入ろうとする辻野の馬鹿をポロシャツの裾をつかんで止め、カウンターの外、エレベーターホールに近い端っこで盗塁を狙うランナーのように横目で階数表示を睨み続けた。

看護婦の声がとぎれとぎれに聞こえる。

「……ええ、桐嶋教授の許可が出ているとか……え？　ご本人が来てらっしゃるんですか……念のために確認をお願いします……」

こちらへ向けてくる視線はいままで以上に刺々《とげとげ》しい。バレるのは時間の問題に思えた。

「行くぞ」

エレベーターに向かって走る。そうしたところで何も変わらないのにボタンを連打した。ようやく扉が開いたとたん、廊下から声が飛んできた。

「待ちなさい」

そう声をかけられて待つ馬鹿はいない。だが、声だけで追ってくる気配はなかった。スタッフステーションの中は看護婦ばかりで、男の姿がなかったことは確認済みだ。

病院の策略に思える遅さでようやく扉が閉まる。壁に背中を預けた辻野が大きく息を吐いた。

「逃げるって、どこへ？」

「金は持ってるか？」自販機に行って戻ってきたんだから財布はあるはずだ。

「七、八千円ぐらい、ですが」

「じゅうぶんだ。とりあえずここを出る」

梨帆も連れて逃げることも考えたが、あの体だ。ただでさえ子ども連れが現実的じゃないことは俺にだってわかる。しかも俺がそうしたら誘拐の濡《ぬ》れ衣《ぎぬ》を着せられそうだ。まずこの総合医療センターを出て、梨帆の母親に連絡を取り、退院を要求する。病院がごちゃごちゃ理屈をこねたら、脅しをかけてでも取り返すつもりだった。

「一階に着いたら出口へ走れ。出口を抜けたら左だ」

左手に続く道を走り抜けたら、その先は一カ月半ぶりの娑婆だ。

のろくさく下降していたエレベーターが二階で停まる。若い看護婦が空のストレッチャーを押して入ってきた。辻野が奥の壁に張りつく。俺は愛想よく会釈したが、爪先はせわしなく床を叩いていた。

一階に停まり、扉がゆっくりと開いていく。

辻野にアイコンタクトするために振り向いた。辻野の目は大きく見開かれていた。

扉の先に人影があった。

二つ。

一人は縦も横も俺よりひとまわりでかい大男。

もう一人は人相の悪い坊主頭。

D棟の看護師たちだ。

そうだった。ＩＤ認証式のドアから出入りすれば、隣のD棟からここまでは渡り廊下を抜けてすぐだ。俺はストレッチャーのサイドフレームを握りしめる。看護婦が声をあげた。

「何をするんですか」

こうするのだ。

勢いをつけてストレッチャーを押し出した。

暴走車のバンパーみたいなストレッチャーの舳先《へさき》が、飛び込んでこようとした看護師二人を弾き飛ばす。

「走れ、辻野」

叫ぶと同時に外へ飛び出した。

両足がもどかしい。出口までの三十メートルがやけに遠く感じる。

辻野の足音が聞こえなかった。

振り返ると、看護婦に腕を摑まれ、大男にあっさり取り押さえられているのが見えた。

奴を見捨てて再び出口をめざす。振り返ったのがタイムロスになっちまった。すぐ後ろに坊主の靴音が迫っている。だが、あの幅広の体では俺に追いつけはしないだろう。

あと十メートル。

突然足が動かなくなった。両足が一本の棒になった俺は床に倒れる。

坊主にタックルをかまされたのだ。耳のかたちで気づくべきだった。ラグビー野郎か。賭けてもいい。ここの男の看護師は患者を制圧できる腕力を採用基準の第一にしてやがるのだ。背中を取られたらおしまいだ。体をねじってなんとか右足だけを引き抜き、奴の耳を狙って踵を叩きつける。

坊主が呻き声をあげた。力が緩んだ隙に左足も抜き、仰向けの体勢のまま奴の頭を蹴りまくった。額から血が噴き出し、坊主頭がスイカ割りのスイカになった。やっぱり俺の脳味噌は生まれつき凶悪にできているんだろう。久々の暴力に俺の胸は躍った。気持ちいい。奴をさんざん蹴りまくってから立ち上がり、再び走り出した。

あと数メートルのところで、詰め所からジジイの警備員が飛び出してきた。両手でモップを握っている。どけ。怪我をしたくなかったら道を空けろ。

ジジイが女の悲鳴みたいな奇声をあげた。木製モップのヘッドが頭上に振り下ろされる。とっさに避けたがT字部分の角が鎖骨を直撃した。折れたかと思うほどの衝撃だった。

「きゃああっ」

また奇声。今度は右の脇腹を狙われた。腸《はらわた》が捩れ、息が詰まる。

このジジイも格闘要員か。剣道だ。

左の脇腹に飛んできたヘッドをなんとか両手で止め、ジジイの手からモップを奪い取る。行きがけの駄賃にジジイの脳天をかち割りたかったが、できなかった。

坊主頭が背後からのしかかってきた。俺にヘッドロックをかまして全体重をかけてくる。たまらずに倒れこんだ。奴がひたいから滴らせている血が俺の赤い長袖Tシャツを違う色の赤に染めた。

「特別保護行為、認めてください」

「認めましゅう」

太腿に激痛が走った。何百本もの細かい針がいっぺんに突き刺さったような痛みだ。頭の中に白い火花が散る。

「ツナギだ。ツナギもってこい」

見慣れない顔の男が拘束衣を抱えて走り寄ってくる。坊主にはがい締めにされた俺は、E棟の看護師らしいそいつに蹴りを見舞おうとしたが、痛みの電流が爪先まで貫通しちまっている足は骨が抜けたように萎えて動かない。E棟でもスタンガンと拘束衣は使い慣れているようだ。男は俺が抵抗できない状態なのを承知の手慣れた様子で拘束衣を足から腰へ引き上げていく。

俺は言葉にならない叫びをあげた。おとなしくしろ、糞野郎。坊主頭が憎しみのこもった声とともにまたスタンガンを背中に押し当ててきた。

あれほど苦労してE棟に忍び込んだのに、D棟へ戻されるのに時間はかからなかった。拘束衣を着せられた俺は、自分が武器にしたストレッチャーに乗せられている。連絡通路の先は、見慣れた陰気臭い廊下だった。辻野がどこへ行ったのかはわからない。

唯一自由になる首を振り立てて、ストレッチャーを押す三人の看護師たちに喚き散らした。坊主頭と大男、新たに加わったもう一人はD棟の看護主任の黒縁眼鏡だ。

「放せ、放せよ」

放せといって放す馬鹿がいるわけもないが、叫ばずにはいられなかった。向かっている先がどこなのかは明らかだった。

「うるせえ」血まみれの額にタオルをあてがっている坊主頭が手が滑ったふりをして俺の側頭部に肘打ちを食らわせてくる。眼鏡が坊主に言った。「ここはいいですから、治療してきてください」

スタッフステーションが近づくと、黒縁眼鏡が鍵束を取り出す音が聞こえた。保護室の鉄扉を開ける鍵だ。六週間前の悪夢が頭に蘇って俺は背筋を震わせた。

震えているのか？　俺は怯えているのか？　まだうまく慣れることができない感覚だが、恐怖のおかげで危機を回避すべく頭はフル回転していた。どうすれば逃《のが》れられる？　何をすればいい？　急げ、考えろ。追い詰められた鼠が猫に噛みつく勢いで俺は叫んだ。

「桐嶋に会わせろ、話をさせろ」

本人が来ている。看護婦は電話でそう言っていた。どこかにいるはずだ。

「俺がどういう筋の人間か知ってんだろ？　会わせねえと大学病院がどうなるかわかってんのか。組の人間が頭数揃えて挨拶に来るぞ。おめえら下っ端にゃ責任の取れねえ問題だからな」

看護師二人が顔を見合わせた。

「桐嶋からちゃんと説明がないなら、ここで何をやってるか世間に公表してやる。お前らが患者にスタンガンを使ってることもな」

ストレッチャーが停まった。眼鏡の姿がどこかへ消える。

眼鏡が戻ると、ストレッチャーが逆方向に進みはじめた。一階の廊下の中ほど、第一診察室の前で停まり、眼鏡がドアをノックする。俺は搬入品のように第一診察室へ運びこまれた。治験者のカウンセリングに使われるのはいつも地下一階の第二診察室で、ここに入るのは初めてだった。天井しか見えない俺を見下ろしてくる照明が目に痛い。

右手から声がした。

「リクライニングを長座位に設置してください。君たちは退室してもらってかまわないから」

ストレッチャーの上半分の角度が上がっていく。それにつれて部屋の様子がわかってきた。第二診察室より狭いが、左手にデスク、右手に診察台という配置は変わらない。俺は壁に沿って置かれたデスクと四十五度の角度で向き合う場所に「設置されて」いるらしい。

木製のデスクは犬のしゃぶり骨のような形をしていて、一面に書類が散乱していた。ノートパソコンに覆い被さっていた白衣の男がこちらに向き直る。俺は挨拶してやった。首しか動かねえからお辞儀はなしだ。

「よお、久しぶりだな」

桐嶋は片肘を突いた手でこめかみを揉みほぐしている。昔の文豪の肖像みてえに偉そうで憂鬱そうなポーズだった。微笑みのかけらも見せずに俺に視線を送ってくる。といって目を見返してくるわけじゃない。奴のいつもの他人の顔全体を観察するようなまなざし。

視線が俺の背後に動く。看護師たちに「部屋を出ろ」と合図したらしかった。そのまま俺を無視して、ノートパソコンのキーボード叩きに戻った。

ドアが閉まる音を聞いてから桐嶋がようやく口を開く。

「ずいぶんとご活躍のようですね」

両手はキーボードの上を休みなく動き続け、俺に見せているのは横顔だけだ。

「おかげさまでな。そっちこそ、忙しそうだな。ちっとも顔を見せねえで」

この男にしては珍しく髪が乱れ、ほつれ毛が額にたれている。フレームレス眼鏡の奥の目が充血していた。何も答えないから、こっちから言ってやった。

「実験が失敗して大慌てってとこか?」

キーボードを叩く音が止まった。桐嶋が再びこちらを向く。頬が冷凍肉を貼りつけたみたいにこわばっているのがわかった。

「失敗したんだろ？」

「まだ結果は出ていません。推移を見守っている段階です」

「ここで何をしている。日曜だぞ。理事長の娘のご機嫌を取らなくてもいいのか？」

外へは出てみるもんだ。ほんの短いあいだに新しい情報がいくつも手に入った。こいつが理事長の娘婿だということ。そしてこのD棟がよそでは実験病棟と呼ばれていること。

眼鏡の上のこめかみがひくついていた。薄い皮膚の下で虫が蠢くように。よほど苛立っているのか、今日の桐嶋は奴らしくもなく感情が剝き出しだ。いや、もしかしたら、奴はいつもこんなふうで、他人の表情が読めなかったいままでの俺が気づいていなかっただけかもしれない。

「梨帆に何をした。堂上や根本や高田に何をした」

桐嶋のこめかみでまた芋虫だかなめくじだかがひとしきり悶《もだ》えた。俺の問いかけには答えず、デスクの中央に置かれた卓上型のほうのパソコンを手前に引き出した。

「あなたの中間検査の結果をまだお伝えしていませんでしたね」

「はぐらかすなよ。答えろ。梨帆はどうしてああなったんだ」

「本当は気になるんでしょ。他人の子どもより自分のことが」

音もなくモニターが起動した。俺が左斜めから、奴が右斜めから見る格好だ。

ほどなく二つの画像が浮かぶ。いつか研究センターで見せられた、色とりどりの脳の断面図だった。水平断面で、上が目玉の方向だという説明は覚えている。

「右側が今回の中間検査で撮ったあなたの脳です」

桐嶋がカーソルで示した右側の画像は、頭蓋骨の形の楕円の輪が淡く黄色に光っている。ところどころにオレンジ色が斑点のように散っていた。

「だからなに？」

どこがどうなっているのか詳しい説明は覚えていねえし、モニターまでの距離が遠いから、ロールシャッハテストのカラーインクのしみのようにしか見えなかった。カーソルが右の楕円の上のほうで輪を描く。

「以前はここが暗色だったのを覚えていますか」

そういえば、以前の俺の脳の断面図は馬蹄形に見えていたんだっけ。脳の中枢にあたる上の部分がちゃんと活動していないとかで青や緑色だったから、そこが穴のように欠けて見えたのだ。言われてみれば、左の画像との違いは一目瞭然だった。脳の外周を縁取っている暖色の輪はほぼ全部が繋がっている。

「俺はまともになったってことか？」

「ｆＭＲＩと脳波のデータの推移をもう少し見たいところですし、この画像でも正常対象群、つまり平均的な人間の状況に比べればまだまだ色は薄く、活発さを示す赤味も弱いのですが……」桐嶋の口調はなんだか負け惜しみに聞こえた。「ここに来てから一カ月、前回の検査からまだ二カ月半での結果ですから、驚くべき変化だとは言えます」

嬉しいっていうより詐欺《さぎ》に遭っている気分だった。もともと痛くも痒くもない頭の中を探られて「お前は異常だ」と一方的に宣告され、今度もまた勝手に「特別異常ではなくなった」と前言を翻《ひるがえ》された。それだけだ。俺自身には何かが変わった自覚はないし、変化も感じない。

「あなたに何があったんでしょう。非常に興味深いですね」

「そもそもが誤診だったんじゃねえの」

「それはありえません」

とはいえ悪い気分じゃない。「俺は真っ当な人間じゃねえ」っていう啖呵《たんか》は自分で言うから気分がいいのであって、人から言われたら腹が立つ。なんでもお見通しで、すべての物事が自分の知識の範囲内にあると思いこんでいるらしい桐嶋の鼻を明かしたのだとしたら、いい気味だ。

「脳は変われるんだよ」受け売りの言葉を桐嶋に投げかけた。

「うちの比企の言葉ですか？」桐嶋が鼻から息を吐く。笑ったんだと思う。「彼女は愛情が脳を変化させる、なんて春のお花畑のような研究をしているヒトですからね。私の場合、そんなファンタジーにつきあってはいられないんです」

俺は首をめいっぱい持ち上げて眼《ガン》を飛ばした。

「じゃあお前は何をしてるんだ」

「もっと現実的で、公益的な研究です」

「俺が成功例で、自分の研究が間違っちゃいないなんてファンタジーを思い描いているんじゃねえだろうな」

桐嶋が鼻を鳴らす。

「まさか。こちらだってあなたを成功例とは思っちゃいませんよ。ただのレアケース、実験の中の誤差のひとつにすぎません。データが取りづらくなってかえって迷惑しています。我々の治験薬もどうせきちんと服用していませんよね」

「ああ」

嘘だった。与えられた薬はかかさずに飲んでいる。正直に言えば、俺はこの結果を待ち望んでいた。

まともになりたかった。俺にも生きていく資格があるってことを信じたかった。生まれて初めて人に好かれたいと思いはじめたからだ。

治験薬？　奴には絶対《ぜつてえ》言わねえが、そいつがたまたま俺には合っちまって、俺にだけ効き目があったのかもしれない。

「やっぱり妙な薬を俺たちに飲ませてるんじゃねえか。もうやめろ。このまま続けると、もっと酷いことになるぞ」

甲高い音がした。桐嶋がマウスをデスクに叩きつけた音だった。

「やめろ?」

こちらに首をねじる。浮かんでいた表情は、いままでこいつが見せたことがないものだった。眉間に剣呑《けんのん》な皺が寄り、目尻が尖っている。怒りの表情だ。

「は? ヤクザ者がいっぱしに、この私に説教を?」

こめかみの下のなめくじがぬるぬる蠢いている。マウスを握った手が小刻みに震えていた。

「何も知らないド素人のくせに私に説教ですか。笑わせますね。いいですか。ここでの研究はたいへん重要なものです。国策と言っていいかもしれません」

「コクサク?」

「国からの特別な要請と後押しがあるという意味です。この研究は複数の企業と大学が連携して行っているんですよ。競争と言い換えてもいいかもしれない。PTSDに対する新たな医療システムの確立、なにより創薬——新しい薬をつくり出すことを目的として」

俺の言葉が奴の脳味噌のどこかの隠れスイッチを押してしまったようだった。桐嶋の顔から無表情の仮面が剥がれ落ちた。プライドを傷つけた俺への怒りと、俺じゃない誰かへの苛立ちで表情が歪んでいることが、他人への共感力初心者の俺にもはっきりわかる。

「きっかけは二年前の二度目の原発事故です。あの日以来、この国が海外から沈没しかけの船のような目で見られて、毎日が通夜のように沈みきってしまったことは、あなたのようなヒトだってご存じでしょう？　精神科に通う人間も急激に増えました。被災者だけでなく日本全国で誰も彼もが心を病みはじめた。昔のフクシマの時だってあれほどの騒ぎだったのが、なにしろ二度目でもっと酷い被害ですからね。この世の終わりに思える人が多いんでしょう。町医者たちが特需だなんて浮かれていたのも最初のうちで、いまや国力の低下の一因になっている。一億二千万総ＰＴＳＤって流行り言葉は、もう冗談にもならない。ここまでは言うまでもありませんよね、たとえヤクザさんでも」

俺の返事を聞く気などハナからないようだ。桐嶋は口の端に泡をつくって捲《まく》し立て続ける。その様子はここに入院している頭のどこかが壊れた人間と少しも変わらないように見えた。

「社会に蔓延している恐怖と不安を克服することが、この国を立て直す急務になっています。具体的に言えば、潜在的な人数も含めれば八百万人以上と言われる原発ＰＴＳＤ患者に対する新しい治療法の確立」

演説が佳境に入ったと言わんばかりに桐嶋が立ち上がり、部屋の隅、首しか動かせない俺には死角になる場所へ消えた。声だけが続く。自分の言葉に酔いしれている声だ。

「従来の曝露療法やカウンセリングでは時間とコストがかかりすぎて、医者と施設の数が絶望的に足りません。最善策は治療のための新しい薬を創ることです。投与する際に忘れたい要因を再現するバーチャルシチュエーションを用意する必要はありますが、これに関するコストは医療関係とは別の産業が担うことになりますから、停滞した経済を活性化させるには一石二鳥だと国は考えているのでしょう」

自分がこの国の救世主だとでも言いたいのだろうか。自分がどれほど重要な人間かを自慢したいだけの演説なんだろう。だが、語れば語るほど奴の目論見《もくろみ》が計算通りにいかずに苛立っていることがわかってしまう。

「投薬による記憶除去の研究はすでに各国で進められていて、マウスレベルでは立証されていますからね。臨床実験を急がないと、日本は諸外国に後れを取ってしまう。昔は規制が必要以上に厳しかったのですが、経済が最優先課題になってからのこの国の医療品産業への対応は素早いですからね。まず最初にこの研究所に話がきました。国民は忘れたい。二度目の事故はあり得ないと言い続けてきた国は、早く忘れさせたい。利害の一致ってやつでしょうか」

「それって、つまり、臭いものに蓋ってことじゃねえか」

桐嶋がデスクに戻ってきた。片手に小さなジュラルミンケースをさげている。

「さすがですね。前頭前野の活発な方のご意見は」皮肉っぽく唇をひん曲げた。「ですが、政府が新薬の開発を急ぎたい理由はもうひとつあります。なんだかわかりますか？」

ケースから何かを取り出した。注射器だった。

針をセットすると、薬剤を入れた容器にそれを突き刺した。笑っている。鼻唄を歌いはじめてもおかしくない浮かれようだった。桐嶋は笑うのが下手なようだ。般若《はんにゃ》の面みたいな泣き笑いの顔に見えた。

「もうひとつの理由は、戦争です。自国防衛隊が海外で戦争を始めたでしょう。まだ多くの戦死者が出たわけでもないのに、自衛隊員のPTSDが早くも問題になっているんです。もともとれっきとした軍隊なのに、戦争に行くわけがない、死ぬわけがない、って隊員たちは思っていたんでしょうね。自分が直接手を下していなくても、自分たちの組織が人を殺したというだけで罪悪感にかられるケースも多いようです」

俺は桐嶋の演説より注射器の中身のほうに気を取られていた。何をする気だ。

「まあ、驚くにはあたりませんが。アメリカの記憶除去研究も、帰還兵の心のケアをするために発達したのですから。恐怖を除去すれば、より強い兵士をつくることもできますしね」

「じゃあ反社会性パーソナリティやらウィリアムズ症候群やらの治療ってのは、その薬を試すための方便か？」

「言いませんでしたっけ。恐怖に興味があるって。恐怖を消すための処方箋を確立するためには、さまざまな種類のフォビア、ようするに恐怖症のデータ、同時に恐怖を感じない症例のデータを取る必要があったんですよ。それと、あなたに言ってもわからないでしょうが、創薬の候補化合物を同定するためにはカウンタースクリーン、つまり予想外の作用の分析もしなくてはならないんです。与えすぎによる副作用がないかどうかとかね。ここ何年かモラルや規制が緩みきっているこの国でも、治験者に過剰摂取させると問題になる恐れがあります。かわりに最初から過剰な状態の治験者に投与すれば話が早い」

梨帆の黒い顔とまぶたの塞がった両目が浮かんだ瞬間、頭の中に怒りの火花が散った。

「ふざけるな。俺たちはモルモットじゃねえんだぞ」

非臨床試験に使うのはおもにマウスですけどね、とさらに俺を怒らせるセリフをほざいてから言葉を続けた。

「治験薬の投与以外の治療プログラムはきちんとした診療ガイドラインに沿ったものです——まあ私自身は効果に懐疑的ですけど——今回集めた人たちには同意書にちゃんとサインしてもらっているのですがね。読んでもいないでしょうがあなたにもちゃんと」

「何が国策だ。義理の親父に結果を出せってせっつかれてるだけだろう」

桐嶋はこめかみだけじゃ足りずに、薄い頬の肉もひくりと動かした。俺はまた奴の押されたくない脳内スイッチを押したようだった。

「そんなことで私が悩むとでも?」

針を上にした注射器を押し、射精のように薬品が飛び出すのを、うっとりと見つめている。

「誤解しないで欲しいな。この研究はもともと私のライフワークですよ。国にその実績を買われただけです。恐怖とは何か。共感力とは何か。反社会性パーソナリティ障害がどんなものかを解明したくて始めたんだ。二十年前から。なにしろ私、反社会性パーソナリティ障害のせいで、弟をなくしていますから」

思わず俺は過去に自分が暴行を加えた相手に、桐嶋という名前の男がいなかったかどうか記憶をたぐってしまった。

覚えてねえ、というか、ただの気まぐれで行きずりに殴り倒した人間の名前は最初っからわかりゃしない。

「なんだよ、それは」

「ご心配なく。ただの鎮静剤ですよ」

「それが必要なのはお前のほうじゃないのか」

桐嶋が眼鏡の中の目を短刀《ドス》の切っ先のように細めた。

「そういえば、左の画像のことをまだ説明していませんでしたね」

「昔の俺のだろ」

昔。まだ二カ月半前なのに俺はそう言った。桐嶋は首を横に振る。

「あなたのよく知る人物のものです」

笑いをこらえる声で言う。

よく見れば、確かに以前見たものとは違っている。脳の外側を囲む輪は黄色ではなく、赤に近いオレンジだ。上の部分が欠けて馬蹄形になっているのは同じだが、その欠けている部分のところどころにも真っ赤な点が散っていた。ただしそれ以外の部分は暗い青緑色。

「梨帆のか？」

桐嶋が唇を片側にひん曲げて笑った。

「よく出てきますね、その名前。もしや、あなたの隠し子ですか」

「じゃあ誰だ」

「反社会性パーソナリティ障害の人間の脳です。ただし衝動的な犯罪を行う単純な反応型の人間とは、つまりあなたとは、違うタイプだ。もっと巧妙に嘘がつける。善人を装う術《すべ》を心得ている。言ってみれば、より高度な反社会性パーソナリティ障害の人間です。見てくださいーー」

桐嶋がマウスを手にして左側の脳味噌の周囲をカーソルでなぞる。テストに○をつけるように。

「全体が暗色なのに、背外側前頭前皮質に、後頭皮質や側頭皮質にも、きれいな赤色が見られる。自らの攻撃性や非道徳的傾向を論理的、系統的にコントロールできる資質を示しています。なにより海馬もきちんと左右対称だ」

「遠くてよく見えねえよ」

桐嶋が立ち上がり、薄笑いを浮かべて歩み寄ってきた。片手をポケットに突っこんでいる。俺の背後に回り、ストレッチャーを手前に押す。

「これでどうです?」

「で、誰のだ」

桐嶋が俺の耳もとに息を吹きかけるように囁いた。

「私のものです」

「　　え？」

「私の脳です。この研究を始めるまでは気づきませんでした。ポジトロン断層法《PET》でデータを集めていた時に、サンプルのひとつとして自分の脳も撮影して、それで初めて知ったんです。一目瞭然でした。海外の論文で見た連続殺人鬼の脳内画像と酷似していましたから。でも、驚きはしませんでした。いままでの自分の人生を考えると、腑に落ちる点ばかりだったのでね。あなたがた反社会性パーソナリティ障害の治験者数名にＰＥＴで脳画像を撮ったのは、じつはこれと比較したかったからなんです」

高田も反社会性パーソナリティ障害だったと知ったのは、病棟から奴の姿が消えてからだ。

「運命論など信じませんが、脳の研究を始めたのも、自分の資質に薄々気づいていたからかもしれません。おかげで、なぜ自分は愛情や良心に関心を持たないのかと、疑問に思う必要がなくなりました」

声はすぐ後ろで続いている。桐嶋がどんな表情をしているのか俺からは見えない。

「ここにあなたを呼んだのは、聞いてみたかったからだ。なぜ短期間で脳が変わったのか、ご教示願おうかとね。でも、もういい。子どもへの愛情ホルモンの分泌が変化を促した、なんて戯《ざ》れ言《ごと》は聞きたくありませんからね。私は自分の子どもすら愛せない人間ですから。騒音とトラブルの発生源としか思えない。おそらくあなたの障害はたまたま軽度だったんですよ。そう簡単に変えられてしまったら、私の研究や私の過去を否定してしまうことになる」

「……弟をなくしたっていうのは……」

「そうです。反応型の反社会性パーソナリティ障害にしては察しがいいですね。弟を死なせたのは私ですよ。私の家は裕福ではありませんでしたから、子ども部屋は共用だったんです。ADHDのしじゅううるさいヤツでね。勉強の妨げになるから、一緒にプールに行った時に、こっそり沈めたんです。目撃者がないことは確かめましたし、私は酷く悲しんだふりをしましたから、誰も疑いませんでした。いまでも事故だと信じられています。私は愚かな犯罪は犯さない。犯すとしたら完全犯罪だ。研修医の時にも当直のストレスが溜まった時に寝たきりの患者を何人か――」

いきなり桐嶋の顔が俺の目の前に現われた。片手に注射器を握っている。

「ここであなたの眼球に注射針を刺すことにも何の躊躇もありませんよ。だってそうしたところで私は痛くも痒くもないのですから。あなただってそうでしょ――いや、いまのあなたは違うのかな」

注射針が目の前に近づいてきた。文字どおり眼球の数センチ前にまで。尖端恐怖症がどういうものなのか、いまの俺にはわかった。全身の細胞が俺の体から逃げ出したがって悲鳴をあげている。

「よせ」

首を左右に振ったが、顎を押さえられた。尿道がちりちりする。小便をちびりかけているのだ。

「だいじょうぶ。失明はしません。刺す場所を選べば」

「やめろ」

目を閉じたが、そうするとますます恐ろしくて、すぐにまた目を開けてしまう。焦点が合わないほど間近に針が迫っていた。

「恐怖に対してもずいぶん敏感になりましたね。瞳孔が開いてます。爬虫類脳ではなく人間脳が恐怖を感じている証拠です。やっぱり興味深い。解剖してみるっていう手もありますね」

「やめろ。よせ。やめろっ」

桐嶋の鼻笑いが聞こえ、注射針が目の前から消えた。

「冗談ですよ。自分が疑われるのがわかっていて罪を犯すほど馬鹿じゃありませんから。そんなことはできません」お前とは違うと言いたげだった。「あなたが不慮の事故にでも遭わないかぎり」

体の震えを奴に気取られたくなくて、自分自身も認めたくなくて、俺は唯一まともに動く口を使って反撃を試みた。

「おめえは最低の糞野郎だ」

「あなたに言われたくはありません」

「ここを出たら、御礼参りに来るからな。覚えとけ」

桐嶋がゆっくりと首をかしげた。俺が間違った言葉を口にしたとでもいうように。

「ここから出ることはできませんよ」

「馬鹿言ってんじゃねえ」たとえ保護室に入れられたとしても、あと二週間だ。刑務所に比べたらなんてことはねえ。

「当たり前じゃないですか。あなたにあれこれお喋りをしたのは、あなたが誰にも口外できない、したところで信じてもらえない、とわかっているからですよ。ここは精神病院ですから、医師が問題ないと判断しないかぎり、どこへも行けません。保護室からもね。あなたは一生外へは出られない」

頭が熱くなり、それから急速に冷えた。

「梨帆は？　藍沢梨帆はどうする気だ」

「彼女もあなたとは違う要因で恐怖を感じにくいケースですし、貴重な子どもの研究対象でしたから、いろいろデータを取らせてもらいました。しかし、あいにく投薬に失敗しましてね」

「失敗で済むか、てめえっ」

桐嶋に歯を剝いて吠えた。拘束衣を力ずくで引き裂いて奴の首根っこを絞めあげようと身悶えした。これまでのどんな喧嘩《ゴロマキ》の時より俺は怒っていた。いままでの喧嘩相手の誰より、こいつを叩きのめしたかった。

「辻野はどこに行った」

桐嶋が首を横に振る。思わしくないテスト結果に不合格の通知をするように。

「辻野さんは世間とマスコミへの影響力があるヒトですからね。彼を成功例にしてプロジェクトの広告塔になってもらうつもりだったのですが……いい結果は出ていません。しかもあなたと行動をともにしているようでは……もう用済みでしょうね」

「用済みってどういう意味だ」

「言葉通りの意味ですよ」

「どうするつもりだ。俺たちを」

「とりあえず薬漬けにしましょうか？　なんだってやりますよ。私には良心がありませんから。かけらもね」

注射針が首に刺さる。ストレッチャーの角度が水平に戻され、天井しか見えなくなった。デスクの方角からキーボードの音が始まる。俺は桐嶋に呪いの言葉を吐き続けたが、しだいに呂律が回らなくなり、視界がぼんやりと溶け出していった。

25

目が覚めると目の前に青空が広がっていた。

太りすぎの羊のような白い雲が浮かんでいる。

下手くそな雲だ。よく見りゃあちこちに塗り残しがある。

俺が見上げているのは、偽物の空を描いた天井だった。視界ははっきりしていたが、脳味噌にはまだ深い霧が立ちこめている。ついさっきまでコートで梨帆にテニスを教えていたはずなのに、どうして俺はここにいるんだ？

泥の沼から這い出すように夢の中から体を引き抜くと、頭を覆っていた霧が少しずつ晴れてきた。

そうだった。俺は桐嶋に注射を打たれて、それから意識を失っていたのだ。録画を早送りで再生するように現実が戻ってきた。しだいに思い出してきた現実のほうが夢に思えた。

「あなたは一生外へは出られない」桐嶋はそう言った。

ふざけるな。そんなことさせるか。できっこねえ。俺がここにいることは若頭《カシラ》だって知っている。

「解剖してみるっていう手もありますね」

急に不安になった。ここはどこだ？　ふいに自分が解剖台に乗せられている姿が頭に浮かんで背筋が凍った。俺は親父に折檻されるガキの頃みたいに怯えて首をねじる。

見覚えのある保護室の木目模様の壁紙と剝き出しの便器が見えた。

冷静になろう。直接的な暴力を使わないぶん、桐嶋は言葉で人を破壊するのが得意なんだろう。奴の思惑に乗らずに、打開策を考えなくては。人を殺したことがあるってのが本当か、それも嘘かは知らないが、相手はしょせん自分の命までは手玉に取れねえ素っカタギだ。

俺は腹筋を使って床を這い、壁に背中をもたせかけた。拘束衣は二度目だから、体をどう扱えば少しは楽か、多少の慣れがある。

強張った背筋を冷たい壁に預けて考えた。辻野もここにいるんだろうか。壁の向こうに声を張りあげた。

「おーい、辻野」

返事はない。

後頭部で壁をノックして、もう一度名前を呼ぶ。

やっぱり返事はなかった。

窓の外は明るかった。真昼の光ほど猛々しくない淡い明るさだ。それが夕刻だからなのか、一晩経った朝になっているのかはわからなかった。自分の体に聞いてみることにする。こんな時でもちゃんと腹は減っているが、酷く空腹というわけでもない。小便を漏らしてもいなかった。

一本棒になった足で立ち上がって体を揺すってみる。拘束衣の中で派手に衣擦れの音がした。ということは、俺はまだカーゴパンツを穿いたままか——

ナースコールを探した。桐嶋のスペシャルゲストの俺には用意されていないんじゃないかと心配したが、部屋の隅でちゃんととぐろを巻いていた。

五分経っても誰もやってこない。桐嶋の差し金かと歯噛みをしていたら、半透明の格子戸を遠慮がちに叩く音がした。

「どうしました」

「トイレだ」

鍵を開けて入ってきたのはまだ若い男の看護師だ。二週間前から見かけるようになった二十をちょっとすぎたばかりだろう新入り。

「トイレを使わせてくれ。このままじゃできねえ」

ああ、はい。拘束衣に腕を伸ばしかけた新入りが途中で手を止め、俺に対する取り扱い説明書の項目を思い出したように言う。

「オムツを用意します」

腰をくねらせて訴えた。

「間に合わねえよ。しかも大のほうだ。そんなに俺のウンコの始末をしてえのか。昨日は二ンニクエキスを飲んだから臭《くせ》えぞ。しかも下痢便だ。カレーを楽しく食うのはしばらく諦めろ」

新入りが顔を引き攣らせた。こいつが頭に浮かべている光景を想像すると、言ったこっちまで気持ち悪くなってきた。

「もう少し我慢してください。人を呼んできますから」

それは困る。俺はさらに体を身悶《みもだ》えさせて切迫した声を出した。

「無理。もう出る。ああ、出る。俺が教えるから早くしてくれ。まず腰のベルトをはずせ」

「は、はい」

「股に回ってるベルトを緩めて。あとは足首の鍵」

「はい」

素直でいい奴だ。ここでは立派な看護師にはなれないだろう。

「慣れてっから、ズボンとパンツを下げといてくれれば、あとは自分でできる。ついでに上半身も外してもらっても構わねえけど」

看護師はとんでもないというふうに生真面目に首を振る。

「見るなよ。ドアの外で待っててくれ」

看護師が出ていくなり、俺は監視カメラの真下の壁の近くに剝き出しの尻をつき、高々とあげた両足を壁に這わせた。不自由な体でせいいっぱいの逆立ちをして、体を揺する。カーゴパンツから裁縫鋏を取り出すためだ。梨帆の人形の目玉にしたから、サイドポケットにボタンはついていない。

ちりん。かすかな金属音とともに小さな鋏が床に落ちた。足を使ってそいつをマットレスの下に隠す。

ついでだから蓋のない便器に座って小便をし、足でペダルを踏み、ドアの外の看護師に水音を聞かせてから声をかけた。

「終わったぞ」

入ってきた看護師に聞く。

「いま何時だ」

「五時です」

「午前？　午後？」

「午後です」念のために日づけを聞いた。まだ日曜だった。あれから数時間しか経っていないわけだ。

ウンコの臭いがしないことに不審感は抱かれなかった。保護室には最初から糞尿と消毒液の臭いが満ちていたからだ。

「腹減った。昼を食ってないんだ。飯を食わせてくれないか」

長身を折り曲げて拘束衣のベルトを締め直している新入りの背中が答えてくる。

「六時から夕食ですから、それまで我慢してください」

さっきとは反対側の壁に声をかけてみる。

「おーい、辻野、いるかー」

頭で壁を叩くと、返事が聞こえた。

「及川さん……ですか？」

だが、辻野じゃなかった。

「私です。堂上です」堂上も入れられちまったか。305号室は全滅。すげえ人材揃いだ。

「ここはどこでしょう」

「高原リゾートのスイートルームじゃねえことは確かだ。なんかしたのか？」

「家族を連れて病院の中を案内していただけです。そこへ看護師さんがやってきて、病室に戻れって言うんです。事情を説明したら、いやな笑い方をして、なんと娘が座っている椅子を蹴ったんですよ。あんまりだって私が詰め寄ったら、ここに連れて来られました。参りました。妻と娘が迷っているんじゃないかと心配で」

「出してやるよ。いますぐってわけにはいかねえけど」

「お願いします。あなたからも先生に話していただけますか。妻と娘の見送りをしないと。次に会えるのはいつになるかわかりませんからね」

「ああ、そうだな」


窓の外が赤く染まりはじめた頃に飯が来た。運んできたのは、さっきの若い看護師だ。トレイを置いてそのまま立ち去ろうとするから、呼び止めた。

「上を脱がしてくれ。これじゃ食えねえだろ」

「あ、すみません」

両手を包む布は腕組みをした形で括られている。そいつを不器用に脱がした新入りが、俺の赤い長袖Tシャツから刺青が覗いていることに気づいて息を呑む。

「だいじょうぶだよ。カタギさんには何もしねえから」そう言いながら俺は、こいつを殴り倒してここから出るという選択肢があるかどうかを考えていた。背は百八十近くありそうだが、白アスパラガスみたいな細腕からして喧嘩とは無縁そうだ。就職早々かわいそうだが、上半身だけで倒せるだろう。だが、問題は監視カメラだ。もう一人が駆けつけてきたら、勝ち目はない。ここは素直に聞くのがいちばんだ。

「大変だねぇ、君らの仕事も。もしかして、保護室の担当は君一人？」

「今日は二人体制です。保護人数が多いですし。マルKの人もいるので」

「そうかぁ」パンチを繰り出そうとしていた手を引っこめた。「夜中はさすがに一人だよね」

「いいえ、監視室が当直部屋を兼ねてますから。夜勤の人と交替はありますが、やはり二人で」

「あ、そう」

とりあえず飯を食おう。腹が減っていては看護師に暴力もふるえない。マットレスの上で両腕を曲げ伸ばしするふりをして、忍ばせておいた裁縫鋏をさりげなく握りこむ。そうして、看護師が食器を下げ、もう一度拘束衣を着せにくるのを待った。

思っていたほど楽じゃなかった。

俺は拘束衣の中でけんめいに裁縫鋏を動かしている。着せられる時に右腕を縮めて、指先に空間を残しておいたのだが、それでもそう簡単に指が自由になるわけじゃない。しかも拘束衣は体育のマットみたいな硬い素材だ。

ぞり。ぞりぞり。ぞり。

硬い布を切り裂く音は弱々しく、先に刃のほうがこぼれてしまいそうだ。

だが、これしか方法はない。俺は鼻毛切りみたいな頼りない鋏に命運を託して、少しずつ1ミリずつ拘束衣を切り裂いていく。汗で指から滑り落としてしまったらゲームセットだから、細心の注意を払って。いつ刃が折れてしまうかと怯えながら。

どのくらいそうしていただろう。

こつこつ。

半透明の強化ガラスを叩く音がした。すみやかに手を止めて、ドアの向こうに応える。

「あんだよ」

遠慮がちな声が答えてきた。

「あのー、なにをしてるんです」

監視カメラで見張ってやがったか。声はさっきの新入りのものじゃない。

「なんでもねえよ」

「俺っす。入りますよ」

よく知っている声だった。

「おお、夏休みじゃなかったのか」

入ってきたのは、秋本だ。

「今日の夜勤シフトからまた仕事です。こんなとこでまた及川さんと会えるとは。奇遇っすね。何をやらかしたんです？」

何度もパシリをさせているうちに、ずいぶんと馴れ馴れしい口をきくようになった。だが、軽口を咎めている暇はなかった。秋本が当直というラッキーを利用しない手はない。

「どうにも気持ちが落ち着かねえ。俺の部屋からバッグを持ってきてくれないか」

「バッグ？　いやいやいや。保護室には持ちこめません」

「死んだ母親の写真が入ってるんだ。今日が命日だから、拝まねえと」

拳銃《ハジキ》を置いていくわけにはいかない。猛者《もさ》の看護師が多いここを脱出するためにもあったほうがいいだろう。実際に撃たないにしても脅しにはなる。

「母親の命日？　及川さん、そういうキャラじゃないでしょ」

母親が死んだのは冬だって聞いている。酔って路上で寝て凍死したらしい。ただし母親の写真っていうのは本当だ。義理の糞親父と結婚する前の、まだ痩せていてよく見りゃ美人に見える写真。捨てちまおうと思っているのにいつも忘れて、まだ手もとにある。

「こういうとこに入れられると、誰しも自分の内面と向き合うようになるんだよ。お前も経験すればわかる」

「無理ですよ。及川さん、申し送り状にマルKって書かれてますよ。ここの担当、俺一人じゃないし」

「監視カメラ、切っちゃってくれ」

「そんなむちゃな。バレたらクビっす」

「クビになったら、うちで雇ってやるよ。ここを出たら、若頭《わかがしら》に紹介する」

言うことをきかせるために撒き餌を投げる。秋本はダテにちゃらい格好をしているわけではなく、十代の頃は暴走族《ゾク》に入っていたそうだ。ヤクザには潜在的な憧れがあるだろうこいつに、俺は事あるごとに吹きこんでいた。ヤクザがいかに儲かり、女に不自由しないかを。

ん大嘘だ。

最近じゃ組の中にも小うるさい上下関係がなく、仕事の大半は合法的であることを。もちろん大嘘だ。

「バッグ、持ってきてくれたら、会わせるよ」

「いや、でも……」

「楽しいよ、ヤクザ。知り合いになっておくだけでも損はないし」

秋本は迷っているようだった。俺が良からぬことを企んでいるのはもちろん承知だろう。しばらく考えるふうをしてから時計に目を落とす。

「もう少ししたら消灯時間になります。そうすれば、誰も監視カメラは見ないから。灯りが消えてから渡します」

「助かるよ」

なんとか持ちこたえている裁縫鋏で気の長い作業を続けているうちに照明が消えた。なかなかやって来ない秋本を待ちながら、俺は1ミリ1ミリ切断を進める。ひと息ついた時に、声がした。

「持ってきました」

「おお、ご苦労」

黒い影法師になって秋本が入ってきた。

「ついでに新入りは寝かせときました」

「すまないね。いいよもう、お前も仮眠とりに行っちゃって」

「写真、出しましょうか？　手、使えないでしょ」

「いや、いいよ。バッグ越しに拝むから」

「ここに置きます。いつ取りに戻ればいいっすか」

背後で秋本が喋り続ける。俺に加担しちまったことに緊張しているのか、声がかすれていた。しつこいな、もう行けよ。

「ナースコールするよ」

「バッグ、けっこう重かったっす」

「ああ、そう」

「欲しかったのは、これじゃないですか」

振り向くと、秋本のシルエットが俺に向けて腕を伸ばしていた。手の中のものが闇の中で鈍く光っている。拳銃を握っていた。

「おい、やめろ。素人が馬鹿なまねすんじゃねえ」

秋本が笑いだした。奴がなぜ笑っているのか俺にはわからなかった。次のセリフが放たれるまでは。

「気づかなかったのかい？　俺の演技力もたいしたもんだな」

「あ？」

「あんたの刺青を見た時は身震いしたよ、こいつだって」

黒い影になった顔が言葉を続ける。

「ほんとうに、こんなとこで会えるなんて奇遇だよ。ずっとあんたを狙ってたけど、院内じゃチャンスがまるでなかったもんな」

ようやく俺は理解した。緒方のところの鉄砲玉は秋本だった。

秋本が拳銃を俺に近づけてきた。

「緒方さんのとこへ行って土下座してきな」

どいつもこいつも俺のことをこの世から消したがっているらしい。柄にもなく平和な入院生活を続けているうちに、すっかり忘れていた。これが本来の俺だ。俺の住む世界だ。誰もが俺を憎み、周囲のどいつもこいつもがろくでもない人間で、簡単に人を裏切る。

「緒方さんにはね、ゾクの頃から世話になってたんだよ。俺に男の生き方を教えてくれた人だった。ろくでもない自分の親じゃなくて、あの人が本当の親父だと俺は思ってた」

秋本は涙声になっていた。義理じゃなくて恨みか。モチベーションの高さがヤベえな。だが、正式な組員ってわけじゃなくただの半グレだろう。トカレフと違ってマカロフが安全装置付きだってことも知らねえはずだと余裕をかましていたら、かちりとセーフティレバーを上げる音が聞こえた。

「だいじょうぶ。ここでぶっ放すほど馬鹿じゃないよ」

俺を見下ろしてくる秋本の顔のシルエットの中で歯が光った。笑ったんだと思う。

俺が入る直前に雇われたらしいが、秋本は俺より先にここにいたはずだ。どうやって俺が入所することを知ったんだろう。秋本にはよけいなお喋りをするつもりはないようだし、俺にもう聞く余裕はなかった。

「ねえ、及川さん。首、括《くく》ろうか。組から見放されたことに絶望して自殺って筋書きはどうかな。そのために気弱な看護師を脅してバッグを持ってこさせたんだよね」

秋本がバッグを蹴って部屋の隅にころがす。俺に銃を向けたまま中を探り、俺のワイシャツを抜き出した。それを一本の紐のように縒りはじめた。

「シャツでも首は括れるらしいね。ほら、あそこみたいな鉄格子があれば。あとは脅された俺があんたの拘束衣を脱がせればいい。あんたが首を括った後にね。大雑把なやり方だけどさ。ここは死人の珍しくない病院だから。病院もあんたがいなくなったほうが都合がいいみたいだしね」

秋本が俺の背後に回る。看護師の資格はもちろん本当にあるんだろう。寝たきりの患者を介護する要領で俺はあっさり上体を起こされる。

そして首に布を巻かれた。

「てめえ――」

俺の声は途中でしわがれた喘《あえ》ぎになってしまった。肺から空気が戻ってこないからだ。息の吹きかかる距離からの秋本の声が酷く遠くのものに聞こえた。

「へっへ。手も足も出ないってのは、このことだな」

血が滞った頭が膨らむ。心臓の鼓動に合わせて脳味噌が脈を打つ。眼球が飛び出てくる。鼓膜が張り詰める。出ない手を思い切りもがかせた。裁縫鋏が指から滑り落ちた。

頭の中は真っ白で恐怖を感じる余裕もなかった。失いかけているいまになって自分の脳味噌や肺や心臓の存在と機能がありありと感じられた。空気を求めて体中が軋みをあげている。喉も口も鼻も。毛穴のひとつひとつまで呼吸しようとしている。

「人は死んだら終わりなんだよ。ジ・エンドだ。わかってんのか、自分のやったことが」

てめえが言うな。指をかぎ爪にして拘束衣の内側を掻きむしった。目の前に流れ星が飛び交いはじめた。糞親父に風呂に沈められた時の自分がフラッシュバックした。

死。いつも間近にあるのに俺には縁遠い言葉だった。自分が生きていようが死んでしまおうがどっちでもかまわなかったからだ。だが、いま俺の体は叫んでる。体の奥の底の底から。死にたくねえ。

びっ。

布地が裂ける音がした。

指が、出た。

一ミリずつ切り裂いていた布がようやく突き破れる薄さになったのだ。秋本はまだそれに気づいていない。

「緒方さんに謝れ。緒方さんを返せよ」

秋本の涙声が俺の髪を撫でる。倍に膨らんだような脳味噌で文字どおり命がけで奴の顔の位置を計算した。後頭部のやや右。肩の十五センチ上。距離は……わからねえ……まだ遠いか……

裂け穴に指をこじ入れる。二本。三本。

びっ、びっ、みり。

手が、出た。

上体を前に倒す。動きに引きずられた秋本の額が俺の後頭部を叩いた。その瞬間を狙って背後に拳を突き出した。

硬い皮膚がぐしゃりと潰れる感触。鼻を直撃した、はずだ。

「あ、え」

秋本が絶句した。首を絞め上げていた力が緩む。俺は腹筋の力だけで体を起きあがらせる。まだ足も片方の手も使えない。一瞬で勝負をつけないと文字どおりジ・エンドだ。

膝立ちのまま体を反転させ、鼻を押さえてうずくまっている秋本の耳を狙ってフックを繰り出す。

「え、へ」

秋本は何が起きているのかまだわかっていないようだ。仰向けに倒れこんだ上にのしかかって片手一本で顔面を連打する。

一発。二発。

三発目で折れた前歯が頬に飛んできた。自分の歯が浮くような感触がした。

四発目で、暗がりの中でも秋本が白目を剥いているのがわかった。

床に置かれた銃をすくい取ってから、糞尿臭い空気を何度も吸って、吐いた。全身に空気が沁み渡り、脳味噌に血が戻ってくる。

銃を口にくわえて右手でバンドを解き、もう一方の腕を自由にする。足に巻かれたベルトには小さな南京錠がかまされている。こいつの鍵はどこだ。

秋本の腰のベルトにはチェーンが装着されていて、その先に鍵束がついている。束の中のどれもが合いそうにない。もっと小さな鍵のはずだ。

奴のポケットを探ると、別の小さな鍵束が出てきた。これだ。

脱いだ拘束衣を秋本に着せ、奴のつくったシャツの紐で猿ぐつわをかました。首に下げていたIDカードをいただく。携帯と財布も貰っておきたいところだったが、持っていなかった。銃をカーゴパンツの腰に差し、長Tの裾で隠す。

迷ったがバッグは置いていくことにする。糞じゃなかった頃の母親の写真だけいったん取り出した。暗くてよく見えねえ。記憶除去療法を使うまでもなく、顔が思い出せない。結局、バッグに戻した。

よし、いくぞ。


保護室の外の廊下に出ると、保安灯の薄ら明かりの中に漂う糞尿とそれを消すための消毒液の臭いがさらにきつくなった。俺の独房は三つ並んだ保護室の真ん中だった。右手が堂上だから、辻野は左のドアか。H01という番号が振られた鍵を使ったら一発で開いた。

部屋の奥に拘束衣姿で転がされているシルエットが見えた。ドアが開いたことに気づくと芋虫みたいに這いずってきた。近づくにつれて臭いも強くなる。充満しているウンコと小便の臭いの元凶《げんきよう》はこいつのようだ。顔を上げるなり俺に吠えかかってきた。

「あがぁあ、ああがあ」

廊下の明かりが照らしても、その顔は影のようにどす黒いままだ。垢で髪が捩れて逆立っている。あまりの変わりように確信は持てないが、二週間前に病棟から消えた高田――だと思う。高田が蛇のように鎌首をもたげて歯を噛み鳴らした。唇から涎《よだれ》が泡になって垂れ落ちる。俺はすみやかにドアを閉めた。

辻野はここにはいない。どこへ連れて行かれたんだ？

保護室の鉄扉に鍵を差しこもうとしたら、背後から声が聞こえた。

「及川さーん。なにかあったんですかぁ」

堂上だ。いまはあいつまでは連れていけない。静かにしていてくれ。

「及川さあぁ〜ん」

ああ、うるせえ。堂上の声はオペラ歌手みたいに無駄に響く。外まで届いたら面倒だ。

ドアから顔を出したのが俺だとわかると、堂上が目を見張った。拘束衣は着せられていない。外出用の白シャツ姿でマットの上にちょこんと座っていた。シャツには根本に殴られた時の血が散ったままだった。

「あれ？　この中って自由に行き来ができるんですか」

んなわけねえだろ。

「ここを出るんだ。急げ」

「看護師さんに許可をもらいませんと。誤解とはいえ、病院の方針には従わねば」

「そんなもんに従ってたら、一生ここを出れねえぞ」

「まさか。大げさですねぇ」

へらへら笑う堂上に真顔で首を振った。

「女房と娘が待ってるんだろ」

「ああ、そうでした」堂上がマットから跳ね上がる。「でも、ここを出てどこへ？」

「E棟だ」

梨帆を連れて逃げるのだ。もう体調を気づかっている場合じゃない。ここは人の命を奪っても罪に問われない唯一の場所なのだ。

鉄扉の先にはD棟一階の長い廊下が延びている。照明は足元灯だけだが、保護室より明るく感じるのは、十メートルほど先の左手にあるスタッフステーションが誘蛾灯《ゆうがとう》みたいに光を放っているからだ。

扉のすぐ左手に『関係者以外立入禁止』とだけ書かれた室名のプレートのないドアがある。スタッフステーションの隣の、男の看護師がよく出入りしている部屋だ。ここが監視室か。このままスルーするのも手だが、こういう時に安全策を取らないのが俺という人間だ。もう一人の見張りもあらかじめ潰しておくことにする。

唇に指をあてて堂上に「静かにしていろ」というサインを送り、スライドドアを十五センチほど開けた。

ロッカールームと仮眠室を兼ねたような部屋だ。片側の壁にモニターが並んでいる。監視カメラの映像をここで眺めていやがったのか。十五センチの隙間から見たところ人影はない。

体の分だけドアを開けて中へ滑りこむ。二段ベッドの手前に置かれたテーブルにカップ麺の容器が置かれていた。奥へ回りこんだ俺は、堂上に静かにと言ったくせに声をあげてしまった。

「うおう」

人が転がっていた。

新入りの看護師だった。うつ伏せに倒れている。死んでるんじゃねえだろうな。かがみこんで覗いたら、いびきをかいていた。かたわらには中身のこぼれたペットボトルが転がっている。「寝かせた」という秋本のせりふは言葉どおりの意味だった。ここなら手軽に入手できる睡眠導入剤を使ったに違いない。

壁際の収納ラックを漁《あさ》る。スパナを見つけた。武器はひとつでも多いほうがいい。カーゴパンツのサイドポケットにつっこむ。ガムテープも役立ちそうだ。ブレスレットのように手首に嵌めた。新入りの白衣を脱がせ、尻ポケットから財布を抜き取る。

「いけません、そういうことは」

堂上だ。そうだ、こいつを忘れてた。

「借りるだけだよ。逃走資金が必要だ」

刑務所伝道牧師みたいな堂上の目にうながされて、カードと免許証は机に残しておく。

「借用書を書きましょう」

冗談ではなく本当にメモ道具を探しはじめた堂上の腕を引っ張って部屋を出た。

スタッフステーションのカウンターの下を腰をかがめて歩く。ウンコ座りをしたまま歩くのは昔から得意だが、堂上はそうはいかないようで、俺は何度も振り返って片手を上から下へ動かし、「頭を上げるな」と合図を送った。カウンターの向こうでは看護婦たちの話し声が続いている。巡回の時間がどうのこうのという会話で、まだ時刻が午後十時前だとわかった。

スタッフステーションの先で廊下はT字路になっている。まっすぐ進めばE棟への連絡通路に行き着く。だが、左手に食堂に続く広い廊下が延びていて、まともに歩いたら、角部屋のスタッフステーションからは丸見えだ。幅三メートルの廊下が行く手を阻む大河に思えた。カウンターに置かれた造花の鉢の葉陰から中の様子を窺う。看護婦だけが数人。みな、こちらに背を向けているか座っているかだ。看護師の白衣に着替えさせた堂上にアイ・コンタクトした。いくぞ。

中腰のまま走るってのがどんなに難しいかを俺は三歩で思い知った。足音が響きすぎるのだ。四歩目を諦めて廊下をヘッドスライディングする。なんとか大河の向こう岸に辿り着いた。

俺が手本を見せたと思ったのか、堂上も三歩歩いてからスライディングした。身長が違いすぎる。廊下の途中で体が止まってしまった。俺は慌てて堂上の両手を引っ張った。

廊下の右手には大きな嵌め殺しの窓が続いている。外は雨だった。黒布のような空に無数のかぎ裂きが走っていた。左手には処置室や用具室や診察室やらのドアが並んでいる。

「私の妻と娘はE棟にいるんですか？」

俺は考えるふりをしてから曖昧《あいまい》に首を縦横に振った。

「少なくとも辻野はいるはずだ」

エレベーターで患者を平手打ちしていたE棟の看護婦が言っていた。「保護室に戻りてえか」E棟にも保護室があって、辻野はそっちに閉じ込められているに違いなかった。

「あの辻野君を隔離《かくり》？　まさか。この病院はなんだかおかしいです」

「だから逃げるんだ」

「了解です」

「声が大きい」

用具室の半開きのドアの前を通りすぎた時に思いついた。

「そうだ。車椅子を持っていこう」梨帆を乗せるために。俺は梨帆の乗った車椅子を押して走る自分を夢想した。病院を抜け出した先はなぜか真昼の草原で、ぐんぐん上がるスピードに梨帆が歓声をあげるのだ――「取ってきます」

止める間もなく堂上が用具室に踵を返してしまった。入るなり、何かにけっつまずいたらしい騒々しい音がした。思わずスタッフステーションを振り返る。堂上を連れてきたのはやっぱり間違いだったか。

首を元に戻す。

すぐ目の前に顔があった。

第一診察室のドアが開き、中の人間が顔を出したのだ。

スーツの上着のかわりに白衣を着たネクタイ姿。俺といくらも高さの変わらない目線。驚いているというより呆れているようなまなざし。

桐嶋だった。

俺は一秒だけ驚く。二秒目には頭より先に体が反応した。腰に差した銃を抜き、桐嶋に突きつけ、左手で奴の襟首を摑んで部屋の中に押し戻した。片足でドアを閉める。五秒ほどで事を終えた。こういう時の俺に脳味噌はいらない。どうすればいいかは体が教えてくれる。

ここでずっと仕事をしていたのか、昼間と同じようにデスクの上でノートパソコンが画面を光らせていた。書類の数が増えている。失敗の言い訳をでっちあげていたのかもしれない。

銃で背中を突《つつ》いて桐嶋を歩かせ、椅子に座らせた。患者用の椅子のほうだ。

「静かにしろ」

桐嶋がホールドアップの形にした両手をひらつかせた。アクション映画の不死身の主役でも気取っているようなしぐさだった。

「まだ何も喋っていませんが」

気に入らねえ。銃を目の前にちらつかされれば、ヤクザ者でも震え上がる。銃口から逃れようとして身を捩《よじ》ったり顔の前に両手をかざしたり、無駄な努力をするもんだ。なのに桐嶋は薄笑いを浮かべてやがる。確かにこいつには恐怖心が欠けている。おそらく俺以上に。

「それ、脱げ」

コート丈の白衣を銃口で指した。桐嶋は着替えを済ませるとでもいう悠揚《ゆうよう》さで脱ぎ、これも当然のように携帯電話をポケットから抜き取って自分の手元に置く。

「スマホも寄こせ」

桐嶋が俺の言葉に首を横に振り、片手で携帯を取り上げた。

「人を呼びましょうか」

「撃つぞ」

「本物ですか、それは」タッチパネルに指をあてがって言う。「どっちにしろここで銃声がしたらあなたはたちまち捕まりますよ」

奴の頭の中には恐怖ではなく、自分が撃たれない確率を割り出した冷静な計算式が浮かんでいるんだろう。

「銃声？　本物のマカロフの発射音を聞いたことがあるのかい。案外静かなもんだぜ。素人にはどこかで車がパンクしたようにしか聞こえねえよ」

桐嶋は表情を変えなかったが、指は動きを止めた。算出した確率が少し下がったんだろう。

「試しに撃ってみようか」

銃口をパソコンに向ける。奴が初めて顔をしかめた。自分が撃たれることより、休日出勤の成果がフイになることのほうを恐れているように。

「パン」

銃声の口真似をしてみせると、まばたきをしない魚じみた目がコンマ数秒だけ開閉した。俺にそっぽを向き、椅子を手前に引いて黒縁の携帯電話をデスクへ置く。俺は銃を構えたまま白衣を着こみ、携帯をポケットに滑りこませた。奴が鼻で笑う。

「似合いませんね。それじゃあ変装にはなりませんよ」

「ネクタイをはずせ。そいつで自分の足を縛れ」

時間を稼いで看護師の誰かが来るのを待つつもりか、結び目がほどけないふりを続けやがる。俺は片手を伸ばしてネクタイを毟《むし》り取った。いまのところ部屋の外は静かだった。堂上はどうしているだろう。姿を消した俺を大声で呼んだりしなけりゃいいが。

桐嶋は横目でノートパソコンに視線を走らせていた。大切なデータでも入っているのだろうか。あるいは消したいデータか。俺はキャスター付きの椅子の脚を蹴って、奴をデスクから遠ざけた。ネクタイを足もとに放り投げ、パソコンに銃口を向けると、ようやく桐嶋が身をかがめた。

背後に回って両手をガムテープでくる。こちらに首をねじ曲げてくる桐嶋の顔には薄笑いが浮かんでいた。

「興味深いですね。反社会性パーソナリティ障害の人間の反社会的行動を間近で観察できる機会はそうありませんから」

負け惜しみだけではなく、本当に嬉しいのかもしれない。退屈な日常では得られない俺とのぎりぎりのチキンレースが。だが、チキンレースでは負けない。俺は奴のこめかみに銃口を押し当てた。

「日々観察してるんじゃねえのか、自分の反社会的行動を。俺たちに何をした。梨帆はどうやったら元に戻る。言え」

桐嶋のこめかみがひくりと動いた。嘲《あざけ》る調子で「梨帆」と呟く。

「あなたの口から出る人名はワンパターンですね。人間関係が希薄だからでしょう」

「おまえに言われたくはねえよ」ここに入って一カ月半。桐嶋が姿を見せなくても、名前はよく耳にした。だが、親しみをこめてその名を呼ぶ人間は誰もいなかった。俺と同じ孤独な脳味噌に、埋めこむように銃口をキリモミさせた。「言え」

「投薬をいまやめるのはかえって危険です。併用している他の薬が過剰な相互作用を起こしてしまっているだけですから。他の薬の服用を中止すればいいんです」

「なるほど。参考になったよ」同類だから手に取るようにわかる。人の不幸を喜ぶ人間が本当の事を言うはずがない。答えは逆だ。投薬をやめて、他の薬だけ飲ませればいい。

「信じてませんね。いやはや、あの子がどうなることやら」

俺は正面に戻って桐嶋に銃を向けた。

「もう黙っていいぞ。なんなら永遠に黙らしてやろうか。俺には良心がないって言ったのは、あんただ。俺にはそれができることをよく知ってるだろ」

「撃てはしません。あなたには」桐嶋が銃口をまっすぐ見据えて診断を下すように言った。

「これが最初の診察時だったら私も少しは危険を感じたでしょうが、いまのあなたの脳では人を殺すことはできません。脳内画像がそれを証明しています。言ったでしょ。脳を見ればその人間のすべてがわかるって」

俺には撃てない？　こいつが死んだっていっこうにかまわない。俺は本気でそう考えているが、確かに本気で引き金を引くつもりもなかった。いまのいままでは。俺自身にもわからなかった。だから言ってみた。

「確かに良心が痛むな。一方的な銃殺は」

桐嶋が鼻息だけで笑った。

「ほらね。あなたから『良心』なんて言葉を聞けるのは嬉しいかぎりです」

「じゃあ、賭けをしようぜ。それならフィフティ・フィフティだ。ロシアンルーレット、やってみるか？」

「馬鹿にしないでください。それ、回転式拳銃《リボルバー》じゃないでしょう。ロシアンルーレットなんてできませんよ」

「ところがな、こいつはロシア製だ。他のヤクザから巻き上げたバッタもんで、不発弾がやたらに多いんだ。運良く不発弾に当たれば頭は吹き飛ばねえ」

桐嶋が銃口を覗きこんでいた視線を逸らす。

「私が先だ、なんて言うんじゃないでしょうね。それでは賭けにはならない。結局あなたは殺人者になる。でも、衝動的な殺人で人生を棒に振りたくはない。大切な大切な梨帆ちゃんがいるいまはとくに――」

催眠術でもかけるように囁きかけてくる言葉を途中で遮《さえぎ》った。

「順番はコインで決めよう」

俺は新入りの財布を抜き出して小銭入れの中を探った。

「いいことを教えてやろうか。お前は投薬が失敗しただけで、脳内画像の結果ですべてがわかる、まだ自分が正しい、そう思ってるんだろう。ところがな、じつは俺も出された薬はちゃんと飲んでた。おかげで頭の中はぐちゃぐちゃだ。お前にも画像にも理解不能の凶暴性が目覚めちまってる。高田や根本みたいにな。薬も、お前の理論も、なにもかもめちゃくちゃでアテにはならねえってことだ」

十円玉を取り出す。

「裏ならお前、表なら俺が先だ。楽しいだろ。俺たちはこのコインの裏表みたいなもんだ。反社会性パーソナリティ障害同士ならわかり合えるよな。退屈な毎日を吹き飛ばせる、こんな最高のギャンブルはねえって」

「ジョーク、ですよね」

「こんな時だ。冗談を言ってる暇はねえよ」

十円玉を親指に載せる。桐嶋の切れ長の目が丸い葉っぱの形になる。コインをはじいて桐嶋の足もとに転がした。

平等院《びょうどういん》鳳凰堂《ほうおうどう》が出た。

「裏か？　いや、表？　どっちだっけ」

「それは表ですっ。発行年が入っているほうが裏っ。造幣局でそう決めている」桐嶋にはもう皮肉や嘲りを口にする余裕はないようだ。声が裏返っていた。「あなただ。はは。あなたが先だ。撃てるものなら撃ってみるがいい」

「……俺か」

まばたき二回ぶん拳銃を眺めてから、自分のこめかみに当てる。

「しょうがねえ」

「撃てないほうに金を賭けますよ。いくらにしましょうか」

俺は余裕を取りつくろっている桐嶋をまっすぐに見返した。

目をかっと見開き、舌を長く伸ばしてアカンベをしてやった。

そして、引き金を引いた。

「え」

桐嶋の声と同時に、カチリと音がした。

弾は出なかった。

「え……え、え」

「俺は何も変わっちゃいねえよ。人が死ぬのも自分が死ぬのも怖くねえ。お前の研究が間違ってたんだ。自分の頭の中身さえわかってねえくせに、他人の頭の中がわかったふうな口をきくな。勝手に手をつっこむな。人間の脳味噌はきっと宇宙みたいに広いんだ」

そうとも。だから梨帆のような子どもが生まれたり、俺のような人間になっちまったりする。

「次はお前の番だ」

桐嶋の喉仏が上下した。俺はガムテープを拾い上げ、十五センチほど引き出す。

「わかりました。私の負けです。賭け金を払いましょう。いくら欲しい――」

テープを口に貼って黙らせた。

「撃てねえと思ったら大間違いだよ。もうひとつ教えてやろう。俺がお前を躊躇なく撃てる理由だ。じつはここへ来たのはさ、人を一人殺しちまって、しばらく隠れるためだったんだよ。一人も二人も同じってよく聞くだろ。あれはほんと。俺に残ってる途は、一生逃げおおせるか、刑務所で死ぬかのどっちかだけだ」

桐嶋の瞳は黒く膨らんでいた。いまの俺にはそれが恐怖を見つめているのだとはっきりわかる。

「次も不発弾だといいな。二度続く確率は百分の一もねえだろうけど」

縁なし眼鏡をむしり取り、両目をガムテープで塞ぐ。暗闇は恐怖を増幅させる。そのことも自分の身に起きているかのように理解できた。ガムテープ越しに奴の口に銃口を押し当てた。

「わかるよ。反社会性パーソナリティ障害の人間だって、自分が死ぬのは嫌だよな。普段それを感じないのは、想像力がうまく働かねえからだ。いまは想像できるよな。銃の臭いも嗅げるだろ。お前の研究してる海馬も扁桃体も前頭前野やらも全部吹っ飛ぶ。即死じゃなければ、とんでもねえ痛みだろうな。でもだいじょうぶ。すぐにお前は無になる。そして、誰も泣かねえ葬式が執り行われる」

桐嶋の頭が小刻みに震えはじめた。口を塞いだガムテープの隙間からよだれが伝い落ちている。涙をこぼしていないか目を走らせたが、それはなかった。絶望的な恐怖を感じている時には涙を流す余裕すらない。義理の糞親父に折檻された時の俺も泣かなかった。

ガムテープが大きくたわむまで銃口を押しこむ。

たっぷり焦らしてから、足を踏み鳴らす。思いのほかいい音がした。銃声に似た音だ。

桐嶋のズボンが黒く染まった。

失禁したのだ。

大学教授に小便に濡れたズボンを穿かせて放置するのは忍びない。俺はズボンを脱がせてやる。せめてもの親切心だ。ついでにブリーフも足首まで引き下ろした。ガムテープ越しに言葉にならない言葉を喚いている桐嶋に言ってやった。

「やめたわけじゃねえぞ。あんたのチンポを撃った方が面白えことに気づいただけだ」

ぴゅ。桐嶋が小便の残りを漏らした。

嘘だけどな。拳銃に弾は入っていない。バッグの別の場所に隠しておいた。実包を入れたままでとっ捕まると、懲役が長くなる。ヤクザのイロハだ。だから秋本が振りまわしていた時も余裕をこいていたのだ。迷ったが、俺はマカロフに弾丸をこめておくことにした。

吊るしてあったスーツを探り、財布から金を抜き取る。ズボンのポケットの中からいいものが出てきた。車のキーだ。そいつをしまいこんでいると、背後でドアが開いた。堂上が入ってきたのだと思って振り返った目に最初に映ったのは、白衣と膝丈のスカートだった。

比企が立っていた。ただでさえ大粒の目が見開かれ、抱えていた書類が手から零れて床に舞った。

桐嶋の姿に目を剝き、俺を見、桐嶋を二度見してから、両手を口にあてる。

人を呼びに逃げたら、さっさとずらかるつもりだったのだが、比企の行動は逆だった。部屋の中へ走り入り、ノートパソコンからフラッシュメモリーをむしり取った。

「これは渡しませんからね」

桐嶋がガムテープ越しに呻き声をあげる。比企はメモリーを大切そうに両手で握って胸に抱えこみ、後ずさりを始めた。

渡さないと言われれば欲しくなる。しかも比企が後ずさっているのはドアから遠い部屋の奥だ。足どりはやけにのろい。薄茶色の瞳が俺にこう言っているようだった。〝何しているの、早く持っていきなさい〟

「やめて」

比企が叫ぶ。桐嶋の目がちゃんと塞がっているのを確かめる視線を走らせてから、俺にメモリーを載せた手を差し出してきた。

「おとなしく渡せ、糞女」

俺は下手くそなせりふ回しで芝居につきあい、フラッシュメモリーを受け取った。

比企が自分の両手を束ねるしぐさをした。は？　俺が戸惑っていると、また目だけで命令してくる。〝しっかり表情を読みなさい〟

比企の視線が床のガムテープに落ちる。

人間の感情はおもに目と眉、そして視線の動きに現れる――比企からはそう教わった。そうか、疑われないように自分を縛れと言っているのだ。

俺はガムテープを拾い上げ、比企の目を捉えたまま、しっかりした骨格の手首に巻いていく。

「やめなさい。ちょっと、やめて」

部屋の外へは聞こえないだろう声で比企が叫び、ガムテープを口に貼ろうとする俺の目を見つめ返してくる。男の俺に惚れたのかと錯覚してしまうまなざしだった。

俺はセックス抜きでもキスをしたくなる肉厚の唇をガムテープで消しながら、ここを出る前にちゃんと口説かなかったことを後悔した。そして、南の島の貝のかたちの耳に、生まれてこのかた心から口にしたことはねえだろう感謝の五文字の言葉を囁いた。

ドアから首だけ出し、左右を窺ってから部屋を出た。

堂上の姿が見当たらない。用具室を覗いていたら、T字路の向こうから足音が聞こえてきた。堂上の革靴の音ではもちろんない。とっさに用具室の中へ身を隠した。

ドア越しに耳を澄ます。足音はこちらには向かってこず、スタッフステーションの中に消えたようだ。

桐嶋の携帯でカシラに連絡を取ることにした。俺に応えたのは、留守電の電子音声だった。ひそめ声で「及川です。緊急の用っす。連絡願います」と手短に吹きこむ。ここを出た後の行き場が思い当たらなかった。金もろくにない。カシラにすがるしかなかった。

暗い部屋の奥のどこかで衣ずれの音がした。

畳んだ車椅子が壁に沿って並んでいる、その左端の陰からだった。

ポケットの中でスパナを握って近づく。いきなりずんぐりした影が飛び出してきた。

「うおう」

思わず叫んでしまった。

「ああ、及川さんでしたか。驚きました」

たいして驚いた様子も見せずに黒い影が言う。堂上だった。

「何してる」

「娘を待ってるんです。さっきまでそこにいたんです。なぜか患者服を着て。頭に包帯を巻いて。どうしたのって聞いたら、姿が見えなくなって。待っていればまた戻ってくるんじゃないかと……」

堂上の声はしだいにか細くなっていく。話をしているうちにすべてが自分の妄想であることに気づきはじめたようだった。

「ここにはいないよ」

「そうですよね」患者服を着ているわけがない、と呟いてから、気を取り直したように俺に顔を振り向けた。「そうそう、車椅子、どれにします」

「もっといいものがある。こいつにしよう」

ストレッチャーを押してE棟へ続く扉まで歩く。

IDカードを認識機に押し当てると、なんなくドアが開いた。幸いあちら側の廊下にも人影はなかった。白衣姿の俺は桐嶋のフレームレスを鼻眼鏡にしている。堂上と二人、顔をうつむかせて薄暗い廊下を進んだ。

夜の病院ってのはやけに静かだ。ストレッチャーが床を滑る音が悲鳴のように響き渡る。

先に辻野を助け出すつもりだったが、問題はどこにいるかがわからないことだ。

エレベーターの脇に各階の見取り図が表示されていた。だが、保護室っていう名称はどこを探してもない。外部の人間には教えたくない場所なんだろう。

四階はすべて病室で、図の中の各部屋には番号が振られている。左隅の一角だけに何の表示もないことに気づいた。隣の部屋には当直室の文字。ここか。

四階でエレベーターが開く。D棟と違って、ここの病棟は廊下の左右に部屋が並んでいる。降りてすぐ、暗い廊下の先で懐中電灯の光が揺れていることに気づいた。

「戻れ」堂上に囁いてストレッチャーをバックさせたが、遅かった。ドアはもう閉まっちまっていて、しかも光はこちらへ近づいてくる。

光の輪がスポットライトみたいに俺たちを照らしだした。懐中電灯を手にした看護婦が問いかけてくる。「あのぉ、どちらの先生ですか」

俺は自分が医者用の裾長の白衣を着ていたことを思い出した。返事をする前にIDカードに目を落とした看護婦の目玉がふくらみ、眉尻が下がった。驚きの表情だ。

「桐嶋……先生？」

「お、おう」

俺は鼻眼鏡を押し上げた。前がよく見えねえ。ほら見ろ、桐嶋。ろくに姿を見せないから、顔を覚えられてねえじゃねえか。名前だけは有名な大学教授らしく俺は鷹揚に尋ねた。

「保護室はあっちかな？」

「ええ」

「中に入りたいんだけど。鍵はどこ？」

「ご案内します」

当直室には人がおらず、照明が消されていた。D棟より監視は甘いようだ。そうか、D棟の警戒が厳しかったのは危険人物の俺がいたからか。

看護婦が明かりをつけ、壁のキーボックスから鍵束を取り出す。

「こちらが外扉の鍵です。各部屋のものは――」

鍵を渡そうとしていた手が止まった。俺の胸にさがったＩＤカードを見つめてまばたきをし、隣で愛想笑いを浮かべている堂上の胸もとに目を向けたとたん、「ひっ」と声をあげた。

「誰ですか……あなたたちは」

しまった。ＩＤカードには顔写真が付いている。堂上のカードの中では新入りの若造が笑っている。明るい部屋の中ではバレバレだ。

看護婦の唇が悲鳴をあげるかたちに開く。声が漏れる前に片手でその口を塞ぎ、もう一方の腕で背後から首根っこを押さえつけた。

「上着のポケットにガムテープが入ってる。そいつでふん縛ってくれ」

堂上が水浴びをした犬のように首を振る。

「女性にそんな手荒なまねはできません」

「じゃあソフトに縛れ」

保護室は左右に四部屋あった。半透明の強化プラスチックが格子状に嵌めこまれた造りは似たようなものだが、D棟より古びていて鉄扉には錆が浮いている。

「辻野、どこだ。俺だ」

いちばん手前のドアから音が響きはじめた。

ガンガンガンガン。

鉄扉を叩く金属の音だ。それに続いて獣が唸るような叫び。

「出せ〜　ここから出せえ〜」

根本の声だった。スプーンでドアを叩いているのだ。消えた治験者たちは退院なんかしていない。たぶんみんなここにいる。

ガンガンガン。「出せぇぇぇ」ガンガンガンガン。「月がぁ落ちてぇくるうっっ」ガンガンガンガンガン。

スプーンと根本の叫びにまじって、か細い声が聞こえた。「及川さん?」

右手の奥だ。

ドアを開けたとたん、辻野が飛びだしてきた。

「あああ、怖かったです」

若い娘みたいに俺の白衣にすがりついてくる。

「桐嶋先生にもうここからは出られないって言われて」溢れでてくる言葉は途中で涙声になった。「ああ、信じられない。助けに来てくれたんですね。僕のために」

いや、辻野のためというより、辻野が必要だからだ。俺じゃできないことをやってもらうためだ。

「え、堂上さんも? どうやってここへ」

「話は後だ」

「根本さんたちもいるんです」

「全員は無理だ。次は梨帆を助けにいく」

保護室の鉄扉をそろりと開けた。よし、誰もいない。

廊下に足を踏み出した時に気づいた。当直室から灯が漏れている。

おかしいな。看護婦をロッカーに押しこめて元のとおり消しておいたはずだが。閉めたはずのドアも半開きになっている。理由はひとつしか考えられなかった。堂上の縛り方がソフトすぎて、看護婦が逃げ出したのだ。

廊下の突き当たりの闇の中で、小さな赤い灯が下から上に動いていた。エレベーターの階数表示だ。ヤバい。人が来る。

逃げる場所はひとつしかなかった。

「こっちだ」

エレベーターに近い病室まで走り、ドアに手をかけて辻野と堂上を手招きした。

消灯後の病室は暗く、静まり返っている。カーテンのひとつから寝ぼけ声が飛んできたが、「巡回でーす」と声をあげたら静かになった。

ドアの向こうを複数の荒々しい足音が通りすぎていく。五秒待ってから顔だけ出した。開け放したままの保護室の鉄扉の中へ、警備員を先頭にして白衣姿の男二人が続くのが見えた。いまだ。病室を飛び出す。おかげでエレベーターは四階で止まっていた。保護室から騒ぎ声が始まった。

「やめなさい」「こらっ、大人しくしろ」「目玉をぅくり抜いてやるぅぅ」「特別保護行為、認めてください」「お前らわぁ、なぜ気づかないっ。この世にはぁ恐怖が満ちているぅぅぅ」

根本がスプーンを振りかざして暴れているのだ。辻野が「どうしても根本さんも」と言うから鍵だけ開けておいた。

エレベーターのドアが閉まると、聞こえていた根本じゃない誰かの悲鳴が遠のいた。震える手でストレッチャーのサイドフレームを握りしめている辻野に言う。

「梨帆を連れてくる。エレベーターを停めて待っててくれ。そうすりゃあ奴らは降りてこられない」

辻野が首を横に振った。

「たぶん職員は非常階段の鍵を持ってます」

震えていても辻野は冷静だ。俺の悪知恵とこいつの優等生頭をミックスしたら、いい脳味噌になれるだろう。じゃあ、時間との勝負だ。俺たちが三階にいることは階数表示でバレちまう。根本の一秒でも長い奮闘に期待するしかなかった。

ドアが開くと同時に俺一人で三階フロアへ飛び出した。

小児科のプレイルームの壁に描かれたジャングルもすっかり暗がりで、ライオンもカバも眠っているように見えた。一度来ているおかげで迷いはなかった。まっすぐ梨帆のいる病室へ足を向ける。

四人部屋の窓ぎわ、駆けだしそうになる足をなだめすかして梨帆のベッドに近寄る。

梨帆は横顔を見せて眠っていた。下側のほっぺたが餅みたいにふくらんでいる。ベッド灯の明かりで見るかぎり顔の腫れは少し治まっている。梨帆までは保護室に入れられないから、失敗を隠したい桐嶋が投薬を中止させせたんだろう。

「梨帆」

声をかけたら、寝返りを打った。何かを抱きしめていた。焦げ茶の毛糸を束ねた椰子の葉みたいな髪。フェルトのひろい額の下、顔の真ん中ぐらいにつけちまったボタンの目。梨帆の唇が舌つづみを打つように動いた。

「はっぴーばーすでーつゆー」

俺の胸はどんな酒より沁みる見えない液体で満たされた。夢の中でケーキを食っている梨帆をタオルケットごと抱き上げ、赤んぼみたいにくるんで胸にかかえた。

ドアに辿りつく前に、入り口近くのベッドの布団がもそりと動き、半身を起こした女のガキのシルエットが浮かんだ。そのとたん、湯沸かしポットみたいな悲鳴があがった。

フロアの隅々まで届かそうとするような大音量だ。すみやかに部屋を飛び出す。パンダのシールが貼られたガラス扉の向こう、スタッフステーションの方角から駆けてくる人影が見えた。開いたままのエレベーターには目をくれない勢いだった。

梨帆を抱きしめてプレイルームの滑り台の陰に隠れる。梨帆がまた夢の中で歌った。はっぴーばーすでーつーゆー。看護婦が脇を走り抜けていく。

「い、五つ子の弟が来たあ」

「何言ってるの、また悪い夢に魘《うな》され――」

看護婦の言葉が聞こえたところで、ドアの外へ跳びだした。

梨帆をがっちり抱え、辻野が顔を引き攣らせて手招きしているエレベーターの中へトライを決めた。


一階、E棟の玄関にはシャッターが降りていた。

「なんだよ、これ」

まるで鉄の壁だった。ここから裏道を通って一気に敷地の外へ出るつもりだったのだが。

「警報システムが作動したんだと思います。僕らが侵入したから」

くそっ。頭が白くなった。

強行突破だと喚いて無駄を承知でシャッターを蹴り破ろうとする脳味噌を、尻尾を振り立てて暴れる海馬を、俺は手練《てだれ》の騎手のようになだめすかす。

クールになれ。全員が助かる道を探せ。どうする。さあ、俺の脳味噌。

「こっちだ」

眠っている梨帆を乗せたストレッチャーを反転させた。中を抜けていくのだ。強行突破ではなく中央突破。たいして変わらねえか。

とりあえず決断は正しかった。E棟の認証装置にIDカードをかざしてドアをくぐり抜けるのと、非常階段の方角から靴音が降りてくるのはほぼ同時だった。

出入り口のないD棟からC棟に入るには、食堂の手前の連絡通路を通るしかないが、人目につづいてしまう。保護室の廊下を抜けたほうが得策に思えた。

廊下の途中、第一診察室の中から看護婦たちの騒ぎ声が聞こえた。桐嶋たちが発見され、拘束を解こうとしているんだろう。騒ぎのおかげでスタッフステーションはもぬけの殻だ。

俺は向かい側と後方でストレッチャーを押している辻野と堂上に言った。

「正面の扉を開けてくる。一気に突っ走るぞ」

あそこの鍵は俺のポケットの中だ。施錠はされていない。

全速力で先回りした。鉄扉を開け、中に飛びこむ。

扉の先に誰か立っていた。

ちっこいが、闘犬が立ち上がったような油断のならないシルエット。

小男の看護師だ。俺の姿を見ても身じろぎひとつしない。待ち伏せしていたとしか思えなかった。

「邪魔だ。どけ」

奴に蹴りを食らわせようとして、躊躇した。以前、バーの狭い洗面所での格闘で、手足のリーチの長さが災いして腹を刺されたことを思い出したのだ。保護室の廊下も狭い。反社会性パーソナリティ障害の特徴のひとつは同じ過ちを繰り返すことだ。

時間にしてまばたきひとつぶんの躊躇がいけなかった。

奴の体がホップするように跳んだかと思うと、ステップの足がハイキックになって俺の顔面に飛んできた。

左の奥歯がぎしっと軋み、体が壁に叩きつけられる。

俺の誤算はふたつ。看護師のこいつが患者に先制攻撃をしかけてくるとは思っていなかったこと。そして蹴り技まで持っているとは知らなかったことだ。

体勢を崩した俺の腹に奴の右手が伸びてきた。とっさに避けたが入り口の扉に追い詰められてしまった。何か握っている。薄暗い虚空に火花が散った。第三者の承諾がなければ使えないはずのスタンガンだ。俺には容赦はしねえってことか。

また腕が伸びてきた。どこで防御しても電流を食らう。体を「く」の字に折ってかわすか手がなかった。背中を入り口に張りつけた。そのとたん、扉が開いた。

危うく後ろに倒れそうになってなんとか持ちこたえる。

「及川さ……うわわっ」

辻野たちがドアを開けたのだ。

「どうしました」堂上がのこのこと中へ入ってこようとする。

「手出しすんじゃねえ。梨帆を抱き上げろ」

小男は辻野たちの出現に驚いた様子も見せず、そうしているあいだにもスタンガンを構え直して間合いをつめてきた。小さな雷のような音とともに奴の手もとで火花が散る。

「梨帆は？」

「はい、僕が」

俺は後ろ手でストレッチャーを手さぐりする。

小男の腕が伸びてきた瞬間を狙って、ストレッチャーを前に突き出す。両手で押して突進した。

狭い廊下だ。逃げ場はない。ストレッチャーの尖端が奴の腹に食らいつき、小柄な体を宙にすくいあげたまま奥のドアへ激突した。

俺はストレッチャーの上に飛び乗る。タフな奴だ。ドアとストレッチャーに挟まれているのに、スタンガンを突き出して俺を待ち構えていた。だが、俺はもう、体の中で一カ所だけ電流のダメージの少ない場所を思いついている。

足を振り上げてスニーカーのゴム底でスタンガンをはじき飛ばし、その足を奴の顔面にめりこませた。

小男の顔が靴底のかたちにひしゃげ、立ったままがくりと首を折った。


保護室の先、C棟に続く通路は昇り階段になっている。屈強の看護師を弾き飛ばすだけあってストレッチャーは担ぎ上げるには重すぎた。ここで捨てていくことにして、梨帆はタオルケットをおんぶ紐がわりにして俺が背負う。

「ああむ」

階段の途中で梨帆の吐息が俺のうなじに吹きかかった。

はっぴばーすでーつゆー。寝ぼけ声で二度繰り返してから、いきなり叫びはじめた。

「ひいーっ、ひっひい――――っ」

肩に梨帆の爪が食いこむ。

「梨帆ちゃん、だいじょうぶ。だいじょうぶだから、静かにして」

辻野が優しげな声をあげたが、逆効果だった。

べろべろば～。堂上が不器用にあやしたら泣きだしてしまった。泣き声が階段室に反響してサイレンのように鳴り渡る。

「ひっひいいっ」

俺は肩口に腕を伸ばして、首筋をめちゃくちゃに引っ掻いている手を握った。

「梨帆」

「ひいいいーっ」

「俺だ」

「ひっ……ライヤァ？」

「そうだ。ライヤァだ。ほら、くものすもじゃもじゃ」

俺は自分の髪をくしゃくしゃに掻き乱した。そして、歌ってみせた。いつか森で梨帆が歌っていた歌だ。

くものすは　ごはんのおさら
くものすさんは　はらぺこ　ごはんまつ
むしゃむしゃむしゃむしゃしゃ

歌なんか歌わねえから、調子っぱずれの酷い音程だった。堂上が唇を三日月のかたちにしたから睨んでやった。梨帆が洟をすすって言う。


「へんなうた」

「おまえがつくったんだろが」

「これはリホのゆめ？」

「いいや。これからウチに帰るんだ。ママのところに」

梨帆が首にすがりついてきた。小さな鼓動が背中を伝って俺の心臓と共鳴した。

C棟は何に使われているのか、人けがないかわり、廊下は足元灯しかついていない。まるで暗いトンネルだった。

「ライヤァ、こわい。こわいこわいこわい」

梨帆には似合わない言葉だ。でも、いつかは覚えなくちゃならない言葉なんだろう。俺は梨帆の震える汗ばんだ手をまた握る。

「だいじょうぶだ」

「だいじょうぶでもこわい」

「言っただろ。お前の嫌がることをするやつは、俺が叱ってやるって」

「しかる？　こわいテストするひとも？」

「おう、もう叱っておいた。もう二度とオイタはするなよって」

「いっぱいチュウシャするひとも？」

「ああ」

「ずっと？」

言葉が喉に詰まって返事が遅れた。梨帆の尻に手をまわして背負い直してから俺は声を押し出す。

「ああ」


なぜだ。B棟に続くドアが開かない。ＩＤカードが違うのか。

「こっちを使ってみましょうか」

堂上がカードを当てた。が、やっぱりだめだった。辻野が吊るした秋本のものも。

「システムを停止させられちゃったんでしょうか。僕らが出られないように」

「くそっ」

背後から足音が聞こえてきた。

振り向くと、顔面を血で染めた小男が迫っていた。猟犬みたいな勢いだった。しつけえ奴だ。取り上げておきゃあよかった。片手にはスタンガン。

「があぁっ」

喚き声をあげて突きかかってくる。俺の背中の梨帆は眼中にないようだった。

さっきより廊下は広い。もう俺の長いリーチにハンディはなかった。シロウトのわりにはたいした腕だが、まともに実戦でやりあえば、俺の敵じゃない。体の近くまでたっぷり引きつけてから、側頭部に回し蹴りをお見舞いした。梨帆が歓声みたいな悲鳴をあげた。

小男が吹っ飛ぶ。そのとたんに思い出した。一カ月半前、初めてここに入ってくる時、こいつがドアを開ける時に何をしていたのかを。

「指紋だ」

誰にともなく叫び、今度こそ完全に気を失った小男の体をかかえあげた。ドアの前まで行き、認識機に奴の親指を押し当てる。

開いた。

眩しい光が目を射る。

B棟は他の病棟とは別世界のように明るく照明が灯っている。明るすぎるとも言えた。

開けたドアをすぐに閉じた。廊下の先のホールに人間が集まっているのが見えたからだ。

看護婦、看護師、医者、警備員の姿もあった。俺たちをとっ捕まえる相談をしているに違いなかった。

　俺一人なら突破できなくはないだろうが、頼りないカタギ二人とおまけに子ども連れだ。どうすりゃあいい。窓をぶち破って外へ出る？

　C棟を振り返って無駄だと気づいた。

　トンネルみたいな廊下にはどこにも窓がなかった。

　いつのまにか小男の白衣を着こんだ辻野が、廊下をふらふらと逆戻りしていた。

　こんな時になにをしてる？　後戻りしても袋のねずみだぞ。

　辻野が窓のない壁に手を伸ばした。

　そのとたん、非常ベルが鳴り響きはじめた。

　辻野が駆け戻ってきて、俺たちにウインクをしてみせた。

「行きましょう」

　辻野がドアを開け、走り出した。そして叫ぶ。出会った時には俺の顔をまともに見られないで、鹿みたいなおどおどした目を長い睫毛で隠していた奴とは思えない大声で。

「火事だぁーっ」

　廊下のむこうに並んでいた頭が一斉に振り向いた。走りながら辻野が叫び続ける。

「不審者が侵入して火をつけました。E棟です」

　隔離されていた俺たちの顔を連中は知らない。ここには大勢いる入れ替わりの激しい看護師の顔もとっさには見分けられないようだった。そもそも好青年を絵に描いたような辻野の言葉には人に疑いを抱かせない力があった。

「子どもが怪我を。本館に運びます」

とんでもねえ嘘つきだ。反社会性パーソナリティの人間でもこうもすらすらとは嘘が出てこないだろう。どういう脳味噌をしてるんだ。

「ほうほうっ」

背中の梨帆が歓声をあげる。俺は斜め後ろを走る辻野に声をかけた。

「なかなかワルだなお前。見どころがあるよ」

辻野が息を弾ませて答えてくる。

「及川さんに、教わったんじゃないですか。正直に生きてるだけじゃ、手に入らないものもある、って」


本館にはこんな夜中まで何をしていたんだと思うほどの人間が涌き出ていたが、誰もが非常ベルに急き立てられて右往左往して、正面玄関から外へ飛び出していく俺たちを気に留める人間はいなかった。

外には雨が降り続いていた。

ひさびさの娑婆《しゃば》の夜気は、金網に囲まれたグラウンドの埃臭い空気より段違いに澄んでいる。降りかかる煙みたいな霧雨すら心地よかった。

駐車場は玄関の右手だ。盗品が詰まった白衣のポケットから桐嶋の車のリモコンキーを探り出した。手あたりしだいに向ける必要はなかった。理事長の婿だ。高価《たけ》え車に違いない。あれ金を持っている反社会性パーソナリティ障害の人間が選ぶとしたら――俺にはわかる。あれしかない。

5気筒エンジンのアウディ。飽くなき見栄を満たす豪華さで、人生の退屈を紛らわすとんでもないスピードが味わえる。


ヘッドライトが夜の底を照らし続ける。

ワイパーがぬぐってもぬぐっても空は真っ暗で、行く道も遠い先までは見通せない。ハンドルを回すたびに壁のような闇に新たな光の穴が開いた。

助手席で辻野が訊いてきた。

「これからどうするんです」

辻野には、俺にはできない仕事をやってもらうつもりだった。

「あの事件の後、いろいろ取材を受けただろ。そん時の名刺は持ってるか」

「ええ、まだあります。家に戻れば」

辻野が独り暮らしをしているのは都下の街だ。ここからなら一時間もあれば着く。

「そいつらに電話をしろ。手あたりしだい。そして、話すんだ。あそこであったすべてを」

俺はポケットからフラッシュメモリーを取り出して辻野の膝に投げる。

「それが役に立つはずだ」

小さなガキを除けば279便で唯一の生き残りである辻野は有名人だ。辻野が顔出しして語る言葉には、マスコミが飛びつく。世間に桐嶋と大学病院が何をしでかしたのかをぶちまけさせるのだ。

桐嶋と看護師の財布から抜いた金がいくらだったか考えながら言葉を続けた。

「俺たち全員の住所《ヤサ》はバレてる。家には長居をするな。どこかホテルに部屋を取ろう」

国策。桐嶋はそう言っていた。サツは信用できねえ。あいつらはいつだってクニの味方だ。

「ユキノさんもそこへ呼ぶ」

「ユキノさん？」

俺のかわりに後部座席の梨帆が答えた。

「ママっ」

「待ってろ。もうすぐ会えるから」

梨帆を抱きかかえるように寄り添った堂上が言う。

「私はどうしましょう」

「あんたも一緒にいてくれ。そうしてくれたほうが安心だ。なんせ命知らずの勇者だからな」

辻野が鹿の目を向けてくる。

「え、及川さんは？」

「俺は――」戻るところは組しかない。病院に出した書類の住所はでたらめだから俺のヤサはいまはまだバレちゃあいないのだが、俺が一緒だと辻野の言葉が誤解されかねなかった。

「しばらく消える。今日のことは全部俺に脅されてやったことにしろ」

辻野が唇を尖らせた。

「そんなことできませんよ。及川さん一人がワルモノになってしまう。命知らずの勇者は、及川さんじゃないですか」

「心配すんな。前科はヤクザの勲章だ」

フロントガラスに大小の波紋が浮かんでは消えていく。ワイパーの速度を一段上げた。堂上がぽつりと呟く。

「雨が強くなってきました。安全運転をお願いします」

「あんたが言うなよ」

「雨は嫌いです。私が事故を起こしたのも雨の日でした」

「リホはあめすき。にじがみれるから」

梨帆が歌いだした。

あめがふる
そらのこっぷが　あめふらす
自分でつくったでたらめな歌だ。
ようやくいつもの梨帆が戻ってきた。明日は梨帆の八歳の誕生日だ。俺は雨のフロントガラスをスクリーンにして夢想した。梨帆と梨帆の母親と俺の三人で、遅くなってしまった誕生祝いをする光景を。
母親はハッピーバースデーを歌い、俺は歌うふりだけしてプレゼントを取り出す。ピーチケーキに立てた八本の蠟燭を頰をリスにした梨帆が吹き消す。暗くなった部屋では、いましがたつけたテレビだけがぼんやり明るくて、画面の向こうに桐嶋と大学を告発する辻野の顔が映っている——
怪しい治験薬の副作用がいま頃になって出てきたに違いない。馬鹿馬鹿しい妄想だ。
あめがふったら　ずぶぬれだけど
あめがふっても　へっちゃらさ
あめがやんだら　にじがでる
せっかくの子どもらしいせりふを、俺の言葉にふてくされている辻野が、くそ真面目に訂正した。
「残念だけど、夜だから虹は見えないよ」

さらにくそ真面目な堂上がさらなる訂正を加えた。

「いえ、夜に見える虹もありますよ。ナイトレインボー。月明かりで光る虹です。いつか妻と娘と三人で見ました。もう一度見たかったな」

虹なんか見えそうにない暗闇の下からヘッドライトが登ってきた。すれ違うのがやっとの山道だ。徐行して顔を見られたら面倒だった。

「前から車が来る。みんな頭を伏せとけ」

見る間にヘッドライトがもうひとつ増えた。こんな夜中に連れ立って山道を登る用事なんぞめったにあるもんじゃない。普通の車には。

緩やかなカーブの下で二台が停車した。俺たちに気づいて脇へ避けてくれるわけではなさそうだった。行く手を塞ぐように道の真ん中で停まっている。

サツか？　駆けつけた警備会社の人間か？　俺も車を停めた。少し先の山側に木立が途切れ、車半台分ほどが草地になった場所がある。あそこで切り返せば、反対方向へ走れる。総合医療センターの先はさらなる山道だが、そこを抜ければ隣の県のどこかに着く、はずだ。

車から誰かが降りて、坂道を登ってきた。俺はアクセルを踏みこもうとしていた足の力を緩める。それから頭をかかえてうずくまっているみんなに声をかけた。

「だいじょうぶだ」

「え」

「俺の仲間だ」

こっちへ歩いてくる冷蔵庫に手足を生やしたようなシルエットは、翼だった。

車を降りると、カーブの頂点あたりで立ち止まった翼が片手をあげた。気が利かねえな。傘ぐらい持ってこいよ。下からのヘッドライトに照らされた翼のシルエットは、しばらく会わないうちにまたひと回り横幅が育ったように見えた。

奴が立ち止まって動かないから、こっちから歩み寄った。シルエットになった丸い頭と太い首が、もそりとこちらを向く。

「やっぱり及川さんっすね」

「刺されたって？　もういいのか」

俺のせりふが意外だったのか、戸惑った声で答えてくる。

「ああ、たいしたことねえっす。猫に引っ掻かれたような傷っすから」

「よくわかったな」吹きこんだ留守電で事情を察したカシラが、翼を寄こしてくれたんだろう。

「こっちの車に乗り換えてください。それ、盗難車でしょ。長く乗ってるの危険っす」

「気が回るようになったじゃねえか」

翼が濡れるのを気にもしていないのが安物のブラックスーツじゃなくて、イタリアあたりの高級ブランドであることが、両側からのヘッドライトのおこぼれの明るさでもわかった。俺のかわりに出世して、処世術を覚えたか。俺のよれよれの私服を上から下に眺めおろして翼が言った。

「よかったっす。赤いロンTなんで夜でもわかりました」

俺は翼の顔を見返した。なんすか、という表情だった。その前に小指のないほうの手のひらを差し出した。

「ちょっと待て。ガキ連れなんだ。事情を説明してくる」

アウディに戻って、ドアを開け、中に首を突っこむ。辻野は翼の風体に恐れをなして顔を強張らせていた。

「よく聞け。ここから先は別行動だ。お前が運転しろ」

「え？」

堂上が後部座席から身を乗り出した。

「運転なら私が」

「あんたはだめだ」こんな雨の山道をカーブでスピードを落とさねえ奴に運転なんかさせられない。

「仲間の方々の車についていけばいいんですか。ちょっと怖いですけど、あの人」

「いや、そうじゃない。そこに空き地があるだろ。あそこで切り返して、反対側へ走れ。山を越えて県境を抜けろ。どっかの街に着くはずだ」

「え……ええ？……なぜ？」

「お前らと俺じゃ住む世界が違う。やっぱ俺の仲間なんか紹介できねえよ」

「何かあったんですか。急におかしいですよ」

納得のいかない表情の辻野に、何も考えさせないように言葉を畳みかけた。

「心配するな。これも計算のうちだ。とりあえずお前一人で事を運べ。いまのお前ならできるだろ。辻野、忘れるんじゃねえぞ。なにもかも」

頷くべきかどうか迷っていたらしい辻野の首が、何かを思い出したように大きく上下した。

「はい。忘れません。及川さんに言われて気づきました。記憶を貯金します。僕は忘れない。忘れちゃったら、僕の中から彼女が消えてしまいますから」

何の話だよ。違《ちげ》えよ。さっき車の中で話した段取りのことだ。

「段取りは覚えたな。抜かるなよ」

「ええ。連絡はどうします？　このスマホ、すぐに停止されちゃいますよね」

すっかり暗記している梨帆の母親の携帯番号を教えた。二度繰り返すと、辻野が言った。

「及川さんの番号は？」

「梨帆の母親が知ってる」その携帯は置いてきちまったけどな。

「ライヤァ」

片手で俺のつくった人形を抱いていた梨帆が、もう一方の手を伸ばしてきた。小さな指を「つ」の字にして俺を摑もうとする。

「どこにいくの」

腕を伸ばしてその手にハイタッチした。梨帆の手のひらはもう、汗ばんでも震えてもいなかった。

「あとでな、梨帆」

「うん、あとで」

梨帆が笑う。いままでどおりの、この世にあるものすべてが楽しくてしょうがないって笑顔だ。

「あとでっていつ？」

俺も慣れない笑顔をつくってみせた。笑っただけで答えなかった。子どもに嘘はいけねえから。

闇のむこうから翼が苛ついた声をかけてくる。

「どうしたんすか。急いでください」

奴がこっちへ来る前に、俺のほうから翼のところへ戻った。

「いまガキを起こしてる」二台の車の中の人数をかぞえてから言葉を続けた。「にしても、ずいぶん頭数を揃えたな。ドンパチに備えておかなくていいのか」

翼が降りてきたＢＭＷに運転手。その後ろのワンボックスにおそらく三人。翼を入れたら五人だ。俺が二度目の刑期《ツトメ》を終えた時なんぞ一人も来やしなかったのに。

「あ、例のあれは無事に手打ちになりましたんで。ご心配なく」

ヘッドライトを背にしたでかい影法師に俺は言葉を投げつけた。

「しかも、ずいぶん早え」

時計を持たない俺でも、カシラに繋がらない電話をかけてから一時間と経っていないことがわかる。

「第五感ってやつっすかね。たまたまこの街の近くに出張ってたもんで」

「六感な。すげえな、お前の第六感」

「いえいえ」

「俺の着てる服の色までわかっちまうんだもんな」

「へ？」

他人への共感力がなく、表情の読めない俺は、気づいちゃいなかった。いや、薄々わかってはいたが、カシラだけは信じたくて脳味噌が気づくなって俺に命令していた。

大学病院の理事長とうちの組長が仕事と金でつるんでいるぐらいだ。カシラと桐嶋が名前を知ってる程度の仲じゃなくて、最初から裏で通じてた――素直にそう考えりゃあすべてが繋がる。カシラが俺を桐嶋のところへ行かせたのは、俺を心配したわけじゃない。病院が欲しがってる格好の実験材料だったからだ。

「それもあれっすよ。第六っす」

腐った脳味噌が少しは洗浄されたいまの俺にはわかる。緒方を殺っちまった俺は手打ちの邪魔だ。始末するか、向こうに差し出すって事で話がまとまったに違いない。

秋本が俺より先に潜入していたのは、向こうの組にも人脈があるカシラが、緒方んとこの残党の耳にも入るように情報を流したんだろう。そうすりゃあ俺の問題を両成敗に持ちこめる。

「なんだかんだ言って、彼は我々のところに来ますよ。本当は治したがっていますからね」

桐嶋がそう請け合って鼻笑いしている声が聞こえてきそうだ。

「鉄砲玉が潜入しているかもしれない」と俺に忠告してきたのは、きっと電話の向こうに他に誰かがいたからだ。次の組長候補のカシラは身内の評判を気にする。秋本が成功した時に、自分には関係ない、下の人間を売るような真似はしていないってことを、誰かに証言させるためだ。

アウディが前進を始めたようだ。ヘッドライトが翼の顔を照らした。

「俺のことをセンターの外から監視してたのか？　それとも桐嶋からの情報か？」

後方でアウディが切り返しをしているのが光の動きでわかった。光の輪が顔を照らした一瞬、翼が眉のない眉をひそめたのも。

「何の話っすか、及川さん」

鉄砲玉がいつまで経っても動かないから、見舞い客を装って俺を拉致《らち》しに来るつもりだったが、医療センターの中へヤクザに乗りこまれたくない桐嶋に反対されていた。だが、保護室送りにした今日の午後になって桐嶋がカシラにゴーサインを出した。そんなとこだろう。

辻野はあまり運転がうまくないようだ。方向転換に手間取って派手にエンジンを唸らせている。翼が慌て声を出した。

「ちょっ、何やってんすか、あれ」

「連れてきた若いのにやらせてる。いつかみてえに邪魔な車を崖の下に落とそうと思ってさ。覚えてるだろ。高速を逆走した時のこと。おめえがガキみてえにビビって」

「何言ってんだ、あんた」

「あん時は大変だったな。よかったよ、あの頃は」

「んざけんじゃねえよ」

敬語を忘れた翼をたしなめるようにイタリア製スーツの袖を摑み、アウディに駆け寄ろうとするのを制した。

「俺だけじゃなく、全員捕まえろって、命令されたのか、カシラに」あるいは理事長に金を積まれたオヤジに。

「あ、いや……」

再び真っ黒な影法師になった翼が頭を下げ、低い声で呟く。

「すんません、及川さん」

上げた頭を俺の顎に突き出してくる。頭突きか。翼の奥の手だ。馬鹿だから、初めっから奥の手を使っちまう。奴の動きを読んでいた俺は、顎に短いパンチを浴びせた。

翼が低く呻いて悶絶する。倒れかかってくるでかい図体を両足を踏ん張って受け止めた。顎を狙ったのは脳震盪を起こさせて一発でしとめるためだ。殴り合いを始めれば、他の連中に気づかれる。時間稼ぎのために、親密な昔話でもしているように翼の肩に腕を回して、気絶した体をよろけながら支え続けた。

ようやくアウディが走り去っていく音が聞こえた。そのかわりに足音が聞こえてきた。首だけ後ろに振り向かせた俺は、目を剝いた。

下からのヘッドライトに照らされているのは、堂上だった。

「おいっ、何やってんだ」

「辻野君に無理を言いました。及川さんを死なすわけにはいきませんから」

「何言ってんだよ。意味がわかんねえ」

「嘘をつくのが下手になりましたね。同類の私にはわかりますよ」堂上は初めて会った時と同じ満面の笑みを浮かべていた。「助太刀《すけだち》するのは、私の役目じゃないかと思いまして。恐怖を知らない人間の。死にたい人間の」

「馬鹿言うな。本当に死ぬぞ」

「ほら、やっぱり」

「俺は不死身だ。死ぬわけねえよ」たぶん。「あんたは違うだろ」

「いえいえ、フィジカルメソッドで鍛えてますから。第一、どこへ行ったのかと思ったら、妻と娘はあの人たちに拉致されているじゃないですか。あの車の中に二人が見えました」

同類なもんか。反社会性パーソナリティ障害じゃないから、嘘が下手だ。俺に聞かせるための嘘だとすぐにわかった。ヘッドライトに照らされて光る堂上の瞳は丸く膨らんでいる。妄想を眺めているんじゃなくて、目の前の現実の恐怖を見つめる目だ。

ワンボックスのドアが開く音がした。不審に思った誰かがこっちを窺っているのだろう。堂上にいまさら逃げろと言っても遅いようだった。

「じゃあ、これはあんたが持ってろ」

俺は翼をかかえ直して、腰からマカロフを抜き出した。

「とりあえず手出しはするな。やばくなったら、これを撃って逃げろ。弾は当たらねえだろうし、当てなくていい。宙を撃て。ぶっ放すだけでヤクザもひるむ。後で何か言われたら、俺に脅されてしかたなく撃ったって言え」

「あなたは？」

「だいじょうぶ」

俺は片手で心のありかを叩いた。頭ではなく胸を。

「俺には無鉄砲がある」

もう一度思い描いてみた。梨帆の誕生会を。

たっぷりの生クリームが載ったバースデーケーキ。年の数だけの蠟燭。安物だが心のこもったプレゼント。ガキの頃の俺が夢見て、夢想だけで手に入らなかったものだ。

梨帆がいて、梨帆の母親のユキノがいる。

だが、そこにはもう俺の姿はない。

もう限界だった。重すぎるよ、てめえは。

道のど真ん中に翼を転がした。でかい体はじゅうぶん車止めになりそうだった。

翼が倒れこんだとたん、二台の車から次々と人影が降りてきた。俺はサイドポケットからスパナを抜き出す。

俺の良からぬ噂を誰もが知っているんだろう。いきなりつっかかっては来なかった。四人が慎重に足並みを揃えて近づいてくる。

ヘッドライトを背にしているから人相はわからないが、知ってる顔もいそうだ。誰もが俺を仲間とは思っちゃいないはずだ。俺をぶち殺す機会を待っていた人間ならいるだろうが。そういうふうに生きてきたのだからしかたない。たっぷりしょいこんじまったツケはてめえで払わなければ。

ゆっくり間合いを詰めてくる四つの人影を見つめていた堂上が唾を呑みこむのがわかった。拳銃を両手で抱きしめている。

「さすがに、ちょっと、怖いですね」

冷や汗で滑るスパナを握り直して俺は答えた。

「気のせいだよ。俺たちに怖いものはない」

恐ろしかった。

だから両目はこの世のすべてを網膜に映し取ろうとしてせわしなく動き続けている。

耳はあらゆるものを聞き逃すまいと鼓膜をぴんと張っている。

肺はまだ自分が呼吸を続けていることを懸命に確かめている。

脳味噌はめまぐるしく動き続けて生き延びる方法をひねり出そうとしている。

喉は――すっかり忘れてたよ。やっぱり酒が飲みてえ。

恐ろしいと思うのは、俺が生きているからだ。

真っ黒な空にいつのまにか月が浮かんでいた。確かに月は怖い。雨が磨いて艶光りし、雨水が膨らませたような大きな三日月は、ただ空に引っかかっているだけに見えて、いまにも落ちてきそうだった。

雨がやんだぞ。

虹が見えるといいな。なぁ、梨帆。

俺は狂った犬みてぇに吠えて、スパナを振りかざし、そして昔どおり、勝ち目の薄い戦いの真ん中に突入した。

【おもな参考文献】

『暴力の解剖学』エイドリアン・レイン／高橋洋訳（紀伊國屋書店）
『良心をもたない人たち』マーサ・スタウト／木村博江訳（草思社）
『脳科学は人格を変えられるか？』エレーヌ・フォックス／森内薫訳（文藝春秋）
『脳は自分で育てられる』加藤俊徳（光文社）
『精神科医が狂気をつくる』岩波明（新潮社）
『心の迷宮　脳の神秘を探る（別冊日経サイエンス191）』（日経サイエンス）

解説

池上冬樹《いけがみふゆき》
（文芸評論家）

いやあ、まさかこんなにいい作品集だとは思わなかった。荻原浩《おぎわらひろし》の新作『人生がそんなにも美しいのなら　荻原浩漫画作品集』（集英社、二〇二〇年四月）である。荻原浩がはじめて描いた漫画の作品集で、帯に「直木賞作家が漫画家デビュー」とあるけれど、だれもが、長年の出版社との繋がりで本にしてくれたのだろう、趣味本の一つだろうと思うのではないか。でもこれが違うのである。なかなかいいのだ。

荻原浩が漫画作品集を出すことは知っていた。三年に一回ぐらいの割合で、僕が世話役をつとめる山形《やまがた》と仙台《せんだい》の小説家講座に、荻原浩さんをお招きするのだが（前半は受講生提出のテキスト講評、後半は新作を中心としたトークショー）、二〇一七年の暮れにお招きしたとき、最後に新刊の予定をうかがうと、実はイラストのついたエッセイ集を出したい、漫画作品集もというので驚いたことがあった。過去四回ほどお招きしていて、講座終了後のサイン会では一冊一冊に異なるイラストを描いていて、荻原さん、結構上手いじゃないかと感心していたのだが、イラストと漫画とは違うだろうとも思っていた（「山形小説家・ライター講座」のホームページにはサイン会の様子とイラストの写真もある）。

ここには八つの掌篇が収録されていて、病室で最期を迎える九十三歳の幸子のもとに次々と懐かしい人たちが訪れる感動作「人生がそんなにも美しいのなら」、アマゾン河流域に流れ着いた瓶の中の手紙が物語るサバイバル劇「大河の彼方より」、幼なじみの二人の男女が交わした約束の顚末「あの日の桜の木の下で」などがオーソドックスで小説家荻原浩ファンにはお薦めであるが、個人的には、猫と赤ん坊を追って異次元の世界へと入り込む「猫ちぐら」と、謎の寄生種が世界を混乱へと導く「口（くち）」が気に入った。

前者では猫の愛らしい表情ととぼけたユーモアが、後者ではおぞましさを拡大化する寄生種の不気味さが生き生きと描かれてある。何よりも絵の力がストレートに打ち出されていて、物語に躍動感を与え、読者を強く引っ張っていくのである。「あの日の桜の木の下で」は幻想的な美しさと叙情があわさり何ともいえない静かな感動をよぶけれど、でもこれは小説でも可能だろう。ただし説明的になってしまい、漫画ほどのインパクトを与えることは難しいと思うが。その点、「猫ちぐら」と「口」は「漫画でしか描けない」世界であり、荻原浩の漫画家としての才能がよくでている。

あとがきを読むと「僕の場合、小説より漫画を描いてみようと思った」ことが先で、いまから四十年前の大学四年の時、漫画家になろうと思い、少年ジャンプの手塚賞をめざして描いたものの、結局、ペン入れに難渋して挫折してしまった。しかし作家生活が二十年すぎて、六十歳が近づいたときに「やり残したことはないか」と考えたときに漫画を再び描きたくなって挑戦したという。小説家として成功をおさめているので、小説と漫画の違いをしかと認識している。言葉を省略していかに衝撃を与えるかがわかっているから、漫画も面白いのだろう。

さて、枕が長くなってしまった。本書『海馬の尻尾』である。二〇一七年暮れに山形の小説家講座にお招きしたときに、近刊案内として「一月に、暴力と、どうしようもない主人公を書いた『海馬の尻尾』という作品が光文社から出ます」と語っていた。かなり暴力的な作品ですと語っていたけれど、まさに本当に冒頭から暴力全開で驚くだろう。読み始めたら誰もが、これが荻原浩なのかと思ってしまうだろう。近年、いかにも荻原浩らしいハートウォーミングなサラリーマン小説『神様からひと言』が八十万部を超えるベストセラーを記録していて、『神様からひと言』で荻原浩に出会った人には厳しいかもしれないが、暴力と危険の中で温かさが示されているだけで、本質的には変わらない。ただ前半、とくに冒頭はやや凄惨かもしれない。何しろやくざがぼったくりバーで暴れ、割れたボトルを店の用心棒の顔に突き刺して、快感を覚えるからである。温かくてユーモラスな荻原作品とは思えないほど凄惨であるけれど、もちろんその凄惨さが続くわけではない。本書『海馬の尻尾』の主題が「恐怖」であり、描かざるをえない場面なのである。

やくざの及川頼也《おいかわらいや》は、三年前に二度目の刑務所暮らしを終えた。ツトメを終えたら組の中での地位があがる約束だったので一人罪をかぶったのに、出所には誰も迎えに来なかった。地位もあがらない。その時から酒が抜けていない。粗暴で酒乱のため、組でも持て余され、若頭《カシラ》から、アルコール依存症を治すように大学病院行きを命じられる。診断の結果、及川には恐怖の概念が自他にも薄く、良心がないことがわかる。

ちょうど他の組との抗争で刺客から身を隠す必要も生まれたため、及川は、八週間の治療プログラムを受け入れて、山の中の施設に入所する。そこで様々な患者と出会うが、及川は小児病棟に入院している一人の少女と触れ合い、少しずつ変わっていく。

という紹介をすると、やくざの改心の物語と捉えかねないが、話はもっと複雑で奥が深い。時代は現代ではなくて近未来の日本で、二年前に二度目の原発事故が起きて以来、日本人の精神も経済活動も沈滞化している。しかもその原発事故は某国のテロ活動によるもので、自衛隊は自国防衛隊に改名され、某国で〝武力衝突〟を繰り返している状況だ。

だが、これは少しずつ語られる背景であって、決して正面からとりあげられることはない。ただ、日本全体を恐怖心が覆い、戦争へと突き進むなかで、恐怖心の欠如している男が治療の過程で少しずつ恐怖心を覚え、人の顔にも声にも表情があることを学んでいき、個人の尊厳を守るために少女救出に向かう物語は、皮肉で示唆にとみ、感動的である。

山本周五郎賞を受賞したベストセラー『明日の記憶』では記憶の死ともいうべき若年性認知症をとりあげたが、本書では恐怖の記憶、その記憶を司る脳の生まれ変わりを掘り下げている（恐怖の克服、具体的には記憶の回復または記憶の除去といったものも見据えている）。やくざを主人公にした暴力小説で始まるけれど、次第に荻原浩らしい温かく優しい喜劇的色彩が強まり、さらには活劇にみちたサスペンスへと変貌していく。病院と医師と治療の謎、及川の同室の患者たちの一人一人の秘密、及川を追いかけてくる刺客の意外な素性なども徐々にあらわになってきて、ミステリとしても楽しめる構造である。

前半やや鈍重な部分もあるけれど、中盤から巧みな語りで、ぐいぐいと読ませる。他者の表情を見いだしていく過程では、五感を通した比喩を次々に繰り出して鮮やかに場面と人を切り取るようになる（たとえば18章に出てくる「本物よりよく光る模造金貨のような目」「金の色紙でつくった月みたいな、瞳の底に発光体をしこんだような目」、または「髪と体から牛乳を拭いた雑巾みたいな臭い」など）。

実は、この比喩は、少女が作るでたらめな歌（「あめがふる／そらのこっぷが　あめふらす／あめがふったら　ずぶぬれだけど／あめがふっても　へっちゃらさ／あめがやんだらにじがでる」）でもっとも効果を発揮して、苦難の中でも前向きに生きる少女をはじめとする主人公たちの決意と心情、そしてある人たちの未来をも示してもいる。

冒頭で、荻原の漫画作品集を例にとって、いかに小説と漫画の違いを熟知しているかにふれたけれど、小説の後半で繰り出される比喩の数々は、まさに文章でしか表せない世界であり、ここには作家荻原浩の見事な表現力がある。もちろん文章のみならずダイナミックなストーリー、生き生きとしたカラフルなキャラクター、そして日本をめぐる不穏な状況を見据えた時宜にかなった主題と揃っていて、まさに手練の会心の作品といっていい。まずは一読されるといいだろう。

〈初出〉
「小説宝石」二〇一六年八月号〜二〇一七年十一月号
二〇一八年一月　光文社刊

光文社文庫

海馬《かいば》の尻尾《しっぽ》
著者　荻《おぎ》原《わら》　浩《ひろし》

2020年8月20日　初版1刷発行

発行者　鈴木広和
印刷　堀内印刷
製本　ナショナル製本

発行所　株式会社　光文社
〒112-8011　東京都文京区音羽1-16-6
電話（03）5395-8149　編集部
8116　書籍販売部
8125　業務部

ISBN978-4-334-79065-3　Printed in Japan

組版　萩原印刷